U0916780

脑髓地狱

ドグラ・マグラ

（日）梦野久作____著　孟洁____译

北方联合出版传媒（集团）股份有限公司
万卷出版有限责任公司

图书在版编目（CIP）数据

脑髓地狱 /（日）梦野久作著；孟洁译．— 沈阳：万卷出版公司，2022.1

ISBN 978-7-5470-5782-7

Ⅰ．①脑… Ⅱ．①梦… ②孟… Ⅲ．①推理小说－日本－现代 Ⅳ．① I313.45

中国版本图书馆 CIP 数据核字 (2021) 第 206467 号

出版发行：北方联合出版传媒（集团）股份有限公司
万卷出版公司
（地址：沈阳市和平区十一纬路 25 号　邮编：110003）
印 刷 者：北京欣睿虹彩印刷有限公司
经 销 者：全国新华书店
幅面尺寸：165mm × 225mm
字　　数：370 千字
印　　张：24
出版时间：2022 年 1 月第 1 版
印刷时间：2022 年 1 月第 1 次印刷
责任编辑：高　爽
责任校对：高　辉
装帧设计：胡椒书衣
ISBN 978-7-5470-5782-7
定　　价：78.00 元
联系电话：024-23284090
传　　真：024-23284448

目录

第一章　卷头之歌

肚子里的宝贝啊

宝贝啊

为什么动了呢？

是不是看穿了妈妈的心

害怕了呢？

嗡……嗡……嗡……

迷迷糊糊，双眼微睁之际，像是有蜜蜂在耳畔飞舞，那深邃的响动忽高忽低。

聆听，直觉告诉我，此刻应该是子夜时分。周围某个角落里，仿佛有摆钟在鸣。想着想着，睡意再次袭来，蜜蜂像是渐渐飞远了，消失了。四周又安静下来，如死后一般。

猛地，睁开双眼。

高高的天花板涂着白色的油漆，上面悬着一盏灯，浮着灰尘，孤孤单单。昏黄的光从玻璃球里射出来，一只苍蝇落在球上，纹丝不动，像是没了生气。正下方的地板是人造石材铺成的，又硬又冷，我摊开身体躺在上面，像一个“大”字。

好像有什么不对劲……

我没有动，努力撑着眼皮，转动着眼珠，四下窥探。

这是一间面积在两间[1]左右的房间，四面是水泥墙，蓝黑色的。

其中三面墙上都各有一扇窗户，窗户是磨砂玻璃做的，本就有一层铁格子封着，然后再加了一层铁网，给人一种压迫感。剩下那面墙的角落放着一张铁床，床头对着门口，看起来很坚固。床单、被套、枕套都是纯白的，没有被人用过的痕迹。

[1] 日本传统长度单位。1 间大致为 1.8 米。——译者注

这里真的有点诡异。

我微微直起身子，开始检查自己的身体。只见我身上穿着两件僵硬的白色和服，外罩一件短纱衣。可是圆滚滚的双手双脚脏得不像话，这让我十分惊讶。

我小心翼翼地抬起右手，摸了摸自己的脸。我摸到了高高的鼻梁、深陷的眼窝、乱糟糟的头发以及邋遢的胡须……我心中一惊，猛地站了起来，再三确认自己的五官，还有周围所处的环境，我很确定我不认识这个人……这到底是哪里？

我感受到自己心跳如雷，呼吸频率也随着心跳越来越快，到后来只能大口喘气了，这让我有一种濒死之感。好在，心跳和呼吸很快就平复了下来。

我似乎不知道自己是谁。为什么会这样？

我努力回想着自己的身份，可是我什么都想不起来，我不知道自己叫什么名字，也不知道家乡在哪里。我记忆中只有刚才听到的仿佛是摆钟发出的声响。

但我头脑极其清醒，我知道在我身处的这个房间之外是无边无际的黑暗。

这绝对不是一个梦。

我连忙翻身跑到了窗前，想借助磨砂玻璃的光滑面看一看自己的样子，试试能不能想起些什么。可我只看见一个发须凌乱，有如鬼魅的影子，什么都想不起来。我又跑到入口处，贴着那个只有一个钥匙孔的黄铜门锁，但这个孔太小了，我没有看到自己的样子，只看到了一丝黄色的反射光。

我只能从屋里的那张床入手，我先把床单被褥都翻了过来，再把自己的衣服解开，查看内侧，可是这上面根本没有任何名字，甚至连字母的痕迹都没有。

我不知道自己的身份，也不知道这是哪里，只能失魂落魄地站在原地，孤立无援。这个想法出现后，我便感觉自己被拉着衣带坠入一个无尽空间。恐惧的情绪从心底蔓延至五脏六腑，我不受控制地大叫着。

可是我听到的是一种尖锐又带着金属感的声音，这个声音很快就被周围的墙体吸收了，快到我甚至还不能从中得到一丝和过去有关的启示。我又一次大叫着，这次的声音引起了强烈的波动，但最终还是被吸收了，我所做的依旧是无用功。当声音消失后，这些墙壁、窗户，还有那一扇门再次陷入一片沉寂之中。我本来打算再叫一次的，可刚一张嘴我就放弃了，因为我害怕。大叫之后，这里会更加安静，静得让人发疯。

我咬紧牙关，膝盖也不自觉地颤抖着，就算这样，我也想不起任何与我身份有关的事情。这种痛苦快要将我淹没了。

我站在这里，无法离开房间，也不能叫出声，整个人处于一股恐怖的氛围之中。我开始无意识地大口喘气。这到底是哪里？是精神病院还是监狱？

这个念头一出来，我的呼吸就越来越快，如同飓风，在这安静的房间里都能听到它的回声。我的意识逐渐陷入混沌，周围的光线也逐渐暗淡下去。我整个人手脚僵硬，出了一身冷汗，连站都要站不稳。我下意识地闭了眼，打算不再挣扎。可是下一秒我又像个机器人一样立稳了脚跟，没有倒下去。我听到靠床那面墙后有声音，于是再度睁眼，死盯着它。

从那里传来的那个声音听音色应该是属于年轻女子，充满了悲伤之情，语调沙哑，不像人类的发出的声音。

“……哥哥！哥哥，哥哥……哥哥……你能再听我叫你一声吗……哥哥……哥哥！”

我被这个声音吓住了，不禁回头看去。虽然我很肯定在这个房间中只有我一个人，可是那名女子的声音一直从墙后传出。我盯着那面墙，目光灼灼，望眼欲穿。

“哥哥，哥哥！哥哥，你是在隔壁吧，我是你的未婚妻啊！哥哥，我们马上就要结婚了，是我啊！哥哥，你能说句话吗？我求求你，再让我听一听你的声音吧！哥哥……哥哥！”

我震惊得闭不上嘴，极力睁大眼睛，眼眶都快裂开了。我似乎是被墙后的那个声音吸引住了，勉强往前走了几步。两只手捂着肚子，目光落在墙上，全神贯注地盯着那里。

那个声音中的感情是那样纯粹，死死抓住了我的五脏六腑；那个声音中的绝望是那样沉重，让人觉得身陷黑暗的沼泽；那个声音是那样悲凉，不知道什么时候在呼唤我，也不知道还要呼唤我多久，好像接下来的一千年、一万年都会如此；那个声音就是从墙后面传来的，她呼唤的就是……我？

“哥哥……哥哥，哥哥！你说话呀，你为什么不回答我？你已经不记得我了吗？是我呀，是我呀。你真的忘记你的未婚妻了吗？就在我们结婚的前一天，就在那一天的晚上，你杀了我。可我侥幸活了下来，我没有死呀……我从棺材里爬了出来，然后就来到了这里。你要相信我不是鬼……哥哥，哥哥，你说句话啊！你真的不记得这一切了吗？”

这段话实在让人匪夷所思。我不由得往后退了几步，又一次看着声音传来的地方，目瞪口呆。

说话的姑娘不但和我是旧相识，而且还说是我的未婚妻。按照她的说法，她是在新婚前一晚死在我手上的，但是死里逃生，如今又被关在了我隔壁。她就这样一直喊着我，告诉我这些诡异的事情，想要让我回忆起过去。

她是不是疯了？

还是，她所说的一切都是事实？

不，绝对不可能是后者，她肯定就是一个疯了的女人。她说的那些事情怎么可能是真的呢……这太可笑了。

想到这里，我有了笑意，但我根本笑不出来，我的唇角也无法上扬。那一声声痛苦又悲凉的呼唤穿过用钢筋水泥做成的墙体，一直在我耳边徘徊。在这种情况下，我怎么可能笑得出来。我从她诚恳的语气中知道她一定认识我。

“哥哥，哥哥，你真的不愿意跟我说话吗？我真的很难受，你跟我说句话吧，哪怕就一句也好，求求你了。”

我仍然默不作声。

“你就说句话吧，只要一句……只要你说了，这个医院的医生们就会知道我没有疯，也会明白你是认得我的……这样……这样我们就可以一起离开这家医院了……哥哥，哥哥，哥哥，你怎么这么沉默？”

我依旧一言不发。

“你真的不明白我有多痛苦吗？我每时每刻都在祈求能再次听到你的声

音，你都不知道吗？……哥哥，哥哥！你这样真的有些欺人太甚了，你太过分了……我……我的声音……就快……”

话音未落，她那边便发出了新的声音，听起来应该是用手或者拳头拍打墙面发出的声音。她是那样执着，就算把掌心磨破，就算皮肤裂开鲜血直流，她也没有放弃。那样一个柔弱可怜的姑娘就这样靠着自己的毅力坚持着。我隔着墙也能想象到她的手血肉模糊的样子，也能想象到她咬紧牙关，目眦欲裂的样子。“哥哥，哥哥……从你手下死里逃生的我回来了呀。在这世界上，我只有你这一个亲人了。可现在我被关在这里，孤立无援……你的记忆里就真的没有我了吗？”

我还是不知道应该说些什么。

“哥哥，在这世上你也只有我这么一个亲人了。所有人都觉得我们已经疯了，把我们分开关在这家医院里。现在只要你愿意跟我说说话，就能说明我没有说谎。只要你能回想起和我有关的事情，我也能确定你没有疯……所以你回应我一声吧……一句话就行……哪怕是叫我的名字真代子呢……哥哥，哥哥，哥哥……我声音就快……我的视线也开始模糊，我已经失明了……”

我下意识地跳回床上，然后把耳朵贴近这个蓝黑色的墙面。我心里涌上一股无法控制的情绪，我想立刻回应她、想要让她摆脱那些苦难、想要确定自己的身份，但是话到嘴边，我只能咽下去，极力压制住这份情绪。

我拖着疲倦的身子慢慢离开床，看着墙面的某一处，慢慢退到墙对面的窗户旁边，想要离那个声音远一些，再远一些。

我不知道应该怎样回应她，也不能回应她。

我根本不知道她到底是不是我的未婚妻。她的每一声呼唤都是那样深沉、哀切又单纯，可我根本想不起任何与她有关的事情。在我的记忆中，只有之前听到的嗡嗡的摆钟声，或许我是得了什么罕见的痴呆病？

我现在这个样子，怎么能用未婚夫的身份来回应她？哪怕真的就像她说的那样，我只要回答她就能得到自由，可我怎么来确认她所说的关于我的信息就是真的呢？而且我根本不能确认她是一个精神病人还是一个正常人啊！

还有，假如她真的是一个疯子，那么她现在撕心裂肺呼唤的人不过是她想象出来的罢了，那么，接下来会发生什么事？谁能确定我回应她后会不会有更严重的后果？如果她心心念念的人是真实存在的，可这个人不是我，那我回应之后又会发生什么？我岂不是在一时冲动之下霸占了别人的未婚妻？伤害了别人的心上人？我越想越害怕，越想越担心，不由得双手握拳，喉结滚动。可就在这时候，那个姑娘又开始呼唤我。

“哥哥，哥哥，哥哥，哥哥。你真的欺人太甚了，真的是欺人太甚……”

这个声音一声又一声地呼唤，就像一直徘徊在夜晚的幽灵，可怜又哀怨。

我抱紧自己的头，十根手指深深地插入头发中，头皮都快被抓出血了。

“哥哥，哥哥！我是你的呀，就是你的人哪！你快……快伸出双手抱着我呀，你抱抱我啊。”

我听着这话，将脸埋入了手心。

我真的很想告诉她，不，不是这样的……不是这样的，我不是你说的那个人啊，真的不是……我根本不知道你是谁……可是我无法开口。因为以我现在的状态而言，我根本不确定自己想的是否正确。我不知道我以前是什么样子，是人还是鬼；不知道自己姓什么叫什么；不知道自己生于哪里、长于哪里；也不知道自己是否还有亲人故友，所以我根本不能去否认她说的一切。

我不停摩擦着自己的耳后，可这并没有让我想起任何事。

而那个姑娘还在深切地呼唤着。我听得出她呼吸越来越快，整个人就像是被痛苦扼住了咽喉，说的话也逐渐模糊。

“哥哥……哥哥……我求求你了……求你救救我，你救救我吧……”

这些话排山倒海般地压了过来，让我又生出了逃跑之心。我不由得看向周围，将那些墙、那些窗户，还有那道门仔仔细细地观察了一遍。我抬腿想跑，可又停了下来。

真希望可以到一个没有声音的地方啊……

我刚有这个想法，浑身便泛起了鸡皮疙瘩。于是我跑到了门前，这扇蓝色的门看上去应该是铁做的。我奋力撞去，想要撞开它，但没有成功，我只好去摆弄那个钥匙孔。耳边仍然萦绕着那连续不断却又逐渐虚弱的声音，它像一把悬在后颈的刀，让我不寒而栗。我伸出手拼尽全力摇晃着那扇窗户上的铁格子，但也只是将它拉歪了一点点，凭我的能力想要对这扇窗户造成更大的损害是不可能的。

挫败感顿时涌上心头，我只能重新退回到房子正中间，看着这里的景象，我浑身开始发抖。

我脚下站立的地方真的还是人间吗？还是说我已经入了地狱，在承受某些刑罚？

自从我在这个房间醒来之后，就没有一时半刻的放松，我被丢入了失忆的沼泽之中，快要被淹没。而我唯一能听到的只有那嘀嘀嗒嗒的摆钟声音。下一刻我又身陷痛苦，被一个不知身份的姑娘的叫喊声所折磨，几乎无路可逃。我似乎已经不在人世而是坠入了无间道中，没有人能救我，我也无法自救，只能继续忍受着这种痛苦。

我狂躁地跺脚，跺得脚踝生疼，又无力地坐在地上缓缓倒下，看着头顶的天花板。我就这样躺了一会儿又站了起来，继续打量着周围。我刻意让自己去忽视隔壁传来的愈发虚弱、时断时续的声音。我希望可以想起一些过去的事情摆脱这样的痛苦，也可以回应隔壁的那个姑娘。

我的暴躁状态持续了几十分钟，或者十几个小时。我依旧什么都想不起来，无论是和这个姑娘相关的事情还是我自己的过往，于我而言皆是一片空白。而我就像是一张白纸，上面没有任何痕迹。我听见那个姑娘在痛苦地呼唤着，可是我什么都做不了。

呼唤声越来越小，女孩的声音也细若游丝，到后来只有时断时续的哭泣。没过多久房间又静了下来，就和我刚醒来的时候一样。

之前的狂躁和回忆耗光了我的精力，我已经很疲惫了。我的这个房间应该是位于走廊的尽头，房间外应该有一个巨大的摆钟，钟表上的秒针一直在走动，发出的声音清脆响亮。我在这嘀嘀嗒嗒的声音中又一次陷入茫然，就像最初那样，不知道自己究竟是坐着还是站着，不知道自己经历了什么，现在是什么时候，外面又是怎样的光景。

突然传来的咚咚声响将我从茫然的状态中拉了回来，我赶紧将自己的背贴在大门对面的墙角处，眼观鼻，鼻观口，将目光锁定在地板上的一个点上。

我留心看去，地板、墙壁和窗户已经从暗变亮了，映衬出白色的光。不远处传来麻雀的叫声，还有电车由近及远的声响，我这才发现天花板上的灯早就关了。原来，黎明已经到来了。

我揉了揉眼睛，想着自己或许睡得太久了。我也忘记了深夜发生的那些奇奇怪怪、匪夷所思的事情，只是伸了一个懒腰，缓解了四肢的僵硬。我想打一个哈欠，可嘴刚张开就被迫闭上。

我看到前方的门边多出了一个小门，小门外有人放了一个银色的托盘进来。而那个托盘上放着白色的餐具和食物。不知是否因为深夜中发生的那些事情让我心生怀疑，我居然在餐盘出现的时候被吓了一跳。我下意识站起来，踮起脚尖，跑到小门旁一把抓住了那只送餐盘的手。这只手白白胖胖的，应该是一个女人。女人被我抓住后松开了托盘，托盘里装的蔬菜沙拉、吐司面包和牛奶散落了一地。这时，我喉咙非常沙哑，但还是用最大的声音说道："求求你了，能不能让我知道自己的名字？"

对方没有说话，也没有动。我双手用力握着那只从白色衣袖中伸出来的手，只见那原本红润透亮的手臂逐渐被我捏出瘀青。我继续追问道："我究竟叫什么？我难道真的是一个精神病吗？……应该不会吧……"

门外的年轻女子终于叫出了声，然后开始极力想摆脱我的桎梏，抽回她自己的手。只听她叫道："快过来些人哪！七号病房的病人发疯了！快来人帮忙啊！"

我连忙安抚道："嘘，请你不要喊。我只是想知道自己是谁，想知道自己在什么地方，只要你愿意告诉我，我会立刻放开你的。"

门外的女子一下子哭了出来，我不由松了力道。她立刻抽回了手臂，也停止了哭泣。随后我听到从走廊另一边传来了一阵仓促的脚步声。

而那个女人抽出手后，我由于惯性向后跌坐在地。这地面实在是太硬了，好在我及时用手撑在身体两侧控制住了平衡才没让自己向后仰去，摔个四脚朝天。一时间我自己也不知所措，只能无助地看着周围。就在这时，奇怪的事情又出现了。

当我摔坐在地上之后，我原本已经崩到极限的情绪居然慢慢放松了下来，我突然控制不住想要大笑出来。而我确实也笑了。只是那个笑声并非是愉悦的，而是一种荒唐滑稽让人无法接受的声音。我放声大笑，全身上下包括头发都跟着笑声起伏。那个声音好像是从我内心深处发出的，它源源不断，似乎不死不休。

我真的是太傻了，哈哈哈。我为什么要纠结自己究竟姓什么叫什么呢？就算不记得这些，我还是我自己啊，哈哈哈哈哈哈……

在想明白这一点之后，我笑得更加放肆，整个人倒在地上，蜷缩成团。然后又抱头捶胸，捶胸顿足，放声大笑。我就这样笑着，直到泪水夺眶而出，也没能让自己停下来。

你看，我是不是已经傻到极限了，哈哈哈哈哈……

我是从石头缝里蹦出来的吗？还是从天上掉下来的？谁都不知道我从哪里来，就连我自己也不知道，哈哈哈哈哈哈……

直到现在我也想不起来自己怎么会在这里，之前又做过什么，我也不知道之后要做些什么。这些就像是一团乱麻，理都理不清。我这辈子可是第一次遇到这种事啊，这难道不值得一笑吗？哈哈哈哈……

你看这是多么荒唐可笑啊，怎么会有这么匪夷所思的事情呢？哈哈哈哈哈哈！

这真的太折磨人了，我居然这么可笑，哈哈哈哈哈哈……

我就这样一直笑着，整个人在这用人造石做成的地板上滚来滚去，直到精疲力竭，才不想再笑了。我赶紧站了起来，凝神看着自己脚边的一片狼藉。那是之前掉落的三片面包、一把叉子、一个盘子和密封的牛奶瓶。

我看着它们，突然莫名地有些汗颜，也觉得腹中饥渴难耐。于是我不管散落的衣带，直接伸手抓起了地上那瓶牛奶和涂着奶油的面包，然后趁着这奶还有些温度，大快朵颐。吃完面包后，我又拿叉子把地上的蔬菜沙拉叉起来塞进了嘴里，配着几口牛奶，囫囵吞枣般咽下。在吃得心满意足后，我躺回了床上，在这洁白如新的床具上，大大地伸了个懒腰，然后就这样睡去。

我这一觉应该睡了一刻钟吧。也许是由于食欲得到了满足，身上虽没有什么力气，但手脚十分暖和，头脑也慢慢变得迷糊。恍惚间我听到了许多属于清晨的声音，它们或近或远，时隐时现，让我有些疲惫，又有些烦躁。

公路上车水马龙、人来人往，有自行车车铃发出的叮叮当当的声音；有某个人挥动鸡毛掸子的声音；有人们急忙赶路的脚步声；也有木屐发出的声音；……停在较远较高处的乌鸦正在嘎嘎叫着；不远处的厨房里传来玻璃杯摔碎的动静；窗外突然响起了女子的尖叫声。

“哎呀，哎呀，太讨厌了，这猛地听到可吓着人家了……嘿嘿嘿嘿……”

我听到了自己肚子发出的声响，它跟着这些声音出现，似乎是一种愉悦的声音。各种各样的声音逐渐交融，而后又渐行渐远，去到了另一个世界。我便在这些声音的交织下缓缓进入梦乡……真的是一件幸福又美好的事情。

逐渐只剩下了一种很奇妙的声响，这似乎是从远方传来的，但又是那样清晰。它像一个大哨子发出的声响，这大概是汽车鸣笛的声音吧……嘀……嘀嘀……嘀嘀嘀嘀……这个声音很高昂，让我有了一种紧迫感，似乎有一件急事扑面而来。这个声音划破了之前所有声音汇聚成的安宁，穿梭在街道的每个角落中，或向着左边而去，或往着右边驶来，以最快的速度冲向我的枕边，贴着我的发丝而过，似乎要进我的头皮，却又临阵一拐，绕道而行。它放慢了速度，走了约有一町[1]的距离，再次转变了方向，然后变成了一个刺耳的尖叫声，猛地向我冲过来，又突然刹了车。于是，所有的声音都消失了，全世界都静了下来，我终于进入了更深层次的睡眠中。

我这才放松了不到五分钟，枕边的门孔便发出了齿轮转动的声音，紧接着大门被推开，似乎有外物走了进来。我下意识地弹坐起来，转头看去。待看清眼前之物后，我不由得愣住了。

只见大门又被慢慢关上，门前放了一把小小的藤椅，藤椅前则站着一个快和屋顶一样高的人，而他此时正低头看着我。

这个六尺高的大汉有一张长脸，整个人白得就跟瓷器一样。他的眉毛极

[1] 一町大概是 109 米。——译者注

长，眉色却很淡，一双眼睛小小的，跟鲸鱼眼一样，眼球混浊，就像一个将死之人或者是年事已高的长者。他的鼻梁倒是像欧美人那样高挺，还有高光。鼻下的嘴唇抿成了一字形，没有一点血色，十分苍白，难道他身染重病？他的额头很高很宽，就像是军舰舰艏的下颚那样，让人不寒而栗。他梳着中分头，穿着一件昂贵的深褐色皮衣，衣领前挂着一个白金相间的怀表表链。他手指纤长，毛发浓密，站在那把小藤椅旁，宛如被魔法师召唤出来的西方妖精。我在第一眼看到他时，就断定他一定不是个普通人。

我小心翼翼地抬起头，敛声屏气，如刚被孵化出来的小鸡一样，眨着眼睛看着他，口中的舌头也不知道应该放在哪里。我的第一反应是这个人应该是刚刚坐车过来的吧。想到这里，我不禁正襟危坐面对着他。

不一会儿，这个彪形大汉就用他那双混浊的小眼睛冷冷地看着我，散发出高高在上不容侵犯的气息。他略微低头，目光从脚到头，细细地打量着我。我莫名地低下头，不由自主地蜷缩起来。

但他好像并不在意我的这些行为，而是以一种极为冷静的情绪仔细观察了我一番。随后又抬头开始打量这个房间。他的目光掠过房间的各个角落。不知道为什么，我突然觉得今天早上发生的所有事情，他都了如指掌，我只能紧紧地缩成一团，心中又是害怕又是不解。这个人让人不寒而栗，他为什么要来找我？

与此同时，那个人似乎是被威胁了，上身向前弯屈，然后整个人缩成一团。只见他仓皇失措地从外衣口袋里拿出了一条白色的手帕，然后用手帕捂住嘴。随后他便转过身去背对着我咳嗽了起来，他一咳嗽整个庞大的身体都在抖动，可他的咳嗽声听起来十分虚弱。他咳了许久才逐渐稳住呼吸，这才又转身对我行礼道："对不起，我身子不太好，不能脱了外衣和您说话。请您谅解。"

他的声音并非像他的外表那样粗犷，而是和女子一样温柔。在听到他的话后，我也放松了许多。眼前这个人，看起来人高马大，但内心应当十分柔软又温和。我之前提到嗓子眼儿的心脏终于落回了原地，于是我不再低着头。这时，他彬彬有礼地拿出一张名片送到我眼前，并且说道："我是——"话未说完他又咳了起来，"喀喀喀……抱……抱歉……"

我赶紧双手拿过名片，对他点头示意。

我从名片上知道了他的身份和姓名，原来他叫若林镜太郎，是九州帝国大学法医学教授，同时也是医学院院长。我拿着这张名片来来回回看了好几次，不知道该说些什么。我下意识地再看了看眼前这个忍着咳嗽站立如山的人，喃喃自语道：“原来……我是在九州大学……”说着我又开始打量起这个房间。

就在此时，若林博士左眼下的肌肉突然小小地跳动了一下，这表情很奇怪，但也有可能是他的招牌笑容。他缓缓张嘴说道：“是的，这里就是九州大学附设医院精神病科，你所居住的就是第七号病房。扰你清梦了，真是不好意思，但我过来也是事出有因。值班医师告诉我您刚刚在问送餐的护士自己叫什么，我这才赶了过来。您现在感觉怎么样？回忆起自己的名字了吗？您对于过去的事情是不是都已经想起来了？”

我根本不能回答他这些问题，只能目瞪口呆地看着他的下巴，看起来像个傻子一样。从今早开始我就一直被自己叫什么的问题所困扰，它如蛆附骨，如影随形，我怎么可能不感到震惊呢？而我追问护士自己的身份最多不过是一个小时之前发生的事情。他居然能拖着带病的身体，在如此短的时间内将自己收拾得干净体面，然后急忙赶来问我有没有想起来自己的过去。他的这种关怀和这样着急的反应实在是让人难以理解。

我也很好奇，就算我想起了自己的过往和身份，于他人而言也不过是微不足道的事情，怎么能惊动这位博士？而且从他的反应来看，这对他来说似乎是一件至关重要的事情。

眼下我也不知道应该怎么办，目光在手中的名片和若林博士身上来回切换。

诡异的是，若林博士也这样目不转睛地看着我，坦然地接受着我打量的目光。他双唇紧闭、表情凝重、望眼欲穿的样子似乎是在等着我给他一个答案。我看得出他很紧张，也能从中感受到他在期待着我的答案。我能从他的种种反应中确定自己是否能回忆起以前的事情和身份与他有着密不可分的关系。

我们便这样大眼瞪小眼，僵持了许久。若林博士应该知道我不会回答他了，于是无比失落地闭上了眼。可他再次睁眼之时，他左脸的笑意似乎更深了。

而且他似乎认为我是被别的事情吓到了所以才成了一个闷葫芦，于是略微点了点头说道："我对于您的惊讶完全理解。我理应遵守法医学的基本原则，不应该干涉精神病科的工作。可我确实有苦衷，必须如此啊……"话音未落，他又猛地咳了起来，不过这一次他很好地控制住自己。他用手帕掩着嘴，眼睛也被遮了一半，气若游丝地继续说道，"其实是这样的。诚然，就在不久前，我校的精神病科主任教授是名满天下的正木敬之。"

"正木……敬之？"

"是的。他不仅是日本最有名的精神医学教授，也是世界上首屈一指的专家学者。他为了对抗'精神科学'专门创办摩新学术，推动了一直停在原地的精神病研究的改革，真的是勇气可嘉。话说回来，他所创建的新学说并不是像之前心灵学或者降神术那种玄学研究，而是在精神病科教室建立起了旷古绝今的精神病治疗场，验证了其新学说是建立在真理基础上的一种科学的新理论，具有跨时代的意义。而您现在所接受的治疗就是以这种新学说为理论的。"

"所以我现在正在治疗的是精神病？"

"的确如此，您的主治医生就是正木医生。我主攻的是法医学，本来不该插手您的事情，所以您现在会心生疑虑，也是正常的。不过，可惜的是正木医生在一个月前突然过世了，他生前曾把所有后事都向我交代清楚了。因为他的继任人如今还没有安排好，也没有适合的副教授帮忙，所以我临危受命，被校长安排过来兼职管理这个教室的所有事情。之前正木医生就几次叮嘱我要特别关注您。也就是说，您能不能想起自己的名字和以前的事情关系到这个精神科乃至整个九州大学医学院的名誉。"

听到若林博士这么说，我突然觉得头昏脑涨，眼睛不由自主地眨了起来。我似乎感觉到我的名字变成了一个幽灵，它突然从一个地方出来了，背后有一道强光……可下一秒，我又自责不已，羞愧难当，根本不敢看人，只好把头埋得更低。

原来这里就是九州帝国大学的精神科第七号病房，而我就是住在这里的精神病患。其实从今天早晨醒过来后，我就感觉到自己的头脑不太正常，可见我真的得了精神病，而且直到现在也没有痊愈。看啊，我真的就是个疯子，一个可悲又可笑的疯子。

若林博士彬彬有礼地跟我解释着。可就是因为他的一言一行都过于有礼了，所以我才彻底陷入了难堪羞愧之中。然后我的心跳越来越快，就快喘不上气了。我不知道是自己的羞愧难受，还是害怕畏惧，又或者是其他难以分清的情绪，总之它们就像密密麻麻的细针一样，扎在我的每一寸皮肤上。我的耳朵到脖子这一块皮肤都红了，眼睛也开始发热。我多想倒在床上，把自己的脸埋到双手之中，揉一揉眼角啊。

若林博士看到我这样，两度欲言又止。随后他把两只手交叠在腹部，就像是看着尊贵人士那样，用一种更温和，甚至有些阿谀奉承的语气安慰我："对于您现在的心情，我感同身受。无论是谁，只要他发现自己身处一个精神病房中，必然会陷入绝望，备受打击。但您也不必害怕，因为这里并不是那些普通的精神病院，这里有着与众不同的意义。"

"也就是说，我和别的精神病人不一样？"

"的确如此。我刚才跟您说到的正木教授就是在这里创建了一个跨时代的精神病治疗方案，也就是'疯人解放治疗'。您就是自愿参与其中的人，是这个实验中最重要的研究素材。"

"我……您说我是实验素材……我所接受的治疗就是为了去解放疯子？"

他向前倾了倾身体，然后点了点头，看得出他很尊敬"疯人解放治疗"。

"您的理解完全正确。我想过不了多久您对'疯人解放治疗'的创始者正木博士就会有更多的了解，然后就会知道正木博士，这个人和他所创建的学说是多么伟大。而且您也会靠着对自己脑髓的正确操作，让世人看到博士的精神科学实验是如此优秀，世界上的每个国家都会记住九州大学医学院的名字。除此之外，您之前因为实验结果所引发的强烈精神冲击而陷入了昏迷之中，现在却生龙活虎地站在大家面前了。所以，简而言之，您就是这个解放治疗实验的核心代表，也是九州大学荣誉的捍卫者。"

"可是……我为什么会加入这么惊世骇俗的一个实验之中？"我的情绪

有些激动，上半身也探出了床沿。我实在想不通自己怎么就被带进了这样一个诡异的事件中，内心深处也滋生出了恐惧之情。

若林博士低头看着我，他比之前更加平静，点头解释道："我知道您心里面在想些什么。可我很抱歉，眼下我不能告诉您更多的细节。只有在您自己想起来所有事情后，才会了解到这些。"

我追问道："我自己回忆起来所有事情？我要怎么回忆呢……"说到这里，我想到了若林博士的语气，想到了自己是个可悲的精神病人，于是又将后面的话咽了回去。

可若林博士的反应依旧十分平静，他抬手安抚道："您说的我都明白，您先冷静一下。我不会空口说白话的。实话实说，您加入解放治疗场的来龙去脉十分复杂而且匪夷所思，根本不是三言两语能说清的。何况，如果只听我一人之言，难免会有失公允。您之前的经历实在是太过奇幻玄妙了，只能自己回忆起参与的全过程，想起那些神奇的体验，才会相信这是真相。为了能让您安心些，我还是会大概告诉您一些事情的。其实正木博士来到九州帝国大学后不久，就在今年二月开始创建这个解放治疗场，五个月后终于完工。然后他又进行了四个月的实验，可就在十月二十号，也就是一个月之前，他不幸离世，治疗场也随之关闭。正木博士在实验的那四个月里所做的就是帮助您想起之前的事情。他在生前也曾预言，虽然您一直处于一种特殊的精神状态，但在不久之后一定会恢复到现在这个样子。"

"正木博士在死前就说过我会进入如今的状态？"

"正是如此。正木博士还说过，只要我们将您当作学校的宝物，悉心照料，您就一定会恢复如初。他还说过，您一定会印证他所创建的新学说的原理和以这一原理为基础的实验效果。除此之外，我那时候也坚信只要您能像正木博士预料的那样想起以往的事情，就一定会想起之前所发生的、和您有关的，且无比诡异凄惨、前所未有的罪案真相。当然，我如今也是这样认为的。"

"前……前所未有的罪案……和我相关……"

"没错。虽然这个案件是前所未有的，但以其诡异程度来看，之后大概也不可能再发生了。"

我听到这话，立刻探身询问，气都没喘匀："这个……这个案件到底是……什么？"

可若林博士依旧波澜不惊，他负手而立，混浊的双眼静静地看着我，坦然解释道："这件事我也没想瞒着您。正木博士一直在进行着精神科学方面的探索，我之前也曾得到过他的指导，如今也还在以此研究'应用精神科学犯罪'，可是……"

"应用……精神科学……犯罪？"

"的确如此。但这并不是传统研究主题，所以只听名字的话，也许很难了解其研究内容。我可以向您解释一下，帮助您去了解这些。事实上我之所以会想去研究这一主题，是因为我了解到正木博士所说的'精神科学'涉及了很多可怕的原理。例如其中的'精神病理学'就是借助一些暗示改变一个人的精神状态，使其变得和原来完全不一样。然后在某个时刻消除他的精神生活，刺激他精神深处所潜伏着的其先人的性格。无论是这个理论还是其实验都让人毛骨悚然。但是这个理论的应用性和实验效果，不仅符合科学规律，而且其使用方法和效果与之前的科学实验完全不一样，非常简单。若是将其用简单的言语告知妇女儿童的话，他们也能操作。所以，换而言之，这项研究可行性太强，十分危险。至于其中的详细过程，或许您之后就能完全想起来了，我现在也就不再多说什么。"

"我……这……这么可怕的实验……我为什么会加入其中？"

若林博士抬了抬头，一本正经地说道："您所言非虚。您用自己的经历证明了这一学说的真理性，因而会对其中的可怕和恐惧有所免疫。除此之外，您也应该知道，当您在未来某天恢复了记忆后，您便有权参与到新学说的研究工作中。可如果您将这机密过程告诉了其他人的话，那么我们也不能保证之后会发生什么。比如说证明某个人的内心深处隐藏着恐怖的遗传心理，那么只需要给予其一定的刺激，就能让此人即刻发疯。与此同时，假如科技进步到可以让此人完全忘却自己发疯时的经历，那事情又会变成什么样子？诺贝尔曾经研究出了黄色火药的制造方法，使世界大战变得更加惨烈，而这与我们所说的这类伤害相比孰轻孰重，我们却不得而知。

“所以，作为一个法医学研究者，我觉得这个精神科学理论如果像现代唯物科学理论一样大行其道的话，它所引发的后果将难以估量。如果真有这么一天，那么应用精神科学犯罪也就会像现在应用唯物科学犯罪一样肆无忌惮，这么一来，全球各地将会出现很多无法侦查、破解的罪行，局面也就更加难以控制了。因此我们必须要请您帮忙保守正木博士新学说的秘密。我们需要尽最大努力地找到预防应用精神学科犯罪和探索检测的方法。为此给您带来了不便，我们也深感愧疚。其实我在很早之前便跟着正木博士做研究，我们的研究主题就是应用精神学科的犯罪及其证据，然后私下展开了秘密调查。可以说这是我们两个人的共同事业。

“可即便我们千般小心、万般注意还是出了纰漏，这个理论被盗用了，甚至我们两个人都不知道这是什么时候泄露的。就在离学校很近的地方发生了一件匪夷所思的犯罪，而犯罪者所使用的就是精神学科中效果最激烈的一种理论。犯罪者让一个富豪的后代们毫无缘由地厮杀起来，场面极为血腥，其所作所为简直令人发指。我们之所以会断定犯罪者使用了我们正在研究的精神科学，是因为富豪的最后一个传人——一位心地善良、聪明伶俐的少年的亲身经历。他为保家族血统纯正要迎娶他的表妹，表妹貌美如花，而且从小便倾心于他。可就在他们结婚的前一晚，少年居然在梦游中勒死了自己的表妹。而且他还在表妹死后用纸笔画下了眼前的景象，冷静得可怕。这一案件发生后引起了社会的广泛关注。可……可是直到现在我们也没能查清楚在暗地里兴风作浪，一手策划了这场豪门惨剧的幕后凶手究竟是谁，他又为什么要这样做。福冈县司法当局——曾经被夸赞是九州地区警视厅——对此也是一筹莫展。我在调查之中虽然得到了正木博士的鼎力相助，但也是一头雾水，毫无头绪。

“而且，这个案件的始作俑者早就躲了起来，没有留下任何踪迹。因此，我只有一个选择，那就是借助正木博士的研究，让还活着的当事人，也就是您重新找回之前的记忆，然后从中找到此案件的蛛丝马迹，告诉我们幕后黑手是谁，以及他这么做的原因。这也是唯一能揭开真相的方法了。事已至此，我想您心中应该有数了吧？我之所以无法说清整件事，就是因为我还不知道真相到底是什么。同时，为了避免机密泄露，我才会进入自己不擅长的精神科，亲自照料您的一切。一旦您想起了所有的事情，我会在第一时间赶到；如果您在恢复记忆之后能够帮助我找到事情的真相，那么我会去揭露那个恶魔的真面目，而且这也证明了我们的研究在各方面都极具意义。我相信整个科学界都会为之震动，社会也将有所变化。正木博士暂时将这一研究命名为'疯人解放治疗'，这个实验将会改写现代物质文化，将其转变为精神文化。您的恢复也将成为其科学佐证，同时也会为由正木博士指导、由我所研究撰写的论文《应用精神学科的犯罪及其证据》提供重要的案例支持。我们为之努力了二十余年的精神科学研究成果或许马上就能问世了。所以，您是不是可以成功找回自己的记忆，然后由此揭露案件真相的结果关系重大。九州帝国大学和福冈县司法当局对此高度重视，整个世界也在关注着您，所以……"

说到这里，若林博士用他那双苍白混浊的眼睛看了我一眼，眼神十分奇怪。可就在这时，他又猛地转过头去，以帕掩面，剧烈咳嗽起来。

我只能看到他的侧脸，脸上满是皱纹，肌肉也在抽搐。而我觉得自己仿佛走到了一片大雾之中，四周都是茫茫一片，我也不知道应该何去何从。自从凌晨睁开眼后所经历的各种奇奇怪怪的事情都让我惴惴不安。若林博士刚刚的一番说辞则是让这些事情变得更加奇怪，我实在无法接受这一切都是真实发生的。这一桩桩一件件怪事似乎都和我密不可分，可我根本没有身临其境的感受，只觉得他所说的是天方夜谭。

若林博士咳了一会儿，终于停了下来，他看着我说道："抱歉，我有些累了……"他边说边转身坐到了那个小小的藤椅上。

看到这一幕，我倒有些惊讶。因为之前我一直觉得安放在他身后的那把藤椅，肯定承受不了像他这么高大的人的重量，我以为放在那儿应该是给之后要来的女性准备的。可眼下，魁梧的若林博士轻松地坐了下去，也没有被椅子两侧的小扶手卡住，整个人安安稳稳地坐着。他略微弯了弯身体，将头埋进了膝盖间，只露出了一双眼睛。这个样子似乎在跟我说，他就是一切怪事的始作俑者。他坐在椅子里，缩紧了身子，看上去只有站着的一半大。无论他有多消瘦，无论他的皮外衣有多薄，这都不是普通人能做到的。而且，从椅子中发出来的声音就和刚才的一样……不，他现在已经坐稳了，整个人更加沉着，似乎一切都在他的掌握之中。

“实在抱歉。虽然我不是这一行的专家，但是我现在亲眼看到了您的情况，也能确定正木博士的预测是正确的。您眼下肯定是在为自己想不起过去的事情而烦恼吧？其实，这是正常的，您要想恢复参加实验前的健康意识就会经历这一阶段。换而言之，正木博士的研究表明您脑髓之中的关于反射和交感过去记忆的部分控制着最早记忆的潜意识，也就是那里很敏感。

“同样地，那个神秘人也一定早就知道这一点了。他采用了有着强烈精神科学暗示性的材料，刺激您脑髓中的敏感点，使其进入高度紧张的状态，激发了您所遗传的、一直埋在脑海深处的祖先特性，唤醒了那段奇异的传奇记忆，使其出现在您的潜意识中，然后让您进入梦游状态。直到今天，您潜意识引发的梦游心理已经消失了，因此您才会变成现在这个样子。但是因为潜意识一直处于一个不正常的活跃状态，附着在您脑髓中负责反射和交感过去记忆的部分上，因为在很长一段时间内都处于紧张状态，所以它已经超负荷运作，现在也不能完全控制您了。于是您也就失去了那些发生时间较早的记忆。但是发生在最近的负责反射和交感过去记忆的部分没有超负荷运作，所以今早已经修复了，这才导致您处于现在的精神状态——十分暴躁，很想回忆起过去的事情，但总是想不起来。正木博士将此称作是‘自我忘失症’。”

“这是什么？”

“制造这些怪异之事的幕后黑手用精神科学犯罪手法控制了您，所以在事情发生后的几个月内，您都是处于非正常的梦游状态，和现在截然不同。这种深度梦游也可以说是一种极端的双重人格，它和正常的轻度双重人格梦游不同，后者所呈现出的不过是说梦话这种形式，而前者的出现概率极低，好在相关文献资料中也有所记载。例如，五十年后才想起故乡在哪里的老人、在看到证据之后才意识到自己是杀人犯的绅士、分不清做梦和现实从而犯罪的得道高僧、忘记自己曾经生儿育女的老妇人、和情人共度一晚后第二天醒来发现自己已经白发苍苍的年轻妇人、本以为是被火车撞晕却在昏迷期间成了秃头富豪的贫困少年……这些记载在资料中的奇特案例让人难以置信。可如果按照我之前讲解的由正木博士创造的新学说来看，这些事情也是有据可依的。我们已经证实了这些现象具有科学性，而且也能从实践和理论两方面确定当这些人恢复了原来的精神状态后，就会出现‘自我忘失症’，这个症状会维持很长的一段时间。其实严格说来，我们在平常的生活中，自己的心理一直会受到各种刺激，从而发生改变。比如，一个人的兴奋、忧愁、愤怒等，都属于这种梦游行为。在其心理变化的过程中，一直都在重复‘梦游’—‘自我忘失’—‘自我觉醒’这些步骤，只是每个步骤的发生时间都特别特别短，短到普通人根本无法察觉。对此，正木博士也做了实验证明。所以，博士很早就预测到您也会经历这些过程，大概在今天您就会清醒。后续步骤也会继续进行，只是时间长短的问题。”

若林博士说完后，轻轻喘了口气，舔了舔唇。

但我不知道自己现在是什么样子，我脑中是一团乱麻。若林博士所说的每一句话都有着极强的学术性，他从最尖锐的角度切入，而我整个人就像是过电一般，浑身僵硬，动弹不得。他刚才说的那一桩怪事就是我的经历吗？然后我接下来必须回想起这么可怕的一件事，想起自己的名字吗？我被巨大的恐惧笼罩着，浑身冒出冷汗，我现在的全部思绪都被眼前的这张又长又惨白的脸牵动着。

若林博士此时又微微垂眸，用更深沉的嗓音说道：“我必须再重复一遍，正木博士生前所做的预测，直到目前都已经成真了，没有任何差错。您在今天凌晨就已经离开了之前的梦游状态，即将恢复以前的记忆。您刚才也在向护士询问自己的名字，所以我才特地赶过来，想要助您一臂之力。”

听到这话，我不由提高了嗓音：“你想帮我……回忆起自己的名字？”话音刚落，我的心跳又开始加剧。难道……我就是幕后黑手？不然为什么若林博士会这么在乎我的名字呢？这个念头在我脑海中挥之不去。

可若林博士还是一如既往的平静，他说道：“是的。因为您一旦回忆起自己的名字，也就会想起之前的所有事情，包括隐藏在这些事情之后的真相。您也会回忆起制造了这些诡异之事的精神科学原理有多恐怖，以及背后之人的身份和他这么做的原因。所以当我接手了正木博士的工作后，我要做的最重要的事情就是帮您找回您的记忆。”

我被一种预感拖入了恐怖深渊，不由自主地坐了起来，挺直了背，追问道：“你……你究竟要说什么？我到底叫什么？”

若林博士听完之后，一言不发，就像是一台机器。他的眼中泛着光芒，就这样一直看着我的眼睛，似乎想望进我内心深处，打探我的想法，又似乎是在暗示我什么。

后来我再回忆起这时候发生的事情，才发现当时我已经进入了若林博士精心布下的局中。他绝对不是偶然提起那些看似符合科学发展又极能挑拨听者情绪的事情。他就是想让我把所有的注意力都集中到自己的名字上，并且会因此而高度紧张，极力去回忆他所提到的精神刺激。因此在我迫切地想知道自己的名字时，他故意保持沉默，以此来激化我的急躁情绪。他这么做可能是想刺激我去想起脑髓深处的记忆。

然而这时的我根本不可能想到若林博士是这样心思缜密的一个人，并且我以为他会立刻把我的名字告诉我，所以一直紧盯着他紧闭的双唇。

若林博士认真打量了我的反应后，略带失望地闭上了眼，轻轻摇了摇头，发出了一声叹息。然后他又睁开眼看着我，声音冷了几度，也轻了许多：“不可以，我现在什么都不能跟您说，因为您必须自己去想起所有。如果您想不起自己的名字，那么今天就到此为止吧。”

听到他这话我立刻放心了许多，可又隐隐不安，只好问道：“我真的可以回忆起一切吗？”

若林博士斩钉截铁道：“肯定能的。到那时您就会知道我说的每一句话都是真的，而且这也代表着您已经痊愈，能够离开这里。我们也做好了所有准备以确保您的权利，无论是道德上的还是法律上的。也就是说，您可以拥有一个完整的家庭，享受天伦之乐。我会把这一切都交给您。这也是我目前正在完成的正木博士工作中的第二项任务。”

若林博士说着说着又再次和我对视，他那双苍白无情的眼中写满了自信。我没有勇气再看他的眼睛，只好垂下了头。无论怎样，我都觉得自己和这个故事是分割的，它是那样复杂、奇异，而我只感觉自己很累。

若林博士并不在乎我的感受，他咳嗽了一声，换了一种语气继续跟我说道："我会从今天开始进行实验，帮您回忆起自己的名字。之后您会按照顺序看到很多东西，这都是我们……正木博士的想法，希望可以借助与您记忆有关的事物帮您想起过去。您觉得怎么样？"说完他便把手放在了椅子两侧的扶手上，身子也跟着舒展开。

我看着他，只能点点头。这看起来像是在说怎么样都可以，就按照你们的意思做吧。可实际上我心中无比纠结，而且还觉得有些可笑。早上一直在叫我的六号病房的姑娘和眼前的这位若林博士是不是把我当成其他某个人了？所以才会那样真切地呼唤着、谴责着我；所以不管过了多久，不管我经历了怎样的责问，我都想不起过去的任何事情？

那么，我马上要看到的那些和过去有关的东西是不是跟我没有任何关系？它们是一个躲在某个地方、身份不明的冷酷的精神病患所说地充满了诡异、血腥色彩的犯罪纪念品？若林博士打算用这些东西来刺激我，迫使我赶紧去回忆？

这些奇奇怪怪的想法占据着我的全部思维，让我有些害怕，不禁缩起了脖子。

而若林博士依旧是一派学者风范，温和谦逊。他淡淡地向我行了一个礼，然后站了起来。他身后的房门缓缓开启，这时，一个人急切地走了进来。他身材矮小，留着五分平头，唇边是又短又黑的八字胡须。他穿着一件白色的立领外衣和一条黑色的长裤，脚上的拖鞋应该是用破旧的皮鞋做成的。这样的打扮实在有些奇特。我看见他手上提了一个黑色的皮包，拿着一把有点污垢的折叠椅。和他一起进来的护士把一个还冒着蒸汽的圆钵放在了屋子的正中间。随后，这个男人迅速地打开折叠椅，又将手提包放在上面打开。只见他从包里拿出了理发用的剪刀和梳子等工具，然后向我点头，示意让我坐上去。若林博士也将椅子拉到了床头边，给了我一个眼神，应该也是让我坐过去。

我猜他们大概是想给我理个头吧。于是我光着脚走过去，坐在了那把折叠椅上。在我坐下的瞬间，八字胡便拿起一块白布绕着我的脖子围住了我的上半身。他又拿热水泡过的毛巾包住了我的头，然后紧紧压住，向若林博士询问道："就像上次那样剪吗？"

若林博士听到他的话后面上露出了一丝惊慌之色。他似乎偷偷看了我一眼，然后迅速调整好表情，平静地说道："可以。不过之前也是你负责理发的吗？你记不记得之前是怎么剪的？"

"肯定记得啊。正好是一个月之前剪的，而且还是特定的剪法，我当然印象深刻了。中间高一点，看起来像一个鹅蛋脸，四边就像东京学生那样剪短一些。"

"是这样的。那这次也辛苦你了。"

"应该的，放心吧。"

八字胡边说边开始动起剪刀。若林博士依旧坐在床边的藤椅上，然后从他的外衣口袋中拿出一本红色的外文书。

而我则闭眼思考着这一切。

不管怎样，我对于自己的过往已经有了一些了解。抛开若林博士说的那些天方夜谭，我还是能从中理出一条线索。

我在大正十五年（虽然我不知道具体时间）住进了九州帝国大学精神病科的七号病房，直到今天之前我好像都处于忘我的梦游状态。大约在一个月前，我也剪了一个学生平头，只是我不确定自己那时候是在进入这个状态之前还是处于这个状态之中。不过现在我要慢慢变成之前的样子。

虽然我能想到这些事情，可这与我失去的记忆相比，不过九牛一毛。而且这些也只是我从陌生的若林博士和理发师口中听到的事情，我自己真正记得的只有从早上听到的钟摆声到目前所发生的一切，其时间跨度不过几个小时。而此前的所有事情于我而言都是一片空白，我连自己那时候是死是活都不知道。

我生于何处？长于何处？为什么拥有看到任何东西就能立刻辨别的能力？为什么对若林博士所说的那些原理能有如此深刻的理解？我拥有的那些复杂又庞大的记忆为什么会突然消失得无影无踪？

我依旧闭目凝神思索着这些事情，我的所有注意力都集中在脑海中的那个空洞之上。在我未察觉的过程中，我的灵魂慢慢变成了飘浮在虚空之中的微生物那般大小。我感受到了忧伤和孤寂，竟有些想哭。

不知是什么东西沾到了我的后颈，让我感到一阵凉意。睁眼一看，原来理发师早就把我的头发打理好了，现在正往上涂肥皂，要把后颈的毛发剃掉。

我连忙把头低了下来。

我继续思考着，若林博士在一个月前也曾让理发师为我修剪这种发型。也就是说，我在一个月前可能也像今天这样，经历了这些可怕的事情。从若林博士的反应来看，之前为我理发的应该不是眼前的这位理发师。如果真是这样，那么我之前是不是已经反反复复经历过这些事情？换而言之，我一直在重复着这些可悲可笑的行为，我这个梦游症患者不过是个跳梁小丑罢了。

那博士应该是专门负责这个实验的残酷冷血的人吗？不，不是这样的。难道从凌晨到现在所发生的一切都只是我幻想出来的事情吗？我只是幻想着自己坐在折叠椅上，让理发师帮我打理发型、修剪眉毛，但其实我的身体并不在这里。所以，我正在一个奇怪诡异的地方梦游……

有了这个念头，我赶紧从折叠椅上跳了起来，那一张白布还挂在我的肩上。我本想不顾一切地往前跑去，但事实上我根本做不到。我感觉到头顶上有了一系列动作，使我根本不能睁眼张嘴，刚刚离开椅子的臀部又重新落了回去，我只好紧紧地缩起脖子。

我感觉到自己头上放了两把圆梳子，它们突然转了起来，一瞬间我竟无法呼吸，但居然觉得很惬意。于是，我暂时忘却了要么自己是一个精神病患者要么其他人是疯子的事情。人类的悲欢喜乐、我的曾经与现在、人世间的所有事物在这一瞬间都与我无关了。我瘫在椅子上，就像一个浑身瘙痒的人终于拿到了一个痒痒挠尽情挠着全身那样爽快，身上的每一个毛孔都得到了放松。我打算放弃挣扎了，毕竟事情发展到现在这个样子，已经不由我控制了，所以之后我还是都听若林博士的话吧。至于将来会怎么样，我也不在乎了。

“请您过来。”

耳边突然传来了一个年轻女子的声音，我吓了一跳，连忙睁开眼睛。只见屋内突然多了两个护士，也不知道她们是什么时候进来的，现在她们站在我的左右两侧像抓犯人那样紧紧抓住了我的手。我也不知道理发师是什么时候把我胸前的白布拿走的，反正我只看到他站在门外拍打那块白布。

之前一直在认真阅读那本红色外文书的若林博士现在把书反扣在了桌上，然后站了起来，两只手指着房门，轻咳几声。看样子好像在跟我说，请到那边去。

我脸上全是剪下的头发和头皮屑，只能勉强睁眼。那两位护士抓着我的手带着我往外走去。我光着脚踏上了那块冰冷的石板，这或许是我这一辈子第一次离开这个房间？

若林博士把我送到门外后就不知道去哪儿了。

门外的走廊很宽，是用人造石做成的。走廊两侧各有五道门，样子和我的房门一模一样。走廊尽头的那面墙壁没有光照，看起来很阴暗。墙上有一处凹陷下去，那里正摆着一座有一人高的大钟，看来今早吵醒我的钟声就是它发出来的了。这个大钟外面的窗户倒和我房间的窗户一样，都是用铁丝网包着铁格子，但他们是怎么给大钟换发条的呢？我看到表盘上用旧藤蔓图案装饰的长针停在了六点零分那里，表盘下的黄色钟摆一直在摆动，发出咔嚓咔嚓的声响，就像是一个被罚要一直重复做同一个动作的人。时钟右边就是我住的那间房，一个大概有一尺长的白色牌子被钉在房门旁，牌子上写着一行小字——精东第一病房大楼，是黑色哥特式文字，而这些文字下边就是“第七号房”四个大字。可惜没有写病人的名字。

我在护士的带领下，向着与时钟相反的方向走。没走多久便来到了光线敞亮的户外，映入眼帘的是一座蓝色的西式木建筑，一共有两层。走廊两侧都是白色的沙地，上面种着鲜艳如血的豆菊、洁白如雪的雏菊，还有红黄相间的鸡冠花，看上去倒很像某个内脏器官。而花丛对面则是一片墨绿的松树林。树林上方是蔚蓝的天空，挂着淡淡的云朵，站在温暖的阳光下，听着远方的海浪声，真是怡然自得，好不惬意。

我心中暗想道：“如今应当入秋了吧？”

我深深地吸了一口气，空气是那样清新凉爽，吹散了我心中的阴霾。然而护士们并不打算让我在这里享受美景，她们紧紧拉住我的手，直接把我拉进了通往蓝色楼的阴暗走廊上。随后我们来到了右边的第一个房间，早就在这里等候着的护士立刻打开了房门，和我们一起走了进去。

原来这里是一间宽敞明亮的浴室。我对面有一扇窗户，窗户旁边是一个用石头做成的浴缸，缸里已经放好了热水。水中冒出的热气让三面玻璃窗都变得雾蒙蒙的。我身边的三个护士一起伸手抓住了我，三下五除二地脱光了我的衣服，把我赶进了浴缸。我躺在浴缸中感觉身子已经慢慢变热、变烫时赶紧站了起来。三个护士便把我拉了出来，让我站在淋浴的木板上，用肥皂和海绵为我清洗。她们连招呼都不打，直接把我头按下，然后用肥皂清洗我的头发，力气大得像两个男人。等头发打出泡沫后，她们又直接打开淋浴头，对着我一阵冲洗。在这个过程中，我根本睁不开眼睛，也没办法张开嘴。等做完这一切后，她们又猛地抓住我的手，直截了当地命令道："你过来。"

于是乎，我又被赶到了浴缸里。我真不理解她们为什么会这么粗暴地对待我，莫非其中某个人就是早上给我送饭又被我拉住的护士，然后借机报复我？不过也有可能她们一直都是这样对待精神病人的。想到这里，我又不禁悲上心头。

在即将清洗完的时候，她们帮我修剪了手脚的指甲，又用牙刷和盐巴给我刷了牙。最后让我在浴缸中把身体泡暖，拿了新的毛巾和梳子给我擦水、梳头。在经过了这番折腾后，我感觉自己似乎重生了，整个人都轻松了许多。可我还是很不解，为什么我的身体和心情都这样舒畅，我还是找不回以前的记忆呢？这可真是太奇怪了。

正当我思考时，一个护士对我说道："你穿这套衣服。"我闻言回头看去，只见之前被丢在木地板上的病服已经不在了，取而代之的是一个用淡黄色布料裹着的包袱。我上前打开包袱发现里面是一个白色的纸箱，里面放着一套大学生制服，还有帽子、褐色的半筒袜、混色外衣针织衫和一条长裤，最下边还有一双用报纸包着的鞋。我打开了最上边的一个小皮盒，里面放着的居然是一只闪闪发光的银色手表。

可我还没来得及惊讶，就被护士们逼着穿戴好了一切。但我还是趁机查看了一番，发现这些东西上并没有任何标记表明它们是属于我的。可不管是衣服、鞋子还是袜子，都已经被熨烫过了，而且完全符合我的身材。当我穿上它们时没有任何不适感，反倒是觉得这是我之前穿惯了的样式。无论是全新的角帽[1]还是洁白发亮的鞋子，或者是时针指向六、分针指向二十三的手表表带，都无比贴身，只是衣服领子比较新，有一点儿紧。我着实有些惊讶了，毕竟这实在是太神奇了。我将两只手插进外衣口袋，右手居然摸到了一张对叠两次的全新手帕和卫生纸，而左手摸到的是一个鼓鼓囊囊的小钱包，也不知道里面有多少钱。

我感觉自己就像中了邪，很想找面镜子照一照。可我将整间屋子仔仔细细地打量了一遍，也没有发现任何可以反光的东西。那三个护士也一直看着我，之后就开门走了。

她们一走，若林博士便来了。这里的门框有些矮，博士只能低着头慢慢走进来。他用眼神打量着我，似乎是在检查我的穿着。随后又将我带到房间的角落，从两面墙中间的晾衣绳上取下了一件浴衣，露出了藏在其后的一面大镜子。

我今天在病房醒来的时候，摸过自己的脸，当时觉得自己应该是一个年过三十，留着一脸络腮胡，表情凶狠的壮汉。虽然刚刚理完发，还清洗了一番，但是我看向镜子，发现镜中人的样貌着实有些年轻了，竟不由自主地向后退去。我真的没想到自己本来的样子和想象中的相差这么大。

镜子里的人最多不过二十岁，天庭饱满，两颊微微凹陷，一双眼睛又大又圆，配上那副惊讶的表情怎么看都像个愣头青。如果不是穿着一身大学生制服，上街很有可能被当作中学生。在意识到自己尚且年少后，我不再像之前那么紧张了，反而有了别样的情绪——似乎是兴奋，又似乎是哀愁。

此时站在我身后的若林博士开口追问道："您现在感觉如何？有没有想起自己的名字？"

[1] 日本学生戴的一种帽子。这里的学生帽有角帽和丸帽，后者又叫圆帽，是小学、初中、高中学生经常戴着的，而前者最先出自东京大学，之后被广泛用于日本各个大学中，受到了大学生的喜爱。——译者注

我连忙把头顶的帽子拿了下来，咽了咽口水。在转身的瞬间我终于想明白为什么若林博士刚才会在我身上各种折腾了。他说要让我看的和过去有关的纪念品之一就是我以前的容貌。也就是说若林博士一直记得我刚住院的样子，于是他费力将我打扮成那个模样，然后让我突然从镜子中看到自己的样子，想以此刺激我回忆起从前的事情。对，肯定就是这样的。我过去的样子的确也能算作是过往的纪念品。也许我会认错其他的东西，但我肯定不会忘记自己以前的模样。

可若林博士的这番心思算是白费了，因为我突然看到自己曾经的模样的确很吃惊，但我还是没能想起过往的任何事情。而且在知道自己尚且青春年少后，我更加害怕了。心底涌现出一股很复杂的情绪，既怕被人愚弄嘲笑，又莫名的惶恐不安。我伸手擦掉额头上冒出的冷汗，尽量把头低到极限。

若林博士用他波澜不惊的眼神在我的脸上和镜中的脸上来回切换，他的神情极为严肃。但到最后也只是略微点了点头说道："这不怪您。与之前相比，您确实白了些，也长了点肉，和住院前大概不太一样了。那就请您跟我到这边来吧，我还有别的方法帮您想起来，这个方法应该能奏效吧……"

我穿上新鞋跟着若林博士经过了前面看到的那条满是鸡冠花的走廊，我的脚腕和膝盖都有些僵硬。我本来觉得博士会带我回到七号房，没想到他在六号房门前停下了脚步，然后抬手叩门，拉开了那个大黄铜把手。只见一位系着黄色围裙，已过知天命之年的老妇人从半掩着的房门中走了出来。我猜她应该是看护人员吧。老妇人礼貌地向若林博士行了个礼，神色恭敬地说道："她还在睡觉呢。"说完这话她便向我们刚才去的西式建筑走去。

若林博士则轻手轻脚地伸头看向屋内，然后轻轻抓住我的手，小心翼翼地关上房门，带着我走到了放在墙边的铁床旁。他松开握着我的手指向床上正在熟睡的少女，回头静静看着我。

那位少女宛如天仙下凡，她就这样安静地睡着。我用两只手死死抓着帽檐，眨了眨眼睛，完全不敢相信这一切。

少女那如海藻般的头发被随意扎了起来，然后凌乱地散在白色的枕头上，就像一朵盛开的黑色花蕊。她穿着的那套白色病服和我在七号房里穿的一样，我还看到她交叠在胸前的两只手上都缠着新绷带。她应该就是在凌晨一直拍墙呼唤，让我痛苦难受的姑娘了。不过我并没有在墙上看到想象中的斑斑血迹，可无论如何我都不能将眼前这个睡容甜美的单纯少女和凌晨那个凄惨哀怨的疯狂姑娘联系到一起。这个少女有着柳叶般细长的眉毛，睫毛弯弯，翘鼻红唇，两颊微微泛红，下巴娇俏可爱，她睡在那里就像一个仿真的洋娃娃。其实那时候我是真的在想眼前看到的人是不是洋娃娃，于是我一直盯着她，都有些忘乎所以了。

而洋娃娃的睡容在我眼中也开始发生难以言喻的神奇变化。

我看见在那洁白的枕头上有一对长着淡淡绒毛的粉色耳朵，又长又密的睫毛静静地贴着少女的下眼睑，是那样恬静美好。但是少女的睡容慢慢出现了悲伤之色，其转变的速度肉眼不能察觉。但是少女的柳叶眉、长睫毛和樱桃小嘴依旧保持着刚才的轮廓，还是那样漂亮。少女的两腮从原本单纯又漂亮的粉色变成了孤独的玫瑰色，在这细小的转变下，看起来不过二八年华的稚嫩容颜竟渐渐变成了二十出头的高贵典雅的贵妇人神情。她脸上的那一抹悲伤之色又是那样圣洁。

我有些不敢相信自己的眼睛，我的目光一直停留在少女脸上，连呼吸都快顾不上了，更别说抬手揉眼了。只见一滴滴泪珠从少女的眼中流出，挂在了长长的睫毛上，然后缓缓滴落。我心中诧异，少女这时轻启朱唇，喃喃呓语道："姐姐……我真的很抱歉。我知道你很看重哥哥，可我……我也是真心爱慕他，而且我很早很早就喜欢他了……我们也是因此才走到今天的地步……姐姐，我对不起你……你可不可以原谅我……求你了，就原谅我这一次吧……姐姐……"

她说话时断时续，口齿也不清晰，我只能根据她嘴唇的变化大概猜测出内容。可她的眼泪如决堤之水倾泻而出，流过睫毛、眼角、太阳穴，最后落入了那如瀑的青丝之中。

好在她并没有哭太久。两腮的玫瑰色也逐渐变成了之前的粉色，表情也变回了少女的模样，仿佛雨过天晴。她只是做了一个梦，可她在梦中竟然那样伤心，模样都老了几岁。我一直凝望着她，嘴角不自觉地扬起，勾勒出了一丝温柔的笑容。我在心中长叹一声，似乎自己也没有真正梦醒，小心翼翼地回头看去。

若林博士依旧负手而立，面不改色地垂眸看着我。但是他那僵硬的神情出卖了他心中的紧张。他和我就这样对视了一会儿，然后他舔了舔唇，问道：“您认识这个姑娘吗？”他的声音是那样无力，和之前完全不一样了。

我又看了看床上的少女，为了不惊扰到她，我只能微微摇头，用眼神表示我对她的陌生。若林博士又赶紧问道：“那你看着她的容貌是否觉得似曾相识？”

我抬头看着他，不由自主地眨了眨眼。这是在跟我开玩笑吗……我连自己的模样都不熟悉，怎么会认识其他人的样子？

若林博士从我的眼神和表情中读懂了我的想法，他脸上露出了一种难以用语言形容的失望之情，眼神也开始放空。他看了我一会儿，调整好表情，点了点头，然后与我一同看向床上的姑娘。他郑重地向前走了半步，双手交握在胸前，低头看着我，就像是在神明面前发誓那样。

“那就由我来向您介绍吧。您只有一个表妹，就是您眼前的这个女孩。而且她也是与您有媒妁之言的未婚妻。”若林博士的话中充满了暗示。

我差点叫了出来，好在及时止住，我还是双手抚额，踉踉跄跄地退了几步。我根本不敢相信自己的所见所闻，艰难地开了口，声音沙哑：“这……这……不可能是真的，这个女孩是那样美丽啊。”

“的确，这位小姐有着倾国倾城的容颜。但她也确实是您的表妹，而且就在大正十五年，也就是今年四月二十六日即将和您成婚，距今正好六个月。可是在婚礼前一晚发生了那件匪夷所思的事情，所以她才落到如今这个境地，真的是太可怜了。”

我无言以对。

“因此，正木博士交代给我的最后一件事就是帮助您和她安全出院，然后过上幸福的生活。”若林博士在说这些话的时候特意放慢了语速，语气也很严肃，具有威胁之意了。

可我只觉得这是一个晴天霹雳。如果有一天有人告诉你，你的妻子就是这个你从来没有见过的绝色美人，任谁都会觉得匪夷所思吧，甚至还会觉得有些荒唐。

“你说我只有这一个表妹？那她刚刚叫着的姐姐是谁？”

“那不过是她说的梦话罢了。我已经说过她是家中独女，并无手足。不过依据我们对她的调查，她千年前的先祖确有一位长姐。所以这位小姐只是在梦中将自己当成了她的先祖。”

听到这话，我颤抖地问道：“你怎么会知道这些？”我忍不住慢慢向后退去，想离若林博士远一些。要知道这世上能够了解别人梦境的只有巫师啊……这些是不能根据任何推理或者想象得出的。而且人类怎么能了解到千年之前发生的事？他为什么对这些事这么熟悉？以若林博士目前表现出的智商来看，他真的是一个普通人吗？还是说，他与我一样都只是这个精神病院里一个特殊的疯子呢？

若林博士并没有任何惊讶，他的语气中依旧有着一位科学家应该有的平静淡定：“我之所以会知道她的梦境，是因为她在清醒的时候也会说这些话，做这些事。你看到了她扎头发的方式吧，她扎的这种发型是其先祖生活时期妇人的发式。她有时候也会重新梳妆打扮。换言之，这位云英未嫁的小姐自己梳上这种发式后，她的精神状态也已经发生了变化，她的生活习惯、自身性格和所有记忆都变成了她先祖的，这时候你再观察她的举止神态，就完全是一位优雅夫人的样子，看起来就像大了几岁。但当她忘记自己的梦境后，她就会让护工帮忙梳洗打扮，发型也和别的病人一样。”若林博士说话时的声音依旧很低沉，时断时续。

目瞪口呆的我一会儿看看少女的怪异发型，一会儿看看若林博士，继续问道：“那……那她口中叫着的哥哥是？”

“是她先祖的姐夫，也是您千年前的先人。可以这么说，这位小姐现在梦到的就是她和千年前的您同居的事情。”

“这……这……这实在是太荒唐了！成何体统——”我话还没说完，就被若林博士抬手打断了。

“您不必这样失态……只要您能马上回忆起自己的名字，全部的事情……”

若林博士也突然闭了嘴。我们不约而同地回头看向床上，可为时已晚。

床上的女孩朱唇轻动，双眸缓缓睁开，看来是被我们吵醒了。她看了看我，似乎是不相信一般，又眨了眨眼。然后双眸放光，脸色越来越白，脸上写满了诧异。而后便瞪大了双眼，灿烂得像宝石一样的眼睛熠熠生辉，眼波流转，双颊红若晚霞，美丽不可方物。

“哥哥！你……你怎么在这儿？”她声音悲凉又凄惨，然后她赤脚奔向我，衣服的下摆都露出来了。

我着实被她吓着了，不由得推开了她，往后退了几步。我看着她，有些手足无措，不知道如何是好。

女孩似乎也被我的动作伤到了，她先是整个人立在原地，一动不动，如被雷击。脸上的表情从欣喜变成了哀怨，唇色惨白；反应过来后，她踌躇退到床边，双手撑着床铺勉强稳住了身体。但她的眼神一直锁在我身上，双唇颤抖。她无助地望向若林博士，但得不到回应，她打量了周围，美丽的双眼中泪水盈盈。她默然低下了头，缓缓滑坐在地板上。她似乎是忍不住了，用白色的袖子掩着脸，眼泪如同决堤的水坝，倾泻而出。

我被她的眼泪弄得更加慌乱，满头大汗。我抬手擦掉汗水，眼神在若林博士和哭泣的少女身上来回切换，心里没有一点主意。

若林博士依旧面不改色，眉毛都没动一下。他只是无情地看着我，而后缓缓走向坐在地上的女孩，俯身在她耳边问道：“你现在想起你的名字了吗？或者是他的名字？”此言一出，我比女孩还要惊讶。莫非她也刚从梦游之中醒来，进入了“自我忘失”中，就跟我一样？而且若林博士也把她当作了实验对象吗？想到这里，我非常紧张，甚至有些耳鸣，所有注意力都集中到了她的唇上，等着她的回答。

可是女孩什么都没说，只是忍住了泪水，将脸靠在床铺里，轻轻摇了摇头。

若林博士问道：“所以你现在只知道他是你的未婚夫吗？”

女孩点了点头，再度哭了起来，声音比刚才还要大。她哭得那样悲凉哀怨，当真是闻者伤心、见者流泪。她刚刚清醒却想不起未婚夫的名字，只能和他一起被关在这个精神病院之中。而她等了这么久，终于见到了自己心心念念的人，但是那个人却冷漠地推开了她。她怎么可能不伤心、不难过呢?

虽然我是个男子，但是跟她处境相同，受着一样的折磨，所以我很能理解她现在的崩溃与无助。这时候听着她的哭喊，我比凌晨听到的时候更加难受了。虽然我的记忆之中依旧没有她的存在，但是看见她这般痛苦我真的很想找回自己的记忆，帮帮她。她的哭声让我心如刀割，她全身颤抖、楚楚可怜的样子又让我自责不已，我感觉她今天的遭遇都是我一手造成的。饱受良心谴责的我只能捂住自己的脸，浑身上下每个毛孔都在渗出冷汗。我的意识逐渐模糊，仅维持站立这个动作就花光了我所有的力气。但若林博士似乎并没有发现我正在掉入痛苦的深渊。他只是俯下身拍了拍少女的肩膀，怜香惜玉地安慰道："没关系的，你先冷静一下。相信我，要不了多久，你就能想起来所有事情。你的哥哥也是如此，虽然他现在忘了你，但之后他一定会想起你的。到时候我会第一时间把这个消息告诉你，让你们一起离开这里。起来吧……你再睡一会儿。放心，你们很快就能离开了。"

说完，若林博士抬头看向我，他无视我的眼泪，也不管我现在的无助、害怕，直接拉着我离开了这里，走之前还将那扇房门关上了，整个过程中他没有任何犹豫。他拍手招来了还在走廊另一侧观赏鸡冠花的老妇人，虽然我正在纠结，但还是在他的催促之下回到了七号病房。我进入房间后仔细听了听隔壁的动静，老妇人在跟那个女孩说些什么，而她似乎也慢慢平静下来，停止了哭泣。我站在地上，借助深呼吸的方式平复着自己的心情。然后抬头看向若林博士，希望他能给我一个解释。毕竟我刚刚经历的事情实在是太过离奇诡异了。

在我病房的隔壁住着一个貌若天仙的绝色美人，她患有精神病，是我的表妹，也是我的未婚妻。不仅如此，她还时常会做一个奇怪的梦，梦中我们都是千年前的人，我娶了姐姐，却和她住在一起。而且她梦醒之后见到我的第一反应就是唤我为哥哥，想要扑到我的怀中得到一个拥抱。在被我推开之后，她跌坐在床边，哭得梨花带雨。

这一切都不符合常理。可若林博士若有所思，一言不发，似乎并没有打算跟我说明情况。他只是看了看我便从背心的口袋中拿出了一只银色的怀表。而他的眼神是那样冷漠无情。我看见他用右手指尖轻点手腕，又看着左手的怀表表盘，上面显示的时间是七点三十分。而后他便开始记录着自己的脉搏。若林博士的身体并不算康健，所以也许他每天都会在这个时间点记录心跳脉搏吧。他的表情十分冷淡，就像街上和你擦肩而过的路人一样，看起来似乎并没有被之前的紧张氛围所影响。若林博士低眉凝神，目光沉沉，宛如幽灵；毫无血色的双唇紧闭成线，压在左手手腕上的中指时紧时松。他这么做好像是在压制我因为刚才的所见所闻而出现的激烈情绪。

以前、眼下、将来……现实和梦境不再界限分明，这个世界充满了怪异的事情：被卷入三角恋而苦苦挣扎的少女，与纲常伦理相悖的恋情、与世无争的单纯在她身上同时出现，她不知道自己究竟是未出闺阁的少女还是已经成婚的少妇，甚至也不知道自己究竟是个正常人还是一个疯子。我亲耳听到别人告诉我那个有着沉鱼落雁之貌的美人是我的表妹，和我有着媒妁之约，也亲眼看到了相关证据。可是当我提出疑问时，若林博士却有意避而不答。我心中自然很不满，但我也别无他法，只能把玩着自己的帽子。我在低下头的那一刹那，突然觉得自己被若林博士玩弄于股掌之间。他会不会是故意在我意识不清的时候编造出了这些让人匪夷所思的故事，然后骗我相信他？那他的动机为何呢？难道是要进行某些实验吗？怀疑的种子一旦落入心田就会立刻生根发芽，所以这种猜测在我心中也越来越具有真实性了。他知道我失忆之后便故意把我打扮成一个大学生的样子，然后告诉我那位绝色佳人是我的未婚妻。他如此煞费苦心，实在让人难以相信。我穿的衣服、戴的帽子都很合身，也许是因为他在我意识不清的时候趁机进行了测量；而那个姑娘是被这家医院收容的精神病患，她无论见到什么人都会表现出刚才的样子。而这家医院可能并不是九州帝国大学，出现在我眼前的也只是个冒名顶替的人。他故意找到精神不正常的我，然后设计安排了这一切，想让我相信他所说的一切，从而实现其不可告人的目的。如果不是这样的话，我怎么可能在再见到这么美丽的“未婚妻”时会全无印象，也没有半分喜悦之情和想念之意？这绝不可能。所以，一定是这个人在骗我，而我差一点就相信他了。我想明白这点后，之前的纠结困惑和惊讶迷茫都烟消云散了，大脑终于清净了，整个人又恢复如初。我不再害怕，身上也没有任何重担，只是那种孤立无援的无奈的感觉又涌上心头。我叹了口气，缓缓抬起头。这个时候，若林博士也已经记录好了他的心跳脉搏，不慌不忙地把怀表放回原处，脸上的表情也和我们刚见面时一样——真诚、有礼。他开口问道："您现在感觉怎么样？是不是有些疲惫了？"

他这安之若素的样子更让我有被玩弄的感觉。不过我还是尽力克制住了自己，拿出一副无所谓的态度，点头道："还好，我倒不觉得累。"

"既然如此，那我们要继续唤醒记忆的实验吗？"

我现在是真的什么都不在乎了，便点头答应了。

若林博士也点了点头道："好的，那接下来我将带您去九州帝国大学精神病科本馆的教室。正木敬之博士直到死前都在那里进行研究实验。那里有很多与您过去相关的物品，我相信在您亲眼见到它们之后，一定能解开所有的疑惑，想起以前的事情，包括那个和您以及您未婚妻息息相关的真相。"

我从他的语气中听出了他的信心，以及某种弦外之音。可现在我已经不想再去推理了，无论他带我去哪里，我都没有办法反抗，只能乖乖顺从。我承认自己现在有些自暴自弃，于是便低下了头。不过，对于接下来要见到的奇怪物品我也还是有些好奇。

若林博士对于我的反应也很满意："好的，请您跟我来吧。"

我跟着他走了出去。才发现他所说的精神病科本馆就是我刚才沐浴的地方——那座蓝色双层楼的西式建筑。花田外的走廊和蓝色建筑的中央走廊是相接的，我们从这里走到了一楼尽头，那里的铁门跟监狱大门很像。这里应该有守门人，因为在我们到达之后大门便徐徐打开，只是我没有看到他们在哪里罢了。然后我们进入了一个光线昏暗的玄关，这里面积倒是挺大，只是玄关的门一直紧锁，可能是还没有到开启的时间吧。玄关两侧都是楼梯，而且坡度大。我们借着门上的小窗口射进来的蓝色微光，慢慢走上了左边的楼梯，走到尽头后往右拐，就到了一条南北走向的走廊中。走廊右边是各个房间，房门处都挂有木牌，上面写着"图书馆""实验室"等。走廊尽头是一道褐色房门，门上贴着一张纸，上书“禁止出入……医学院院长”，还是用毛笔写的。若林博士走到我前面，从外衣内侧的口袋中拿出了一把带着一个大木牌的钥匙，然后把钥匙插进锁孔，开启了房门。我在他的带领下踏入房内，只见他以非常恭敬的姿态脱下外衣，然后把它挂在了门后的衣帽架上。我有样学样，也跟着把衣服和帽子挂了起来。不过由于房间很长时间没有打扫，覆盖着灰尘，所以在地板上留下我们的脚印，所幸灰尘并不厚。我这才开始打量起这个房间，房间有十二扇窗户，南、北、西三面墙上各四扇，所以屋内光线充足，很是敞亮。西边和北边的窗户外是郁郁葱葱的松树枝；南边的窗户外则是一览无余的风景，蔚蓝天空，滔滔浪声，让人身临其境。若林博士穿着一套十分正式的西服独立于房内，和我身上的学生制服形成了鲜明对比，我感觉自己已经跳出凡世，离开了现实空间。

若林博士突然举起自己的右手在原地转了一圈，而且口中还发出了声音，刹那间屋内的各处都出现了余音。

“精神病科之前的主任斋藤寿八教授呕心沥血地收集了很多和精神病相关的资料、参考文献，还有之前在这里接受治疗的病人们所制作的东西，以及与他们人生相关的资料和纪念品，所以这里就是精神病科教室的图书馆，也是标本室。而且这里的很多文献都是精神医学界最珍贵的资料。后来斋藤教授辞世，正木教授在今年二月接替了他的职位，成了新的主任。因为正木教授觉得这里光线很好，所以他把东边的图书文献都搬到了之前教授的办公室中，又安装了一个非常大的暖炉，把这里改造成了自己的卧室。也就是您现在看到的样子。不过，他这么做完全是一意孤行，既没有得到校长的允许，也没有向上级提交过申请。学校的冢江事务官为此也很头疼，据说他还隐晦地提醒过正木教授，让他写一份申请书交上去。

“不过教授并没有直接答应他，而是一脸淡定地说道：‘这有什么问题吗？不过就是把标本换了个位置摆放罢了。你直接跟校长说，我这么做自有安排。我跟你明说吧，虽然我现在任职于这所知名大学，这也是我的荣幸，但认真想来我只是一个痴迷于研究和妄想的疯子而已。我对自己进行过诊断，确定我是有资格成为别的精神病专家研究对象的。但我总不能把自己安排到自己治疗的病房中吧。反正我这么做就是想把自己的脑髓也当成参考资料，成为一个活标本。这对于内科或外科来说也许没有必要，但是对于精神病科来说，主任的脑髓也是一项很重要的研究资料，必须要对它进行深入的观察。这也是我一直坚持的顶级学术研究原则。我相信，斋藤教授在天上也一定会支持我这么做的。'

“博士说完这话后仰天大笑几声，圆滑的冢江事务官也对他束手无策，只能灰头土脸地走了。”

若林博士在说这一大段话的时候语气都很平静，可我还是惊叹不已，甚至全身泛起了鸡皮疙瘩。我对正木博士的认识都来自他人的讲述，知道他是一个聪明绝顶的人。而若林博士的这番话让我看到了一个完全不一样的正木博士，不过寥寥几句戏谑便能发现他的与众不同。他并不在乎这个社会所形成的约定习俗，在调笑之间将自己当作是精神病患的标本，以此来嘲讽这个大学和全世界所有的专家。我知道他的行为可谓一针见血，又准又狠，我被他的智慧和通透深深折服，也为之目瞪口呆、赞叹不已。

不过，若林博士显然是不在乎我的惊叹的，他自顾自地继续解释道：“之前在七号病房的时候我跟您提过，想让您看看实验室中的标本和纪念品，试试能不能找回一些记忆。这也是我带您来这里的唯一目的。这么做可以激发人类平常不能发觉、藏在记忆最深处的潜意识。之前所发生的很多事情都已经证明人的潜意识一直是处于活跃状态，并且能控制人体的行为，只是人们自己不能感觉到罢了。所以，我相信您在看到某个与您以前经历相关的纪念品时，您潜意识中的记忆就会被唤醒。正木博士之前在巴尔干半岛旅行时，就和当地的女祭司，也就是当地人所说的伊斯梅拉请教过这一方法，而且通过实验证明了它的可行性。不过，如果您真的和刚刚见到的那位少女毫无关系的话，那就意味着这里的所有纪念品都和您的过去无关，这个实验自然也会失败。因此，您不必有任何担忧。我希望您能把自己当作是某个精神实验的研究者，在看到每个纪念品的时候都尽量去思考一下。我相信这屋子里一定有一样东西可以让您眼前一亮，能打开记忆的开关，让您回忆起过去的所有事情。”

若林博士的语气依旧斩钉截铁，充满了自信。他就像是家长在教孩子做题那样温柔亲和。可我在听他说话的时候，心底出现了一种异样情绪。这是自我凌晨醒来之后从没有过的感觉，它喷涌而出，占据了我所有的感官。而他的这番话让那个就快被我放弃的念头再度出现——也许现在我所经历的事情就是一个弥天大谎。

身为法医学专家的若林博士的确是手段高明。虽然他已经认定我是刚才见到的那个姑娘的未婚夫，但他并没有要求我立刻接受这个事实，而是利用科学方法引导我去慢慢相信他所说的一切，并且让我自己去找出相关证据来证明那个姑娘就是我的未婚妻。整个过程都光明正大、合乎情理，没有任何强迫的成分。他一直都是一副胸有成竹的样子，在整个计划中也几乎算无遗策。如此看来，也许我刚才听到的、看到的都是事实，我确实有一个许了婚约的表妹，而且她就是我刚才见到的少女。如果真是这样，那么无论我愿意与否，都必须为了她去找回我曾经的记忆，然后将她带离那痛苦的深渊。所以，我一定要仔细认真地对待这个屋子中的纪念品。

天哪！我居然真的要从这个精神病院的“标本室”中寻找自己的记忆，并且从这些“精神病纪念品标本”中找到能够证明那个于我而言完全形同陌路的绝色美人就是我的未婚妻的证据。我为什么会经历这么奇怪的事情？为什么会面对这样离奇的人生？这种感觉真让人既害怕又不解。

在改变了自己的想法后，我先从衣服口袋里拿出那块新手帕擦掉了额头上的汗，然后小心翼翼地观察这个屋子。在这里的某个角落中或许就隐藏着我自己都不了解的过往，思及此处，我心中又涌上了恐惧的感觉，在这种氛围下，我实在不能做到昂首挺胸、自信满满地审视周围。

将这个房间从南北向切割，西边是用常见木材铺设的地板，地板上立着一排玻璃柜，柜子中摆放的都是各类标本；东边则是用亚麻材料铺设的地板，地上已经积了一层薄灰。屋子中间放了一张桌子——长约十二尺，宽约五尺；桌子两侧各有一把旋转扶手椅，桌子上铺了一张绿绒桌垫，垫上有积灰。从南边窗户射进来的光线被桌子反射后，为整间屋子塑造出了一种无比庄严的气氛。桌子正中间放着几本厚厚的资料，这些资料用帆布做封面、装订成册，被摆得整整齐齐。资料旁边放着一个蓝色绸布包，从上面落的灰可以推断它被放在这里很久了，而且一直都没被动过。资料前面放着的是一个积了灰的红色烟灰缸，用陶瓷做成了达摩造型；达摩是背对那些资料的，他把手臂交叉在头顶之上，张嘴打着哈欠，这个造型倒是亘古不变。不过我总觉得有人故意将它放在这个位置上，因此我对它格外留意。

达摩烟灰缸东边的墙壁被粉刷成了淡黄色，墙壁中间安装了一个暖炉，这个暖炉很大，成年人可以轻松地蹲在它上面。暖炉上有一个黑色的正方形盖子，正上方挂着一个圆形时钟，目测它的直径应该不小于两尺。时钟所指的时间是七点四十二分，和现实中的时间是一致的，但奇怪的是它没有秒针走动的声音，我估计这个时钟的动力源应该是电力。钟表右边挂了一幅巨大的油画，而且还是用金色画框装裱的；左边挂着一个月历和一张被放大了的肖像。肖像左边有一道门，我猜门背后应该就是隔壁房间了。清晨的阳光照射进来，使这一切都无比清晰。我本来已经放弃自己了，但此刻站在这间被改成了大学教授起居室的屋子中，在它所散发的庄严气氛中，我不禁端正了自己的态度，不再想着自暴自弃。一种奇妙的崇高感让我忘记了那个女孩的经历，我现在只觉得心中充满了神圣，不由得整理好自己的领子，想听从上天的安排。我就像被天意所带领的修行者，缓步向前走到了摆满纪念品的玻璃柜前。

我首先观察的是靠近南边窗户的柜子，这里的光线最充足。我看见那扇玻璃门后有很多奇妙的挂轴和文件，每个物品上都贴了一张纸，纸上写着它的简要介绍。按照若林博士所说，这些物品都是之前住在这里的患者交给主任的证明，表示他们的精神已经正常，可以出院了。

其中有女子大学毕业生用牙龈上的血绘成的女儿节玩偶挂轴；有小学老师写的征服火星的建议书；有本来没有上完学，大字都不认识几个的农民在激发了存在于他脑髓之中的中医出身的曾祖父的潜意识后提笔用隶书写下的五言唐诗《竹里馆》；有高级文官考试中名落孙山的大学生在背了《大英百科全书》后写下的几十页西式笔记；有自以为是艺术家的过气演员用一句“美丽的头绳和痛苦的分手”写满了几十个笔记本的所谓的“大作”；有年迈的理发师用纸张做成的怀表；有身为天主教教徒的小学校长拿竹片在砖头上雕刻的圣母像；还有曹洞宗[1]布教师拿鼻屎做成的观音塑像，这个还特地被放在了一个玻璃箱内。

这些物品一个比一个诡异，实在让人难以接受，我都想放弃看这一排了。就在这时，一个奇怪的东西吸引了我的目光，它和其他物品的间距较大，被放在柜子的最后面，那里的玻璃门也坏了。如果不是这样，我也不可能关注到这个毫不起眼的角落。等我凝神仔细看去，只觉得这个东西真的太不寻常了。

这是一沓装订成册的稿纸，约有五寸厚，上面几页破破烂烂，满是污渍，看起来应当被很多人翻阅过。我把手从玻璃破损处伸了进去，小心翼翼地翻看，确定一共有五本书，用罗马数字为每页编号，而且还用红墨水写成。我翻开了放在最上面的那本书，首页已经看了一半，纸上满是用红墨水写成的片假名，看内容应该是一首和歌：

卷头之歌
肚子里的宝贝啊
宝贝啊
为什么动了呢？
是不是看穿了妈妈的心
害怕了呢？

第二页的文字换成了黑墨水，标题“Do-Gu-Ra Ma-Gu-Ra”是哥特字体，可作者并没有署名。

它以“呜……呜……呜……”这类拟声词开头，又以其结尾，看上去应

[1]　曹洞宗和黄檗宗、达摩宗、普化宗、临济宗都是日本禅宗，坐禅的默照禅是其象征。——译者注。

该是一本完结的长篇小说。不过我大略翻了翻这几本手稿，感觉其中充满了讽刺，显得有些癫狂。

"若林博士，Do-Gu-Ra Ma-Gu-Ra 是什么意思啊？这些稿子又是什么？"

在听到我的发问后，站在我身后的若林博士第一次露出了轻松的表情，他点头说道："这部作品也是精神病人用以展现其特殊心理状态的杰作。它的作者是住在附属病房的一位年轻大学生，他在正木博士去世之后把这本书交给了我。"

"大学生……年轻人？"

"是的。"

"那他写这本书的初衷也是想证明自己已经恢复如初，可以出院了吗？"

"这倒不是。我们目前也无法进行确认。而且我自己也很纠结，不知道应该做出怎样的决断。但是这本书的主角是我和正木博士，内容是科学故事，超出了人们正常认知范围。"

"以您和正木博士为主角写出的不同寻常的科学故事？"

"是的。"

"那它是论文吗？"

"应该不是，但这还很难确定。精神病人通常会在自己的文章中故意说教，可这部作品并非如此。它看上去很像学术论文，可通篇读完后你会觉得更像是一本侦探小说，内容和形式都是独一无二的。但它也很像一篇嘲弄我和正木博士的杂文，没有任何意义，实在是太奇怪了。这部作品中所提到的故事以及行文构思都十分奇特，而且全程都带着科学、色情、搜证、推理、神秘、荒诞的色彩。当你如老僧入定般读完全书后，会觉得书中有一股邪气，让人毛骨悚然，这根本不是一个精神正常的人可以写出的文字。不过可以确定的是，这部作品和那些征讨火星建议书之类的东西有着本质上的区别，它可以证明精神科学是极具研究价值的。所以我暂时把它放在了这里。在我看来，它是这个标本室中或者说是整个精神医学界里最奇特、最宝贵的参考资料。"

我从若林博士的语气中听出他之所以滔滔不绝地向我介绍这部作品，是因为他很想让我看完它。他这不同寻常的热情实在让我有些好奇。

“这样年轻的一个精神病人是怎样构思出如您所说那样烦琐且离奇的情节的呢？”

“这自然是有原因的。书的作者本来就是一个天才，他从小学到大学一直都是全校第一。而且他还特别热爱侦探小说，坚信以后的侦探小说一定会囊括精神科学和心理学等因素。也就是这份狂热让他自己出现了精神问题，被困在了自己的幻觉和错觉之中，酿成了一场惨剧。他在进入精神病房后，就把自己当成主角写出了这部诡异的作品。他的行文构思的确缜密且一丝不苟，但故事内容十分简单，就是写了主角被我和正木博士关在病房后所经历的恐怖精神科学实验的折磨。”

“那您到底有没有对他做过这些事情？”

若林博士眼角又抽搐一下，露出了之前半是孤寂半是嘲讽的笑容。他背对着窗户逆着光，唇色惨白，缓缓说道：“肯定没有。”

“也就是说这些故事都是他自己虚构的了？”

“可从他在书中所写的故事来看，如果说这些都是他自己凭空捏造的话，也实在让人难以信服。”

“这倒是有些稀奇了。他真的是完全凭借想象力写出这部作品的吗？”

“实话实说，我对此也很纠结，无法做出决断。我觉得您在读完这部作品之后就能理解我的想法了。”

“我看不看都无所谓了，我只想知道他写的东西有意思吗？”

“这……我也不太好说。反正对于学术研究者来说，这部作品不仅仅是有趣。对于那些虽不是专业人士，但对脑髓或精神病这类研究感兴趣的人来说，这部作品也充满了吸引力。截至目前，学校中读过这部作品的教授，绝不会只看一遍。也有读者说在费力整理好了整部书的框架后，感觉自己都要疯了；也有教授在看完作品后对精神病研究恨之入骨，直接申请到法医学院任教了；更有甚者在读完后发出了想要自杀的言论，并且真的从火车上跳下去结束了自己的生命。”

“天哪，这实在是有些吓人了。那么多正常人都败给了这个精神病人，看来这部作品中所写之事必定十分疯狂吧。”

“最奇怪的就在于此，书中所用言辞都很客观、理智，而且思路比普通的小说和论文都要清晰。此外，虽然我早就知道精神病患者会有异于常人之处，能够清楚记得自己见过的、听过的事情，但是当我看完这部作品后，还是被作者惊人的记忆力所震撼。您刚才一定看到了那些背诵《大英百科全书》的笔记了，但它们完全不能和这部作品相提并论。我之前也提到过，这部作品的构思是独一无二的，阅读时，读者的思维经常会陷入一片混乱，甚至出现各种奇特的错觉和幻觉。也许正是如此，作者才会给自己的作品取了这样一个名字吧。”

“也就是说作者是亲自给这部作品命名为‘Do-Gu-Ra Ma-Gu-Ra’的？”

“正是如此。不过，这个标题也很特别。”

“‘Do-Gu-Ra Ma-Gu-Ra’究竟是什么意思呢？它是不是日文？”

“我现在也还没有弄清楚这点。简而言之，这部作品从头到尾都有一个迷惑读者的机关。我之所以这么说，是因为我在看完这部作品后也会因为其中的故事而倍感惊奇。也许，这个标题就是解开作品的钥匙吧。‘Do-Gu-Ra Ma-Gu-Ra’也有可能是一种暗号。这个作者充分发挥了精神病人与众不同的精力，他夜以继日，不眠不休，只用了一周便完成了这部作品。可在写下最后一个字后，他便昏睡过去，因此我们也没有办法向他询问这个标题的含义。我翻遍了所有资料和字典，都找不到这么奇特的语言，甚至连它的来源都查不到。当时，我感觉自己走入了一个死胡同中，完全找不到出路。不过没过多久我偶然发现了一件趣事，那就是在我们九州岛内有很多有着旧欧洲语系腔调的方言，比如Te-Ren-Pa-Ren[1]、Don-Ta-Ku[2]、Ban-Ko[3]、Ha-

[1] 颠三倒四，信口雌黄。——译者注

[2] 荷兰语，Zondag，周日。——译者注

[3] 葡萄牙语，Banco，凳子。——译者注

Ra-I-So[1]、Ge-Ren[2] 等。我在想这个标题或许就是某一种方言呢？所以我特地找了研究方言的专家，在几经调查之后得到了一个答案。‘Do-Gu-Ra Ma-Gu-Ra’是明治维新时期长崎地区所说的方言，其意为切支丹伴天连[3]之法术，后又衍生出了机关、魔术等意，只是如今几乎已经没有人使用这一语言了。我现在仍旧不清楚它的来源，属于哪一语系。如果真的要翻译的话，我认为它要么是我们如今所说的魔术之意，要么就是头晕眼花之类的意思[4]。我们也可以这样理解：作者知道自己写的是情色、奇异的侦探小说类型，而且内容又充满了荒谬色彩，就像是脑髓地狱一样，或者说是一种利用各类心理布下的迷宫陷阱，所以就为自己的作品取了这样一个名字。”

“我还是不太理解 Do-Gu-Ra Ma-Gu-Ra、脑髓地狱这些东西，您能告诉我究竟是怎么回事吗？”

“如果我跟您说说作品中所写的内容，那么您或许就能理解了。Do-Gu-Ra Ma-Gu-Ra 讲述的都是通俗易懂却不能否定的问题，它能激起人们的兴趣，但这又不能用人们普遍的认知去解释，它们都是以超出目前科学范围的真理为基础的事件。

“例如，引用阿呆陀罗经中的句子形容精神病院就是凡尘炼狱的事实；精神学专家的聊天笔记证明所有人都是精神病；通过胎儿研究物种进化是一场噩梦的论文；精神病人在演讲中表示‘脑髓只是电话交换局的电流交换函而已’的故事；以一种玩笑口吻所立下的遗嘱；中国唐朝画家画的美人白骨图；现代少年爱上了一位与画中已经腐烂的美女原本容貌相似的少女，在自己无意识时造成的一起惨绝人寰的杀人事件相关的调查材料；等等。

“这些资料和许多让人匪夷所思的事件虽然和故事主线没有关系，但作

[1] 葡萄牙语，Paraiso，天堂。——译者注

[2] 傻瓜。——译者注

[3] 基督徒教会。——译者注

[4] “Do-Gu-Ra Ma-Gu-Ra”的发音和这些词语的日文发音相似。——译者注

者将它们联系到了一起，就像万花筒那样不断变化。可当你读完了整部作品后，你会发现书中没有一句废话，都是重要情节。而且，Do-Gu-Ra Ma-Gu-Ra 的幻术从开篇的深夜钟声便环环相扣，又不露痕迹地回到了最初听到的钟声中。它就像一幅地狱全貌图一样，让你从左看到右，然后又根据这个顺序想起与之相同的可怕与恐慌，如此反复循环，永不停止。由于所有这些事件也许都只是精神病人在夜晚听到钟声响起的那一刹那做到的，因此你根本无处可逃。这些事情明明是在刹那间发生又结束，但却能让人感觉好像过了一整天。如果要用理论来解释的话，那么在刚响起和结束时那两次钟声应该是一个时钟发出的。这也是 Do-Gu-Ra Ma-Gu-Ra 所要表达的科学真理，由此可见这部作品的神奇之处。证据的效力永远大于理论，所以您只需自己翻看一下这些稿件，便能理解了。”

话及至此，若林博士往我这边走来，抬手想取书稿的第一册。我见状赶紧拦住了他，摇摇手拒绝道：“不必了。”

我不过是听他稍作介绍便感觉自己要被“Do-Gu-Ra Ma-Gu-Ra”攻陷了。而且在我看来，神经病写的东西本就是没有意义的，而这个作者和那个能背下一套百科全书或者写出头绳真漂亮的病患都是一路货色。眼下我需要解决的 Do-Gu-Ra Ma-Gu-Ra 已数不胜数，根本无暇再去顾及别人的 Do-Gu-Ra Ma-Gu-Ra。如果我的精神状态因此更加混乱，那麻烦就更多了。所以我要做的就是把这些东西通通忘记。

我为了表示自己的抗拒，连忙把手放进衣兜里拼命聊天。我走到橱柜后边，站在窗户旁边，看见那里贴了照片和一些表格，便向若林博士询问了一番。这才知道这些照片是精神病人在正常时期和发病后的样子，可以进行比较。表格是精神病人在发病前后所吃的食物和排泄物的分析，都是弥足珍贵的研究材料。

当然，除此之外，在三面墙到橱柜的侧面上还有病人根据自己的错觉和幻觉画的作品；发疯的女子在发病的时候出现的各种诡异姿势和浑身痉挛的图片；依据种类划分的各类精神病人为自己化妆打扮的图；……实在让人目瞪口呆。我看着这些东西只觉得自己站在了一个奇葩展览馆中。

而在我面前的玻璃柜中摆放的则是各种超乎常人想象的物品。比如被泡在福尔马林中的约为普通脑髓两倍大的特大脑髓、只有普通脑髓三分之一大的特小脑髓、普通脑髓；有一个黄铜烟管，一个精神病人为了表演魔术将它吞下了；被福尔马林溶液浸泡过后的杀人魔、色情狂、中风病人、侏儒等精神病患者的脑髓。肉眼可见，这些脑髓或者过大，或者已经萎缩，还有出血红、病变的状态；有“应举”[1]画的幽灵画像，它本是一个精神病人的传家之物，但是这个病人最后惨遭灭门，宝物也就被收纳在此；有一个裂开的人头颅骨，那是为了自杀从床上跳下来头着地的精神病人；有一把“村正”[2]短刀，据说如果将此刀开锋，那么家里的主事人就会发疯；有被精神病人当作是人鱼骨头而当街贩卖的鲸鱼骸骨；有一节牢房的铁栏杆，它被一个女精神病人扭弯了；有被精神病人煮了用来杀害全家人的黑猫猫头；有毛毯做成的布和一个枕头，有个精神病人将它们当作自己的妻子，时时爱抚；有五根手指和裁纸机，手指是一个精神病人自己砍下的。

和这些让人匪夷所思的物品摆在一起的，还有精神病人自己制作的各类编织品、刺绣、假花等，十分精美。

我怀着一种无比忐忑的心情审视着柜子里的东西，听着若林博士的讲解，毕竟我不确定哪一样和我的过去相关。这些东西都是那样奇怪诡异，如果真的有我过去的纪念品，那我应该何去何从？直到现在我也没有看到任何与我有关的东西，看到它们没有似曾相识的感觉，也不知道这究竟是好事还是坏事？从这些物品中可以看到精神病人特殊的想法和情感，我的神经也被它们牵引着，再度陷入痛苦的深渊。

我实在是太难受了，一度想要放弃，但一种责任感迫使我坚持看完了橱

[1] 圆山应举（1733—1795年），江户时代的一位知名画家，他以写生为主，开创了“圆山派”。有传言称他是第一个以“无脚幽灵”入画之人。——译者注

[2] 村正是伊势国（现在的三重县桑名市）的著名刀匠，本文所指的是他打造的刀具。——译者注

柜里所有的东西。我重新走到那张桌子前，深深吐了口气，整个人如释重负。头上满是冷汗，我赶紧拿出手帕擦拭，然后转身背对着西面的墙。

这间屋子似乎也随我动起来，从右往左转了半圈，本来是坐在右边进口处的油画框又移到了我的正面，刚好对着我。似乎是冥冥之中自有天意，我必须直面这幅画吧。

我尽力将身子往前探去，做了一个深呼吸后，仔细地看着这幅画。油画看起来有些年头了，色彩以褐色、黄色和淡绿色为主。画中应该是欧洲执行火刑的场景。

画面上竖着三根又大又粗的圆木柱，木柱中间绑着一位两鬓斑白、表情严肃的老人。老人左边是一个发髻凌乱、头戴花环的女子，右边是一个骨瘦如柴的少年。他们三个人都是赤身裸体，被反绑在木柱上，脚下的柴火已经被点燃。他们就在那滚滚浓烟中奋力挣扎着。

油画上的右半边画着一对夫妻，他们穿着锦衣华服，坐在一顶金黄色的轿子里，身边的家人和仆人穿得也都不错，看起来这应该是贵族人家。而那对夫妻正饶有兴趣地看着在火中挣扎的三个人。油画最左边的景象与其形成鲜明的对比，这里有一个小孩子正看着火焰中的女子，也许是他的母亲，他眼里满是留恋和痛苦，孩子伸出了手，放声大哭。抱着这个孩子的老人应该是他的爷爷，孩子的父亲站在一旁，用手捂住孩子的嘴，不让他发出声音。父亲的眼中全是害怕，瑟瑟发抖地看着那些达官显贵。每个人的表情都细致入微，惟妙惟肖。

中央广场上站着一个老妇人，她头上裹着一张红色的三角巾，身上穿着一件黑色长袍，扬扬得意地指着被烈火焚烧的三人，让贵族们看着这些人脸上的痛苦神色。

这幅画画得如此逼真，让人只看着就觉得毛骨悚然。

我指着画偏头问若林博士："这幅画是……"

若林博士双手插兜，脸上的表情毫无变化，冷漠地说道："这是一幅迷信之画，在欧洲的中世纪时期很流行。看这画中的习俗，应当发生在法国。那几个被捆起来的人都是精神病人，当时的人认为精神病人都是被恶魔选中的人，都应该被烧死。中间那个戴着三角巾、穿着黑袍的老妇人就是当地的医生、女巫，同时也是祈祷师。这幅画好像是正木博士在柳河的一家古董店里买回来做参考资料的。从画中不难看出，古时候的人们对待精神病人的态度——既残忍又血腥。近来有学者觉得画这幅画的人是伦勃朗。如果真是这样，从美术的方面来看，这画也是上佳之作。"

"那时候治疗精神病的办法就是把精神病人活活烧死吗？"

"是的。由于当时这些病症无药可治，也没有先例可考，因此只能直接把病人烧死，一了百了。"

我听完这话瞬间觉得哭笑不得。

若林博士说话的时候眼中没有丝毫怜悯之色，我觉得如果我有利于他的学术实验，他也会毫不犹豫地把我绑在柴火上烧死。我不由得摸了摸自己的脸，附和道："看来活在当下的精神病倒是很幸运的。"

这时，若林博士左边脸颊出现稍纵即逝、类似微笑的痕迹，但眨眼工夫便没了。

"倒也不能这么说。从其他方面来看，说不定那些直接被烧死的病人更走运呢。"

我就不该多嘴附和！看到若林博士那让人后脊背发凉的眼神后，我赶忙把肩膀一缩，又去拿手绢擦汗，借此躲开了他的视线。当我偏过头去，我看到左面墙上挂了一张巨大的照片，还是用黑木框装裱起来的。

照片上是一位穿着绣有家徽和服的老人，看着应该已过花甲之年，他的额头又高又秃，嘴边留着一把长胡须，看上去极富态。他脸上挂着笑容，平易近人。我看到这张照片时的第一反应是莫非此人便是正木博士？为此我还特意靠近照片，仔细观察了一番，又感觉应该不是。我回头问道："这个人是谁呢？"

问完这话我就看到若林博士面露温柔之色，虽然我不知道为什么，但博士整个人的确都散发着一种心满意足的感觉。他缓缓低头，对我说道："您是问这张照片上的人吗？他是斋藤寿八教授，也就是我之前跟您说过的精神病科教室前主任。我就是他的学生。"

而后若林博士又轻叹一声，声音中带着一丝伤感。不过他很快便露出了感动的表情，慢悠悠地走到我旁边，说道：“您终于注意到它了。”

“什么？”

我面露诧异之色，实在不知道若林博士为什么要这么说。但他并不在乎我的反应，只是靠近我，微斜上身，目光在我身上和照片之间转换。他郑重地说道：“我意思是您终于看到这张照片了。它和您的过往密不可分。”

若林博士的语气中充满了恭顺之意。而我听到这句话后心里微微悸动，这才想起来我刚刚居然忘了自己为什么要来这里。

我想到自己对过往还是一无所知，就感到又是欣慰又是失望，只能埋着头听若林博士说话。

“其实就在刚才，埋藏在您脑髓深处的记忆就已经慢慢恢复了。从您看见 Do-Gu-Ra Ma-Gu-Ra 到看见那幅画，以及这张照片的过程中，您的潜意识正在苏醒，是它带着您看到这张照片的。我之所以这么说，是因为把那幅画和斋藤教授照片一起挂在这里的就是为您进行精神意识实验的正木博士。就算是在眼下，画中活活烧死精神病人的做法依旧存在，这种不人道的方法就像一个公开的秘密。正木博士对此也无比愤怒，所以才致力于研究精神病。好在，有斋藤教授的帮忙，正木博士终于实现了自己的愿望。”

我喃喃自语道：“烧人？这样的暴行如今还在吗？”我整个人有一种被恐慌包围的感觉。

若林博士点了点头，淡淡说道：“是的。很不幸，直到这一时、这一秒，这一切都没有改变。全球所有精神病院在对待精神病人时都是这样，甚至更残忍。”

“可是……太过分了啊……”话说到一半，我便止住了，感觉自己不应该这么说。站在我身边的若林博士面不改色，目光在画和照片上切换，声音冷漠：“这些只是现实而已，并不过分。您之后会逐渐接触到一个事实。而正木博士呕心沥血创立精神科学的新学说也是为了帮助这些被残忍对待的精神病人。我之前也跟您提过他的新学说，原理浅显易懂，就连妇人孩童都能理解。为了验证这个原理，博士又着手准备这个‘疯人解放’实验。您就是实验对象，一切进行得都很顺利，现在我们需要做的就只有等您想起以前的事情，然后在实验报告上签字就行。”

我又一次目瞪口呆地看着若林博士。我总有一种感觉，这一切都是有人在幕后操纵，我就像是他们的牵线木偶，一直被一种无法形容但极为可怕的缘分牵引着来到这里，看着这两张画，无力反抗。若林博士自然不会理会我的情绪，他依旧自顾自地说道：“因此在我不能理清斋藤教授与正木博士，还有那幅画的因果关系时，这些故事和您以前的经历都息息相关。根据这些也能清楚正木博士在解放治疗场中对您做的精神科学实验是什么样的。他是做了万全的准备才会来到九州大学，而且为此付出的心血和精力也难以估算。”

“您是说为了让我进行实验做了这么多吗？”

“是的，如果真要算起来的话，正木博士在准备这项实验上就花了足足二十年。”

“二十年！”

我差点大叫出来，可话还没说出口，便被我咽了回去。博士花了二十年的心血就像是一副枷锁锁在了我的脖子上。

若林博士终于注意到了我的情绪，缓缓点头道：“嗯，正木博士在您出生之前就开始为您准备这场实验了。”

“我还没出生他就在为我准备了？”

“是的。您也许会觉得不可思议，是我故意夸大其词，但绝对不是。博士的确是早在您出生之前就已经预测到了您今天会经历的一切。如果您现在能想起所有的事情……不，哪怕您什么都记不起来，但能根据我之后讲的事情猜出您的名字也可以。我也觉得这是让您自己想起名字的最好方法，当然我也没有别的方法了。”

若林博士边说边往桌子前面走，指了指暖炉前的小型旋转椅，然后回头看着我。我只能乖乖走过去坐到那张椅子上，整个人就像走在悬崖边上，惶恐无助，没有一点儿安全感。我既害怕又震惊，呼吸节奏完全乱了，只能按住胸口，一直吞咽唾液。

这时候若林博士绕着大桌子走了一圈，在我对面的大型旋转椅上坐下。如同我最早在七号房见到他时一样，他的身子弯屈着蜷缩在椅中，不过他现在脱下了外套，可以看到细长的脖颈和身体，慢慢缩进穿着正式礼服、明显呈现弯折的细长双手双脚之间。只有正中央的那张脸，大小还是一样，整体的感觉好像某种妖怪。就像一只有着苍白人脸的大蜘蛛，正穿着礼服从背后的大暖炉匍匐爬出，准备以我为猎物。

我看着他不由坐直了身子。蜘蛛精若林博士缓缓伸手拿过了桌子中间的那沓装订资料放在自己膝盖上，然后弹了弹灰。他咳嗽两声说道："正木博士用了一生时间来赌这一场实验，但提到实验还是有些抱歉，因为这个开头和我的故事有关，这并不是我胡说。我和正木博士都是千叶县人。福冈县医院在明治三十六年重建，成立了福冈医科大学和京都帝国大学，这也是我们学校的前身。我和正木博士是首届学生，上课的时候只隔了一张桌子，我们同窗四年，明治四十年毕业。大学期间我们一直致力于学术研究，完全没有心思谈恋爱。但正木博士天资聪明，家财万贯，这是我远不能及的。在学术研究上，我们当时如果想翻阅外国书籍十分困难，所以只能去图书馆借书，然后连夜将内容抄写下来。不过正木博士不一样，对于他来说，自己掏钱从国外买书易如反掌。而且他在看完这些书后，也会大方地借给别人。应该是兴趣使然吧，他经常去寻觅一些古生物化石，也会到处调查那些表面上与医学研究没有任何关系的神社佛殿，研究它们的起源。他这么做，自然不是毫无意义的。实际上，他所做的一切都和'疯人解放治疗'实验有着千丝万缕的关系，这点非常重要。我也是在二十年后的现在才明白这一事实，而且目前我是唯一知道真相的人。因此我对正木博士的高瞻远瞩、运筹帷幄钦佩不已。但不管怎么样，正木博士当时却因为他的与众不同而被各教授和学生们关注。不过，第一个承认他有过人之处的还是照片中的斋藤教授。

"在大学刚成立的时候，斋藤教授就是这里的老师了。这里的大多数标本都是斋藤教授自己收集的。他除了沉迷学术研究外，也擅长辩论。顺便一提，曾经流传过这样一个故事。在学校成立三周年的时候，学校在大礼堂举行了庆祝晚会。当时，正木博士是学生代表，他在上台演讲之时，曾如这样说道：

"'近来许多报纸杂志都在批评我们学校的教授和学生是赌坊妓院的常客。可这些事情在我看来根本不值一提。我觉得无论是学生还是老师的原罪，并非是纵情声色，沉迷赌博，而是在拿到学士或博士学位后，便将学术全然抛弃，不再深入研究。这才是日本学术界的最大弊端。'

"在他说完这番话后，礼堂中的所有师生都大惊失色。唯有斋藤博士起身为他欢呼喝彩，鼓掌叫好。直到今天，我对这一幕还是记忆犹新。我跟你说这件事也是希望你能对他的性格有所了解。

"不过斋藤博士在担任教授期间，本校还没有开设精神病学科。作为校内唯一一个研究精神病的教授，他却只能以副教授的身份担任几门课程的讲解，对此，斋藤博士也极为不满。所以他时常会找正木博士和我，毕竟我们中一个是他的得意门生，一个是他的新收弟子，然后向我们述说他对现代唯物科学万能主义的不满以及对日本之后发展的担忧。一般在这种时候我都不知道该怎样回答斋藤博士，但是正木博士总有他自己的方式反驳斋藤博士。至今我仍记得他曾说过的一番话。

"'哎呀，教授，您现在又要老生常谈发牢骚了。您说您又不是那种拿着廉价报酬的留声机，怎么着也该换蜡筒[1]了吧。如今大家都推崇外国文化，人人都高喊唯物科学论。您如果想靠着自己的吐槽来拯救他们，我看是白费力气了。唉，其实您也不用这样愤世嫉俗，再等等吧，等个二十年也许就能碰到一个堪称完美的精神病人了。这个人不但会仔细地写下自己发病诱因和精神恢复正常的过程，而且还能将它发表出来，让整个学术界为之震惊。到时候，人类所发明的法律、艺术、科学、宗教、道德，还有什么无政府主义、虚无主义、自然主义等各类思想都会被他彻底粉碎。他会让人类的灵魂得到完全的解放，催生出最直接的精神文化。当他成功后，您的所有愿望就会实现——精神科学将变成最重要的学科。到时候，像咱们学校这种不在乎精神

[1] 初代留声机中，蜡筒是保存录音的媒介。——译者注

病学科的大学将毫无价值可言。所以啊，为了能亲眼看到这一天，您就好好保重身体，再活几年。毕竟教授也没有退休的年纪限制。'

"正木博士说完这话后，即便是开明如斋藤教授，也没有站在他那边。我却惊讶不已。我其实并不知道正木博士在说出这如同预言的话时是随口一说还是认真对待。他当时应该已经想好，要自己一手打造出这样一个完美的精神病人，让整个学术界都为之瞩目了。可是在当时那个时代，谁都不会想到这一层。而且正木博士之前也常常语出惊人，因此无论是我还是斋藤教授都没在意他这番言论，更没有想去深入研究。

"可不久之后，心中颇为不满的斋藤教授和天资过人的正木博士联手在学校搞了一件大事。当时我们就快要毕业了，正木博士的毕业论文主题就是胎儿之梦，这也是之后事件的导火索。"

"胎……儿也会有梦吗？"

我毫无预兆地尖叫出声。"胎儿之梦"这四个字如惊雷一般在我耳边炸开。可若林博士对我的惊叹还是毫不在意，只略微点了点头，然后把手中拿着的各张数据图小心打开，认真打量。

"是的，您马上就要看到这篇论文了。但我相信光听到这个标题您就知道这篇论文的与众不同。到目前为止，人们都还不能完全破解普通人在正常状态下的梦境，更何况是二十年前呢。那时候您也许还没出生呢，却有人以此为论文主题。学校所有人都知道正木博士并非凡人，所以大家对他的论文标题也很感兴趣，都想一探究竟。

"可谁都没料到，当这篇论文按惯例交由所有教授审查时，独树一帜的文体就让教授们集体失声。当时大家都知道正木博士在语言方面向来颇有天赋，他用法语、德语和英语写出了很多作品，而且也能轻松地阅读非他研究领域的晦涩作品。所以很多人都在猜测他会用德语来完成自己的毕业论文，毕竟当时德语被称作是学术用语。可谁知道，他居然用那时还没有普及的口语文体来完成自己的论文，并且其中还包含许多方言俗语。而他论文中的主题也不符合常规习俗，就和它的标题一样，似乎是在玩弄读者。所以，即便是当时最开明、最先进的教授们，也不知道该拿这篇论文怎么办。某一位求全责备的教授更是大发雷霆道：校长是疯了吗，居然让我们来审查这种荒唐无比的论文。正木这家伙实在太自以为是了，居然堂而皇之地把这种东西交上来。这根本是对首届毕业论文审查的挑衅，除了他没人敢这么做。对于这种人，学校应当将他开除，以警示之后的学生们。

“教授的这一番气话也在学生之间传播开。我想他说的也是事实吧。

“在这种情况下，全校人都在密切关注毕业论文审查会议。在会议召开那天，所有教授的意见都是先将是否要开除正木博士的事情放到一边，但这篇毕业论文必须被废除。这个时候，只有坐在最后面的斋藤教授起身发表了完全不同的意见，他也是在座之中年纪最小的人。斋藤教授说道：‘我希望诸位再冷静一下。鄙人资历尚浅，本不该妄言，可为了学术研究，我必须站出来。我并不赞成各位的提议，我觉得这篇论文非常好。其一，大家之所以批评这篇论文，是因为觉得它不符合要求、不成文体，这倒不需要讨论争执了。对于这点我只有一句话要说，学术论文本来就不必向官方机关提交申请书说“请允许我毕业吧”“请让我得到一个博士学位吧”，毕业论文和申请书的性质是截然不同的，它本来就没有固定的文体和格式要求。其二，这一篇论文所研究的主题绝不像大家说的那样散乱随便。各位觉得它毫无价值，是因为如今的医学都是基于身体研究的，是唯物主义，但很少有从科学方面来探索人类精神的研究，换言之就是缺少精神科学的认知。大家还不知道吧，全球精神科学家正在呕心沥血地探索这篇论文中所提出的根本精神，或者说是对遗传和生命的研究之法。我愿意用我的学术声望为这篇论文做担保，大家就是因为这个原因才看不到论文背后的真正价值。

“‘这篇论文研究的是胎儿在母亲体内的那十个月内做了一个与众不同的梦，在这个梦中，胎儿便是主角，而这个梦也能看作是一系列上演了数亿年乃至数十亿年的连续电影，也就是万物进化实况。在梦中，它真实地再现了史前已经灭绝的各种动植物及其灭绝原因，也展现了人类从这些天灾之中脱颖而出的景象，这就是胎儿的原始祖先，而后便是从他的祖先到他双亲这代所经历的残酷的生存竞争以及衍生的罪恶。这些竞争周而复始地进行着，也蒙蔽了所有人的心灵。论文从胎儿的角度仔细地讲述了因果循环的心理状态是怎样遗传到胎儿的，然后对人体和精神进行解剖式的观察，大概能判定胎儿之梦是一场充满了恐惧和血腥的噩梦。但这个并不是胎儿自己记录下来的，成年人对此也没有记载，也就是说这只能是一种猜测而已，没有任何学术价值。

“‘在座的教授们都觉得这篇论文应该是零分。这看似合乎情理。但我想问问各位，大家在中学时期阅读世界历史时是怎样的一种心态呢？我想大家都很清楚世界历史无外乎是记录人类过去所经历的事情，于个人而言，就是和自己以前经历息息相关的记忆。我在这里说这话有些冒犯。但我想任何人都不会否定这个说法吧，除非他没有过去。

“‘如果这样，那么对于未留下史料记载的史前人类而言，他们的宗教、社会组织和艺术形式又是怎样的一个梦呢？后来的人们根据如今残存的遗迹去推断史前人类的梦从而记载自己的历史、文学，并且衍生出各种考古学等学术研究，那我们能就此判定这些研究都是没有学术价值的吗？更何况在人类诞生之前地球的生活方式如板块迁移、古生物的诞生和消亡的过程，又应该由谁去记载呢？现在的地质学家和古生物学家都是根据如今地球上的残留遗迹来推测事实，我们能说他们一个个都是童话作家吗？能否认他们的科学家身份吗？

“‘换言之，《胎儿之梦》就是依据成年人的身体和精神中的残留遗迹来推测，我们在母体内还未记录在脑内的那些梦。这一定是开启了一种全新的学术，是前无古人的新学术研究。除此之外，在这篇论文中所提到的人类精神结构解剖更是史无前例的创举，它包含了全球精神学家觉得不现实但十分渴望的精神遗传学、精神解剖学、精神生理学和病理学等学术。因此，如果之后和《胎儿之梦》有关的研究能够进一步发展并且涉及这些方面的话，我觉得这会让人类文化经历一场大变革。他用科学的研究态度来解释之前精神科学所提及的读心术、透视术、催眠术和幽灵术等，为精神科学研究开辟了一条新路。所以我想站在专业的角度向大家极力推荐这篇论文。

“‘我相信，《胎儿之梦》虽然只是一个大学生的毕业论文，但所探讨研究的内容远比现在那些鱼目混珠、以次充好的博士论文更有深度，更具学术研究价值。所以它应当是我们学校首届毕业论文的魁首，是我们学院的骄傲。那些说这篇论文没有学术价值的人肯定看不清新学术诞生的事实。要知道，真理在刚被发现时都会被当作是天方夜谭。'

"斋藤教授之后又转述了他此话的主旨，但是也引起了其他学者的不满。于是，斋藤教授便成了众矢之的，可他毫不胆怯。对于其他学者的发难，他都能不慌不忙、引经据典地反驳回去，让对方无还手之力。那场会议从下午一点开始，到了日暮时分还没有结束。这场会议关系到医学院的未来和名誉，十分重要，辩论双方都固执己见、毫不退让。因此，大家只能先把其他人的毕业论文审查推到第二天进行，然后继续争论。最终，斋藤教授在晚上九点的时候说服了所有人。盛山院长，也就是后来名满天下的大学校长，宣布将《胎儿之梦》论文定义为学术研究论文，为这场会议画下了句号。在之后的两天，教授们终于审查完了十六篇论文。而正如斋藤教授所说的那样，《胎儿之梦》成了这届论文的榜首。

"这个决定是经过几次审议讨论做出来的。正木博士本来应该在医学院的毕业典礼当天上台领取代表荣誉的银钟，可这天他却不见了踪影。所有人都惊呆了。"

我不禁问道："他为什么会在毕业当天失踪了呢？"

若林博士却闭口不言。他深深地看着我，似乎想宣布某件大事，语气也比之前更为慎重。他说道："直到今天，仍然有许多人在猜测正木博士为什么会在那一天失踪。其实我也不知道真正的缘由。不过，有一点不可否认，那就是正木博士的失踪一定和他所写的《胎儿之梦》有关。换言之，正木博士极有可能是被这篇论文的主角所威胁，只能先躲起来。"

"论文的主角……也就是胎儿？他威胁了正木博士？我怎么理解不了呢？"

"没关系的。我觉得您现在还是不要太了解这些比较好。"若林博士边说边抬起右手，好像准备安抚我，而他左眼又如痉挛般出现一抹诡异的笑容。随后他又端正了态度，慎重说道："您现在还是先不要去了解这些吧。我知道自己这么说有些唐突，但当您想起以前的事情后，您就能发现《胎儿之梦》

的恐怖主角究竟是谁了。我如今对您说的话都将成为您那时候的一个参考。话说回来，虽然正木博士失踪了，但我们学校首届毕业典礼还是照常举行了。盛山院长在第二天收到了正木博士的来信，信中描述了博士的理想：

"'我本来觉得现在的学术界没有人能明白《胎儿之梦》的内涵。我在上交这篇论文的时候，已经做好了被劝退的准备，毕竟我坚信人间无知己。可我真的没想到这篇论文居然得到了斋藤教授和院长您的推荐，对此，我不由长叹一声。原来这篇论文的意义居然就这样被发现了，看来我的研究还是不够深入啊。我觉得单凭这篇论文无法让我们学校名垂青史。

"'我实在没有脸来见您和斋藤教授，因此只能先躲起来。我厚着脸皮请求院长您帮我保管那座代表着荣耀的银钟。为了报答您，我之后打算进行一项复杂且没有人能理解的实验。'

"盛山院长还把斋藤教授找过来，一起看这封信，笑道：'正木这小子还要捣鼓些什么呀？'

"此后，正木博士用了八年时间，辗转于欧洲各国，在法国、德国、奥地利三个国家的知名大学都取得了相关学位。在学有所成后，他于大正四年低调回到日本，然后过着四处漂泊的日子。在此期间他拜访了日本各个精神病院，收集了很多精神病人的资料，如传记、记录、家谱、传说等，然后把一本小册子——《疯人地狱邪道祭文》送给了普通民众。"

"这个册子里面都写了什么？"

"您很快就能看到这个册子了，它记录的内容和《胎儿之梦》差不多，都是没有公之于世的恐怖真相。简而言之，其中不但提及了我之前跟您说的如今社会虐待精神病患的事情，而且还揭露了精神病院对精神病人的治疗内幕，这简直比监狱还要恐怖。也就是说，这本册子所记录的内容就像即将霸占现代文化背后让人胆战心惊的'疯子黑暗时期'，它就是民谣版的宣言书。正木博士把这些册子送给了政府人员和学校员工，把传单散发给百姓们，而且还自己敲打木鱼唱祭文歌。"

"自己敲木鱼？"

"是的，我知道这听起来有些不可思议。可正木博士是认真的。除此之外，斋藤教授冒着牺牲名誉地位的风险私下和正木博士联系，为他提供支持和帮助。可惜，因为祭文歌歌词揭露的事实太让人震惊了，以至于很多人觉得这是违背常识的，很难与之产生共鸣，所以社会也没有对此加以重视。如果当时人们能够多关注一下歌词中所表达的事实，那么现在的精神病院也许就全都不复存在了，那些精神不正常的人就会生活在世界各地。不过正木博士并不在乎，他之所以做这些事情，完全是为了给之后要进行的‘疯人解放治疗’实验做准备。”

“也就是说……”听到这里，我不禁端正坐姿，咽了一口口水，才继续说道，“正木博士做这些事情都是为了我的实验？”

若林博士斩钉截铁道：“是的。就像我之前提到的，正木博士的天资远非常人所能及。但能确定的是，他做的这些夸张又奇特的事情就是为之后的实验做准备。我马上要告诉您的关于正木博士的种种行为也都与此相关。也可以这么说，在我看来，正木博士此后的所作所为都是以您为中心的。”

若林博士边说边看着我，眼神冰冷。在他的凝视中，我只好摆正坐姿，动也不敢动，更不敢多说一句话。他见我这般好像改了主意，拿出手帕掩唇咳了咳，继续道：“大正十三年，也就是前年的三月二十六日下午一点发生了一件事，让我毕生难忘。那时候，自毕业后便消失了十八年的正木博士突然站在了我们学校法医学院的门前，我听到敲门声后，抬头就看见了他，真是震惊无比，就感觉突然见到幽灵一样。我们先是互相问候，并且祝福对方身体健康。然后我就问他为什么会突然回来，正木倒是一如往昔那样坦率，挠头对我说道：‘其实也不是为了什么特别重要的事情啦，真要解释起来，还有些丢人呢。我在几周前经过我们司车站的检票口时，被小偷偷走了带在身边的测时计镀金手表。这个手表是摩凡陀公司[1]特制的，现在要值一千日元，我实在是有些心痛。之后我就想起来十八年前把银钟寄存在了这里，所以就

[1] 摩凡陀公司是一家制作高级钟表的瑞士公司。——译者注

想过来拿走。我本想带一些伴手礼送给大家，但仓促之间也想不到合适的东西，只好先住在门司的伊势源旅馆，尽力写了一篇论文。我打算把这篇论文交给新校长，让他看一看，所以拜托斋藤教授替我引荐一下。教授跟我说介绍并非难事，但于职责上而言，我还是应该找院长若林帮忙比较合适。所以我就过来了。我知道这很麻烦你，但还是希望你能帮我一下。'

"我听他说完这话后，便立刻把之前保存在我这里的银钟交给了他。当时他写的那篇论文就是斋藤教授之前预测的能与达尔文的《物种起源》、爱因斯坦的相对论并肩而立的，甚至是远胜于它们的《脑髓论》。"

"《脑髓论》是什么？"

"这篇论文共计三万字，标题就是'脑髓论'，内容和《胎儿之梦》完全相反。正木在写这篇论文时遣词用句都十分严谨，他还特地使用拉丁文和德文两种文字写作以避免出现歧义。他在写作过程中一直住在一间旅馆里，没有参考任何文献、数据，而且只用了两三周便完成了这篇论文，可见他的天赋与精力都远胜于常人。他在论文中清楚地解释了之前没有人能研究透彻，并且得到证明的脑髓功能。而且还简要说明如今精神病医学界仍旧无法解释的各种奇异现象。作为相关领域研究者的斋藤教授是第一个接触到这篇论文的人，他对此也很震惊。之后的一年间他都在呕心沥血地研究这篇论文，终于在大正十四年，也就是去年二月底完成了审查和考证。第二天他就去拜访了如今的校长松原先生，热泪盈眶地表示要辞去九州大学精神病科教授的职位，让正木博士接手。要是不能挽留住正木博士的话，这将是九州大学的最大损失。

"教授言辞恳切。可因为正木博士之前没有留下住址，所以大家根本找不到他。而且松原校长一直都很欣赏斋藤教授的品性，因此他一直在极力挽留教授。但他也决定把正木的论文定为学位论文，聘请正木为学院教授。此事流传开来，也成了学术界的一段佳话。不过应该是有人故意说出去的，报纸上还有过这些报道。不过当时我没有注意罢了。"

若林博士说着便闭上了眼，想来应该是回忆起了那时候的情景，有些触景生情吧。我听到他的话，心中也对斋藤教授充满了敬意，崇拜地看着他的照片，只觉得他宛如神明，神圣不可侵犯。我不由得叹息道：“斋藤教授是为了让正木博士接任才失去了生命吗？”

若林博士听到这话眉头紧锁，眼睛闭得更紧，情绪也有些激动。只听他长长地叹息一声，似乎就要咳嗽起来。过了一会儿他才缓缓睁眼，若有所思地看着我，严肃地说：“的确如此。斋藤教授是在大正十四年，也就是去年十月十九日突然去世的，死因离奇。当时正木博士也刚得到学位。”

“死因离奇？”这话题转变得太突然了，我看了看若林博士，又看了看斋藤教授的照片，一时间也不知道该怎样应对。这样一位品性纯良的教授为什么会突然死亡呢？我实在想不明白。

若林博士并没有立刻回答我的问题，而是一直看着我。过了一会儿才为我解惑：“对，斋藤教授并不是自然死亡的。去年十月十八日下午五点，也就是斋藤教授死亡的前一天，他照常完成了自己的工作，然后交代了几件事情就离开了这间屋子。可他并没有回筥崎的家。第二天，筥崎水族馆的一名清洁女工在水族馆后面的海里发现了教授的尸体，她赶紧报了警。收到消息后，我们和警察一同赶到了现场。警察经过调查，发现斋藤教授在死亡前喝了很多酒。警察分析也许他是在回家的路上碰到了某位至交好友，一时兴起，便与那人把酒言欢，喝了个痛快。所以在回家的路上走错了路，从石墙上跌入海中。但如果您亲自看过那里的环境就会明白那一片是城郊特有的垃圾场、草原，还有一片田野，正好位于大学后方。除非教授已经喝得不省人事，否则他根本不会走错路。所以，教授极有可能是被他人杀害的。警察对教授的随身物品进行了检查，所有东西都在，没有丢失。教授的朋友们也说过，斋藤教授在外面只会和学校内固定的几个同事喝酒，如果独自饮酒的话，他只会在家里小酌一番。另外，如果教授真的喝醉了，一般都会有同事负责把他送回来。所以，当天发生的事情实在让人百思不得其解。警察在掌握这些证据后也进行了各种猜测和调查，可是在教授溺死的那片海周边都是自千代町延伸出的防波堤，根本没有找到足迹可以证明教授是从哪个方向来的，又是在什么地方坠海的，也无法确定是否有人和教授同行。如果教授真的死于他杀，为什么现场没有任何与嫌犯有关的蛛丝马迹呢？

“除此之外，就像我之前说的，以斋藤教授的为人处世来看应当不会与人结怨。所以警察最后将斋藤教授的死定性为意外事件。教授生前不怎么贪杯，可他如果喝醉了便会忘记所有事情。无论如何，他的死都是一大憾事。”

“那么，那天晚上他究竟是在和谁一起喝酒呢？”

“不知道。除非那人良心未泯，否则他不会主动承认的。”

“那……就这样藏头藏尾一辈子吗？他不会愧疚难安吗？”

“根据现在社会情况来看，大多数人都不会将自己的良心放在首要位置。而且哪怕此人现在站出来认下所有事情，斋藤教授也不能复活了，他这么做无非是让自己背上骂名，然后被法律制裁，于社会而言倒是一大损失。我猜很多人都是这样认为的吧。而且，那人或许现在早就忘记这回事了。”

“可这实在是太不要脸了呀。”

“那人确实厚颜无耻。”

“这种事情真的能说忘就忘了吗？”

“谁知道呢，这倒是很像正木博士研究的‘良心和记忆’这一课题。”

“所以，斋藤教授的去世只有这一点点意义吗？”

“是的。从表面上来看，斋藤教授确实死得很没有价值，可从结果来看，他的死亡意义重大。他死后，正木博士接替了他的位置，成了九州帝国大学精神病科的主任，进入了这间教室，同时也让您和您房间隔壁的那位姑娘与这间教室有了联系。但这究竟是天意还是人为，只能等您想起以前的事情才能下结论了。”

“您是说在我记忆里面还有这些事情的真相？”

“是的，您的记忆是拨开重重迷雾的关键。”

各种疑问如倾泻的洪水排山倒海般涌来，将我整个人淹没。我不由自主地闭上眼睛想摇头拒绝。虽然我现在还是想不起以前的事情，但是我逐渐感觉到无论是墙上挂着的火刑画像、斋藤教授的照片、面色苍白的若林博士、房间内的大桌子，还是桌上摆放着的红色达摩烟灰缸，都和我的过往有着千丝万缕的关系。我站在这里，看着这些与我息息相关的物品，脑子里却依旧一片空白。一时间，我沮丧极了，根本不知道应该怎样应对，只能眨巴眼睛。

就在这时候，我看见若林博士打算掏出怀表，心中突然又想起了一个问题：“行踪不定的正木博士为什么会留在九州帝国大学？”

“说来话长。”若林博士将怀表放回口袋，咳嗽了一声说道，“正木博士参加了斋藤教授的葬礼，也许是他看见报纸上刊登的讣闻了吧。松原校长就是在那时候找到他，希望他能接替斋藤教授的位置。此前学校并没有这样的先例，但大家都知道松原校长是想要完成斋藤教授的遗愿，因此也没有人提出异议，甚至还拍手欢迎。当时还有报纸对这件事进行了详细的报道。那天，正木博士穿了一件绣有家徽的和服，但衣服上满是破洞。他被来参加葬礼的教授们围住，听着他们的鼓掌声挠头抱怨说：‘这个也太麻烦了，我只想自己完成实验研究啊。如果成为大学教授，我肯定就无法再敲着我爱的木鱼，在大街上边走边唱了。我天生就爱无拘无束的生活，这下肯定会被束缚住哇。’

“松原校长见他一脸沮丧便说：‘如今你说什么都没用了，是斋藤教授在冥冥之中牵引你来到这里的，你要怪就只能怪他了。不过你如果喜欢木鱼大可以尽情敲击，但可别忘了要舍身成佛。’

“松原校长的话逗乐了现场的所有人，大家一时间都忘记自己身在葬礼上，纷纷开怀大笑。

“在葬礼结束后不久，正木博士就来到学校就职了。他刚上任就打算进行他自己曾经说过的实验——在《疯人地狱邪道祭文》中提到的‘疯人解放治疗’。这又在社会上引起了一轮讨论，大家的反响也很热烈。而这场实验也使得正木博士、您隔壁病房的那位姑娘和您的命运交织在一起。这也许就是上天的安排吧。可不管怎么样，斋藤教授生前所希望的就是让正木博士回学校任职，尽情发挥他的才华。我猜正木博士也是因为知道这件事才会把斋藤教授的照片挂在正面墙上的吧。”

我听完这话又一次叹了口气，不禁抬头仰望着那幅肖像。坐在我面前的若林博士、伟大又无私的斋藤教授、天才一般的正木博士、住在六号病房的绝色佳人，以及什么都不知道的我，我们五个人的命运居然交织在了一起，真的是太神奇了。

屋子里陷入了短暂的沉默，时间的流逝是那样清晰，衬得屋子更加寂静。

最终还是我开口打破了这份寂静。我问道："斋藤教授肖像下边的日历上显示的是大正十五年十月十九日，这是斋藤教授去世一周年的祭日。还真是巧啊。"

我边说边转头看向若林博士，就在这一瞬间，他的表情突然发生了变化。我看见他双唇紧闭，下颚突出，一双眼睛死死地瞪着我，充满了恶意。我下意识地模仿着他的表情，也这样瞪着他。最终，还是若林博士先冷静了下来，他调整出了一副满意的神情，点头道："您总算看到它了。那么，您正在慢慢想起过去的事情，应该很快就能恢复了。我刚刚听到您说的话就在想如果您一下想起了所有事情，那我应该怎么办？因此有些担忧。不过，其实也没什么大不了的。今天是大正十五年十月二十日，日历上的时间是一个月前的了。"

"既然如此，为什么不更新日期呢？"

若林博士若有所思地抬头，他此时的态度恰如之前面对六号病房的姑娘那样——挺胸抬头，紧握双手，似乎是在向上苍祷告。

"您所提出的种种问题皆与您的记忆相关，十分重要。这个日期之所以停留在那一天，是因为正木博士在那天之后就没有撕过日历了。"

"正木博士为什么要这样做？"

"他在那天就死了，死在一年前斋藤教授坠海的地方。他是自己跳海死的。"

这话宛如晴天霹雳打在了我的头顶。我只觉得自己受到了一记重击，体内的某种情绪在叫嚣着，就快要冲出来。我极力将自己的情绪压制住，喃喃自语道："正木博士是自杀的……"

我听到了自己的声音，却又怀疑自己的耳朵。豁达如正木博士，他为什么会选择自杀？他怎么可能选择自杀？

除此之外，还有不对劲儿的地方。这间精神病科教室的两位主任相继离世，时间间隔只有一年，并且都是死在同一片海域，这当真只是一个巧合吗？这也太恐怖了吧。我的思绪如同一团乱麻，根本理不清，只能呆望着若林博士。

若林博士的态度更加慎重，他也看着我，端正了身子，而后用一种虔诚无比的声音说道："我再跟您说一遍，正木博士就是自杀的。按照我之前说的那样，他用了二十年的时间来准备这场空前绝后的实验，克服了各种困难，最终弹尽粮绝，无法再坚持下去，只能以自杀结束。我知道，您只听我口述是无法理解的。我说得再详细些吧，正木博士呕心沥血准备的这场精神科学实验一定要等到您和那位姑娘想起以前的事情后携手离开这里并且过上幸福美满的生活才能结束。可因为一个意料之外的悲剧，实验受到冲击，脱离了原有的轨迹。谁都不知道这场悲剧是不是正木博士的疏忽造成的。在斋藤教授去世一周年的那天，似乎是命运的安排，正木博士独自扛下所有跳海而死，让人深感命运的无常。他将实验的关键——您和那位姑娘，以及各项资料和工作都交托给了我。”

“那他……他……”

我也不知道要说些什么了。我感觉心中涌现出了一种莫名的亢奋，浑身冰凉。过了许久我才开口说道：“正木博士是不是被我诅咒了？”

若林博士斩钉截铁地摇头说道：“并不是，而且刚好相反。博士早在做研究之前就做好了被您诅咒的准备。更确切地说，正木博士在二十年前便预料到了这一结果，可他还是义无反顾，按照制定好的顺序完成自己的工作。他为了把这项史无前例的科学实验和您的命运绑在一起，早就设计安排好了每一步，可谓算无遗策。”

若林博士的这些话加深了我的恐惧。我用手狠狠捂住自己的胸口，拼命抵制那不知从何而来的窒息感，追问道：“究竟是什么实验？”

“您翻阅完这些文件就知道了。”若林博士边说边合上放在他腿上的资料，然后彬彬有礼地递给了我。

我知道这些数据一定是至关重要的，因此也恭恭敬敬地接了过来。在拿到资料后我随手翻了几页，资料是用帆布面的厚纸装订成册，红色的封面很像传单，但是没有写字。资料的正文内容则是用西式的稿纸和贴着报纸剪纸的绒纸做成的。这些资料厚厚一沓，分量不轻，我把它合上后放到了桌子上。

桌对面的若林博士看着我说道：“正木博士在精神病理学、精神生理学、精神解剖学和心理遗传学等方面的大部分研究手稿和《脑髓论》的手稿都被他在自尽前销毁了，只留下了这一部分遗稿，十分重要。我们现在也只能依靠这些文献资料去了解正木博士生前所进行的研究了。是博士死前亲自整理的，排列的顺序并不是按资料的发表年代。不过按照这个顺序翻阅的话也可以将其当作研究顺序，能简单明了地知道正木博士的研究内容，也不乏味。

“那张红色封面是正木博士在日本各地考察的时候，在大街小巷中散发给众人的阿呆陀罗经之歌，也就是《疯人地狱邪道祭文》。正木博士将自己钻研精神病的原因写在了歌词中，他亲眼看到了现代精神病人受到的各种虐待，所以想要帮他们一把。

“封面之后那些报纸剪纸，是正木博士接受当地媒体采访的内容，第一篇就是《地球是一个大型的疯人解放治疗场》，在这篇采访中，正木博士的表述幽默又犀利。他告诉记者自己为什么要拯救疯子，以及研究精神病的动机，直截了当地指出精神病理学的原理就是‘生活在这个世界上的每个人都是精神异常者’。在第二篇采访稿《人类的思考根本不是在脑髓中进行的》中，正木博士风趣地告诉记者他是怎样以此原理为根基向世人说明了至今为止被学术界当作是无法研究的‘脑髓’的实际功能的。他还提到了自己的论文《脑髓论》是怎样解释那些属于精神病范畴，此前却无法用科学来解决的各种奇异怪象。

“用日本稿纸和毛笔写成的稿件可以算是与《脑髓论》相反的《胎儿之梦》。这部分论文清楚明白地解释了什么是‘心理遗传’，并且讲解了父母生儿育女的心路历程和胎儿先祖们的生活习惯上的心理是怎样遗传给婴儿的。这就是他在首届论文审查会上掀起轩然大波的那篇论文。而且在其中你也能发现为什么像正木博士这般聪颖之人要以跳海来结束自己的生命。西式稿纸上的是正木博士对自己的实验所做的结论，虽然字迹比较潦草，那也能算作是《解放治疗实验的结果报告》了，从某些角度来说，这也是博士的遗书了。

“您只需要按照我说的这个顺序来翻阅这些资料，就能明白正木博士穷其一生所完成的伟大事业了。除此之外，您还能知道在幕后掌控着您的曾经并且牵引着您一步一步走到现在的伟大学说是如何运作、发挥作用的。它就像是一个万花筒，一动一静，美妙绝伦。”

若林博士说了很多，不过我能记住的就只有这些了。毕竟在他向我做出解释的时候，我正在翻看那本红色封面的册子，其中的内容实在太吸引人了，让我读之便欲罢不能。

第二章　疯人地狱邪道祭文

《疯人的黑暗时代》

词曲 / 法国文学博士

德国哲学博士

奥地利理学博士

面黑楼万儿

哎呀！来自各地的看官们啊！在场的长者、绅士小姐、先生夫人们，往日一别，许久不见了，不知各位可否安好。大家现在肯定都十分惊讶吧，这也是人之常情。毕竟我们在这繁华俗世出现之前是素未谋面的陌路人。鄙人是一个疯癫僧人，今天也是第一次来到这里。咚咚锵咚咚锵，咚咚咚咚咚咚锵。

各位走过路过不要错过，来站得离我近些，且听我给你们讲段故事。放心，在此过程中，我分文不取。大家都过来吧，保持秩序啊，千万别推推搡搡的。

咚咚锵，咚咚锵，咚咚咚，咚咚咚锵。

您听了之后呀，肯定得吓一跳。

咚咚锵，咚咚锵，咚咚咚，咚咚咚锵。

我这个疯癫僧人哪三千烦恼丝尽褪。今年已是三十有五，身高不过五尺一寸；一嘴假牙眼睛深，一身骨头披张皮，放在水边能洗衣。我穿的这一件袄子是从稻草人身上拿的，踩的这双草鞋就是泥土做成的咔哧咔哧山狸猫搭的土泥船[1]。我是个和尚却四处行乞，去过很多国家，每天都风餐露宿。今日啊，我依旧是以天为盖以地为庐，随便找个地方便能把包袱打开，咚咚锵，

[1] 咔哧咔哧山是日本的一个民间传说。一位老婆婆被一只脾气暴躁的狸猫残忍杀害，她的老伴便请求兔子为其报仇。兔子答应后找到了狸猫，想办法让它背了一捆柴火。而后兔子就站在狸猫的身后，打算点燃打火石烧死狸猫。可是打火时碰撞发出的咔哧咔哧的声音引起了狸猫的注意，便问兔子这是什么声音。兔子糊弄它说这座山叫咔哧咔哧山，山里有一种鸟叫咔哧咔哧鸟，会发出这种声音。后来，兔子准备了一艘泥船和一艘木船，设计骗狸猫一起出海捕鱼。由于泥船比木船大，贪婪的狸猫自然会选择前者，因此它在出海后不久便随着溶解的泥船一起葬身大海了。——译者注

咚咚锵，咚咚咚，咚咚咚锵，实在是谈不上体面不休面了。您若是想知道这来龙去脉，倒可以问问我手中的木鱼。咚咚锵，咚咚锵，咚咚咚，咚咚咚锵……

哎呀！说起前因后果，倒不如来问一问我手里的木鱼。和尚我既没有兄弟姐妹、亲朋好友，也没有妻妾子女，一人吃饱全家不饿。咚咚锵，咚咚锵，咚咚咚，咚咚咚锵。你要问我家世如何，来自哪里，和尚我就这一个包袱走天下。咚咚锵，咚咚锵，咚咚咚，咚咚咚锵。一人独行了无牵挂，肆意而往周游天下。不管是北边的圣彼得堡、哈尔滨与北京，还是红色的莫斯科、周正的柏林、爱酒的慕尼黑、爱唱的维也纳、爱跳的巴黎，抑或是迷糊的伦敦、大洋彼岸的美国，我都去过。纽约是女人们的天下；旧金山是赌徒的圣地；芝加哥是酒鬼们的天堂，哪怕是喝醉之后的蹒跚步伐也颇具美国风。这十年间我做尽了蠢事，在我见到过、听到过的故事中，唯一能带回来说与他人听的竟然是一个恐怖惊悚的地狱传说。咚咚锵，咚咚锵，咚咚咚，咚咚咚锵。

哎呀！这个传说呀，可真是让人毛骨悚然，但这个是我亲眼所见之事。今儿我就说给大家听听，虽然这是我第一次跟人讲这事儿，但我绝对分文不取，还会把这一本小册子送给大家，感谢各位愿意来听我讲故事。这册子里面记录的就是我如今所唱的。也许有人猜我是不是在变着法地让大家掏钱买赝品。这完全是多虑了，我做的这些都是兴趣使然，只想为文化传播尽份力罢了。大家可以随便听听，就当是打发时间了。女士们先生们都过来吧，听听这故事，听听这疯——人——地——狱——邪——道——祭——文。咚咚锵，咚咚锵，咚咚咚，咚咚咚锵。

二

哎呀！疯人地狱邪道祭文。您要是想知道地狱在哪儿，佛祖会告诉您地狱就在你身边。自己种下的因随着眼珠子转悠，最终会搭上那列列车[1]得到

[1] 佛教术语。这趟地狱列车车身如火，专门搭载有罪之人。——译者注

结果。来到轮回的终点，经过恶鬼道、畜生道、修罗道进入无间地狱。走过刀山，越过斫截地狱、剑山地狱、炭火地狱、寒冰地狱、血池地狱，跨过烈火、热锅，走过倒吊地狱。八万地狱，不计其数。娑婆世界[1]因果循环，报应不爽，切割之刑、烈火焚身、油锅烹煮、刀刃剐肉，哀号之声不绝于耳，受刑之人皆在挣扎，却又求生不得，求死不能，只能忍受着永无止境的刑罚。只要你听到那个声音便会头疼脑裂，命丧当场。不过，这些都只是和尚的片面之词，坐而论道罢了。咚咚锵，咚咚锵，咚咚咚，咚咚咚锵。

哎呀。和尚的片面之词，坐而论道信不得。地狱是人死之后才能去的地方，人间关于它的传说都是有心之人胡编乱造的。那个和尚肯定是为了骗香火钱才胡说八道，先排除这些连佛祖都没有听过的谣言。鄙人所见到的地狱和这些传说中的地狱截然不同，那个地狱不必撞钟礼佛，也不需要十万亿土[2]的费用，它存在于世界各地，随处可见，它就是人间炼狱。咚咚锵，咚咚锵，咚咚咚，咚咚咚锵……

哎呀。这就是人间炼狱啊。它不是那种贫困繁忙的地狱；不是犹豫不决的墙头草地狱；也不是用人情世俗对人进行道德绑架的地狱；更不是作恶之后被人抓住，听到一句“你已经被捕了！跟我走吧！”然后就会被判刑期的地狱；它是一个暗无天日、不讲理法、不讲人情、没有边界、让人感到窒息的地狱。地狱的阎罗王正是医学博士，他手下的牛头马面黑白无常就是各大学的学士。地狱中最有名的是哪些道具呢？冥王的账本、洞察人心的玻璃镜、能够查看曾经罪孽的眼睛、闻到坏事发生的鼻子都消失了。在这里，无论你是否犯下罪行，无论你是疯子还是正常人，都会被直接关进去，当真是让人闻风丧胆。这便是地狱。从表面上看，这里是一座雕梁画栋的精神病院。你要是不相信我说的，那就亲自走进去看看，我保证你会尝遍里面的酷刑，生

[1] 佛教术语。娑婆世界为释迦牟尼佛教化的世界。此界众生安于十恶，堪于忍受诸苦恼而不肯出离，为三恶五趣杂会之所。——译者注

[2] 佛教术语。西方极乐世界和人间的距离。——译者注

不如死。这座疯人地狱恐怖如斯。咚咚锵，咚咚锵，咚咚咚，咚咚咚锵……

哎呀。恐怖如斯的疯人地狱啊。我这样形容精神病院，各位一定觉得很奇怪吧。世间万物都有其顺序，大家听我慢慢说来。等我把其中原委交代清楚后，我相信各位都会震怒不已，愤慨原来世间还有这样的事情！竟然如此！那时候，你浑身上下，每一个毛孔都会泛起鸡皮疙瘩。是的，鄙人要告诉大家的正是这人间地狱。咚咚锵，咚咚锵，咚咚咚，咚咚咚锵……

哎呀。说起这人间地狱其起源还是已经开化的文明时代。这个世间的文明发展为何能如此迅速？当然是依赖日新月异的科学技术了。伟大的医疗行业也在其中。医生的职责就是救治病人。咚咚锵，咚咚锵，咚咚咚，咚咚咚锵……

哎呀。医生的职责是救治病人啊。医生可以借助内科或外科的方法为人体重塑健康，也能在精神病院为人心做治疗。但你若是将此二者仔细对比一番，就会发现其本质上的区别，我保证你绝对会大吃一惊，浑身冒冷汗；如果你正在打嗝，那么连要打出来的嗝都能被吓回去。它们的区别实在是太吓人了。咚咚锵，咚咚锵，咚咚咚，咚咚咚锵……

哎呀。它们的区别真的是吓人啊。二者的救治对象不同，自然也会有所区别。人体是有形之物，手脚躯体都是真实存在可以摸得到的，在对人体进行解剖后体内的各器官也是一目了然。要治疗身体，可以依靠听诊、X 光线、皮尔凯反应[1]，也能依靠血液检测，总之有各种医疗器具可以帮忙。即使碰上一些难治难辨的怪病，或者因为医生错诊、开错药而导致的死亡，只要对尸体进行解剖，就能找到病源。因此，治疗身体的方法一直在更新换代，发展迅速。而诊治人心难如登天，哪怕是大罗神仙都难做到。咚咚锵，咚咚锵，咚咚咚，咚咚咚锵……

哎呀。人心难测啊。就算你是华佗再世，可在面对人心和精神的异常时，

[1]　皮尔凯（Pirquet，1874—1929 年），奥地利的儿科医生。他在 1907 年发现了用结核菌素反应检查皮肤的方法。这种方法被称作皮尔凯反应。——译者注

该号脉还是检舌头呢？最终应该对何处开刀、扎针？人世间没有哪台显微镜可以看到人心的计较，也没有哪支体温计可以测量出热量的温度。X光线照不出病人是真心还是假意。屁尚且有声有味，人心却无影无形，对此，医生应该怎样诊治呢？古语有云“蠢人难治”，现在依旧如此。不管怎么说，精神病是无法判断诊治的，也不能用科学去探索研究，它虚无缥缈，看不见摸不着。咚咚锵，咚咚锵，咚咚咚，咚咚咚锵……

哎呀。看不见又摸不着的精神病啊。此时又出现了更加怪异奇特的事情。若是人心无法根治，精神疾病不能治疗，那么为什么全球各处都开设了精神病院和治疗神经、癫痫或是大脑的医院呢？这些医院修得是富丽堂皇，好不气派。其治疗费用更是一笔天文数字。那些自鸣得意的精神医生到底在干什么呢？他们的所作所为难道不是勒索欺骗吗？这很难不让人怀疑呀。但是大家少安毋躁，世间万物都有其发展顺序。这内幕可真的是匪夷所思、荒唐至极啊。因为不能问诊治疗，所以医生们赚了个盆满钵满。这才是阿呆陀罗经啊。咚咚锵，咚咚锵，咚咚咚，咚咚咚锵……

二

咚咚锵，咚咚锵，咚咚咚，咚咚咚锵……

哎呀，哎呀。在很久很久以前，科学还没有成型，人们无论是对身体上的病症还是精神上的问题都不了解。所谓的看诊治病就是胡说八道，大家都尽量将病症和占星术、风水等问题挂钩。只要出现问题就拿符咒、神水、祈祷、法术来糊弄。只要请一道符咒，就能安心。这种方法根本不可能治好大多数病症。因此便有人研发出了药物，这才有了药到病除的说法。随着看病的人越来越多，医生也积累了很多经验，渐渐就发现人会生病是由于身体某处出现了问题，由此便衍生出了医学。现在医学的科目很多，不仅有医药化学、药物学、细菌学、病理、生理、解剖，还有儿科、妇科、内科、外科、皮肤科、口腔科、耳鼻喉科、眼科等。医学的器材和药品更是数不胜数，涵盖了方方面面，可以对症治疗。科学的前途是一片光明。咚咚锵，咚咚锵，咚咚咚，咚咚咚锵……

哎呀。虽然科学有着大好的未来，但我们还是要先关注一下精神病。负责治疗精神异常的医生们在看诊方面有没有进步呢？在早期，人们要么是把精神病人看作是神仙转世，将其供起来，日日叩拜；要么将他们当作亡灵附身，为保平安对其献上贡品。这两种情况都没什么问题。但有些地方会将精神病人当作是恶魔现世，让僧人或者是女巫做医生、法官，只要他们抬手一指，便会有拿着刀枪棍棒的侍卫一拥而上，毫不留情地将精神病人活活打死、分尸，然后将尸体丢入烈火之中，把骨灰埋在树下，就像政府处理疯狗那样。这便是早期人们对精神病人的治疗方法，也是最早的疯人地狱。咚咚锵，咚咚锵，咚咚咚，咚咚咚锵……

哎呀。这就是最早的疯人地狱啊。大家都不知道精神病的本质，于是便有人趁机助长迷信之风，为非作歹。这些人大多有些小聪明，他们对于自己的政敌或商敌有着怨怼之情、憎恶之心。即便对手没有做错任何事情，他们也会因为私欲收买女巫、僧人，给对方冠以疯子之名，然后按照国法，或将其收押入狱，或直接处死。咚咚锵，咚咚锵，咚咚咚，咚咚咚锵……

哎呀。罪名较轻的都是被收押入狱呀。纵观全球历史，许多人为了争夺家产、土地，为了得到优越的地位、待遇，为名为利，从小家斗到国家，亲人失和、同事失调。为达目的、除掉眼中钉而不择手段的事情更是数不胜数。现在又是什么样子呢？我本来想说如今和以前差不多，但实际意义并非如此，因为现在的内斗比从前更加残忍了。咚咚锵，咚咚锵，咚咚咚，咚咚咚锵……

三

咚咚锵，咚咚锵，咚咚咚，咚咚咚锵……

哎呀，哎呀。如今这个时代以文明为先，科学为主，但是精神病的治疗依旧停滞不前，精神病人的处境还是一片黑暗。若是我一不留神说漏了嘴，必然会有人跳出来指着我骂道："你就是乌鸦笑猪黑，只有疯子才会说出这些话吧。"但我并不讨厌这些人，他们多伟大呀，一直都保持着理智和科学的态度。不过我倒是想奉劝他们一句，实践是检验真理的唯一标准，还希望他们在空闲之时能够亲自去各处的精神病院和学校、图书馆看看相关博士、学者出版的与精神病相关的作品吧。那些书本里呀堆满了各种病症名称，有方方正正的汉字，也有圆圆滚滚的英文，密密麻麻地挤在一起，很难数清。如今的精神病人和普通病人差不多，都在科学的理论下接受着各种治疗和照顾，医院对待他们也是滴水不漏。可为什么只有身在局外之人才会对此心怀感激呢？咚咚锵，咚咚锵，咚咚咚，咚咚咚锵……

哎呀。只有身在局外之人才会感激啊。我并非故意找碴儿，虽然欧洲、日本发展迅速，科学家们对天文地理都有了极为透彻的研究，但他们还是没有研究出来在我们脑袋中的脑浆究竟有什么用，这才是所有问题的关键。若是有人觉得我在信口雌黄，那么你大可以查阅从古至今国内外学者们对人类脑髓的研究作品，就能发现真相。有些人提出脑髓是人类储存经验、知识和记忆的地方，有些人则坚持其他观点。大家各说各的，宛如说书人把重点放在了开场白上，话说得漂亮，是没有任何实质性内容。咚咚锵，咚咚锵，咚咚咚，咚咚咚锵……

哎呀。这些话里没有任何实质性内容，这倒也不稀奇。世界虽大，但真正花心思去研究人类脑髓，发现其显而易见却又十分神奇的作用之人只有鄙人而已。这绝对不是我自夸，大家也别笑我。莫非是每天顶着这似火骄阳，烧坏了脑髓，又怎会有如此奇怪的性子呢？这可真是神奇啊，但我这么做，只是兴趣使然而已。我希望自己能做出一个震惊全球所有学者的研究，为数十亿人类的大脑注入新的知识。很快我就会在某个大学内发表自己的论文，到时候大家就能明白了。学者专家之所以不知道应该怎样去研究大脑，是因为他们没有一个准确的判断，误入歧途了。也可以说，他们做的那些看似接近真相的猜测都是胡编乱造的。这些猜测或许能解释一个道理，但并不适用于所有事物。就像在一间九尺二寸、四处漏雨的小房子里只有两块门板，它们只能堵住某一个漏雨处。咚咚锵，咚咚锵，咚咚咚，咚咚咚锵……

哎呀。就像小房子里的两块门板。人心时时都在发生变化，它可以像万花筒那样绚烂，也能像猫眼那样狭小，它有时欣喜若狂，有时悲伤不已，它就躲在一团迷雾之中，飘忽不定，若隐若现。人心的轮廓究竟为何？又是怎样出现异常的？就像大家看到待在酒坊里的半七时总想问，你现在究竟在哪里？[1]我们对于人心一无所知，那些与精神病科相关、写满了各种病症名称的作品就是最好的证据。专家们可以写书留名，但他们对于精神病科根本就是不甚了解。他们不过就是随便看了看病人的外貌特征，根据这些人的神态动作胡编乱造出一堆名称来糊弄外行人罢了。比如，看到有色心之人便称其为色情狂；把放火之人叫作纵火狂；将手上沾有人命之人叫作杀人狂；将倾心于舞蹈之人称作舞蹈狂。他们在下定义之前有进行过科学的调查研究吗？这样简单粗暴的名称，随便一个人都能想出来，哪怕他不是医生、专家。这就像大家看到醉酒失态的人后就叫他贪杯酒鬼、续杯酒鬼、暴躁酒鬼、懦弱酒鬼、疯狂酒鬼一样。真的是奇怪啊。咚咚锵，咚咚锵，咚咚咚，咚咚咚锵……

哎呀。这样判断病症实在是太奇怪了。那些医学博士、专业医生在治疗自己的精神病人时，是怎样判断他们在哪些方面有异常的呢？只有门外汉才会想不明白吧，这些事情对于医生来说就是一场交易，大家不必担心。咚咚锵，咚咚锵，咚咚咚，咚咚咚锵……

哎呀。这就是一场交易，不必担心啦。只要医生说那些被带到医院的人们是精神病，那么无论其外表看上去有多正常，其他人也自然会觉得这些人有异常，而且已经是病入膏肓的状态。而这些“病人”的家属或者是私人医生，只需要简单地办理一些手续便能为“精神病人”确诊，随即这些人就会被关押起来。这时候，所有手续、证明都是合法合理的，一切都是透明、公正的。医生要做的也很简单，只需要听家属介绍一下情况，观察一下病人状态，从医书中找到对应症状，为病人安上一个合适的病名，结束诊断过程，不用再多费心了。之后病人会被送去红砖砌成的牢房中。也许医生有时也会出现误

[1]　这是日本歌舞伎和人形净琉璃的戏《艳荣女舞衣》下半场《酒坊》的情节。茜屋半七和游女三胜两情相悦并且育有子嗣，但还是迎娶了阿园。半七在成亲之后经常深夜不归家，后来又为了三胜杀人犯法最终二人殉情赎罪。半七是个冷漠无情的丈夫，阿园却没有半句怨言。这场戏的戏眼是孤单的阿园独自感慨道：“半七啊，你现在在哪里？又在做什么呢？”——译者注

诊的情况，但这在精神病诊疗中无伤大雅，因为没有人能发现他的失误。那些病人一旦被定义为“精神病患者”，那么他就再无退路。那间红砖牢房将成为他的终身居所。哪怕他会为自己申辩，表示自己没有得精神病，也毫无用处，大家只会更加相信他是发病了。无论是以前还是现在，精神病人的命运都没有发生变化。果菜店的阿七[1]生前被当作是纵火狂，经过解剖之后又被说成是色情狂？石川五右卫门[2]之前被定义为盗窃狂，在被精神病院收容后，又成了妄想狂？大家根本不用多思多虑，一切都是那样简单。这些患者本来就无法被定义，他们所患疾病也无药可医。大家说精神病医生是不是很轻松？咚咚锵，咚咚锵，咚咚咚，咚咚咚锵……

哎呀。精神病医生真的是很轻松啊。那应该怎样去治疗患者呢？思考这个问题的一定是外行人。无论是治疗还是诊断，都是医生随心而定，根本无据可依。没有把病人的脑袋直接划开就已经是社会的恩赐了。如果精神病人有话语权，那么证据也就呼之欲出了。无论是在哪里，只需要随便找一家装修豪华的精神病院，走进去就能看到一片铁栏牢笼。除此之外还有很多脚铐、手链、铁链、无袖衬衫，以及凌迟用的铁床和只留下一个小窗口的石头箱子等道具，这些东西就算是在监狱或者看守所里都很难见到。看着这些五花八门的刑罚道具，就算是最凶狠的歹徒也会被吓得浑身发抖。咚咚锵，咚咚锵，咚咚咚，咚咚咚锵……

哎呀。让恶徒们都闻风丧胆的刑罚道具啊。但是在这些精神病院里，根本找不到用以治疗精神疾病的药品和医用器材。要是病人失眠睡不着，便直接给他打一针麻醉剂；要是病人吵闹不休，那就给他注射一剂镇静剂；若是病人绝食，那么就给他注射营养剂或者灌肠。这里的状况比最恶劣的内科和

[1] 阿七：她是江户时代初期江户乡果菜店的人。有一次她想和情人幽会，便放了一把火。最后被府衙判以火刑。——译者注

[2] 石川五右卫门：他是16世纪安土桃山时期的一个盗匪。落网之后于京都三条河被烹煮而亡。——译者注

外科都还要糟糕。病人若是恢复如初，那么就是医生技术好；病人若是死在这里，那就是他自己倒霉。哎呀，哎呀，这没什么大问题啊。这恐怖如斯的疯人地狱啊。咚咚锵，咚咚锵，咚咚咚，咚咚咚锵……

哎呀。这恐怖如斯的疯人地狱啊。可我说的这些不过九牛一毛，只是去到地狱的奈何桥而已。就算听人讲述都会不寒而栗，无间地狱只是无知世人的编造，毫无依据，肆意夸大。但人间的精神病人正在面临着永无休止的折磨，正身处炼狱中。人间炼狱，马——上——就——要——出——现——了。咚咚锵，咚咚锵，咚咚咚，咚咚咚锵；咚咚锵，咚咚锵，咚咚咚，咚咚咚锵……

四

咚咚锵，咚咚锵，咚咚咚，咚咚咚锵。哎呀。但是大家也不用害怕，在日本境内暂时还没有出现过这些事情，我说的这些都发生在印度。全球的精神病医生在建造这外表华丽的医院地狱时都毫无怜悯之情，而在地狱之中住满了心怀期待的愚蠢病人，连空床位都没有了。人间处处都有精神病人，有些人还是从医院逃出来的，所以就算在这里增加千万张床位，也还是装不下所有的精神病人。更何况若是病人住进医院，那么他的治疗时间便是一个未知数，有些人或许这辈子都只能在医院里待着了，因此医院人满为患也是常事。这就让医生们更有底气了，但凡有问题的全部归咎于病人；若有谁交费交晚了或者是对医院有所不满，医生便会立刻给他开一张可以居家治疗的证明书，让他出院。运气比较好的病人可以平平安安地走出医院；运气不好的只能被装到棺材里抬出来，身上还有一张其他病症的诊断书。可即便如此，仍有很多人想住进精神病院，医院门口人满为患，就跟火车站的检票口一样。咚咚锵，咚咚锵，咚咚咚，咚咚咚锵……

哎呀。医院门口都成了火车站的检票口啊。可这也着实奇怪了些，所有事情都不符合常理。怎么会有人愿意拿着大把钞票把自己的亲友送进这种地方呢？有这个想法的人肯定没有一个精神病亲友吧。更让人匪夷所思的事情才刚开始，大家且听我慢慢说来。咚咚锵，咚咚锵，咚咚咚，咚咚咚锵。虽然我不了解，但我手里的这只木鱼肯定知道。咚咚锵，咚咚锵，咚咚咚，咚咚咚锵……

哎呀。虽然我不了解，但我手里的木鱼肯定知道。还有更多让人匪夷所思的真相，各国皆是如此。但凡是与精神病院有关的人，大家都心知肚明。我现在说的这些事情都是极度机密之事，天知地知你知我知，绝不能外传，这就有些自相矛盾了，可是这些都是木鱼告诉大家的呀。其实，有很多父母、兄弟姐妹和妻儿都会带着自家精神病人去往精神病院，他们无一不是眼含热泪地拜托医院，口口声声说着："请你们一定要治好他啊。"但在这些所谓的亲人、家人之中，只有母亲是真正想孩子得到治疗的，毕竟孩子是母亲辛苦怀胎十月，忍受着分娩之痛生下来的呀。而其他的亲属，哪怕是同胞兄妹，也都是冷酷无情的。妻子更是如此。她们在丈夫入院后，只会陪在病人身边几天做个样子，然后当娘家派人来接她们的时候，便迫不及待地离开自己的精神病丈夫。这都还算是有些情意的了。更有些妻子会在病人被收留之后，赶紧借口去卫生间或者是要打个电话，然后便掏出镜子给自己补一个妆，就悠然离去。此时医生甚至还没有给病人安排好病房呢，但妻子永远都不会再出现了。咚咚锵，咚咚锵，咚咚咚，咚咚咚锵……

哎呀。很多人永远都不会再出现了呀。既然大家都觉得精神病是无法治愈的疾病，那么医生也不会真的花心思去治疗病人。那些将病人送来医院的家属只是想把这个烫手山芋丢出去罢了。他们会说"得了这病，活着和死亡并没有什么区别，烦请各位多加照料"。其弦外之音就是"这人要是被治好了只会给我增加麻烦，你们找个机会解决他吧"。精神病院是患者的生死边境，也是医生大发横财之地。唉，你们不用对我翻白眼，做出一副不屑的样子。我说的这些都是我亲眼所见之事，不过这些事情是发生在欧洲、印度等地的，日本境内暂且没有。这些都是无耳、无口、无眼的木鱼说的。咚咚锵，咚咚锵，咚咚咚，咚咚咚锵……

哎呀。无耳、无口、无眼的木鱼呀。在印度，只要是以前有过发狂史的人，无论此人是男是女，无论此人表面上看起来有多正常，都有可能会没有预兆地放火、打人、杀人，做事肆无忌惮，言谈举止十分怪异，让人对其避而远之。他们根本就不是人，只是披着人皮的畜生。无论是朝他们去砖瓦还是石头，无论对他们做出多过分的行为，都不会受到谴责，他们也记不住这些。虽然他们有时候也会跟正常人一样，但大家还是要防着他们，毕竟谁都不知道他们什么时候会发病。而如今这个时代的情况比以前还要严重了，人们会对这些人品头论足，说他们的病是家族遗传下来的，要么是坏事做多遭报应，要么就是被妖邪附体。此时，若说这些话的人发现自家也有了精神病人的话，那他们会怎么办呢？咚咚锵，咚咚锵，咚咚咚，咚咚咚锵……

哎呀。要是突然也有了精神病，家属该怎么办哪？如果是家境优越、吃穿不愁的大户人家，那么可以直接把精神病人锁在深闺内院之中，何必眼巴巴地将人塞到那根本不能治病的医院中呢？也只有这些养尊处优的上流人士才能风轻云淡地说出这种话。若是家族略有名声在外的话，绝对不能把家里有精神病患的消息透露出去，否则这个家族就完了。家中子女不可能再谈婚论嫁，子孙后代都要被人指指点点，戳着脊梁骨。周围的邻居也会说三道四，只说这户人家肯定是作恶多端，才会有此报应。这种情况，哪个家族能受得了呢？为保家族颜面，只能想尽办法疏通人脉，动用所有权力，偷偷地把人送到精神病院中。若是医院中没有空床了，那就得费心费力地讨好院长。不过金钱总能摆平一切事情，在这疯人地狱中更是如此。只要有钱，面如修罗的精神病院院长绝对会私下解决某个病人，腾出位置，然后像地藏菩萨那样微笑着欢迎新病人。可就算有钱，也只能面对这样的景象，咚咚锵，咚咚锵，咚咚咚，咚咚咚锵……

哎呀。就算有钱也只能面对这样的景象啊。越是身家显赫的病人越不可能留在自己家中休养。家族中的其他人要是不把这个病人送到精神病院中关起来又怎么可能安心呢？而对于中产阶级家庭来说，家里的开销都是靠着微薄的月薪维持，若是在外赚钱养家的家主或者家中其他人发病而他们的房子又是租来的话，那么房东一定会立刻把这些人赶出去。所以中产阶级家庭更没有条件把病人养在家中，而且还会为此搭上所有积蓄。家中若是丈夫得病，那么妻子只能留在家中时刻照料，根本不可能外出工作，他们的孩子在学校也会被同学指指点点，冠上一个“疯子小孩”的名头。这个家庭要面对的是数不尽的艰辛岁月。这时候他们唯一的希望就是精神病院的院长大人哪。可如果没有大把的钞票，不管他们去哪所医院都只会看到“客满”两个字。咚咚锵，咚咚锵，咚咚咚，咚咚咚锵……

哎呀。无论走到哪里都找不到空床啊。但这种情况都还算比较好的了。若是遇到那种丈夫每日所赚的钱只够家庭当日开销，妻子在家做些手工维持生计，女儿在工厂工作的家庭，那他们的遭遇只会更加悲凉。一想到要花钱买药，花时间照料，大家还不如一起上吊自尽呢。若是病人在发病时直接死了那还省事些，可无论家人有多少怨怼，精神病人还是会好好活着，该吃吃该喝喝，只是永远都不会痊愈。咚咚锵，咚咚锵，咚咚咚，咚咚咚锵……

哎呀。永远都不会痊愈啊。稻田的麦穗会突然变黑，菜地里的菜也有可能突然变大，鲜花蔬菜都有变异的可能性，这是自然现象，没有任何缘由。所以人类之中也会突然出现很多精神病人。而愿意无条件收留病人并且提供几百张床位的精神病院也只有大学罢了。不过大学这么做并不是因为善良，而是想从中选取合适的样本成为学生的研究对象，为所教授的学术讲解提供参考。私立大学又是什么样子的呢？毕竟私立学校都是以赚钱为根本目的，所以学校里面全是出身尊贵的病人哪。咚咚锵，咚咚锵，咚咚咚，咚咚咚锵……

哎呀。学校里全是出身尊贵的精神病人哪。这么多的病人最后又会被怎么处理呢？我在好奇心的驱使下进行了相关调查，不过这些都只是我的听说罢了。是无耳、无眼、无口的木鱼告诉我的。木鱼腹里一片空，处事公正不偏袒，木棍一敲便是阿呆陀罗经，走在地狱唱歌谣。接下来我们就要往下走了。各位看官快过来，且听我跟您说道说道，我保证您在听过之后一定会大惊失色。放心，我绝对分文不取。咚咚锵，咚咚锵，咚咚咚，咚咚咚锵；咚咚锵，咚咚锵，咚咚咚，咚咚咚锵……

五

咚咚锵，咚咚锵，咚咚咚，咚咚咚锵。哎呀。是这样的，就是这样的。精神病对于一个家庭的折磨远胜于其他疾病。若是家中出现了精神病人，那这个家庭要面对怎样的痛苦也就可想而知了。他们不可能把精神病人留在家里治疗，但也没有别的办法，只能耗尽家中积蓄，四处借钱，最后连工作都得耽误。一个家庭很快就被折磨到毁灭了，这是多么辛酸、悲凉啊。咚咚锵，咚咚锵，咚咚咚，咚咚咚锵……

哎呀。这是多么辛酸、悲凉啊。虽然人生苦短，可真的要抛弃至亲父母、挚爱骨肉去照顾一具行尸走肉吗？难道就真的要把全家人的前途拿来给这样一个精神病人陪葬吗？这难道真的是因果循环报应不爽吗？正常人是那样痛苦，病人却瞪大了双眼，左顾右盼。咚咚锵，咚咚锵，咚咚咚，咚咚咚锵……

哎呀。病人只知道瞪大双眼，左顾右盼。他们的外表并没有变化，但内里已经被掏空，只是一具行尸走肉，而给他们善后比给猫狗宠物善后还要难。这对正常人而言是多么痛苦的事情。所有的折磨和苦水都要一人承担，最终将正常人逼上犯罪的道路。咚咚锵，咚咚锵，咚咚咚，咚咚咚锵……

哎呀。被逼上了犯罪的道路啊。他们只能以搬家或者换医院为借口，然后含着泪将精神病人送到一片荒山野地之中。但这些病人和被抛弃的婴儿还不一样，因为不但没有人会好心收养前者，而且大家还会对前者拳脚相向。最终这些病人只能在饥寒交迫中离世，成为花草树木的肥料。那些病人生前都在左顾右盼，想要找到明知他们会死在荒郊野外还要狠心将他们抛弃的家人。而他们所追寻的人就躲在远处的树后眼睁睁看着他们死去，甚至还双手合十做祷告。咚咚锵，咚咚锵，咚咚咚，咚咚咚锵……

哎呀。双手合十做祷告啊。据说在延喜年间，也不知是不是因果报应，皇家的一双子女蝉丸与逆发竟然一个是瞎子一个是疯子，帝君一怒之下将他们赶出了皇宫，甚至逐出了帝都。而这可怜的两兄妹居然在逢坂山相遇了。这个传说虽然不可信，但在这人世间，无论是国内还是国外，无论是古代还是现代，无论是穷人还是富人，各种陋习和不得已的处置的确是这样毫无道理可言的啊。咚咚锵，咚咚锵，咚咚咚，咚咚咚锵……

哎呀。就这样毫无道理可言啊。那些被丢弃在深山老林中的可怜人，如果还有一些理智，那么他还能靠着捡垃圾或是乞讨为生。可即便他之后痊愈了，所承受的折磨和遭遇的人情冷暖也成了他心上的道道伤疤。他们也许会觉得自己就是家里的耻辱，因此为了不给家人增加负担，他们也不会想回到故乡过正常人的生活，于是就只能继续沿街乞讨。最终沦落到据说只用坚持三天便不会再舍得离开的逍遥世界中。他们便是随处可见的乞丐呀。他们或者风餐露宿，以天为盖以地为庐；或者躲在佛寺门前；或者坐在神社的树林之中；或者躺在桥边的草屋里面，每天花上大把时间去抓自己身上的虱子。这样的人渐渐多了起来，他们聚集在一起，数量颇为可观。可国家对此却冷眼相待，只差下令让他们自行了断了。乞丐虽然凄惨，但他们的数量与那些死在冷血之中的人相比，也不过千分之几罢了。咚咚锵，咚咚锵，咚咚咚，咚咚咚锵……

哎呀。也不过千分之几罢了。大家觉得怎么样呢？如果病人得的只是普通疾病的话，那么医生会为他对症下药，护士会对其悉心照料，他可以躺在一张柔软的病床上，享受着各类美食和亲友的关怀。其实就算不是人，猫狗宠物或是小鸟小鱼生病，主人都会耐心又细致地照顾它们。可精神病人由于病因不明，只能被送到精神病院或者被抛弃在深山老林中，无论怎样都如临地狱，永受折磨。咚咚锵，咚咚锵，咚咚咚，咚咚咚锵……

哎呀。如临地狱，永受折磨呀。可大家要留心了，我刚刚敲着木鱼讲述的地狱，无论是山林地狱还是医院地狱，都是真实存在，没有任何夸大的。精神病人所进入的地狱就是最普通的疯人地狱。但我还要冒着大不孝之名继续讲述发生在这地狱之中的令人瞠目结舌的事情，让各位看到那血淋淋的地狱真相。没有得病、知是非善恶的正常人毫无预兆地被抓走关进这疯人地狱之中，失去自由，也不知道是因果循环还是作恶太多。并且只要你愿意花上些时间去调查，就能发现，无论是在欧洲还是在印度，到处都有金碧辉煌的精神病院。咚咚锵，咚咚锵，咚咚咚，咚咚咚锵……

哎呀。到处都是金碧辉煌的精神病院。它们的金字招牌被擦得一丝不染，报纸上也有很多这些医院的广告，说某家医院专治某类疾病，而后便是各种夸耀之词，占据了报纸的极大篇幅。广告中并未提及“地狱”一词，但警局、报社、侦探社对此都心知肚明，只是装作不知道罢了。这笔生意可是很奇特呀，只要你进入那扇挂着免罪金牌的大门，那么你就要和这个世界说永别了。

在那扇大门内，迎接你的将是一片黑暗，无论你再怎么撒泼打滚都不可能离开那里了。若是知道世界上还有这种地狱，那怎么好意思扬扬得意地走在称颂二十世纪是文明时期的世界里，怎么好意思生活在这科学引领生活、放心道德礼仪、讲究法律的时代中。也许下一个人就是你，也许明天你就被推进这疯人地狱之中。咚咚锵，咚咚锵，咚咚咚，咚咚咚锵……

六

咚咚锵，咚咚锵，咚咚咚，咚咚咚锵。我觉得这些事情绝对不会发生在日本。可以杀人的武器有很多，比如绳索、毒药、手枪、匕首，或者是一方手帕都可以。但是在文明程度处于世界领先水平的国家里，有一个独一无二的国度，其首都叫魂飞市。我在这里看到了最新的杀人方法，那就是理直气壮地拿着新潮工具青天白日里直接杀人，现场会有医生和巡警，但不会有血迹和指纹。使用这种方式杀人，就算是侦探或检察官打算调查，也绝不会对你起疑。但是需要付出一些金钱代价，不过随之得到的利益绝对物超所值。这个世上，有钱能使鬼推磨啊。咚咚锵，咚咚锵，咚咚咚，咚咚咚锵……

哎呀。这个世上有钱能使鬼推磨啊。先来看看遗产继承的事情吧。无论是在军事、政治还是外交上，只要能有机会捞上一笔却中途被人阻挠时，就直接先去查一查对方的行踪，他平时都去哪里，比如情人家、赌坊或是秘密据点等，然后偷偷躲在一个让他放松警惕的地方，或者潜伏在周边小道上，带着你花重金聘请的精神病医生，去告诉警察说我的这个朋友啊，精神有些不正常，一直就在外边待着，都不愿意回家。我找了医生想给他诊治诊治，但他又坚称自己没病。他老是发脾气，然后暴躁地甩开医生。我实在没办法了，只能用一些非常手段。我知道他经常会经过这里，所以想提前守在这里把他抓回去，希望警察大人能出手相助啊。说完这话你再给警察和巡警塞点钱，让医生出面证明你所言非虚。那么一切都会按照计划进行，一旦成功了你便能坐享其成。阻碍你的人即将进入疯人地狱，永世不能翻身。咚咚锵，咚咚锵，咚咚咚，咚咚咚锵……

哎呀。进入疯人地狱，永世不能翻身啊。若是家族内斗而眼中钉是年轻的侄女的话，那么方法就更简单了。如果对方是自认为聪明而且接受过近代思想教育的人，那就方便许多。你只需要在言语上刺激一下她们，或者将她们推入一个两难境地，她们就会大受打击，面色发青，做出一些与平常都不一样的行为。然后你就能趁此机会，让医生为她们开一张诊断书，之后的一切便在你的掌握之中。以休养之名将她们推进疯人地狱中，让这些还没有盛开的花骨朵直接凋零。咚咚锵，咚咚锵，咚咚咚，咚咚咚锵……

哎呀。还未盛开，便要凋零，永坠无间地狱啊。专门接受这些人的无间地狱是当真国里声名显赫的黑辛博士开设的。刚开始他也不过就是个普通医生，但在发现做这些事情能得到极高的报酬后，便开始专门做这笔生意，直到现在已经腰缠万贯了。接下来我要说的事一定会让你们吓一跳。他在魂飞市开办了一家医院，医院外表装修得雕梁画栋，但其内里全是结合了现代文化的刑罚道具，可以杀人于无形。哪怕是在最炎热的酷暑时节，医院里都是毫无温度的寒冰地狱，而医院外面停着几辆豪华轿车。医院知道那些大亨巨鳄们的家族秘密，于是这就成了医院，手里的底牌可以借此无休止地向那些人索取钱财。如果富豪们不答应给钱的话，那么医院就会威胁他们说要公开病人的真实情况，宣布他们并没有得病或者说已经被治好可以出院了，并且还说会帮助病人们进行反击。在这种威逼恐吓下，富人只能妥协，直到倾家荡产。如果担心医院的罪行可能会暴露，那么他们会直接给病人注射一针，让病人永远闭嘴。就算病人死后被送去解剖，以目前的医学水平也不能鉴别病人是不是真的脾气暴躁，只能注射这种药物。这就是精神病医生的把戏啊。咚咚锵，咚咚锵，咚咚咚，咚咚咚锵……

哎呀。这就是精神病医生的把戏啊。诸如此类匪夷所思的事情多不胜数。当真国魂飞市的黑辛博士就这样肆无忌惮地行事，同行的医生也不会对其大加批判，这就是疯人地狱的起源。而且那里的政府、警局、报社，对此也是冷眼旁观，绝不加以阻止。咚咚锵，咚咚锵，咚咚咚，咚咚咚锵……

哎呀。冷眼旁观，绝不加以阻止呀。最离谱的就是，当真国的数亿秘密支出就这样悄无声息地成了黑辛博士的私人财产。而且黑辛博士的身上还有许多勋章，要知道，就算是对国家有重大贡献的文官武将也很难得到这些勋章的。细看那些勋章，有俄国的、英国的，还有法国的、德国的，目前倒是没有日本的。不过黑辛博士是怎样为各列强立下汗马功劳以换得这些勋章的呢？细细想来，是不是让人不寒而栗啊？咚咚锵，咚咚锵，咚咚咚，咚咚咚锵……

七

咚咚锵，咚咚锵，咚咚咚，咚咚咚锵。哎呀。大家一定感觉有些乏味了吧，不过如果就停在这里，那实在是有些遗憾。接下来的故事才是画龙点睛之笔。

说到这里，先让我仔细说说这些让人匪夷所思，甚至从未听闻过的科学文化地狱的背后真相吧，包管为您厘清来龙去脉。“唉，这些事情听了便会让人闻风丧胆、不寒而栗。那些龌龊无耻的买卖着实突破了普通人的下限，居然是这样！竟然是这样！”且听我继续道来，一定会让各位满意。这是没有被揭露过的地狱走唱故事，是哑巴木鱼所讲述的奇闻逸事。咚咚锵，咚咚锵，咚咚咚，咚咚咚锵……

哎呀。这是没有被揭露过的地狱走唱故事，是哑巴木鱼所讲述的阿呆陀罗经。咚咚锵，咚咚锵。话说这当真国，可谓是全球的一大强国了，国中之人自诩是全球第一，高举着正义大旗，高喊着敬自由、敬民主。它和日本不一样，当真国内的每一个公民都可以成为国家首领，只要有权有势就行，“忠诚”一词在这个国度中是不存在的，他们奉行的理念就是“钱是万能的”。他们可以用钱买到法律与正义，更能买到所谓的良心和节操。他们追求自由和民主，所以可以用任何手段去达到自己的目的，一旦认定一件事情便绝不放手，就像老鹰那样。上流社会的亿万富豪永远都有自己的算计。他只需要抓住政治权力，便能让国家为他所用，之后不论政权怎样更迭，都不会影响到富豪的权威。在富豪眼里，不管是领导议员，还是警察军人，都只是帮他赚钱、掌控国家的工具。他们用法律与正义伪装自己，将无权无势的老百姓踩在脚下，随意践踏着这些人的道德、自由和礼仪。这样也会引起牧师和学者们的不满，他们厌恶富豪为了得到金钱与荣誉而不顾一切地做法，于是举起正义的旗帜，利用言论自由权四处演讲，对富豪大加批判，同时还写书嘲讽，得到了众多追随者的响应。底层人民更是无条件地站在他们这边，抵制资本之声越来越响亮。咚咚锵，咚咚锵，咚咚咚，咚咚咚锵……

哎呀。抵制资本之声越来越响亮。富豪们自然会大发雷霆，他们抽着雪茄看着报纸，把登有这些言论的报纸摔在桌子上，怒骂政府道：“我看你们要怎么收场！”政府自然是牵牛下井，头疼不已。毕竟得罪了这些富豪们，那下一届的竞选费用就泡汤了，政府也就岌岌可危了。可无论出书还是发言都是公民的人身自由，他们并没有违反国法，领头的人们是又有地位又有话语权，而且站在道德制高点的牧师、学者，政府根本不可能把这些人抓起来下狱或者赶出国啊。若是政府这么做，那么社会舆论肯定会对政府进行声讨。最终，政府绞尽脑汁终于想到了一个绝佳的方法——把这些人关进疯人地狱。他们找好了牧师、学者中的领头人，然后对其使用刑事手段——进行秘密监控。等他们落单的时候，就实行计划。先拿出一方沾有麻醉剂的手帕捂住对方的口鼻，给他戴上镣铐枷锁，等他昏迷之后就把他塞进车里，送到黑辛博士那里，就像对付精神病那样。对方肯定不会想到这一招。之后会发生什么样的事情，我想大家都已经心知肚明了。咚咚锵，咚咚锵，咚咚咚，咚咚咚锵……

哎呀。接下来的事情大家肯定都心知肚明了。当其他文明国家知道了这个手段后，无论是国家、政府还是公民百姓，只要一遇到麻烦就依葫芦画瓢，纷纷效仿此法。于是，精神病院里的病人越来越多，他们或者是明星、富翁、富豪子女，或者是科学家、政治家、学术家，还有可能是各国间谍等。这些人的共同点就是他们的存在影响到了某些人物的利益，威胁到了某些人的地位和计划。把他们关在疯人地狱里既不需要进行预审、公审，也不需要经过判决，但他们面对的就是无期徒刑或者死刑。这一切都只需看送他们进来的人有何要求罢了。真的是无比方便又无比残忍，人间地狱，不外如是！咚咚锵，咚咚锵，咚咚咚，咚咚咚锵……

哎呀。人间地狱，不外如是呀。被关在这间地狱里的人中虽然有真正的精神病人，但他们的占比极小，更多的是各行各业的人才和各路英雄豪杰。疯人地狱中穿着一身白衣的牛头马面和躺在堆积如山的金钱与勋章上的黑辛博士只要抓到一个特定人物就能高枕无忧，日进斗金。咚咚锵，咚咚锵，咚咚咚，咚咚咚锵……

八

咚咚锵，咚咚锵，咚咚咚，咚咚咚锵。在场的老少爷们儿、公子小姐，这些就是我周游各国带回来的礼物。那隐藏在现代文明之后的人间地狱啊。这世间花红柳绿、草长莺飞，是那么美好，精神病人本来也该生活在这片净土之上，却被亲朋好友抛弃，孤苦无依，他们连哭的权利都没有了，只能沿街乞讨，成为人人喊打的过街老鼠，在乡间城里被追赶驱逐，迎接他们的只有无情的石头和瓦片，过着风霜雨雪严寒相逼的日子。他们究竟做错了什么要遭此一劫？世间居然会有这种充满黑暗，连阳光都照不到的活地狱，老天都视而不见，笑着说自己不知情啊。咚咚锵，咚咚锵，咚咚咚，咚咚咚锵……

哎呀。笑着说自己不知情啊。可即便这样，这个地狱都还算比较闲适的了。毕竟里面永远都开着电灯，有着各种现代科学的产物。可是科学文化越先进，精神文化就越落后。不管为了美人金钱还是为了名誉权力，大家都无所不用其极，毫无底线的竞争着。电车、汽车在马路上飞驰着，飞机在天空中翱翔着，而人类的未来就在那扇黑暗的大门后。无论你是男人还是女人；无论你是老人还是孩子；无论你是疯子还是正常人；无论你是天才还是笨蛋：只要你被关进那扇门里，那么你就会被拉入黑暗地狱之中，甚至都来不及说一句怨言。在这里没有人情世故，没有国法道理，这里就是用钢筋水泥搭建而成、用科学知识伪装而成的人间地狱。这个疯人地狱有很多层，从上而下，第一层是亲切地狱，第二层是冷漠地狱，第三层是虐杀地狱，最底层则是未知地狱。咚咚锵，咚咚锵，咚咚咚，咚咚咚锵……

哎呀。最底层是未知地狱啊。接下来的这个地狱更加可怕，它是知道一切的全知地狱。那个人居然把我关进了这里，我可是一个正常人。但我现在只能暴跳如雷、捶胸顿足。如果就待在这一层地狱倒也不算最糟糕的。因为再往下走便是虐杀地狱，而后则是万劫不复的白骨地狱，就算死后化为厉鬼也不能从这里逃出去。

哎呀。死后化成厉鬼也不能逃出去的地狱啊。人间到处都是这种活地狱，又该如何是好呢？在场的诸位自是不必说的，而普天之下的专家学者、政府官员、精英阶级，但凡心中有情义之人，都不可能对此无动于衷，装作什么都不知道的样子。在江户时代的古川柳有一句俗语——身处于监牢之中，服药必得多加留意。而如今科学发展迅速，人们却依旧不了解自己的脑髓、精神，在此领域停滞不前，根本不能判断别人是不是真的精神异常。可还是有人效仿其他学科，以诊断治疗为名，建立起了辉煌的医院，添置了许多只能充当门面的医疗器材和书籍。所以出现这种疯人地狱也就不足为奇了。我们现在要做的就是阻止有心之人再修建地狱。对此，首先就是拆除这些医院。咚咚锵，咚咚锵，咚咚咚，咚咚咚锵……

九

咚咚锵，咚咚锵，咚咚咚，咚咚咚锵……要想阻止这种疯人地狱的出现只有一个计策，但实施起来十分困难。那就是寻找一座风光秀丽、气候适宜、交通便捷的岛屿，然后投资一千万元，依照我的设计修建一所大型精神病院，并且在其中建立实验基地，免费收留病人，为他们进行解放治疗。这也是我多年来呕心沥血想出的治疗方案。解放治疗仅以正确的精神科学为基础，对精神病进行专业治疗。在此过程中不需要借助药品和手术，更不用那些石头箱子、手链脚链、无袖衬衣等刑具。我们只需要让病人在一个宽阔的区域内自由活动，接受自然且正确的治疗。也就是说，这里就是精神病人的乐园。这一定是世界上第一座奇妙珍贵的精神病院。这也对所有人开放，谁都可以进来参观。其中究竟有多美妙，我现在也不能确定，毕竟它还没有建成。但这所有的东西都是史无前例的新发明。咚咚锵，咚咚锵，咚咚咚，咚咚咚锵……

哎呀。这所有的一切都是史无前例的新发明啊。我在不久的将来一定会宣布精神病的病因原理，这可是全球所有学者都没有研究出来的东西。并且我还会为其实施通俗易懂、简单轻松的学术实验。只要能诊断出之前无法预防，或者对症下药、实施手术的精神病的病因，那一定能在学术界引起巨大的轰动，并且名垂青史；也能让日本在国际上获得崇高的声誉，成为正义之国、精神科学之国。而这也是我心之所向。咚咚锵，咚咚锵，咚咚咚，咚咚咚锵……

哎呀。这就是我心之所向啊。可一千万的投资金额实在太大了。即使我把祖产田地、证券基金全部变卖，典当家中所有物品，再加上我毕生积蓄也只有五百万而已。剩下的一半只能向政府求助了。当然我也希望在场的各位能够好心支援我一点，钱多钱少都无所谓。我在这里向大家叩首了。咚咚锵，咚咚锵，咚咚咚，咚咚咚锵……

哎呀。我在这里向大家叩首了。不过现在可能也有人在想，这要钱的和尚，只怕也是一个精神病人吧。毕竟这外表、这眼神看起来都不像一个正常人，倒和街边的乞儿差不多。在这青天白日里，把自己的包袱随便丢在一旁，敲着个木鱼咿咿呀呀地唱着，满口说着不合常理的世界文化，张口就要一千万说去治疗那些与大家八竿子都打不着的精神病人，甚至还说要进行一项前无古人的伟大研究，根本就是信口雌黄、瞎编乱造，只想骗人捐钱罢了。谁会信他？赶紧走吧，不要在这浪费时间了。您若是这么想，我也无法辩解，只能敲敲木鱼，拍拍脑袋，跟大家说声抱歉。咚咚锵，咚咚锵，咚咚咚，咚咚咚锵……

哎呀。拍拍脑袋跟大家说声抱歉啊。不过说实话，既然募捐不到钱财，我为什么要在这里敲着木鱼跟大家说故事呢？这还得从头说起。社会的文明日益发展，但在其背后隐藏的是充满了暴力和血腥的疯人地狱。我亲眼见过其中的残忍、悲凉，那是笔写不出来、口说不出来、木鱼形容不了的惨痛。这让我不能对其坐视不管。于是我费尽心思只想着能帮他们一把。在我呕心沥血地思索后，我得出一个结论：如果想帮他们的话，只能修建一所免费接纳精神病人的大型医院。可要实现这一想法，就只能依靠舆论了。为了节约钱财，我只能扮成乞丐的样子。这副模样定会污了大家的眼，所以我把这首疯人地狱之歌印刷成册免费赠予大家，以此聊表歉意。希望大家能把这本册子带回去细细翻看。如果你们觉得其中内容并无妄言，想要出力相助；如果你们想知道我在周游世界的过程中听到的、看到的关于精神病人的故事，想听听那些因为家族血缘、生死符咒等迷人心智的因果循环之事；如果你们想了解鄙人穷尽一生所构想的帮助精神病人计划；如果你们想在人多的地方把这些事情当作聊天话题的话，那么请你们在册子中的明信片上写下自己的名字和住址，然后填上收信人信息，将其放入油桶之中。我希望能够借助大家的力量，把这些真实存在的故事告诉给更多的人。让世人都知道这隐藏在人类文明之后的疯人地狱的真相，并且能够借助舆论的力量关闭这些地狱。咚咚锵，咚咚锵，咚咚咚，咚咚咚锵……

这样一来，政府就不能继续装作不知道的样子，整个社会都会关注这件事情。五百万是我全部的财产，我将用它来修建一所精神病院，收留精神病人并且分文不取，这样也许能让游走在外面的病人少一些吧。咚咚锵，咚咚锵，咚咚咚，咚咚咚锵……

为这被人遗忘、被社会抛弃、一直苦苦求生的生命画上句号，让那些弱小又无助的精神病人得到救赎。咚咚锵，咚咚锵，咚咚咚，咚咚咚锵……

除此之外，我还想在这家医院里找到可以治愈精神病的药方，然后将它推广开来，彻底消灭人间的疯人地狱，让精神病人可以好好地活在这个世界上。这便是我的最终梦想。咚咚锵，咚咚锵，咚咚咚，咚咚咚锵……

哎呀。这便是我最终的梦想。此时大家一定会如梦初醒，发现我所做的一切都是合乎情理的，了解到我的所思所想有多么伟大。请您放心，只要有我在，您就可以没有后顾之忧地搏上一搏。加油吧，努力去和疯人地狱做斗争。咚咚锵，咚咚锵，咚咚咚，咚咚咚锵……

十

咚咚锵，咚咚锵，咚咚咚，咚咚咚锵……让各位在百忙之中抽空停留下来，听我说这些奇奇怪怪的话，我深感抱歉。可认真想来，人世苍茫，纵然一个人可以活到期颐之年，成为百岁老人，与这以亿万年为单位的地球历史相比，也不过是白驹过隙，弹指一挥间罢了。我们懵懵懂懂地相逢、分别，经历生离之后又要面对死别。世界上的人那么多，我们能够在这时相逢，也全靠缘分使然。希望各位能够体谅一下吧。毕竟今日一别，便只剩下咚咚锵，咚咚锵，咚咚咚，咚咚咚锵了。之后大家在报纸新闻或杂志小说上看到与精神病人相关的话题时，或者遇到真正的精神病人时，希望各位可以记得今日所闻。疯人地狱比修罗地狱还要恐怖，无论是能照耀整个世界的阳光还是照亮夜间小岛的月光，无论是比星光还要璀璨的现代文化还是发出正义仁慈之光的探照灯都无法照进其中。这里没有音乐之声，亦无芬芳之香，只有无边无际的黑暗和散发着苍蓝之光的血海，海上有着零星鬼火，那是无辜枉死之人的执念。这里充满了怨念之声，不管各位是否能听见，只要大家对此有一些了解，就说明我的宣传是有效果的。我背诵着阿呆陀罗经，一下一下地敲着木鱼，希望大家平安顺遂。邪——道——祭——文——疯——人——地——狱——

——和尚以此献给大家。

明信片的邮寄地址如下：

九州帝国大学医学院精神病学教授斋藤寿八研究室

面黑楼万儿收

第三章　正木博士访谈录

《地球是一个大型的疯人解放治疗场》

九州帝国大学精神病学教研室

——正木敬之的访谈

九州帝国大学精神病科，去年三月在其后方着手修建附属医院与“精神病人解放治疗场”。其过程一直对外保密，现在只知道修建资金都是精神病科新教授正木博士自己出资。记者特地来到精神病科教授研究室，采访了正木博士。正木博士也对此进行了回答。

现在社会各界对我在九州帝国大学开设“解放治疗”一事十分关注。有人说这是我自己创造发明的治疗方法，也有人说这是一种全新的尝试。实话实说“解放治疗”并不是我自己发明创造的方法，也不是一种全新方式。这个地球在还没有出现人类历史和传说的远古时期就是一个天然的解放治疗场了，院长是太阳，护士是空气，厨师是土地。

这是有充分证据证明的，并不是我为了博人眼球才这样说的。我可以坦诚地告诉大家，我进行精神病研究的前提就是“地球是一个大型的疯人解放治疗场”。

这究竟是为什么呢？其实究其根本是由于生活在地球上的人们，无论其身份、性别、年龄，只要他身上有一个器官有问题，或者和别人不一样，大家就会将其称为废人，对他有怜悯之情或者鄙视之意，总之绝对不会把他当正常人一样对待。与之相同的是，只要头脑出现了问题或者和普通人不一样，那么大家就会称此人为疯子，将其看作是草木牲口，随意对其践踏欺辱。可欺负这些精神病人的正常人就真的是正常的吗？他们的精神就没有问题吗？

人类的脑髓真的是按照其自身命令行事、无拘无束吗？

我敢说，根据学术要求的公平公正来看，其答案一定是否定的。因为精神的异常不像肉体上的残疾可以用眼睛观察。但在我看来，这世间的所有人在精神上都是有缺陷的，他们或者自卑自负，或者极端扭曲，或者天资聪颖、情欲旺盛，或者先天不足、冷淡禁欲。我还敢说，这世间所谓的精神残疾者绝对比现在所知的要多。

举一个最简单的例子，人有七情六欲，最多者甚至有四十八种性格。无论是谁，都会或多或少地有些陋习，不管他人怎样嘲讽，这些习惯都是无法改正的。有些陋习也许会影响到人们的仕途、人际交往，所以人们会想将其改正，不但向神明祈祷，而且还在纸质媒体上公开宣誓，可即便如此，人们也没能成功改正陋习。由此可见，头脑是不由人类意识所控的。即便头脑知道这些习惯是不正确的，也不会按照人类意志去修正。这不就是精神疾病发作之时的一大特点吗？除此之外，头脑还有许多弱点。比如，明明不想哭但总是控制不住眼泪；知道不应该急躁但还是控制不住自己的脾气。由此可见，当精神出现问题时，头脑是不能自主修复的。

与此同时，人类的善变、固执、暂时失忆、懒惰、神经质、变态、痴迷等心理状态更是数不胜数。我们不知道周围的人有没有自觉性，也不能判断他是否处于疯狂的边缘，更不能确定他的头脑是否健康无损。也就是说，普通人和精神病人其实半斤八两，两者之间只隔了一层窗户纸罢了。

想要证明这个说法也很简单。在你直接说出他们的某个弱点，以此说明他们的头脑并非完全健康时，他们都会暴跳如雷，声嘶力竭地反驳，甚至对你大打出手，这就像疯子一直说自己没有疯一样。这看起来十分愚蠢的，但也是最自然不过的。如果大家能接受这个说法的话，那么就会把精神病人当作普通人看待。要是再用现在盛行的绅士态度对待他的话，那么无疑会加重其病情，导致其病入膏肓，无法挽回，最终成为一场彻底的家庭悲剧或者刑事案件，然后引起社会的广泛关注。情节较轻的话，社会会对其进行谴责；情节严重的话，法律会对其进行审判。如果到了这一步，他依旧像一匹脱缰的野马不知悔改的话，那么大家就会给他安上一个精神病的名头，然后把他送到精神病院去。

请不要曲解我的意思，我并不反对这样的做法，也没有冒犯人类群体的意思。我只是觉得那些或天生或后天形成的有涵养的人在看到和自己精神状态差不多的精神病人时，无一不是面露鄙夷之色，然后对其避而远之；觉得自己的头脑是健康无虞的，根本没有他们所说的异常倾向，这实在有些可笑。因此总是忍不住想嘲讽几句，想为那些被这些自命不凡之人看轻，但其实并无原罪之人争上一争。

其实，依照这种标准来辨别的话，精神病人和正常人就像是被关在监狱里和生活在监狱外的人一样，并没有太大区别。换言之，把精神病程度较轻、根本不必送到精神病院中的人和真正的疯子混为一谈的就是这些所谓的有涵养的人。

我知道这些话听起来有些刻薄。这的确有失礼节，我自己也觉得很抱歉。可是事实就是如此，我也不能改变它。正如要发展医学研究就必须将人假设成一种动物一样，要想对精神病科学进行真正且深入的探索，也必须从这些角度进行调查，这是不能避免的过程。如果真的有人觉得自己是世界上独一无二的精神正常、没有任何问题的人，那么请你一定要来找我。我会邀请他入驻我们学校的研究医院，请他帮助我们进行研究调查，所有的费用将由学校来出。毕竟我们在给学生进行授课时很缺少这种活标本讲义呀。

有了太阳的存在，一些精神病人才能生活在地球上，悄无声息地接受解放治疗。在这种情况下，那些连动物都不如的半疯癫之人会逐渐意识到他们的精神是有问题的，然后衍生出宗教、法律、道德和各种主义，以此来警示人类不要轻举妄动。因此我也想以“人们都是精神病人”为理论基础，参照这种形式修建一个小模型，取代太阳，对人们进行“不需要药品的解放治疗”，探索真正符合科学的精神治疗法。

啊？解放治疗场会收纳哪些病人？这个我尚且不知。但应该会收留那些符合我研究、适合成为新精神科学研究的人吧。

新精神科学研究是什么？你应该了解其内容吧？但是这一个问题解释起来就很复杂了，三言两语根本说不清楚。如果让我对其进行简单概括，那就是它将完全推翻现在的精神病研究。新学说会从脑髓的作用入手，摒弃之前大家认可地带着迷信色彩的“脑髓就是人类用以思考的场所”的说法。然后解释脑髓在精神遗传方面发挥的作用，从而衍生出精神病理学、精神生理学和精神解剖学。之后将以这些学科为研究对象，寻找有用的病人为标本，在他们身上试用我自己发明的精神暗示和刺激疗法。至于什么样的人能够成为实验对象、实验过程中又会出现什么样的情况，我目前也不能确定，哈哈哈。

不过，本着严谨的态度，我要先作一个声明，大家可千万别把身为实验负责人的我当作一个精神完全正常的傀儡。

一旦太阳释放出耀眼的光芒，将阳光洒在这片名为地狱的疯人解放治疗场上后，治疗便不会停止，就像烤箱开始运作那样。你根本不可能从容地要在这期间寻找合适时机，添加一些调味品。这个烤箱会一直工作，将其中的东西烤得嗞嗞作响。所以只要我着手进行疯人研究，我将会全身心地投入其中，再也顾不得其他事情。就像尿急到只能在路边解决并且做好了被惩罚的心理准备的时候，就算是天皇驾到或者是警局搜查，也绝对不会中途停下，一定要尿得干干净净才行。

因此，我唯一能够确定的是，哪怕把世界上所有的精神病人都治愈了，我自己的精神也不会恢复正常。

第四章　绝对侦探小说

《人类的思考根本不是在脑髓中进行的》

——正木博士的学位论文

xx 记者

啊？为什么我的毕业论文《脑髓论》未曾在学术界公开发表哇？你可太会开玩笑了，我不发表肯定不是由于害怕引起争执呀。主要是我还想对其进行一些补充，因此就先把它留在了身边。

你想让我谈谈其中内容吗？其实也是可以的。但我说了之后你肯定会把这些内容刊登出来吧？说实话，我之前接受了采访，你们写了一篇名为《地球是一个大型的疯人解放治疗场》的报道，但是效果并不理想，还给我增加了很多麻烦，因为许多人看了之后都觉得我是想给自己打个广告做宣传。

还好啦。其实我并不在意别人的看法，因为我想做的事情不会被他人左右。只是一旦我做出一些重要讲话，身为和事佬的校长和胆小的院长便会担惊受怕，这倒是让我有些内疚了。之前鹤川发表了《万物还原为黄金》、赤井发表了《返老还童手术》，使得九州帝国大学被很多人误解，以为这里的教授都是些坑蒙拐骗的术士，如果我这次再告诉你们《脑髓论》的内容，引起的骚动肯定比上一次的解放治疗报道还要大。

你想让我讲一讲，保证绝对不会刊登出来？我倒是很久没有听到记者说这话了，我能相信你吗？可以相信的吧，那我就告诉你吧。对啊，你需不需要一支雪茄？这是顶级的哈瓦那雪茄呢。试试吧，就当是你采访我这个嚣张之人的报酬和封口费，不过便宜了点。哈哈哈哈。我今天没有什么事儿要做，也许我们的采访会进行得很顺利呀。

你有没有看过侦探小说呢？不看啊……这怎么可以呢。侦探小说可是近代文学最受欢迎的类型了，你如果不读读看，只怕会被时代淘汰呢。原来看太多烦了呀……哈哈哈哈，那是我小看你了。这也正常，你是这方面的专业记者，是我疏忽了，真是有眼不识泰山。

这样吧，我给你讲一个我压箱底儿的奇异侦探故事吧。这个故事我想了挺久的，打算投给一家科学杂志。在此之前先跟你讲讲，希望你能给我一些建议。我这个故事无论是在情节还是构思上都是极为巧妙的，而且充满了讽刺意味，应该是独一无二了。不过如果有其他类似案例，那我就不发表了，这样一来你可能就是唯一的听众了。

啊？我并没有故意东拉西扯，这个故事和我的《脑髓论》紧密相关呢。其实侦探小说里的故事就是侦探和凶手各自运用自己的脑髓运动，故布疑阵、互相折腾，然后制造出各种幻觉、错觉，颠倒观念，充满了吸引力，让读者欲罢不能。这其实就是脑髓运动啊，不是吗？

但是，我所构思的侦探故事和这些老套、固定的小说模式是不一样的，我主张的是用“脑髓本身”去侦探“脑髓本身”。我的小说一定是这个世界上最单纯、最厉害的侦探故事。而我所写的《脑髓论》主题则是解开小说中让全球人类脑髓都惊慌失措的谜团的钥匙。是不是很精妙啊。

没听明白吗？很正常的，因为我还没有告诉你故事内容嘛，哈哈哈哈。

嗯……可以啊，你想记录下来就记录吧。不过你要等我的《脑髓论》发表之后再刊登在报纸上。我遇到什么不解之处，我也可以帮你进行补充。不过与其把它当作要发表的一篇采访稿，倒不如直接用我的名义发表呢，这样对你也有好处。

不过我得先说清楚，我的故事是脑髓追寻脑髓，十分高明，所以我不能保证你在听完我的故事之后能厘清所有思绪。虽然在故事开头我便设置了解题的关键情节，但是读者肯定是发现不了的。他们只会被天马行空的错觉、幻觉和颠倒观念所迷惑，陷入一场头脑风暴。这才是最顶级的脑髓小说呀。

按照普通侦探小说的套路，一般会在小说开头就布下一道难题，给读者一个下马威。大家也会觉得所谓的脑髓小说一定会有与脑髓相关的谜题吧，是吗？

果然不出我所料。那我也给你一个“下马威”吧。实际上，现代科学中最厉害、最可怕的“谜团”就是“脑髓”。纵观人类所有的器官，脑髓也是仅有的由巨大蛋白质所创造的、让人始终不能看清楚的怪物，它也不会死，全球二十亿人每天都为此感到头盖骨疼。

脑髓这个怪物是人类身体所有器官中的最高指挥官，处于“器官食物链”的最顶端，靠着吸取人体的血液和最好的养分生存。它所发出的指令是必须实行的，它的要求必须被满足。我们永远也想不明白是脑髓服务于人类还是人类服务于脑髓呢？脑髓就是一个霸道的专制君主，掌控着身体的全部器官，从而掌控着人类文化的发展。

这些理论并没有问题，但还有一个让人百思不得其解的谜题。

那就是从古至今，由蛋白质所构成的固体——脑髓在人类的身体里究竟占据着怎样的地位？会对人体产生怎样的影响？虽然很多科学家对此进行过深入研究，但并没有任何收获，无法回答这些问题。换言之，脑髓驱使着所有专家学者去研究它，但从来没有让人类得到过答案。而且，脑髓其实只有一到两公斤的重量，可它居然能影响到人类的方方面面，拥有着科学无法解释的奇异能力，让专家们无法对其进行彻底研究。或者说，脑髓就是在阻止人们去了解它的功能。这样一来，由脑髓所创造的现代人类文化正在被脑髓无意义化和全面末梢神经化，它陷入了一片混乱之中，逐渐堕落，最终走向毁灭。但脑髓则安坐于头盖骨中，当真是最可怕的撒旦。

这绝对不是我在胡编乱造、夸大其词。我敢以自己的名誉和声望做担保。

什么？你觉得人类是在脑髓中进行思考的？你的这个想法是很常见的，全球各地的人们，不管来自哪一个民族、哪一个阶级，不管是科学家还是门外汉，都像你一样觉得人类是在脑髓中进行思考活动。人们坚信现代社会的飞机、收音机、剃须刀，以及各类音乐、各种主义和相对论都是由脑髓所创造的。

在对人体进行解剖观察到脑髓后，大家自然会有这种想法。人类的松果体、延脑、小脑、大脑是由各个奇形怪状的神经细胞组成的，脑中的各部分交叉重叠，由数十兆的神经细胞连接相通。只要对其进行研究就能发现人体以脑髓为中心，经过经脉、细胞连接体内的所有器官，井然有序。所以，大家会觉得掌控人类行为和思想的东西就在脑髓里，从而产生“人类是在脑髓中进行思考活动”的想法。

这一定是正确的。

所有人都奉行这一观念，并且将其当作真理常识。现在根本不会有人对此提出质疑。大家会觉得现代文明的产物，就算是一张纸、一根针，都是由脑髓创造的。如果你以“人类是在脑髓中进行思考”为题进行一场演讲的话，我相信不会有人跳出来反对你。整个世界都很认可这一说法。

所以我在自己的侦探小说中构思出了一位不会与世俗同流合污的青年名侦探，同时他也是一位罕见的脑髓学博士，在这方面有着超高的造诣。他能凭一己之力让整个世界对脑髓改观，会以最科学的方法揭露“脑髓恶魔”的真面目，将它的作用公之于众，告诉世人他们被一种错觉所驱使，误解了脑髓的作用。这就像全垒打的重重一击，让读者醍醐灌顶、如梦初醒。你认为我的这个想法怎么样？能不能得到读者的认可？

你还是没有理解吗？希望我能多说一点？

你觉得这是一本玄幻小说？当然不可能啊，我不是跟你说过这是一本科学侦探小说吗？如果我为它加上奇幻的色彩，这本书就失去它的特点了呀。是的，我的情节构思从最开始就是严丝合缝的，你大可以安心聆听。在听完之后你就会明白这一切的。

小说的主角姑且就叫阿呆吧，他的人设是一位刚过弱冠之年的翩翩公子。你得记住这个人是真实存在的。他虽然天资过人，聪明绝顶，但体内潜藏着遗传性精神病，随时都有可能发作。所以他在九州帝国大学入读后不久就住进了我们精神病科教师的附属医院。

你说我是故意吓唬你呢？你实在是太多心了。要是你觉得这个人是我虚构的，那我可以带你去见一见他。他现在就住在七号病房。我只要叫一声阿呆，他就会满脸诧异地回头看，十分可爱。

说起这个阿呆啊，他在发病之后便昏了过去，醒来之后居然把自己的过往都忘记了，不管是父母的名字还是自己的名字，全都想不起来。所以我先叫他阿呆博士吧。他本就是一个聪明人，自然对自己失忆的事无比在乎，所以他每天都会在病房的石板上走来走去，不管外面是白天还是夜晚。他应该是在想自己的脑髓之事，嘴里时常嘟囔着“太奇怪了，我的脑髓到底干了些什么？又在想些什么？”还有就是“我的身体在被我的脑髓所掌控吗？还是我的脑髓被我的身体所掌控？想不通啊，真想不明白”。他念着念着就会抬手拍打后脑勺，或者伸手抓着自己那乱糟糟的头发，然后一直在房间里转来转去。

但是当阿呆博士发病比较严重的时候，他就会安静地站在房间中间，一动也不动。与此同时，他的眼珠会不停转动，一直打量着周围环境。然后他会在自己的头发中揪出一个似乎不存在的东西，狠狠地摔在地上。这个动作就像是打开了某个开关，他之后就会指着地板发表一场与脑髓相关的演讲，其间的肢体动作也十分丰富。随着演讲的进行，他的情绪也会越来越高昂，逐渐到达一个顶点。这时他会抬起一只脚，狠狠地踩向他丢东西的地方，似乎要把那个没有实体的东西踏扁。这时他会觉得头昏脑涨，然后昏倒在地上。之后的两三天内他会一直昏迷。等他再度醒来后，就会揉着眼睛回到最初痴痴呆呆的状态。重复我之前说的过程。嘴里念叨着“我真的搞不明白”，然后在屋子里徘徊。过一会儿又从头发中抓出无形的东西将它摔在地板上，仔细打量周围，手舞足蹈地开始演讲。最终一脚踩在地上，向后一倒，继续进入昏迷状态。这位少年侦探每天都是如此。

但是他所发表的那篇演讲着实有趣。

他在演讲的时候似乎给自己设定了一个有很多电车来来往往、街边行人络绎不绝的交叉路口背景。而他自己宛如站在路口的交警，伸开双臂看着周围的人，毫无征兆地挥拳出击，撕心裂肺地吼道：

都给我停下来，不要动了！

正在行驶的货车、巴士、摩托车、自行车，还有汽车、电车都快停下来。那些走在路上的太太、先生、俊男美女以及上班族、公司职员或者无业游民、警察、小偷都站在原地不要动。

你们现在的处境很危险啊。

你们走路的时候一定还在脑髓里面想事情的吧。你们能够对周边事物做出判断，能够明白警察的手势，能够看懂红绿灯的信号，能够了解商店中的流行趋势，能够认识海报上的明星，能够在报纸上看到时事热点，都是依赖于你们脑髓的能力吧。我猜你们都觉得防着小偷、躲开债主、跟着女士身上的香气走等刺激都会让你们的脑髓高潮，从而让文化人更加得意。

这就是你们面临的险境啊。你们现在正处于脑髓的特殊时期。

你们看到了吧？听到了吧？一定会觉得惊讶无比吧。

如今地球上的每个人都与在座的诸位一样，愚蠢至极。你们是搬家还要去邮局问地址的傻子，是在打电话时大声报出自己号码的马大哈，还是认为人类在脑髓中思考的蠢蛋。

让你们产生这些错觉，并且自鸣得意地将它视作自己在世上唯一的依靠；让你们在“如今是大脑的黄金时期”“现在大脑才是人类的资本”这种错误的观念中驾驶着摩托车、汽车、单车，将人类文化逼入绝境的罪魁祸首便是你们的脑髓。

这难道不危险吗？你们能放任它自由发展，完全不管吗？你们看到了吧？听到了吧？一定会觉得惊讶无比吧。

阿呆的口号如下：

抵制人类文化。

改变对脑髓的观点。

建立新的唯物科学主义。

阿呆我在这里宣布，人类现在的头号敌人就是“主张思考的脑髓”，它是这个世界的魔鬼，是在创世纪初期骗夏娃偷吃禁果并且诅咒亚当后人的蛇，它趁人不备跑到了人的头盖骨中，然后霸占了这里，这便是脑髓的来源。

张开双眼看看吧。

看看那恶魔脑髓的所作所为吧。

抛弃所有与脑髓相关的封建迷信吧。

脑髓总是扬扬得意地说自己是人类进行思考的场所，是现代文明与科学的创造者，是这个世上知晓一切的上帝。

它就是这样自大，认为自己是这个宇宙的统治者，是身体的最高司令，其他的器官都要听命于它。它霸占着所有血液和最佳养分，一副高高在上的样子。随着脑髓的威望越来越大，沉迷于此的人类也就越来越堕落。

你们快看看脑髓有多可恶吧。

我这个呆子仔细研究过世界历史，得出了一个结论——脑髓有五大罪状。其一是蒙骗人类，自命为神；其二是驱使人类与自然作对；其三是把人类逐回禽兽世界；其四是使人类沉迷于物质世界中，追逐虚妄，无法自拔；其五是让人类拒绝相信真理永存。

这些事实就隐藏在医学史中，你一看便知。

最先在人体中发现脑髓的科学家是欧洲医学的鼻祖海波·梅尼亚斯。但这位泰山北斗却被自己的脑髓所利用，让他把发现的脑髓作用烂在肚子里，决不向外人提及。

换言之，海波·梅尼亚斯的脑髓觉得不应该让人类知道脑髓的真正作用，于是这居于头盖骨中的“生存脑髓”便死死盯着已经变成灰白色旋涡的“死亡脑髓”，彼此之间展开了一场生死较量。

那么脑髓到底有什么用处呢？创造出人类的神明为什么要把这盘踞在一起的白色物体放在人的头盖骨之下呢？

海波·梅尼亚斯一直被这个问题所困扰，百思不得其解。

这一团蛋白质看起来很像章鱼的粪便，似乎是鼻涕眼泪的制造厂。人体是一个精良的建筑物，而它则高居于其中最隐秘的储藏库内。它弯弯曲曲蜷成一团，看着跟小肠很像，难道也是消化器官之一吗？这真是让人头痛啊。

海波·梅尼亚斯一直在思考这些问题，为此疲惫不堪，几度昏迷，可仍旧想不出答案，只觉得头盖骨内发出阵阵疼痛。

这位了不起的天才也被自己的脑髓算计了。他拍案而起道：“我明白了！人类肯定是在脑髓之中进行思考的，我之所以会头痛欲裂，就是因为思考过度了。”

想到这里，海波·梅尼亚斯赶紧拿出手术刀把之前从尸体中取得的脑髓切成薄薄一片，其厚度应不过一厘米的十万分之一。当他确定人体内的所有细胞都是被脑髓散发出的神经纤维联系起来后，他捧着这个脑髓跑到街上大喊道：“我找到答案了！我知道全部的真相了。用所谓的是神赋予人类生命的说法诠释天方夜谭，这些神不过是人类在脑髓中思考后构想出来的东西而已。

“看到我捧着的这个脑髓了吗?

“这个蛋白质块的重量在一千两百克到一千九百克之间，但生命的起源就在于此。我们的意识思想都是被它在分解作用中产生的化学能量所刺激而成的。

“世间的所有都是脑髓创造的。

“只有掌握了科学的脑髓才能看透这个世界。”

海波·梅尼亚斯如是说道。

那个时期的先进分子对于迷信的基督教和作风腐败、私生活糜烂的僧人多有不满，所以当他发言之后当即鼓掌叫好，情绪高昂，给出了最热烈的回应。他们把海波·梅尼亚斯的观点奉为真理，对于“人类是在脑髓之中进行思考”的说法深信不疑。除此之外，他们还以此观点衍生出了诸多主义。

大家纷纷表示：“正是如此，这个世界里根本就没有所谓的神明，自然现象的本质都是物质在发挥作用。我们可以借助脑髓的化学作用证明唯物主义，并且衍生出它的文化。”

“人类是在脑髓之中进行思考”的观点战胜了神灵论，并且促使人们开始与自然相抗衡，催生出了人类专属的唯物文化。

脑髓控制人类的第一步就是让人类发明出了诸多武器，可以自相残杀；

第二步就是让人类研究医学以违背自然法则，促使疾病的增加，同时也让人们可以自由生育；

第三步就是帮助人类研发出各种交通工具，缩短了世界各国的距离，同时让人类拥有光源，不再依赖于日月星辰。

接下来，它让人们用钢筋水泥建造起一栋又一栋的房子，于是人类便搬离了大自然，住进了这格子间中。之后人们都生活在电力和蒸汽之中，没有了新鲜自然的空气，人类的动脉就会逐渐硬化，并且还让人们学会用铅土做装饰，与机器为友。

而后它把酒精、毒药、消毒剂、安眠药、强心剂、尼古丁、大麻、毒品、烟草等药剂带入人类世界，给人们一种错觉，把这些东西衍生出的非自然的倒错美当作是人类文化的重要部分。于是，大家慢慢习惯了依赖这些非自然物品，觉得离开了它们就一天都活不下去。

除此之外，脑髓在把“神明”“自然”都赶出人类世界后，又夺走了人类想要繁衍生息、稳步发展、安居乐业的心思。换言之，它给了人类一个“不符合唯物主义科学理论的事物就是违背自然法则”的错觉，从而否决了父母亲情、袍泽友情、夫妻爱情，以及人伦纲常、诚实守信、知羞知耻以及道德底线，让人类奉行只知道追求物质和野心的个人主义。在这种情况下，人类的文化故步自封、逐渐衰退，人类也开始神经质，走到了自我毁灭的虚无境地，最终成为追求灯红酒绿的蒙昧幽灵。

这就是脑髓的计划，在无形之中将人类推向毁灭的深渊。

看啊，脑髓就是这样无情且冷酷。

我们还能对此坐视不理吗？

而且，真实的问题远不止于此！

有恃无恐的脑髓继续实行着它的作恶计划，让每个人被错觉包裹，掉入一个虚妄的世界中。然后又巧施手段蒙骗了所有人的大脑，将人们当作自己的棋子，随意摆弄。

它甚至也想把我——阿呆神探变成它的玩物。

请看看吧。大家经常会被脑髓捉弄，遇见一出又一出的“脑髓悲喜剧”；而在世界的舞台上，“脑髓闹剧”从未停止过演出……

请看看吧。脑髓就是这样称霸人类文化的，然后自称知晓宇宙法则，牢牢掌控着科学知识。

但是，为什么“可以思考万物的脑髓”在把它发明的学说主义以及衍生出的唯物文化发扬光大后，却唯独将与探索脑髓本身相关的研究隐藏起来不让人类知晓呢？为什么它可以发现世间万物的秘密法则，并且对其进行研究思考，但从来没有人类思考过脑髓的本质呢？查阅如今已经发表的所有科学论文，我们居然找不到任何研究脑髓功能的文章，这也太奇怪了吧。

而且大家想想，要是能够代表人类脑髓的科学家的脑髓至今都没有察觉到这个问题，那它们也太马虎了吧。

大家再关注一下这个问题。脑髓在研究人体的时候，将其细分为遗传、病理、生理、解剖几方面，可谓是鞭辟入里，十分细致了。对于疾病的研究也是如此，众所周知，医学可分为耳鼻喉科、口腔科、皮肤科、眼科、外科、内科等科目，而且术业有专攻。

但在各类研究中，唯一停滞不前的就是对“进行思考的脑髓”以及相关知识的调查，从古至今，人们对此都一头雾水，只能像盲人摸象那样碰运气。人们怎么会出现这么大的纰漏呢？如果想研究精神病的话，那么就一定要学习精神遗传学、精神病理学、精神生理学和精神解剖学这几个科目，但是所有大学都会对其进行更细致的划分，还会把它放在脑科治疗中，医生们对此也是无计可施，只能选择放弃。脑髓为什么会在这方面玩忽职守呢？许多人都会思考“得了早发性失智症的人是哪里出现了问题？”“人类为什么会有幻觉？”“人的生命形态是什么模样？又在哪里？”等和脑髓相关的各种问题。但身为人体器官之中最聪明的脑髓对此却没有做出任何回应，也不指引人们去找到答案。这可一点都不符合它的作风啊。

所有人都觉得算命的人永远都算不出自己的命运，因此脑髓也不会去探索自己，并且把它当成最自然不过的事情。

这不正是脑髓的悲喜剧吗？

这不正是脑髓在实施诡计的闹剧吗？

与我们密切相关并且让我们能感同身受的就是“哭中风”和“笑中风”，它是一种无论主人是生气是惊诧或者含有其他某种情绪时，都只能用哭或者笑来表示的疾病。可即便如此，脑髓还是让所有科学家坚持“人类是在脑髓中进行思考”的理念。于是，科学家们只能奉命把中风疾病定义为由于整个脑髓出血而引起其大部分功能失效，只剩下控制哭与笑这两种表达情绪的部分还可以运行，所以人体的神经细胞只能借助这两种方式进行运作的现象。

这也是依据“人类在脑髓中思考”的原则能做出的唯一解释了。

可是在对中风病人的脑髓进行解剖后，大家会发现真相与此正好相反。这可真是太不巧了。解剖了脑髓后能够看到其中只有很小的部分有出血现象，这完全否定了之前所说的“整体出血”的情况，真的是无比讽刺啊。如果只能将此当作是一场让人哭笑不得的脑髓恶作剧，也实在是太惨了。

还有一种情况更加匪夷所思且更具讽刺意味，那就是梦游。奉行“人脑是无所不能”的科学家们对此一直闭口不提，不知道应该如何去解释。除此之外，患有梦游症的人也经常创造出各类奇迹，看起来就像是在讽刺科学家们。举例来说，患有梦游症的病人在发病时候的智商和情商都远高于其正常时期，可以完成许多超出人力承受范围的事情。但当病人醒来之后，他根本不记得自己在梦游中做的事情，他所有特征都会恢复如初，再也无法展现出超高的智慧。这也让人百思不得其解啊。一直坚称“人类是在脑髓中进行思考的”“脑髓是俗称记忆和感知的场所”的科学家们根本不能借助他们的脑髓判断力来解释这些现象。

当你听到那些科学家们痛苦地高呼“这已经超出人类脑髓的思考范围”的时候，会不会觉得惊叹不已？

这难道不是超出脑髓控制力的恐怖游戏吗？

可是即便如此，一些科学家自称是科学的传播者，却不能因此而提高自己的警惕，依旧坚信脑髓是万能的。

除此之外，科学家们还相信很多迷信观点，比如“受教育程度越高的人脑髓越大，学识越渊博的人脑髓沟回越多”，换言之就是人类之所以存在就是为了让自己的脑髓更加发达，脑髓之所以存在就是为了思考万物。因此，创造出文化、文明和科学，发现唯物主义的就是脑髓。这些观点在科学家们的心里根深蒂固，其重要性都大过《圣经》。他们誓死维护着脑髓的绝对地位。

可在他们的显微镜下，一些没有脑髓甚至连尾巴都没有的低级生物不仅可以分别天气是冷是暖，而且还能准确地找到自己喜欢的食物。它们在天气方面的敏感度远胜于人类的脑髓，可以准确地预知气候类型。这可真是一个大快人心的事实啊。这些低级生物虽无法言语，但能用自己的肢体进行嘲讽：

虽然我们没有脑髓，但是我们依旧有思考的能力。

没办法，我们浑身上下都是脑髓呢。

我们可以把脑髓变成五官、四肢、躯体，甚至是生殖、排泄等器官，然后让它发挥相应的作用。

至于你们人类不过就是将这些功能进行区分，然后将其交给对应的器官罢了。

实际上，你们的四肢都是有思考能力的。

臀部有视觉，也有听觉；

大腿被掐上一把也会有痛觉，但痛的只是被掐的地方；

被虱子咬了你会疼，但疼的只是被咬的地方；

可脑髓既不会感到痛，也不会觉得不舒服。

事实就在眼前，你们还没有看清楚吗？

嘻嘻嘻嘻嘻。

哈哈哈哈哈。

这些低级动物发出嘲笑的声音，甚至笑弯了腰，这实在是欺人太甚啊。

这难道不是脑髓对人类的嘲讽吗？

这难道不是脑髓早就布好的陷阱吗？

如今唯物主义盛行，那些和灵魂、精神相关的玄幻剧、神秘剧只能以最原始的形态出现，然后如雨后春笋般冒出来，多到让人难以承受。而它们冷眼看着人类的脑髓，最后悠然离去。是不是很有趣啊？

如今对于唯物资本主义而言是最好的时期。在拥有科学文化基础的大城市中，已死之人可以拨通电话；一张照片上可以看到两个互不认识的陌生人；一颗宝石可以夺取佳人性命；行驶在奇异的交叉道上的火车会有危险。但这些事情并不算最奇特的。传说拿破仑的灵魂站在阿默龙恩城的城墙之下，抚摸着石砖，对君主[1]发出一声哀叹；法老图坦卡蒙的木乃伊对埃及的冒险家发出了诅咒；以科学推理为基准，发明的唯物侦探法，可以依据指纹、脚印、烟灰进行推理的神探夏洛克·福尔摩斯在晚年也沉迷于神学，不可自拔。除此之外，居然还有已经死了的丈夫想利用以太[2]音波和尚在人间的妻子交流的传说。所有人都觉得这些事情不符合常理，但没有谁能站出来判断这些事情到底是谣言还是事实。偶尔也会有人发出不一样的声音，但意见相左的两方各执己见，争论不休，谁也说服不了谁，最终大家都觉得是对方的脑髓出了毛病，然后就不了了之了。这个结局其实并不会让人觉得意外。大家运用现有的科学知识根本不能解释这些事情，而且在进行完了所有的推理和猜测后人们终于发现此路不通，于是只能发出一句哀号——脑髓应该怎样探索脑髓呢？就这样，一切又回到了原点。

情况基本上就是这样，大家觉得怎么样？

了解脑髓的第一步就是探索脑髓病理，这也是精神病学最基本最重要的一个环节。就像大家所看到的这样，人类在精神病学上的研究一直没能取得进展，就是因为对脑髓一无所知。在这种情况下，无论是精神病学家还是精神病医生在对精神病进行诊疗研究的时候都没有思绪，只能忍受着各类嘲讽。而全世界的精神病人也只能被关入一个没有光明、没有未来、没有救赎之地，受尽折磨。疯人地狱便是这样形成的。

这不就是自命不凡的脑髓对人类的作用吗？这不就是脑髓自己编排的一场恐怖又精彩的大戏吗？

如果你想拍手，就尽情拍手吧；

如果你想叫好，就痛快叫好吧；

---

[1] 即德意志的最后一位君主和普鲁士君王威廉二世（William Ⅱ von Deutschland，1859—1941年），他于1888年登基，在一战结束之后成了战争犯，被发配到了荷兰。因为他与荷兰女王素有来往，所以就在阿默龙恩城安度晚年。——译者注

[2] 即“Ether”，是古希腊哲学家所设想的一种物质。——译者注

如果你想哭泣，就纵情哭泣吧；

如果你想大笑，就放肆大笑吧。

我阿呆在发现脑髓的现象后也是大惊失色，目瞪口呆。我意识到自己的脑髓居然如此冷血、残酷，它悄悄地躲在背后，冷眼旁观这让人不寒而栗的脑髓社会时，我整个人吓得瑟瑟发抖，只觉得这一副骨架都要抖散了。可不管怎样，我都会拼尽全力去阻止脑髓的阴谋，绝不会让这残忍又悲凉的恐怖剧继续演出，也会让世界看到这种以脑髓为先的唯物科学的真面目。

我阿呆就是在这时候站了出来，打算充分发挥自己的才能。我靠着自己此生研究出的最高明的侦探技巧，在无尽的时空中不断探寻，终于发现了脑髓这个幕后真凶、这个“应该受到惩罚的唯物文化之主”的本质，知道应该怎样让大家从“人类是在脑髓中进行思考”的执念中解脱出来，找到了让人类摆脱这场噩梦的“绝对真理”。

这个真理不像大家想象的那样复杂，相反它很简单、很普通，以至于以往都没有人关注过它。在人类意识到脑髓的存在后，诸如帕格森、斯宾塞、达尔文、培根等天才的脑髓都只能在无法认识自身之处完成“脑髓的真正活跃”。换言之，这些人不过就是点燃一直在捉弄地球上所有生物的“脑髓咒文”的火柴罢了。

在场的人啊，尽情欢呼吧！随心所欲地去跳跃、去翻转、去倒立，放肆地滑步、踢腿、舞动吧！

无视所谓的交警，忘记那所谓的安全区。

我们马上就要摆脱控制了人类千百年的脑髓了，我们马上就要从迷信中解脱了。这难道不值得我们唱歌庆贺吗？

我阿呆总算让大家看到这个世上最大的魔鬼了！总算把这场残忍恶作剧的幕后主使、这个来无影去无踪的变态罪犯揪了出来！接下来，我会让大家亲眼见证撒旦的真面目，那就是我自己的脑髓，然后骄傲地宣布：

“人类并不是在脑髓中进行思考的。”

哈哈哈，如何？这个呆子博士的演讲很有意思吧？这个节奏是不是特别紧凑？这个故事是不是特别精彩？这个超级侦探小说的确可以让世人都为之惊叹吧。

嗯？你还是没听明白吗？

哈哈哈，很正常。因为你还是觉得自己是用脑髓在思考的，还没有从这个唯物科学迷信中解脱出来。

认真听着吧。我们的呆子博士侦探现在正指着被他摔在地上的脑髓进行着他的演讲：

大家快仔细看看，认真听我说，快震惊、感慨吧！

这就是脑髓恶作剧的真面目，看啊，它就是这样邪恶霸道。

在海波·梅尼亚斯教授发现脑髓后，人们就一直被它玩弄于股掌之中，直到尽头，仍是如此。它给了我们一种错觉，让我们甘愿奉它为造物主，自愿向它献上自己的身体和精神。阿呆我自己也被它欺骗。不过时机已经成熟，我们应该打破这种幻觉，改正海波·梅尼亚斯的错误！我们应该把这些东西和被我扔在地上的脑髓一起粉碎。

阿呆我傻傻地站在十字路口上，大声发出史上的首次宣言。换言之，我将是第一个公布代表最新科学宗教的《脑髓论》的人，我真的深感荣幸。在这里，我敢确定“用以思考的脑髓”是不会去思考它自己的，就像物理原则“两样物品不能在同一时间放在同一个位置”一样，这是永恒不变的真理。所以，第一个发现脑髓的海波·梅尼亚斯就是被他所认为的“拥有思考能力的脑髓”欺骗、折磨，差点为此付出生命。

因此，阿呆我要在这里正式提出挑战：

人类不是在脑髓中进行思考的；

人类不是用脑髓感知万物的；

脑髓的本质就是一块儿无感、无神经的蛋白质固体。

大家有些失态了吧？这有什么好惊讶的？为什么你们要捧腹大笑呢？

甚至还笑到在地上打滚……

你们为什么要跑到警察局去？为什么要和那个红色邮筒进行亲密接触？为什么要紧紧抱着电线杆呢？莫非各位的精神出现了问题？

啊？你说什么？

“人类如果不是在脑髓中进行思考，那是在哪里进行思考呢？”

“人类如果不是用脑髓去感知外界事物，那又是用哪里去感知的呢？”

“人类的精神意识究竟在什么地方？我们活着是为了什么？”

噢，原来你们是在想这些问题啊。

这并不好笑哇。因为这些问题都是大家最基础、最普遍的困惑嘛。

你赶紧把裤子上沾到的灰尘清理一下；

你把帽子扶正；

你重新打好领带；

大家好好听我说……

我们的生命意识，也就是我们的精神就存在于我们身体的各个部分之中，就像那些没有脑髓、没有头尾的低级动物那样。

关于这一点的最好证明就是，我们在拍打自己臀部的时候会觉得痛，想吃东西的时候会觉得肚子饿。

不过就这么解释未免有些过于简单了，反而不利于大家去理解，所以我会对它进行详细解答。在我们的日常生活中，信念、记忆、意志、情感、欲望等所有情绪一直存在于我们身体的每个细胞中。脑髓就相当于中介，会把这些情绪转交给我们体内的神经细胞。

大家都知道，政党会把自己的每位成员称作细胞，那么我们也可以把每个细胞看作是一个人，而我们的身体就是一个大城市。这样一来，脑髓就是城市中心的电信局，它的功能就是如此，再无其他。

在听完这个比喻后，大家如果还不能明白的话，不如跟着我来。我们重新回顾一遍时空，重走以前的道路，来探索脑髓的本质。

我们如果想知道脑髓是在什么地方、为什么诞生，以及怎样诞生的话，那就和阿呆我一起坐上这头脑航空公司的最快“推理号”飞机，在无边无际的时空中穿梭，从壮观宏伟的万物进化洪流中逆流而上去我们的目的地——六亿年前。

在旅途中，我们如今所享受的繁华琐事会是这里和未来相关的、最美好的梦。而大家现在放眼望去，看到的都是还没有进化的剑齿象、亚洲象和长毛象等巨型动物。它们在这个世界里所向披靡，肆意而活。

再往前走，我们会看到世界的主宰从恐龙退到鸟类、鱼类，再退到贝类、海绵，世界主角体形越来越小，微生物越来越多。最终我们来到了此行的目的地——六亿年前的世界。这里是怎样一番情景呢？处处都是火山爆发、狂风暴雨，海洋上泛着巨大海啸，地壳在大幅度震荡，扬起的灰尘、烟雾、水汽弥漫在天地之间，将日月都掩盖。这样的地球看起来是不是充满了活力？

在这一时期，地球表面的大海正在翻腾，海水含盐度极低，温度在四十摄氏度左右。我们可以收集一滴海水，然后用显微镜观察它。此时我们能看到海水中有很多浮游单细胞生物，它们之中的某些成员将会是之后生命的起源。这些原始细胞则是地球在寒武纪后出现的各种化合物的终极形态，它们也是充分发挥各元素活力的最精巧的化合物有机体。我们可以将其当作是耶和华之子、太阳神之子，或者是天之御中主神[1]之正统。它们就是地球生命群的起源。

因此，每个原始细胞都可以灵敏地感知到环境的变化，并且调整自身去适应这种变化，在自我分裂之时同化除它以外的有机物和无机物，使其可以反射交感对方的意识和感受。

这里有证据可以证明。诸位请看，你们眼前的原始细胞正在极力分裂，以最快的速度进化自己的能力和形态。它们能在眨眼之间完成分裂、成长、结合与反射交感等过程，而后同化为一体，能够共鸣、活动，它们在地球上乐此不疲地使用着自己的能力，慢慢进化成高等生物，外表也越来越复杂。这时它们会觉得自己已经进化到了最高级别，一定能所向披靡，做这个世界的主宰了。

于是，自负的它们便安于现状，不再努力进化，就像海绵、贝类、鱼、

[1] 根据《古事记》的记载，天之御中主神在天地初开之时便出现了。——译者注

鸟、兽那样，只专注于繁衍生息。于不经意间形成大家现在所看到的变化多端、物种复杂的世界。

但是，大家看看。

哪怕是在差异巨大的动物世界中，这些进化度不高、比海蜇还要低级的动物虽然没有脑髓或者是神经元等高级器官，但还是能借助细胞的反射交感让全身上下都有知觉，完成进食、休息、思考、活动等动作。

与之相比，大家都知道人类的进化程度极高，身体构成也十分复杂，所拥有的意识也是多元化的。因此在我们体内，细胞与细胞的距离大于低级生物的细胞间距，那么人体内的细胞就会思考“离我这么远的区域还属于我的身体吗？”这个问题。在这样庞大的身躯之下，即使躺在浴缸中，细胞也会思考，牵动脚指头。因此，为了让所有细胞都能发挥其应有的作用，身体的意识便创造出了一个自动式、复合式的反射交感器官，那就是脑髓。在脑髓的安排下，人体内的所有细胞都可以反射交感，从而使身体知道“这就是我，我一直这样存在着”。

在这样的情况下，在我们体内无论是流动的红细胞、白细胞还是坚硬的骨架、柔软的毛发，都可以交换彼此的感受和意识。

想要完成这些行为，不能只靠眼睛或者耳朵，需要依靠所有细胞共同判断、合作。

由此可见，人类的思考或是感知都不是脑髓单独决定的，要完成这项大工程，它们必须结合所有细胞的主客观判断。不然脑髓就像是一台孤零零的电影放映机，没有银幕和观众的配合，它根本不能发挥作用。

如果大家知道当脑髓成为中介后，人体意识反射交感的灵敏度有多高，一定会大吃一惊；虽然现代的电话、收音机联系起了整个人类社会，但这根本不能和前者相提并论。人体的反应有多快呢？举个例子吧，当你感到后背发凉时，身上就会立刻泛起鸡皮疙瘩；当你的臀部被某些尖锐物体刺痛后，你会立刻大叫着跳起来。

构成人体器官的细胞集团一直都在发挥着它们自己的作用，然后在脑髓的反射交感下，形成人类的视觉、听觉、嗅觉和味觉。这时候，脑髓就会下达指令，让人进行各种活动，如说话、跳舞、唱歌，产生感动、意识和或者想要努力的情绪。

当我们开心的时候，会想吃更多的东西，如此一来，我们的肠胃也会很兴奋。

在我们吃饱喝足后，身体的所有细胞都得到了满足，那么我们的体力也会恢复。

因此，在我们的身体中，其实是细胞们在发挥它们的主客观能力，结合脑髓的反射交感，自然而然地让我们认识到精神或是生命的本质。我相信在这一点上，大家应该都已经达成一致了吧。此外，我们之所以会对脑髓盲目追随，其实是因为细胞发挥它的作用，然后再利用脑髓的反射交感来迷惑我们。恰如民众都觉得城市是由电信局所掌控的那样。对此，在座的诸位应该没有任何异议吧。

现在大家是不是都明白了呢？

是不是觉得不可思议呢？

我们只要不再遵循“人类是在脑髓中进行思考”的观念，就能立刻解决被所有科学家奉为最终奥秘、让所有人百思不得其解的问题——生命本质究竟是什么。从而明白脑髓在人体中所占据的地位其实跟手足的地位差不多。

如果各位依旧没有明白的话，那么就继续听我讲。大家把视线具体集中在我脚边这个脑髓上吧，仔细看看这个自动式反射交感器官的构成，观察一下它内部的神经细胞，也就是温柔的总机小姐，是怎样运作的吧。

就像大家看到的这样，神经细胞们会把自己变成转接台、总机、电线、开关、电缆，或者线圈、键盘、天线，各司其职；然后又按照身体其他细胞的意识感觉组成了痴迷、回忆、听说、观看、笑容、眼泪等专业小组，接着再夜以继日、专心致志地把所有细胞市民们的心情发射到每个地方，一个不落。

大家可别想着和她们寒暄啊。

她们是所有细胞中最专业的反射交感学者，就像电信局的女性员工那样，根本不知道反射交感的内容，只会一直进行呼叫、转移等过程。她们在把各种意识、判断和感知反射交感给其他细胞时，就像没有感情的机器，如键盘、线圈、交感台、电线、电池等。所以无论气候是冷是热，无论是政权更迭还是战争爆发，或者是地震、海啸都不能让她们停止工作；哪怕是被蜜蜂蜇了满头包或者屁股着了火，她们也不会有半刻停歇。

因此，大家千万不要打扰她们，也不要给她们安排别的任务，增加她们的负担。

她们要想专心致志地工作，就只能两耳不闻窗外事，绝不能分心。这样才能确保反射交感工作的正常运行，让身体可以迅速对各种刺激做出反应，这样人的大脑就很难感到疲惫，也不会迷糊，人的思绪可以更加清晰。

大家在听过我的解释之后，是不是恍然大悟？思维是不是跟我这个呆子一样了？

我阿呆，作为脑髓局局长敢在这里断定，只要大家能够将自己的大脑切换成我这个简单清楚的呆子模式，深刻理解反射交感组织，让自己的思维保持清晰，就不会被脑髓算计。如此一来，你们就不会再用脑髓去思考，这就代表着你们成了脑髓学的专业博士。你们可以用呆子的思维去解释所有和脑髓相关的奇异现象，侦破主宰着人类文化、决定其生死的撒旦“脑髓”的阴谋诡计，揭露其真面目。

在听过我的精彩演讲后，大家肯定想为我鼓掌欢呼吧。

可我知道在你们之中也许还有人对于我的主张嗤之以鼻，也有专业人士会质疑这根本不能解释所有和精神病或者是人类心理相关的怪象。

这很不错，真的不错。

因为我愿意为这些人进行更深层次的解释，这些人就是世界上最具有神秘色彩、最奇特的主角，也是我一定要争取的顶级人才。

这很不错，真的不错。

烦请这些人重新戴好你们的帽子，然后跟着我来到脑髓局门口。是的，这里就是……你们认真看一下张贴在门口的《加入脑髓局呆子式反射交感事务的注意事项》。

大家感想如何呀？这个注意事项只有三项，与数十条电信局条例相比，可谓极其简单直接了。人体的所有细胞对于这从老祖宗们那里流传下来的三条规定也一直严格遵守，从来没有违背过。大家只需要遵守这些规定就能成为颇具权威的脑髓学博士，拥有一定的话语权。你们会在不经意间发现并看破正在上演的脑髓讽刺剧、脑髓恐怖剧、脑髓虐待剧、脑髓荒唐剧等剧目的真面目，知道它们是有多可笑，多无聊。

第一条规定：务必将脑髓交感反射的情报当作事实，不论其真实与否。

比如，在梦中看到小偷入室盗窃一定要高声唤醒这家的人。这就是此规定要求的。

第二条规定：不管你是否做过这件事，只要脑髓局没有将其反射交感下来，那么就绝不能承认，也不能记住。

比如，坚持说“我并不记得自己在昨晚上抢过你的被子”的人就是遵守着这一条规定。

这两条规定就是精神学界所谓的“恍惚状态”，一直备受关注。不过，即便是普通人，也经常会出现这样的情况。话说回来，这两条规定都是言简意赅的，要想记住它们很容易。但第三条规定的表述就比较复杂了，好在其意义还是和前两条规定一样——如果脑髓的反射交感出现了问题，那么其他细胞就要发挥其反射交感作用以取代脑髓，就像低级动物那样。

这应该是在特殊时期的应急策略吧。

迄今为止，“进行思考的脑髓”演绎出的鬼怪妖魔，创造的各种错觉、幻觉、精神异常、中风梦游，或是神志恍惚等超出科学解释范围的奇异现象，使用的玩弄所有科学家脑髓的手段，实际上都是逆向使用了这条规定。

第三条规定：在脑髓局的反射交感作用出现问题时，要断开故障处的反射交感意识与其他意识的联系。身体内的所有细胞必须恢复到原始低级动物状态，发挥其原有的反射交感作用，需要先于其他意识之前做出思考、判断、感觉、控制身体反应。

【附则】

（一）脑髓无法准时进行反射交感的特殊情况，如不受控制地闭眼、突然向后跳；

（二）身体被注射了麻醉剂，如被麻醉之后脑髓不再进行反射交感后，所有细胞的记忆、意识、感觉，使身体做出无意识的行为；

（三）脑髓陷入深度睡眠，会出现如磨牙、梦呓、梦游等行为。

这三种情况都符合本规定。

趁现在还记得，大家赶紧把这些规定记录在纸上吧。好记性不如烂笔头，学生们可一定要记住啊。这三条规定就是脑髓学的基本准则，几乎所有人都患有的神经衰弱症，就是这些规定所导致的。更准确地说，大多以文化人自诩的人都被这些规定所束缚，逐渐走向毁灭精神的深渊。

我这么说的原因很简单。我相信大家根据我刚才做的解释，已经可以理解脑髓局拥有最精密的反射交感系统，所以它经常会出现问题，并且很难被替代。所以只能想出这几种应急措施了。

要想验证第三条规定很简单，之前所说的中风就是最好的例子，它让大家看到了身为“万物之主”的脑髓的真面目。

换句话说，脑髓中的某个区域，比如负责“笑容”的小组脑出血从而出现了问题，不能正常工作，那么就只有这部分负责的“笑容电流”会根据第三条规定去断开和其他意识的联系。这个时候其他细胞就会自发开启它们原始的反射交感技能，让人体随时露出笑容。就算其他负责“生气”“伤心”的电流依旧在正常运行，它们也只能绕开中央反射交感台，其速度也就远低于所有细胞发出的“笑容”电流，因此这些情绪就无法在人体上显露出来。这时候人所表现出来的症状就是大家所说的“笑中风”“哭中风”“怒中风”。

这些病症的病因都是脑出血，所以只需要对人体进行解剖，打开头盖骨就能立刻明白，然后恍然大悟“这里就是负责笑容电流的部分啊”。实际上，这种可以凭肉眼看到的病症可以算是特例了，在精神病中多的是无法看见的问题。比如充满了诡异荒诞色彩的科学文明阁楼和地下室，比如头脑文化催生出的平坦公路和街市小巷等，不胜枚举。而这些异象都证明了脑髓故障的存在，哪怕医生不能用听诊器诊断出来，哪怕X光照射不出来，它也是实实在在存在着的。这可真是太奇妙了。

最能让人大发雷霆的是“人类是在脑髓中进行思考”的现代追随者，他们无论如何也猜不到脑髓和其他细胞间还有第三条特殊规定。因此大家都觉得脑髓是固定不变的，无论怎样使用都不会影响到它，然后挖空心思、冥思苦想，一直在让脑髓超负荷运作。这些人不知道脑髓是不能进行思考的，它的职责就是进行反射交感。在他们看来脑髓就是万能的思考者，所有事情都可以让脑髓来思考。他们的这种行为就像是让电信局负责政府的工作，完全没有意识到这是错误的。

于是，脑髓局的总机负责人一直被不属于自己的工作所折磨，经常会在反射交感中出错，制造出了无数的倒错观念、错觉和幻觉。

看看吧，事实就是如此，在它面前任何狡辩都是徒劳的。

如果一定要用脑髓进行思考的话就相当于让线圈存在过度的电流，脑髓会开始发烫，影响反射交感作用，从而导致所有细胞中的意识断开连接，各自为王。在所有意识的作用下，身体就会进行半梦半醒的梦游活动，经常会陷入细胞意识构成的无尽空间中，像一匹脱缰的野马。最好的例子就是当大家沉迷于某些事情的思考中时，就会不自主地盯着一个地方发呆，大脑也会觉得疲惫，这时候人就会出现各种奇思妙想，而疲惫不堪的脑髓就会进入休眠之中，身体的各类意识连接也就会时断时续。这种情况反映在人体上就是做梦。我相信大家在看书、坐车、打盹或者是在教室开小差的时候都会有这种感受吧？

从前的人们不懂科学，所以在黑夜中行走时，脑髓会感到害怕从而进入休眠，人们就会产生各种幻觉或者是错觉，然后把它们当作妖魔鬼怪作祟。这就是为什么民间有很多灵异故事。所以，很可惜，对这些事情加以嘲讽的人既不能算是具有现代感的人，也不能和由于精神衰竭、控制不住脾气而经常服用安眠药或镇静剂的先生小姐为伍。

对于如今每天都忙于工作、无暇休息的人来说，其脑髓一直处于疲惫状态，因此各类意识和判断力都会脱离原有轨迹去往其他神经末梢，依靠细胞之间的反射交感传递，导致人体会经常处于意识不清的梦游状态之中。比如，当你路过一个巨大的烟囱时，你会觉得烟囱就要倒下来砸到你的脑袋，从而用最快的速度离开这里；当你休息或者把头靠在枕头上后，会听到马路上电车急速驶来的声音从而下床开灯查看。再比如，一看到壁炉就会感到困倦、觉得盘子里面的蛋黄在翻白眼、看到画像在冒汗、晚上回家的时候看到对面街边的邮筒位置发生了改变、听到烤箱在半夜叹气、感觉有一只手从书桌的抽屉里伸了出来然后对着你打招呼、把手枪枪口对准自己按下扳机等，这些在科学世界中一直存在的诡异现象，其实都是因为脑髓在疲倦之后不能专心工作，导致其反射交感出现了故障，通俗来说就是你的意识正处于梦游状态之中。

但是我之前也说过，有过这种精神状况异常的人占大多数。对于这些人来说，他们大概知道自己精神出现了问题。我们其实不应该把这些人当作精神病人，毕竟如果真的将他们当作疯子对待的话，那么很有可能会加重他们的病情。可问题是，一旦之前的情况变得严重了，大家也不能忽略他们。这时候，普通人就会把他们当作真正的疯子，然后花钱把他们送进精神病院，对其进行实时监控。

在阿呆我生活的九州帝国大学精神病科教室之中有很多人都是如此。疯子正木博士会把这些人依次带到讲台上，然后为学生进行讲解。但最有意思的就是正木博士说的内容跟我想的不谋而合。

哎……正如我所说，人类的脑髓其实就是将身体所有细胞的意识内容进行反射交感的中介体，就像提供焦点的复合式球体反射镜一样，不会漏掉任何一点意识。我们身体的每个细胞的所有意识都在脑髓中展现，正如拥有复眼的蜻蜓能眼观六路。不过根据我的研究，脑髓一直在进行反射交感，精神也一直聚焦在某处，换句话说就是对于一个人而言，他体内每个细胞内所包含着的意识、他的性格特点都是其祖先在进行了心理作用的积累后遗传下来的。人人都是如此，从来没有特例。也就是说，大家认为的正常人就是脑髓把所有先人曾经历过的各种心理习惯进行反射交感，让它们可以互相融合成为焦点的人。但是，每个人都会有一些不好的性格习惯，如果不能及时纠正的话，那么它就会被遗传给其后代，如此积累几代后，情况就会很严重。举例来说，假如一个女子继承了“执着”这一性格，那么当她心仪于某人后，就会对此人心心念念，辗转反侧，寤寐思服，如果她一直想着要和此人交往，那么她脑髓中负责“恋爱”的部分就会进入疲惫状态，然后瘫痪。如此一来，这一部分反射交感的恋爱意识就会脱轨，成为她的一股执念，最终让她进入梦游状态。于是乎，女子会一直回忆着心上人的模样，嘴里念的、心里想的都是他。这样又会导致脑髓中的恋爱系统完全瘫痪，恋爱意识彻底失控，从而使得女子愈发痴迷，最终陷入疯狂状态。然后在某一天跑到街上被当成疯子，然后被抓住关起来，或者被冠以“××狂”的名头，然后送到花四天[1]那里。百年之后，大家依旧会为此鼓掌叫好。

这就是正常人发病的顺序，当然我所说的正常人是略微带有这方面倾向的人，如果其倾向较大的话那么就是精神异常者了。因此，无论是研究狂、发明狂、工作狂还是其他狂本质都是一样的，只是其痴迷程度有所不同罢了。如果可以及时对其进行治疗，那么他们还是可能会痊愈的。但如果等病症加深，转化成了梦游症，那么情况就不是这样了。诚然，梦游也是精神病的类型之一，梦游症的发病频率也大于其他精神病，可是患病者从表面上看与普通人无异。最有趣的是，患有梦游症的人经常是那些善良温柔，连蚂蚁都不敢踩死的人，或者头脑聪明、学富五车的人，因此在面对这些人时，大家很难相信他们是疯子。但这些人经常会在深夜醒来，做出许多疯狂又残忍的事情。

[1] 花四天本是歌舞伎中华丽出场的军人或是捕快穿的花衣服。后来用以指代军队、捕头。——译者注

简而言之，这些人在意识清醒的时候就和正常人没什么两样，其脑髓通过反射交感协调所有细胞的意识，让身体系统处于稳定状态。可当脑髓进入深度睡眠状态后，也就是三更半夜时，身体系统进入一个与正常人完全不同的状态，类似于死亡。因此，进行普通的摇晃或叫喊是完全不能唤醒沉睡者的。梦游症的特点就是如此。

脑髓进入深度睡眠后，总会有几个细胞意识格外清醒。而且其他意识睡得越深，这几个意识就会越活跃，从而控制身体行动。

比如说，某人在意识或情感极为兴奋之时怀着“好想杀了那个坏蛋”或者“真想得到那颗钻石”的念头睡着了，那么当脑髓进入深度睡眠后，这个意识还处于清醒状态。可这时候与之相连的理性和善良已经走了，那么这个意识就会取代脑髓的工作，对其他细胞进行反射交感，得到身体的掌控权。如果它需要判断力的话，那么它可以命令其他细胞中的特殊部分，让其与“判断”“感知”联系，从而进行思考和行动，让身体去偷取那颗钻石或者是杀掉那个恶人。但这些行动都不是脑髓反射交感的，因此当脑髓清醒之后会继续自己之前的工作，不会记得这些事情。这个人的表现也和睡觉之前别无二致。哪怕你让他去看被害者的尸体或是被偷盗的钻石，他都不会觉得这和自己有关，更不会认罪。之后他也会逐渐成为一个呆子。

由于身体细胞在梦游的时候取代了脑髓的工作，因此当脑髓清醒后它会十分疲倦，就像是被注射了麻醉剂那样。所以在法医学上还有一项十分有意思的研究，那就是怎样区别麻醉剂所导致的疲倦和梦游所导致的疲倦，毕竟它们的表现都是一样的。

各位请看这里，站在这儿的这位少年就是我专门给大家准备的一个堪称完美的标本。按照要求，我不会告诉大家这个年轻人的姓名，家住在哪里，也请在场认识他的人保密吧。他今年正好二十岁，是我们学校此次入学考试中成绩最高的人，但他在入校后不久就发病了。他患的是梦游症，从其祖先那里遗传而来的。他这一次发病是在结婚的前一夜将自己的未婚妻活活勒死。除此之外，实际上他在十六岁的时候也于发病之中杀死了自己的母亲。对此，他可以算是一位十分少见的“人才”了。他在发病之后就被带到了我这里。

我在他身上使用了自己独创的解放治疗，效果不错。他这一段时间以来会抓头挠腮，时常敲打自己的耳朵，嘴里还念叨着“这里肯定有毛病”。有时候他也会站在屋子中间发表一场以我教学内容为主的与脑髓相关的演说。对此，我觉得十分有趣，也会抽出时间去听一听，从中找到一些灵感。他的记忆力之强远超过所有人的想象。因为他的梦游症比较严重，所以他根本想不起以前的事情，只能全心全意去记住当下的经历，生活在自己的世界中不受任何束缚。因此，只要他愿意，就能集中注意力记住所有的细节然后再精准地复述出来，无一遗漏。可他平时表现出来的样子就像是刚出生的婴儿，对于所有事物都是一副不可思议的样子，所以我才会叫他呆子博士。

正木教授说到这里，学生们就会看向我哈哈大笑。手足无措的我赶紧逃出了精神病院。所以我才站在这里仔细观察着大家脑髓的状态，当我发现你们都不太正常后深感不妙，觉得不能就此放任不管，于是我才高声呼唤大家，告诉你们我总结出来的超前呆子脑髓论，希望能够让你们有所警惕。

怎么样？大家听到了吗？看到了吗？是不是被我打动，觉得不可思议呢？

只要阿呆我告诉大家“人类并不是在脑髓中思考”后，整个世界将为之震惊；花草树木将为之失色；所有的唯物文化将被彻底颠覆；所有的精神病学说都只是空言无补。

我再跟大家说一次。

坚信“人类是在脑髓中思考”的人们将神灵赶走了，并且开创了违反自然的唯物文化和唯物主义信仰，从而拒绝在正常心理作用下出现的道德、喜怒哀乐、个人主义。但唯物文化日益虚无、堕落，被兽化、被弱化，最终走向了毁灭的深渊。

这就是脑髓闹剧，是盲目追求脑髓为神的信仰所造成的恶果。

而现在就是结束这一切封建迷信的时候了。我们必须要纠正错误观念——“人是在脑髓中进行思考的”，就像当年纠正神学那样。我们要放弃唯物科学，追求唯心科学。这就是最好的时代。

因此，阿呆我要在大家采取行动之前，把我的脑髓揪出来，然后摔在地上，一脚将其踩烂。

哈哈……哈哈哈……

怎么样？

哈哈哈哈……你听懂了吗？看明白了吗？是不是觉得很震惊？是不是觉得我特别厉害？

这就是我所写的绝对科学侦探写实小说。推翻了脑髓论的名侦探呆子博士，一直在探寻自己的脑髓，然后把它揪了出来，狠狠地摔在地上。研究出了这世上顶级的科学浪漫高次方程式——脑髓减脑髓的分解公式。

因此，若是能明白这本小说的奇妙思维，就能读懂《胎儿之梦》，就是我上次借给你看的那篇论文。你还记得吗？这样一来，就能明白胎儿在妈妈子宫里是如何被噩梦控制的；也能读懂解放治疗实验的原理和内容，看透呆子博士的本质和他那可怕的过往。

除此之外，如果一直在脑髓中思考“你是在脑髓中思考”这件事，那么就会明白“人不是在脑髓中思考”的事实，所以这一点倒还能聊以慰藉。但最让我震惊的是，我们在此基础上进一步了解分析“人不是在脑髓中思考”这一观点的话，那么最终又会绕回到最初的“人类是在脑髓中思考”上。这个精神科学是循环的原则是我自己创造的。对此，你是不是觉得很精彩？

啊？感觉头脑一片混乱？

哈哈哈哈，这是自然的。在听完我的这番讲解后，大多数人都会一头雾水，难以接受。

什么？并非如此？原来你是被雪茄熏着了啊。

哈哈哈哈哈，太有趣了。

哈哈哈哈哈。

（本篇报道由记者自负文责）

第五章　论文《胎儿之梦》

本文将会用人类的胎儿代表全部动植物的胚胎。

在接下来的正文中，凡是与艺术、科学、宗教或其他内容相关的例证、文献、范例、说明，笔者皆会简单概括或按下不表。

胎儿会在母亲的子宫内待十个月，在这段时期胎儿的意识都处于梦境之中。

梦境的主角自然是胎儿，而这场梦就相当于地球进化史，时间跨度为数亿至数百亿年。胎儿会化身成为最初的单细胞生物，然后逐渐发育进化成为婴儿的模样。在这漫漫岁月长河中，胎儿会以主观视角去面对各种大型灾难。它将面临自然的物竞天择、适者生存的挑战，然后经过各种辛酸、危急、痛苦。所以胎儿的梦境就相当于一部精彩绝伦的奇幻大片。在这个过程中，胎儿会看到现在已成为化石的、奇形怪状的史前动植物，也会看到各种难以用言语来描述的自然灾祸。一切都好像真实发生在它身边一样。然后就是人类祖先自天灾中进化成为原始人；再一步发展，到了胎儿的父母这代。在这期间，胎儿一直都是以第一视角经历更加残酷的生存挑战，看过人类在欲望作祟下的丑态和罪恶，这于它来说无疑是一场大噩梦，这也不用我赘述了。需要特别一提的是，想要证实这场噩梦是真实存在的话，我们只需要从“胎生学”和“梦境”两方面入手。

首先，胎儿最初是以单细胞形态出现在母体内的，而这正是地球上所有生物鼻祖的形态。

细胞在进入子宫后不久就会靠着分裂形成两个细胞，然后紧紧贴合变成生物。

没过多久，这两个细胞又会各自分裂，形成四个细胞。四个细胞继续紧紧贴合在一起，然后从母亲体内汲取营养，方便继续进化。

然后细胞会继续分裂，从四个变成八个再变成十六个，再变成三十二个……接着继续按照这个规律分裂出无数细胞，然后细胞之间紧紧贴合，逐渐发育。由此可见，这正是从单细胞微生物慢慢演变为人类的过程，也就是我们祖先的进化史。

最先是进化成鱼的模样，然后像鱼的双鳍变成四肢，进化为水陆两栖动物；动物逐渐强化四肢，成了可以奔跑的兽类；兽类逐渐进化，褪去尾巴，学会站立，最终成了人类。这对应的就是胎儿演变成婴儿的模样，最终离开母体，成为一个独立的人。

由此可见，胎儿在母体内的进化过程和人类进化时的顺序完全吻合，别无二致。

对此，胎生学已经予以证实，可以说证据确凿，不容反对。那么问题来了，婴儿为什么要在母亲的子宫内进行这样复杂又烦琐的演化过程呢？为什么不直接以人类的形态出现、成长？为什么单细胞可以像编辑好的程序那样按照顺序生长演化呢？换言之就是……

“胎儿这样做的动机是什么？”

对于这个问题，没有人可以进行解答。哪怕你把现在的全部科学资料都查一遍，也找不到任何与之相关的解释、说明。也就是说，我们只能用“匪夷所思”这四个字来形容它。

其次，每个胎儿都是按部就班地在子宫内进化，重新经历一遍祖先们的进化史。但胎儿只有十个月的时间，而我们的祖先则是用了千万年才让双鳍变成了四肢，让鳞片进化成了毛发……所有阶段的进化，胎儿只能用很短的时间来完成，比如几秒钟或者几分钟。我们很难去解释这一现象，更难解释的是，缩短后的时间和历史上真实花费的进化时间并没有固定比例。

也可以这么理解，人类是最高级的生物，所以胎儿要用快十个月的时间重走一遍祖先的进化路；而比较低级的动物，进化过程较短，所以其胚胎繁殖生育的时间也不长。而与原始形态相比，几乎没有变化的细菌或单细胞生物就基本不需要胎生时间，能够直接进行分裂。这也是大家普遍认可的事实，可为什么会这样呢？为什么身为最高级动物的人类需要用这么长的时间繁育后代呢？也就是说……

“胎儿这样做的动机是什么？”

只要你稍做思考就会发现你现有的科学知识是无法对其进行解答的。所以，我们依旧只能用“匪夷所思”四个字来形容。

从这些例子中，我们可以了解到很多与胎儿相关的未解之谜。如果我们站在解剖学的角度来调查研究的话，也能发现人体中依旧有很多难以解释的现象。

单从外表来看，经过了高度进化的、拥有着最为复杂的胎生过程的人，有着一副比其他动物更加美丽的好皮相。温柔又不失威严的五官、光滑又细腻的皮肤、恰到好处的骨架、流畅的肌肉……这些无一不在显示身为万物之灵的美好。不过如果划开人体外的那层皮肤、肌肉，仔细观察内部器官、五官和脑髓就能发现每一个部分的构造都是我们祖先在进化过程中传下来的，它们或是来自猿猴，或是来自花鸟鱼虫的某个器官。换句话说，我们身体上的每一根头发、每一颗牙齿都是经过了长时间的进化演变而成的，它们在漫长的岁月中经历了自然的抉择，通过了各种各样的挑战，最终成了现在的样子。所以它需要按照这一顺序进行发展，逐渐从细胞演变成人形。人体内的每个细胞对于这一过程都印象深刻。

无论是解剖学、遗传学，还是进化学都对上述事实进行了验证，这一点上是不能否认的，对此我也不再赘述。但大家必须思考一些问题，那就是这些记忆究竟是由谁掌管？又是谁带领胎儿重复这段记忆的呢？也就是说……

“胎儿这样做的动机是什么？”

对此，我们依旧得不到答案，依旧只能说一句“这真的是匪夷所思啊”。

但这，并不是全部。

如果我们对人类的精神世界进行更深的探索，就能更为深刻地体会到这一事实。

人类的精神亦是如此。从表面来看，其精彩程度远胜于其他动物。人类本就是万物之灵，会用“文化”来装饰自己的外表，会用“常识”和“性格”来丰富自己的精神，看起来彬彬有礼，超然洒脱。但是如果扒开这副皮囊，抛开这些修饰，就会发现精神内里依然有着祖先从微生物演变成人类的痕迹。在茫茫岁月中经历物竞天择、适者生存的考验后所产生的戒备心理和竞争心态，以及每个时期的动物心理都刻在了人类的细胞之中，伴随人类走过一代又一代。这是不容置疑、不容忽视的事实。

第一，如果抛开人类以仁义道德、善良博爱为修饰的文化外表，就会发现其内在依旧是原始人的心理状态。

要想证实这一观点，可以以单纯的小孩子为例。因为孩子在年幼的时候并没有被文化所束缚，其性格也保留着没有被教化的原始色彩。他们体内保留着原始祖先在部落和种族战争中养成的好战性格，所以他们拿起木棍这种可以做武器的物体时，性格中追求刺激的因子会被木棍激发，他们自然也会想打架。除此之外，因为人类以狩猎为生时养成了追赶生物的习惯，所以孩童们在看到蝴蝶等昆虫时会被其刺激，然后遵照本能去追赶它们；在抓到动物之后，孩童会把它的四肢、翅膀全部扯断，甚至对其开膛破肚、点火炙烤，这是因为古时候的人们在抓到猎物之后也是这样折磨猎物，从而获得更多的满足感和优越感，孩子们只是按照细胞记忆行事而已。如果把一个小婴儿放在毫无光亮的地方，那么婴儿一定会放声大哭，这是由于人类在原始时期还未学会使用火，在黑夜降临之后，他们身边随时都可能出现野兽、毒虫，夺其性命，所以人类有了恐惧之心并且将它遗传下去了。小孩子会随地大小便则是因为早期的人类都是睡在草丛中或者树下，养成了这一习惯。如今的人已经从心理学对这些现象做出了解释。

如果我们再把这层原始人的皮相划开，那么就能发现里面藏着的就是动物的兽性。

举个例子吧，彼此全然陌生的两个同性在第一次见面的时候，虽然会彬彬有礼地和对方打招呼，但是各自心中是很不屑于对方的，而且还会警惕地关注对方的反应。一个不经意就可能让对方发现自己的不满，从而皱眉咬牙，释放敌意，露出一副想要打架的样子，就和街边的猫猫狗狗一样。一旦遇到拳头没有自己硬的人，就会想对其拳脚相向；遇到不利于自己的人就会起杀心；遇到周围没有人的时候，会忍不住想进行偷盗；甚至还会悄悄闻他人小便或者把自己的排泄物埋起来；……这些类似于动物的心态经常会在我们的日常行为中体现出来。因此，骂他人“猪狗不如”“衣冠禽兽”倒是很符合这些心态表现。

接下来，我们继续划开这一层“兽性”，映入眼帘的就是跃跃欲试的“虫性”。

依旧举例说明吧。一个人在向上爬的时候会毫不犹豫地把同伴推下去；得到了任何利益都会想要私吞；如果做了有利于自己的事，就会赶紧躲在安全区域内；如果发现家庭比较富裕的人，就想从别人身上吸血；经常罔顾他人利益，只以自己为先，做出不雅的举动；如果遇到对手会选择牺牲他人保全自己，或者直接躲起来做缩头乌龟；到了生死攸关的时刻，更会无所不用其极，甚至不惜像动物喷墨汁、扎毒针那样用排泄物做武器；遇弱则强，遇强则弱……从人类所做的各种低级举动中可以看出其虫性。就像大家经常也会用“寄生虫”“跟屁虫”“苟活的蝼蚁”“蛔虫”“鼻涕虫”“苍蝇”“米虫”等词语来表示对一个人的鄙视，这也是因为人体内潜藏着细胞在进化到虫类时期养成的思维方式。

而虫性的本质、人性最深处的本质、动物习性的本质都是霉菌和微生物的心理状态，因为这才是所有生物的根本起源。它们不知道为什么而活，也不知道为什么而动，这一点体现在人类身上就是从众心理和流行心理，简而言之就是爱凑热闹。从微观角度上看，微生物的任何行动看起来都毫无意义；但从宏观的角度来看，它们集体行动便会形成如霉菌等菌落，其影响也不容小觑。而人类的群体行动也会声势浩荡，并且取得显著效果。用显微镜才能观察到的微生物经常会毫无主见地加入某一集体，然后跟随大部队行动；人类也经常会被此前没有见识过但原理并不复杂的事物所吸引，从而聚集在一起，就和微生物一样既无主见，又无魄力。在各种集体行动中，人类所拥有的只是自我感动罢了，根本就没有意义可言，甚至还会因为沉迷太深，甘愿为此付出性命，比如各类暴乱和革命。他们看起来是不是很像聚在一滴苹果酸里的微生物？

而直到此刻人类的心理才第一次遵守化学运动或物理运动的变化原则，与微生物之间只隔了一层薄薄的窗户纸。掌权人在让政客或渴求名望之人为其所用时便是利用了他们这种微生物的心理。

纵观人类的精神世界，其核心就是最原始、最纯粹的微生物心态，然后再以复杂程度依次递加的动物心理为包裹，最终披上人类的皮囊，以各种社交礼仪、社会制度、家族传承等文化修饰自己，在最外层的表象上喷好香水、化好妆容，衣冠楚楚地出门。可是只要把所有的表象、装饰全部抛开，只观察其内核的话就能发现之前所言非虚，人类的行为只是体现了隐藏在体内细胞之中的、数千万在进化过程中形成的动物心态罢了。但是，正如我们之前所提出的问题，为什么胎儿会在母体内重复着数亿万年的经历？为什么会在自己的潜意识或本能中隐藏着这些复杂多变的心理记忆呢？

“胎儿这样做的动机是什么？”

我们依旧不能得到一个答案。其实，我们也根本没有发现人的精神世界就是在之前亿万年的进化中一点一点搭建起来的，因为人类一直自诩是万物之首，觉得自己无比伟大，早就被自恋蒙蔽了理智。

这些例子都是万物在进化、人类在从出生到成长、胎儿在子宫内发育的过程所表现出的各种神奇现象。而之后我要讲述的奇特现象则是与“梦境”相关了。

从古至今大家都觉得梦是天马行空、光怪陆离的，所以但凡遇到不可思议的事，大家产生的第一个念头就是“我是在做梦吧？”在梦里，我们可以看到现实中存在的各种事物，也能看到各种毫无逻辑的奇异现象；在梦里，我们上一秒也许是在按照正常逻辑做事、看风景，下一秒可能就会进入到神话之中，跳脱出正常思维。直到现在，专门研究梦境的学者们也未能探索到梦境的本质。为了可以真正地理解梦境，看透其本质，我将会向大家讲述梦的三大特征。

第一，梦境之中的起承转合往往十分生硬且不符合常理。因此我们可以把这种不自然的现象和状态看作是梦。可实际上我们在身处梦境之中时，并不会觉得那些奇特现象或不自然的事物有什么不对劲，而且还会与之共情，其程度甚至超过身处在现实之中的时候。

第二，我们会在梦境之中经历很多事物，比如天灾人祸，比如人文风景等，都是我们在生活中闻所未闻、见所未见的东西，但却对其有似曾相识的感觉。

第三，梦境之中的时间长度与现实的时间长度完全不同，我们即便在梦中经历了几年或者几十年的时间，在现实中最多也不过是几个小时而已。近代科学也对此做出了证实。

这些和“梦”或者是“胎儿”有关的未解之谜都是真实存在的，就连科学家们也不能否认，可是至今为止也没人能拨开这些迷雾。这究竟是为什么呢？难道是人类从古至今都未能找到其关键？我一直想要解答这两个问题，所以在不停地思索，最终找到了两个原因。

其一，之前大家都觉得人是在完成胎生，成为独立个体后才会做梦，这是绝对不正确的。

其二，大家对“时间”的理解出现了问题，或者说未能看透其本质。

也可以这么说，人体内的每个细胞都比人这个个体要伟大很多。人们可以借助显微镜去观察细胞的形态和组成成分，也可以根据形态和颜色的变化探索其分裂状态，可无论如何都不能观察到细胞内蕴含的内容和功能，自然也就不知其厉害之处了。这就像在英雄死后，你如果只对他的遗体进行观察和解剖的话，那么无论你观察得有多细致，你都不可能知道他生前的丰功伟业。而大家对于“时间”的观念也是如此。我们会依靠手表、气象台或者是地球的自转和公转来确定时间，但这个“时间”是唯物科学所创造、定义的“错觉时间”，它其实并不是真正的时间。时间是不能用尺子或物件去丈量的，它来去自如，变幻莫测，无影无踪。人们要是能想到这一点的话，就能明白为什么会有“胎儿之梦”了，也就能踏出揭秘宇宙、解开生命之谜的关键一步了。

细胞的体积只是人体的几十兆分之一，它看起来微不足道，根本不能用肉眼观察，只有借助度数极高的显微镜才能看到它。按照这个比例来说，它所包含的内容的复杂程度和表现力应当只有人体的几十兆分之一。也就是说它看上去应该非常渺小、简单。很多科学家直到现在也是这么认为的。因此在逐渐发现细胞拥有繁殖、遗传和生存的功能后，科学家们才觉得无比震惊。但即便如此，他们也只会按照唯物科学的步骤借助显微镜并且通过化学分析来研究细胞的性能。可能是他们觉得细胞这样微小、简单，绝对不会脱离唯物科学的范畴吧。他们不会再对细胞进行更深入的研究，因为在他们的认识中，这是对唯物科学的不尊重，更有甚者会觉得这是对自己科学家身份的亵渎。

这些唯物科学家一直被理论所束缚，只会从外观上对细胞的能力下判断，觉得里面的内容就那么一点点吧，这一种先入为主的结论根本大错特错。按照这种观念做研究，坐井观天的话，无论是生命的概念还是变幻莫测的梦境或者其他的科学未解之谜，都不可能得到答案。还有一点我们不得不承认，那就是这是因为我们想用唯物科学去探索，所以才会被这种违背自然的唯物理论所束缚。我们应该放弃这种已经过时的理论，摆脱自我催眠的迷信，用一种不受拘束的开放心态去研究万物。在这种情形下，我们再讲此问题，与已经凌乱的现实情况做对比，就能发觉细胞内所蕴含的真正伟大的内容，这些是用任何显微镜或者化学方式都看不到的，可以说其精彩程度能与世间万物一较高下。这些才是真实存在的现象，它超过了如今的科学范畴，是那些承认唯物科学的研究者们穷尽一生都无法否认的真相。

我们最先要关注的就是细胞造人的作用。最先出现在子宫里的只有一个细胞，它就像一颗生命的种子，按照我之前说的顺序生根发芽，然后跟随人类进化的脚步生长。它一边想着那时候是怎么回事，如何又发展成了现在的样子；一边按照从鱼到两栖动物、到陆地动物，再到人的顺序进化，分毫不错。在大多数情况下，虽然人都是两只眼睛、一个鼻子、一张嘴巴，位置大概相同但是它还是会想结合父母的优势，让自己能青出于蓝而胜于蓝。比如，大家时常会说的“看，他就是我的孩子”“他这里长得像爸爸，那里长得像妈妈”“这孩子生起气来简直是和他爸爸从一个模子里刻出来的”“他随我，记忆力好”等，发现细胞在各种细节上都做了综合与调整。由此我们也能发现细胞有着超强的记忆力，而且细胞之间有着超强的推断力、吸引力和共情力，对于灵能艺术有着深刻的理解。由这些细胞组成的人类在了解了世间万物的奇妙之后，能与之共情，从而创造了国家、社会，发展出了人类文化。可见人类在创造方面有着极强的能力，几乎能上天入地。而对这一切进行追本溯源，我们发现这些就是靠着最初的那一颗细胞形成的。也就是说纵然我们现在创造出了丰富多彩的文化，可归根到底都是靠着那颗只能借助显微镜才能看到的细胞的灵能而已。

注：人类便是借助靠着脑髓为中介调节的强大细胞集团，将每个细胞的灵能都聚在一起，让所有细胞可以拥有共识的产物。因此按照这一规律来说，人所表现出的意志、情感、学识都该远胜于体内每个细胞的意志、情感、学识，可事实并非如此，而且还与之截然相反。自创世以来，先贤圣人们之于细胞的灵能，就像是萤火虫之光之于太阳光辉那样微不足道。细胞一旦集成群体后，集体能力则会大打折扣，完全不如单个细胞的能力，这倒是诡异至极。但究其根本应当是负责反射交感全体细胞的脑髓没有完全进化，无法发挥全部的实力。而且地球上的生命起源于一个单细胞，它刚出现在地球上时蕴藏着无穷的潜能，在之后的漫长进化期里，它把自己的灵能慢慢释放出来，从而进化成了充满智慧且实力强悍的人类，但这并不意味着它的进化停止了，因为它会继续往更优的方向前进。所以才会有这种前后矛盾且不符合常规的现象出现。但如果想证明这个说法必须经过更深入的调研、推论，所需时间极长。因此我只是略微提上一提，给大家提供一个思考方向罢了。

只要弄清楚了细胞灵能和人体的关系，那么我们就能明白“梦”的性质了。

细胞与人类的生命相通，而且前者的灵能和意识是优于后者的。近代医学已经证实了，只要所有细胞都开始工作，那么它们就需要汲取营养去生长、分离、工作，然后逐渐死亡，最终被消灭。而细胞在工作中产生的喜怒哀乐等情绪与人类相同，甚至更强烈。其感受也与人类差不多，并且还会产生各种不切实际的奇思妙想，正如在国家的兴衰之中会产生数之不尽的文学、艺术佳作。而人类的梦就是最好的证据。说到底，人会做梦就是因为身体中的某些细胞灵能被刺激，然后进入了活跃的状态。而它们便以梦的形式留在了人的脑髓和记忆之中。

举个例子，假如你在睡前吃了不易消化的食物，那么当你入睡之后，你胃部的细胞还清醒并且依旧进行着工作，它们就会觉得很难受，甚至在想它们怎么这么惨。这种消极情绪和痛苦感受会成为胃部细胞的联想，然后由脑髓将其反射交感。这就像一个清白之人蒙冤入狱，然后戴着种种铁链去切石做工，累得气喘吁吁；或者说你在家的时候遇到了大地震，房屋被震塌，你被掉下来的水泥板压住，拼尽全力想要挣脱，痛苦得大叫。当胃细胞们终于完成了这项繁重的任务后，它们便会放松下来，情绪也逐渐好转，脑髓接到信号后，便会产生各种愉悦的感受，在梦境之中的反映就是滑雪、爬山、看日出等景象。

再比如说，你怀着“好想见她一面”的念头入睡的话，那么负责这一念头的细胞就会一直处于活跃状态，想着“为什么见不到她？真想去找她啊”，从而产生了焦虑的情绪并且反映在梦境之中。比如，梦里出现的鲜花、美景或者可爱的小鸟便暗示着巧笑嫣然的心上人。你刚想走上前去细细观赏，却总会遇到各式各样的阻挠，让你不能靠近。细胞会从自己的记忆之中读取各种片段，或者让你经历上古时期的各灾难；或是让你化身为猿猴，爬过先祖们曾生活的悬崖峭壁；或者让你感受爷爷流落街头、乞讨为生的辛酸；或者让你变成一条鱼，在拥有与父亲相同的心态后，游过同一条河流……当你克服种种困难，终于接近她后，你的焦虑情绪瞬间烟消云散，梦境也会随之消失，然后你便缓缓醒来了。

这类例子远不止这些。比如，有些人在梦中见到古时候的洪水灾害就会尿床；有些人在梦里重现了年少时溺水的经历就会鼻塞等。因此，无论是身体的皮肤、四肢还是内部器官，只要这一部分细胞受到了刺激，那么当脑髓进入睡眠后，细胞们就会产生与刺激相对应的幻想，从而将其反映在梦境之中。也就是说，当细胞产生某种情绪后，它便会调动体内储存的记忆，将相关部分的情景进行排列组合，表现出最贴切的情绪。如果这种情绪与人伦纲常相违背，细胞没有能调动的记忆场景的话，那么细胞就会发挥其幻想的作用，构想出风景或事物来代替这一情绪。比如，在细胞感到害怕不安这种其特有的情绪，那么细胞就会联想到蛇或者蚯蚓或者各种弯曲的刀具，用流血的树干和烈火中盛开的玫瑰来表达痛苦。就跟人类会因为不了解一些现象的成因，所以构想出了挥舞着洁白翅膀的天使一样。

人类在清醒之时会被身边事物影响情绪，但在梦境之中则会用情绪改变周围环境。人类在做梦的时候，一旦心情发生了改变，那么梦里的所有景观、事物、场景都会随之改变。纵然这些改变完全不符合逻辑，也很突然，可身处于梦境之中的人不但不会感到突兀还会觉得这是理所应当的，并且感受会更加深切。

我们也可以这么理解，梦是细胞的艺术，是细胞把各种记忆、幻想、形象、联想进行了毫无规律与逻辑可言的排列组合以表示其心绪和感受的方式。

注：如今欧美世界有了艺术运动的苗头。这种艺术运动为了用与以往充满常识性和写实性完全不同的方式来表达深切的心情，就选择了把一些没有意义的、片段式的色彩、音乐与毫不相干的景象物品组合在一起。

根据这些解释，我们可以发现梦的本质就是细胞在生长、分裂的时候把自己的意识交由脑髓反映的现象。

在明白这一点后，我们再来探讨为什么人在梦中经历的时间和真实世界中的时间不一样。我将会告诉大家一个真相——人们把依靠钟表和自然现象确定的时间看作是真正的时间后产生了很多严重的错觉，在事物的判断上也是如此。我知道大家此时会觉得无比震惊，但这也是解决疑问的唯一解释。

如今的医学对于一分钟的定义是人的脉搏跳动七十下或者是在平静的情绪下呼吸十八次左右需要的时间，一个小时就是六十分钟，一天就是二十四小时，一年就是三百六十五天或者三百六十六天。恰巧地球公转的周期也是一年，所以一些大公司便以此标准制作了钟表。至此，所有人看到的时间都是一样的。但实际上这种时间是人类自己定义的，并非真正的时间。最好的证明就是大家在人类所定义的相同时间做事，会产生极大的误差，当真是匪夷所思。

最简单的一个例子就是在人们所认为的一个小时内，你如果选择阅读一本好书，那么睡一个小时的长度对你而言绝对比在车站等一个小时车程的长度短；你要是选择在水里面闭气一分钟，那么与跟人聊天的一分钟相比，前者于你而言绝对是无比漫长、难熬，可以算是度秒如年，之所以会这样是因为时间它并非一个具象化的东西，不可以用尺子去量出准确且公正的长度。

我们再更深入地来探讨一下。人死之后如果能保留感觉的话，那么于他而言亿年光阴和眨眼之间的时间长度并无区别。也就是说死人可以在一秒钟的时间内感受到亿万年的光阴，体会到宇宙自诞生到如今所经历的岁月。穿梭于空间之中的时间本质就是这样一种极端化的错觉，它可以快如流星，也可以稳如泰山。

由此可见，真正的时间和现在人为规定的时间是截然不同的。它与太阳、月亮、地球等天体的运动无关，也不存在于针表转动的时钟之上。我们必须要明白，每个生命体对于时间的感受都是不同的，而时间也在生命之间来去自如，它想停便停，想走便走。

现在让我们把目光聚集到地球生命上。如今的世界之中存在着已生长了几百年且一直欣欣向荣的植物，有生活了上百年的大型动物。但地球上也有许多寿命不过几秒钟的微生物。可见，体形越小的生物其寿命也就越短，比如细胞。人体所有细胞的平均寿命与人体寿命的差距就像是只能生活几十载的个人和存在了数百年的国家之间的差距。而这些生命长度不一的细胞们所感受到的一生的时间长度是完全相同的。从出生到死亡的时间维度无论是人类所定义的几分钟还是上百年，都影响不了生命体对此的感受。对于生命体而言，其感知到的一生的长度是自其出生长大、繁衍生息到逐渐老化直至死亡的长度，因此生命体能感受到的实际长度都是一样的。人们之所以会同情只活了一天的婴儿，然后将其与同样寿命只有一天的昆虫相比而得出各种感悟实在愚蠢至极。这是因为我们根本没有认识到时间的本质，所以才会出现这种不符合自然和世间规律的行为。这根本就是把自己牵强附会所定义的时间当作是流动于宇宙之间的真正时间，然后闹出的笑话罢了。

自然界的万物都按照自己的需求得到了自由的天然时间，在这段时间中进行着自己的生老病死。人体内的细胞亦是如此。虽然从人类所定义的时间角度来看，这些细胞的生命都极其短暂，但是从时间本质来看它们的存活时间是无穷的。所以细胞才能在这无穷的时间中记住无限的事情，然后在眨眼之间讲述百年经历，并且将其幻化为“梦”。对此，现在流传到日本的很多中国古代故事可以证明这个事实。比如，黄粱一梦——书生在煮黄粱酒的时间里于梦中过完了自己的一生。

各位从这些解释中应当可以了解到，渺小的细胞中蕴藏着何等巨大的潜力，其记忆力又是怎样惊人了。我相信在大家都真正接受了“细胞拥有强悍如斯的记忆力”这个伟大的事实后，应该也就能明白胎儿为什么会一梦千载，以及“胎儿这样做的动机是什么？”了吧。

胎儿在母亲子宫内时不会感知到外界的任何事物，其状态就和深度睡眠一样。那么在此期间胎儿体内的所有细胞都会尽情地繁殖，集体往“人形”进化。在这个过程中，它们会在胎儿的意识里重现其先人们在进化时所经历的事情。就如前文中所提到的胎儿在母亲子宫内得到了极致的保护，在与世隔绝的环境中，胎儿不用思考其他任何事情，只需要完成“进化为人”的梦。所以胎儿的梦与跳脱、自由且无逻辑的成人之梦不同，胎儿之梦会精准、细致、顺畅地发展。

我们也可以这么理解，由细胞记忆所掌控的胎儿之梦创造了胎儿。这也就能解释为什么天下所有的胎儿在母体内进化的过程和时间都是一样的。毕竟人类是由同一个祖先繁衍、进化而来的，细胞对此的记忆也都是相同的，所以由细胞所创造的胎儿之梦也就是一样的了。根据之前所介绍的细胞灵能就能理解在十个月间重现了人类上亿年进化经历的胎儿之梦了，也能明白为什么进化程度越低的动物所需的胎生时间越短，以及只是重复着自己祖先那种在眨眼间就完成分裂、繁殖的生存方式，没有进化的微生物为什么没有胎儿之梦了。

注：胎儿之梦其实并不是一个新概念。因为早在几千年前，埃及神教衍生出的各经典书籍之中就提到过细胞这惊人的记忆力和奇特的灵能对万物繁衍产生了怎样的影响，又是如何掌控所有生物的命运的。但是如今受此神教影响的各宗教为了推崇唯物科学，故意给这些在当时还没有开化的民族的所有习俗、文化冠上了迷信之名。

那么，没有被人类记忆所记住的胎儿之梦究竟又有哪些内容呢?

根据之前的介绍，大家应该能猜到大部分了。但我还是会将自己的推论细细写出，以供各位参考。

胎儿在母亲子宫内做梦的时候，大部分时间都是处于噩梦之中的。

之所以会出现这种情况，是因为这和人类的进化经历息息相关。在人类漫长的进化史中，我们的祖先与其他动物相比，极为弱小且缺乏攻击力，毕竟牛有尖锐的牛角；老虎有锋利的爪牙；鸟儿有能飞行的翅膀；鱼可以变换自己的颜色躲开追击；虫子在遇到危险的时候可以释放毒液；贝类又有坚硬的外壳做护盾，可攻可守。但是人类没有任何天然武器，只能凭借一副不堪一击的肉体参与到激烈的生存竞争中，在各种自然灾害之中苦苦挣扎，竭尽全力求得一条生路。正是因为经历了这种种磨难、咽下了其他生物都未曾尝过的苦，所以人类才比其他所有的动物进化得都要快。而胎儿在重现这些经历的时候，他们在梦境之中感受到的时间和这些进化过程中所用的时间是一致的，对这些经历的感受也与先祖相同。因此，胎儿在母体内成长所承受的艰辛远比你在生活之中忍受的辛苦多，而且体验更加深刻。

受精卵和地球上所有生物的祖先微生物有着一样的外表，它在进入女性子宫后，便附着在内壁上，然后以这种最原始的姿态陷入梦境之中，重复之前的进化经历。

在原始时期，这些数不胜数的微生物都有着透明的身体，然后借此吸收太阳的强光，然后折射出七彩光芒或者金色光辉。它们在地球上自在生活，随心而动，在须臾之间完成了生长、分裂、繁殖以及死亡的过程，这一切既美妙又不真实。它们还没有感受到周边水域的细小改变就要承受毁灭的痛苦。看着自己的朋友快速死去，细胞也想摆脱这种无尽的痛苦，但它根本没有反抗之力。在历尽艰辛、忍受了各种痛苦与折磨之后，它终于摆脱了这些，但是随之而来就是远古太阳的高温炙烤、寒月的极冷温度、狂风的摧残、暴雨的穿击，随便一样就能让它们灰飞烟灭。在这种一步一地狱的恐怖范围之中，它于夹缝中求生存，渴求一副更能抵御风吹雨打、日晒霜冻的强壮身躯。在如此悲凉的心境之中，它不在乎外表也不在乎一切，只是拼命地分裂，让自己长得更大。就这样，细胞终于进化成了鱼的形态，它长出了皮肤和鳞片，得到了能够让它们快速游走的鳍和尾，拥有了能够进食的嘴巴和可以看到外界的眼睛，以及能够判断周边一切的神经。这种进化是十分惊人的。进化成了鱼后，它会觉得自己已然是完美的状态，再没有任何怨言。它就这样在水中悠闲度日，可某一天居然遇上了一个身躯是它身体千倍大的章鱼。我的天啊！这太可怕了！快逃啊！它急忙游到了珊瑚群中或者海藻里，终于死里逃生。结果一抬头，看到了一个比章鱼还大的海蝎，正挥舞着自己的大螯向它游来。

天哪！这个更可怕啊！它转身想跑，结果一只白云形状的三叶虫偷偷爬到了它的背上。海葵也在这个时候跳了出来，伸出毒刺扎向它。它赶紧左躲右闪，最终躲到了一块小石头下，逃过了所有攻击。经过这件事，它在想，看来我现在的样子还是不能让自己安稳地活下去。和它一起的朋友都纷纷进化出了贝壳、盔甲可以在这危险的世界中保护自己，它又怎么能继续这样安于现状，委委屈屈地躲在黑暗的水里挣扎求生呢？它看到岸上的世界那样美丽，它也想在阳光下自由奔跑、呼吸。于是它开始向自己的目标前进，进化成了一只三眼蜥蜴，虽然体型较小，但终于能爬到岸上去了。

站在岸上，它觉得这种感觉真的是太奇妙了。它刚想去其他地方看看，结果地面开始震动；不远处的火山喷射出岩浆；海水也在滚动翻涌，整个世界似乎都要毁灭了。它虽然觉得连呼吸都很困难了，但还是拼尽全力在滚烫的沙地上向前奔跑。就在它觉得已经摆脱这场灾难的时候，它抬头看到自己居然正在一只恐龙的脚下，恐龙的身体大得像一座高山，而它小如山上尘埃。旁边的翼龙张开翅膀，直接把它弹到了半空；始祖鸟恰好飞过来，差点就要啄到它。

被逼无奈的它只能躲进石头间隙中，暗自神伤道：不行，这样太危险了！看我的朋友们，有的已经在身体上进化出了尖刺；有的进化出了变色的能力；还有的进化出了坚硬的甲壳和毒液；……可是这些求生“武器”是那么卑微无力，难道我就不能拥有更强的姿态，温柔又自由地活在这片土地上吗？于是，它继续进化，褪去了额头上的第三只眼睛，化成了两眼猿猴，拥有了灵活的身体，自由地穿梭在丛林之中。它觉得这个形态已然是完美无缺了，自己是世界上最高级的动物。想到这里，它美滋滋地跳上树梢，把手放在额头上，随意打量着四周。谁知在它背后来了一条蟒蛇，正张着血盆大口，想要把它吞咽入腹。它感到了危机，赶紧跳到了另一根树梢上；马上又有一只秃鹰向它飞来，它连忙跳开，堪堪躲过一劫。结果躲得了初一躲不过十五，小小的虱子跳到了它身上，到处叮咬它的皮肤；水蛭悄无声息地吸取着它的血液，于是它无论是休息还是活动，都不得安稳。而后天灾频发，风霜雨雪来势汹汹，摧枯拉朽，大有毁天灭地之势。

它又只能躲在树洞里，心里满是惶恐，我现在什么都做不了啊！我明明安分守己，从不作恶，为什么总是遇到这些灾难？难道我就不能拥有一副能抵抗住这些天灾的强壮身躯吗？于是，它继续努力进化，褪去了长长的尾巴，变成了人类的模样。

它满意地看着自己的模样，只觉得这应该是最完美的状态了，今后生活应当安稳无忧了。胎儿之梦进行到这一步按理说就应该结束了，可事实并非如此。胎儿的梦会继续进行，而且依旧是一个噩梦。化身为人后，他需要面对的竞争更加残酷，而且曾经自私冷酷的兽性心理并没有随着进化而消失。所以在这种心理和各种欲望的驱使下，人会做出各种残忍的事，将自己的快乐建立在他人的痛苦之上，且代代如此。而这些或暴力或血腥的记忆也留在了细胞之中，使得胎儿会在梦境中以第一视角重新经历一遍这些事情。

为了得到权力而弑君犯上；夺权之后居于高位之上，缓缓举起酒杯品尝着美酒，让曾经的忠义之臣在自己面前切腹自尽；因为偏爱孙子，便直接给自己的妻子和儿子下毒，然后扶持孙子成为新君；……将躺在病榻之上的丈夫残忍毒杀，然后与敌人暗通款曲；对于刚来到世界上的私生子毫不留情，亲手将其闷死；……为满足私欲而诬陷妻子，最终迫使其上吊自尽；将自己厌恶的继子推入井下；和其他人联手欺负别人家的女儿；勾引别人的妻子，得意扬扬地看着其丈夫日益颓废并且最终结束了自己的生命；……四处搜罗少男少女，然后对其进行各种虐待，满足自己的怪癖；肆意挥霍金钱，享受着极致的快感；……爱上了与自己性别相同的人且觉得刺激无比；出于好奇心而杀人吃肉；进行各种毒药研究，然后以人试药；在欲望的指引下做出背信弃义、杀人放火、恃强凌弱等恶行；……

这些肮脏又可怕的事情会在胎儿之梦中再度上演，无一遗漏。除此之外，胎儿还会重新经历一遍记忆祖先们保守了一辈子而不为他人所知的罪行，比如被砍下了头颅的尸体、被划花的面容、井中漂浮着的毛发、藏在天花板上的匕首、被丢在沼泽中的尸体……这些情景重现于梦境中的时候，会让胎儿感到无比恐惧与无穷压力，无法从噩梦中醒来的胎儿在母体中瑟瑟发抖。

而梦的尽头是胎儿父母的前半生，经历完了这二十几年的事情后，胎儿的梦境终于结束，它可以进入深度睡眠了。没过多久，母亲便会感到胎动、阵痛，然后历尽艰辛，将胎儿带到人世间。当胎儿呼吸到真实世界的空气后，在母亲体内做的梦都躲进了其潜意识深处，所以于婴儿而言，呼吸给予的刺激是与之前在母亲体内完全不同的痛苦的现实意识，婴儿只会感到陌生、害怕，从而放声大哭。

在母亲的关爱，父亲的保护下，婴儿的梦境逐渐平和，不再像以前那样恐怖。它会让“胎儿之梦”的后续化为创作自己的现实。

但是偶尔它也会重回在母亲子宫内没有做完的“胎儿之梦”中，于是像是一张白纸的婴儿会在熟睡之际突然哭泣或者是在梦里笑出声来。那些先天性精神有缺陷或者有身体缺陷的婴儿应该是在“胎儿之梦”中看到过原因的。有些胎儿在母体中会停止发育成为一个死胎，这是因为胎儿的梦境被某种因素所干扰没有按部就班地完成或者发展进度太快，难以继续，于是梦境停止，胎儿也就无法继续发育进化。

第六章　史无前例的遗书

大正十五年十月十九日

疯子博士笔记

大家都过来看看啊。远处的人拿起你们的望远镜，附近的人拿起你们的显微镜，好好来看看。鄙人就是被称作疯子博士、现任职于九州帝国大学精神病科的正木敬之。为了吓一吓那些自负学识渊博、博古通今之人，我决定在今天结束自己的生命，于是打算写一封史无前例的遗书。这封遗书是写给他们看的，我想以此来和读信之人做一个较量，看看谁是疯子，谁是傻子。想到这里我便觉得热血沸腾，忍不住摩拳擦掌。

我虽然有这想法，但其实此时并不知道应该如何下笔。

我现在正坐在精神病科教授办公室的旋转椅上，我的写字桌上有一瓶威士忌；我手上拿着一支钢笔；我的眼前放着几张西式纸；头顶的电子时钟显示现在是晚上十点。我点燃了一支雪茄，抽了一口，吐出紫色的烟圈。一个书呆子教授在办公室里加班做科研，这个场景在我们学校屡见不鲜。这看起来是多么正常啊，绝对没有人会料到在明天的这个时间，我就已经坐在天堂里了。哈哈哈。

我天性如此，总是想摆脱常规，否则死不瞑目。因此，我也很怜悯那些自称为文化分子、觉得我是一个精神病人的人。

但麻烦的是我之前从未写过遗书，现在根本不知道应该怎样下笔写人生的第一封也是最后一封遗书。

算了，我就按照遗书的一般顺序下笔吧。那么我应该先跟诸位说说我为什么要自杀。

其实让我心生自杀念头的是一个姑娘，她的遭遇很凄惨，让人心生怜悯。诸君见此莫笑，这一点我十分确定。

这个姑娘当真是有沉鱼落雁、闭月羞花之姿，光她的长相我就能再写上好几页纸，所以我就简单提一下吧。她就像是一朵出水芙蓉，清纯秀美，眼神干净清澈，充满了不谙世事的单纯，纵观全世界的娱乐圈，无论是杂志封面女郎、商品广告代言人，还是超模、明星，没有一个能与她相提并论。诸君可别误会，也别担心，我这个上了年纪的人倒不会被少女的美丽所迷惑，然后欲生欲死。我可以坦白告诉大家，这位姑娘在六个多月前就离开人类世界了。

那些脾气急又自称为知识分子的人肯定会说我是因为姑娘离世而心生厌世之意吧。请诸君冷静一下，事实并非如此。我之所以想结束自己的生命，是因为我会让这位已经离世的姑娘在不久后嫁给一个与她门当户对、清新俊逸、品貌非凡的少年，然后一起白头偕老。如今看到这里，诸君只怕会认为我是因为梦见死人和活人永结秦晋之好而受到刺激成了一个聪明的疯子，然后在病发的时候选择了死亡吧。

唉，我之前倒没想过写遗书是如此困难的一件事，真的是头疼啊。但我好不容易做了抉择，如果我不把一些事情写下来的话，肯定会死不瞑目的，所以这些就当作是我死后给大家的礼物吧。我也不骗大家，如果真的能让那位已经香消玉殒的佳人和意气风发的少年郎在真实生活中谈情说爱、风花雪月的话，那就证明我为之穷尽一生所研究的精神科学基本原则进行的心理遗传研究实验圆满成功。

怎么样？我的这个实验是不是更加刺激、有趣了？哈哈哈哈。

我相信我的实验肯定是世上最好玩的实验了，毕竟实验的基石是我独创的精神科学啊。而且我所进行的精神科学实验是这个世界上独一无二的，实验对象并不是其他普通实验用的鸟兽鱼虫或者人的尸体。因为鸟兽鱼虫在最初所拥有的就是动物的本性，这和精神病人是一样的，根本无法用来进行研究；而人死之后失去了“灵魂”，这是实验的关键之处，所以遗体也不适合成为实验对象。我需要的是充满了活力、身心健康的人。我要研究的是他从正常的精神状态变成一个疯子，然后又从精神病发的状态慢慢恢复到正常的过程，仔细观察并记录其中的变化，工作量相当大。除此之外，根据现在专家们爱用的起名方式来命名我的实验对象的话，那么他就是妄想成疾、遗传性、早发性精神病，而且得了性瘾，是整个社会攻击的对象，如此一来便会给我的实验平添诸多阻碍。

我并不是随便挑了一个人来做实验的，我所选择的实验对象绝非庸碌之人。所以我稍有不慎也许就会有灭顶之灾。我在实验开始的时候就做好了心理准备，但最终还是没能逃脱，只能主动选择踏上黄泉路。但现在还不是自我了结的时候，因此我还能保持理智，在香烟与美酒的陪伴下，挥毫泼墨，写下遗书。

希望诸君可以耐着性子继续看下去。虽然我写的是一封遗书，但这并非佛教或者基督教教徒的殉教书，也不是殉情遗言，其中内容不但不绝望，也不伤感，而且还算轻松，权当是我这个疯子教授给大家准备的实验助兴节目，博君一笑罢了。我将在袅袅香烟之中写下这场“喜剧”的真相。我的实验要研究的是这一对才子佳人为什么会有如此变态的性癖，性癖发作的诱因、过程和结果，告诉大家这个实验是怎样毁掉我的人生的。我会以严谨的逻辑思维带领大家逐步走向真相。

那现在就让我们把时间倒退回去。

福冈的某家报社在今年十月把我的采访稿刊登到了报纸的学术专栏上，内容就是我提出的“人类并非是在脑髓中思考”的理论。这在社会舆论中引起了热烈的探讨，我也受到了很多言辞激烈的抨击。我之前大概知道人总是自恋且迷信的，但是我没有料到这会给我带来如此巨大的影响。那些自视清高的知识分子为了证明我的理论是一派胡言，不停地在报纸上发表针对我的批判文章，甚至费尽心思地想和我见上一面，当面反驳我的理论。但最让我觉得不可思议的还是在我们这所一直推崇自由之风、尊重各学派思想的大学中，居然有一群表里不一的教授围住了校长，捻须摇头地威胁道：“你要是不开除那个亵渎科学、胡说八道而且目中无人的疯子，那我们就把他送去精神病院！”

我并不是没有见过世面的人，但在知道这件事后，还是生出了逃走的想法。我之前一直觉得大学是学术研究者们的避风港，在这里可以自由发言、理性讨论，没想到这里居然也有这样的事。好在校长平时就是和事佬，从不愿意招惹是非，在他的安抚下那些人终于罢休，我也能继续安稳度日了。不过现在想来，这件事实在是太荒谬了。那些声名在外的教授、博士将自己的名誉和研究看得比一切都要重并且以此为荣，还组队来欺负我这个职称比他们要高的同类，甚至不惜给我冠上一个疯子的名头，真的是可笑无比呀。我的至交若林博士是最了解这件事的来龙去脉的人。

“有些时候也想发表研究成果，必须得事先打点好一切，可是咱们精神心理遗传学、精神病理学，或者是精神生理学和精神解剖学的东西基本是不能发表出来的，毕竟我们研究出来的结果可是说精神病人其实比正常人要正常多了呢，这要是发表出来着实太危险了。哈哈哈哈。”

“这话说得有理。大多数人都不知道科学是最看不起人类的了。”

“对啊。有些人啊，你要是跟他说‘人的祖先就是猿猴’他们会无比自豪；你要是跟他们说‘其实每个人都是精神病’他们就会暴跳如雷，对着你破口大骂，可真是太有趣了呢。他们都明白人是由猿猴进化而来，却没想到疯子也是由人进化的。这还是他们思维不对导致的。哈哈哈哈。”

我和若林博士时常会讨论这些，然后捧腹大笑。

由于还有一些细节要修订，因此我还没有发表《脑髓论》的打算，只是把它带在自己身边。我那时原本是打算在半年之后，也就是今天将手稿直接销毁的。

我为什么要这样做？其实也没有原因，就是觉得有些没意思罢了。

以现在的文化背景来说，我如果想说服大家接受我的理论，未免太异想天开，不切实际。可是我在这二十年的岁月中居然没有意识到这一点，只一心扑在自己的研究上，实在是太傻、太幼稚了。可能是我现在慢慢正常了吧，哈哈哈。

但是我在这封遗书中留下论文中最精彩的部分，希望能给后世想要研究精神病的人提供一些参考吧。之前的报纸已经刊登过《脑髓论》的精髓了，因此我也不觉得可惜。除此之外，我在二十年前的毕业论文《胎儿之梦》中已经交代了我对精神解剖学和精神病理学的研究，所以我在此便按下不表了。不过，我将会简单介绍一下“心理遗传和疯子解放治疗”，毕竟这也是我最得意的作品了。

大家将之前的报纸报道、《胎儿之梦》和这封遗书一起看，就会明白这一对佳人才子所接受的实验为什么会在大正十五年十月十九日也就是今天中午取得了巨大成就，但最终还是没能成功，实验在进行之中一直被精神科学原则所影响。当然，诸君也会知道如今的文化不过是一盘散沙，被风吹走后，便只有一个什么都没有的头盖骨而已。真相就是如此。

我的雪茄灭了，我得先去把它点上，大家等我一下。我一直都很喜欢抽雪茄。所以不管自己的处境有多艰难，我都会带着它和酒。我马上就要离开这个世界了，临死之前我想再多抽几支。希望各位理解一下，哈哈哈哈。

诸君等久了吧。让我们马上开始下一个话题。我之所以会起了自杀的念头是因为大家都把我的“疯人解放治疗场”当作是给疯子建造的休息处。虽然他们之中也有看过之前的报道并且很认可的，但他们对此的理解是“建造了这个解放治疗场后，疯子们就不会再发疯了”或者是“这不就是一种光线治疗法吗”。他们得意扬扬，自认为看穿了解放治疗场的原理，但实际上他们都大错特错。当真是可笑啊。

可以说就连和我共事的副教授与助教也不知其原理与本质，因为我从来没跟他们提起过。他们只觉得这个实验高深莫测，但其实并非如此，这个实验很普通，只是十分有趣罢了。我之所以叫它“解放治疗”，是因为想用一个正经名字应付外人。

坦白地讲，我在福冈医科大学，也就是现在的九州帝国大学毕业时便写成的论文《胎儿之梦》便是这个实验的依据。

但要说明一点，《胎儿之梦》中所使用的例子，比如对吃喝玩乐的欲望、对成功的渴望等，都是人们共有的心理遗传现象。而我现在所研究的就是个人的心理遗传特征，这比共性更加特殊且极端。这个实验是尖端、神秘的，但也很毒辣、残酷，它跟现在盛行的猎奇心理、侦探小说完全不是一个层次。诸君还没有见过是吗？那我马上带领大家看看，敬请赐教。

各位进来看看。这可是有着世上独一无二的白日妖精、被因果循环所困又失去了灵魂的标本、在中午活动的怪物等。这里将会进行一个科学实验。进场之前各位先买票啊，成人十块，孩子五块，盲人免费。大家排好队啊，遵守秩序，保持安静，可别让精神病人们看了笑话。

大家听我说。

这是九州帝国大学医学院精神病科教授正木博士在教室后面创建的疯人解放治疗场的“天然色彩晕染有声电影”。这个放映机是耳鼻喉科金壶教授、眼科的田西博士和正木教授一起研发出来的，本是为了帮助医学研究的，其制作可谓巧夺天工、精妙无双，就算是美国现在做出的有声电影也难以相提并论。在此我要特地说明一下，这台放映机所放出的画面是能以假乱真的。

好的，在电影放映之前大家先来观赏一下九州帝国大学医学院的风景。

学校外面有一片松树林，和学校里面的树林连成一片，苍翠欲滴；学校西面是一栋西式建筑楼，共有两层，外观是用蓝色油漆粉刷的，看起来有些年头了。这里就是精神病学教室，正木教授也是在此工作的；南面是一块方形地皮，约有两百平方米，在此修建的就是大家要参观的“疯人解放治疗场”了。一架直升机缓缓降落在精神病科楼上的教授研究室的南边窗户旁，直升机里坐着的是飞行员，还有一台摄影机。而现在的时间……就算是十月十九日上午九点吧。

解放治疗场的外围是高约一丈五尺的红墙，地面铺设的是白色石英砂，看上去是那样干净、纯洁。治疗场中间种着五棵梧桐树，树上的叶子已经有些干枯了。这些梧桐树也有些年头了，成了学院的一道风景线。不过在治疗场竣工后，梧桐树的颜色就有点衰败了，看起来有些不祥。这可能是因为梧桐树突然被关在了这四四方方的封闭之处，精神出了问题吧。不过精神病科的教授们可无暇关心这些树。废话有些多了，大家见谅啊。

这个治疗场只设置了一个入口，就在东边病房旁，同时也是厕所外的走道。入口的木板上被挖了一个小孔，外面就是人高马大的保安把守。他身穿一套黑色制服，戴着一顶黑色帽子，眉头紧锁，神情严肃地关注着场中的动静，眼神无比犀利。这个四四方方的治疗场，看起来就像是一个放在绿色海洋中的大型魔盒。

治疗场里面的白色沙土在暖阳的照射下闪闪发光，有一群人在这里，或站或坐，略微一数，一共有十个人。

他们就是被正木博士在《脑髓论》中根据“胎儿之梦”的心理遗传原则所影响、支配行动的精神病人。他们将会在今天中午十二点，海对岸炮火声响起的时候，成为一场出人意料且无比刺激的心理遗传惨剧的主角。而这场引起了全世界广泛关注的悲剧也成了正木博士自杀的导火索。而此时此刻，还请大家认真观察这些人的行为举止，因为其中就有与这场惨剧爆发相关的蛛丝马迹。

我将会把这十个病人的影像放大，以便观众朋友们可以进行仔细观察。

第一位病人是站在西边墙下的这位老者，他两鬓斑白，赤裸着上身，手拿铁锹，正在为这块长方形、大概两亩大的田地翻土。大家可以看见他的四肢躯体都很瘦弱，而且皮肤苍白，颈纹也没有老农民的那么深，可以说浑身上下没有任何从事农耕工作的特征。但他的掌心值得我们特别留意。他拿着铁锹遮挡住了掌心，可我们还是能看到铁锹把手上沾满了深色血迹，就是从其掌心中流下的。但即便如此，老人依旧努力地耕种着，由此可见，这场实验是多么冷血残酷。

然后让我们把目光转移到老人身边的这位青年人身上。他身穿一件黑色棉花和服，腰间捆了一个白色木棉旧兵儿带[1]，头发蓬乱，乍一看像一位上了年纪的人，但留神看去还是能发现他应当是一个二十出头的少年人。而他此时正专心致志地看着老人耕种。从他如瓷器一般白皙的肤色中可以看出他应该很少在户外行走，他脸颊微红，唇角上扬，看上去和正常人没有什么区别。

[1] 兵儿带即男性和服的一种腰带。——译者注

大家可千万别被他的外表所欺骗，你们仔细看看他的眼睛吧。他的眼神是不是格外清澈干净，就像是被养在深闺之中的小姐那样？这其实就是精神病发病之前和发病之后即将结束的标志。对此，就连正木博士也感到头疼，很难从中判断对方究竟是正常人还是疯子。

在少年背后、离他较远的地方站着一个姑娘。姑娘形销骨立，面色惨白，满是雀斑，偏红褐色的头发扎成了一个马尾。她蹲在田地旁边，将瓦片、竹子、松树枝和梧桐叶一样一样地种在地里，甚至还有几根青草，也不知她是从什么地方找来的。地上铺着又松又软的白沙土，松树枝这些东西很难在这上面立稳，因此姑娘也在不停地把倒下来的植物重新扶正。也许有人会想，其实根本不用这么麻烦，只要把东西插深一点就好了。

可我得冒昧地说一句，有这种想法的人一看就是不了解行情。姑娘之所以会如此小心，又温柔地对待这些物品，是因为在她心里这些就是需要精心呵护的花草树苗，而她也认为自己的任务就是小心翼翼地种植这些东西。但在接二连三地扶正竹子后，姑娘也失去了耐心。她毫不犹豫地把竹子折断，然后扔在一旁，十分粗暴。

大家也许在想，这姑娘看起来是那样柔弱，但她的力量为什么如此惊人？似乎都能和男性一较高下了。怎么会有这种力量？其实这很正常，不管是多柔弱的女孩，一般都会有这样的力量的。因为人的进化是优于所有生物的，但是身体本身没有太强的防御力，尤其是女性。所以在人类的发展过程中，一直会有这种心理暗示，久而久之，人类也就很难随心所欲地发挥出这样的力量了。于是只有在经历各种天灾人祸或者精神不正常时才能打破这种暗示，发挥应有的力量。这个姑娘现在的表现就是最好的证明。

不好意思，我又偏题了。但因为这些都是正木博士提出的“心理遗传”学说的佐证，所以我必须强调一下。

接下来我们看看在老者、年轻人和姑娘对面站着的那个穿着一身破烂衣服的平头矮子。他站在东边墙下，正在进行着演讲，只听他高声说道：“传说达摩面壁了九年成了少林的住持，因此我也在这里面壁九年，致力于提升自己的辩论能力，我相信我一定能成为论坛的最强辩手，让执政党们废除现在的不公平政策。而我……将在之后的普选时代中……”

说到这里他好像想起了什么事情，摇晃起了自己的右手。

这时有一个打扮十分奇特的女子从他身后经过。各位仔细看看这人，她的相貌极其普通，身材也偏胖，从外表上看应当有二十七八岁了。她的头发也是又脏又乱，头顶戴着一个用红色油漆涂满的厚纸板做成的皇冠，脸上全是泥巴，看起来应该是把泥巴当成粉底液了吧；和服上的丸带[1]已经散开，拖到了地上；脚上一片污泥，鞋子也不知道去哪儿了。自以为是女王的她害怕皇冠会掉下来，所以在走路的时候昂头挺胸，然后斜眼看着周围。看起来也十分有趣。

有一个长满胡须的汉子，他会在这个女人经过自己面前时，向其跪拜行礼。而这个人正是长崎一所小学的校长。他们家族皆是基督教教徒，到了现在，连他在内的所有人对于基督教的忠诚度之高可谓史无前例。在被带到这个治疗场后，他便在屋顶的瓦片上、周围的墙砖上雕刻耶稣神像，而且还要拉着跟他住在同一间病房的人一起朝拜。他会眼含热泪地向那个女人行礼，是因为在他眼里那人就是圣母玛利亚的化身。

在他身边上蹿下跳的女孩本来是在女子学校读国中二年级的。她生性敏感，不爱说话，在艺术方面有着惊人的天赋，患有早发性失智症。一旦发病，其性格就会大变。正木博士曾经在她刚来的时候问她的名字，她说道：“我是痴迷于舞蹈的安娜·巴甫洛娃[2]。”她经常会自己写歌、自己编舞，在这里很受欢迎。

抬起头，看看这片蓝天，
白云在上面，黑云在下面，

---

[1] 丸带即女性和服的一种腰带。——译者注

[2] 安娜·巴甫洛娃（Anna Pavlova，1881—1931 年），俄罗斯的古典芭蕾舞舞蹈演员，是俄罗斯皇家芭蕾舞团的首席。——译者注

它们亲密相拥，飞向远方。
啦啦啦啦啦啦啦啦啦啦……
我也站在地面上，
摇摇晃晃地走向前方，
一不小心撞到了红墙上。
啦啦啦啦啦啦啦啦啦啦……
啦啦啦啦啦啦啦啦啦啦……

我们还能看到在不远处站着两个已过不惑之年的男人，他们勾肩搭背，好不亲密，看起来好像是工匠。在他们的直角方向，还有一位四十岁左右的女人。这两个人啊，是志同道合的知己，左边的男人在南极冒险，右边的男人是在东京游玩，他们各自进行着自己的旅程，绝不影响他人。这边有一个珠圆玉润的老太太，她身上的服饰、图案皆是精品，不难看出她应该出身于富贵人家。但她自己好像并不是这样想的。因为她所表现出的样子是住在贫困区，身上长满了虱子的人，一直挠痒抓背，想把那些虱子从自己的身上揪下来。不一会儿，她又宽衣解带，将自己脱得一丝不挂，然后大力抖着自己的和服。于是，旁边的演讲家、两位旅行家、蹦蹦跳跳的女学生在这一瞬间似乎都摆脱了心理遗传病的控制，看着老太太滑稽的样子哈哈大笑。

在看过这些精神病人的行为举止后，我相信在座之中一定会有人觉得不可思议。

“这些人看起来和那些在精神病院遛弯儿散步的人差不多，并没有特别之处啊。为什么要把他们安置在解放治疗场中呢？我还想着你们这里会有很多千奇百怪的疯子，各有各的丑态呢！如果你就给我们看这些……而且，你一直说的心理遗传到底是什么呀？我并没有在这些人身上看到啊。”

某些人心中最真实的想法，应该是感到失望透顶，或是觉得嗤之以鼻。但请各位稍微用点耐心，这些人都是正木博士从全球数以万计的精神病人中精挑细选出的实验对象，他们是最适合进行心理遗传实验的，也是证实正木博士用了二十年来研究的心理遗传学说的最佳例子。我们只需要用其中几个人来做例子，观察他在心理遗传的控制之下所做出的疯狂之举，便能彻底弄清楚这世上全部精神病发作的原因了。

那么我们先来认识一下刚才第一个提到的农耕老人吧。他叫钵卷仪作，其曾曾祖父钵卷仪十正是福冈城外岛饲村的最大富农。钵卷仪十天生擅长使用左手做事，其精力和体力都远胜于常人。于是他凭借一己之力为家族积累下巨大财富，得到了领主黑田大人的赏识，被赐姓钵卷，有了佩刀的资格。我们经常会在一些励志书籍中看到他的名字和故事。

但是大家也许会有一种感觉，那就是这个姓氏太奇怪了。其实这是因为他在地里耕作之时为了节约时间，便把汗巾缠在额头上，看着像一个钵卷。所以大家便给他起了钵卷这个外号。由此可见，他在工作之时有多努力。他每天天不亮就起来耕地直到夜色深沉才回到家里，在此期间他只会休息一次，那就是在中午时分。当福冈舞鹤城天守阁的橹声响起之时，他会放下农具，就近找一个屋檐或者是田堤坐下，然后开始吃饭。吃完便当后他会倒下休息一个钟头。休息之后，他便起身回到地里继续耕种，哪怕是日暮西沉之时，落日的余晖照得视线有些模糊了，他也不会停下手头的工作。当真是一个执着又不畏艰辛的人。在我看来他应当也患有一些偏执症吧。被太阳晾晒了一天，额头已经有些红得发黑了，但被毛巾挡住的地方留下一条白色痕迹，而这个痕迹伴随了他一生。记得他第一次受诏拜见城主的时候，大臣们看到他后连忙提醒他："赶紧把你头上的钵卷取下来呀。"城主知道其中原委之后很是感慨，便为他赐姓钵卷，这也算得上是光前裕后了。

沧海桑田，岁月变更，钵卷仪十死后，钵卷家的第五代继承人便是钵卷仪作，他既不是左撇子又没能守住家族荣耀和全部家产，最后只能去博德名产笔店当个制笔师傅。随着年龄的增长，他的视力也逐渐下降，根本不能继续从事制笔的工作，于是便被笔店辞退了。这对他的精神造成了重大刺激，在无尽的苦痛之中，他成了一个精神病人，在一周前被送到了九州帝国大学，那真是个可怜人啊。

但最让人意想不到的是，当正木博士把他当成了心理遗传实验的对象之一带进治疗场后，他于无意间发现了角落中被遗忘的铁锹，竟然拿起铁锹重复着他祖先的动作。什么？你问我治疗场里面为什么会有铁锹？这是因为这里闹蛇，这个铁锹就是用来除蛇的。因为有人就是拿着铁锹来除蛇的。说回钵卷仪作，他在工作的时候并没有准备钵卷，但大家也发现了，他开始工作之后也没想擦汗。除此之外，从他拿铁锹的姿势我们可以看出，他是用左手发力的，也就是说他成了一个左撇子。而且，每天中午十二点午炮声响起之后，他便会跑回病房，以最快的速度吃完午饭，然后倒在床上睡午觉。这种行为宛如钵卷仪十复生。但也许是因为过于劳累了，仪作可能会从中午睡到第二天早上，也不会起来吃晚饭。也许他在梦境之中变成了自己的曾曾祖父，赚得了亿万家财吧。

这就是第一个和心理遗传相关的事迹，大家如果想提问，可以尽情发言。

下面让我们来看看之前穿着破烂，对着围墙演讲的人。他高举着右手在空中挥舞，左手似乎扶着什么东西，再听听他在演讲中的说辞，这些都是最好的参考。

“我们国家若想更上一层楼，就必须要解决这个最大的阻碍。就是我们继续由着政治朝着避重就轻愚弄百姓的方向发展的话，就算我们大和民族再团结，也不过是一座看似坚固但早已腐朽的土墙。当新思想的风雨来临之际，我们便会分崩离析。”

大家觉得他的演讲怎么样？我相信各位也都发现了，他特别喜欢在演讲之中使用“墙”或者与其相关的词汇。这是因为他的外公就是一位水泥工匠，之前曾经服务于黑田藩。大家可别笑，我不是在这里表演单口相声。他外公是在修葺福冈城天守阁之橹时不慎坠楼而亡。要知道之前他外公可是飞檐走壁如履平地，城主最喜欢在他装修天守台屋顶的时候拿着望远镜看他表演。而且他为了能在最短的时间内完成工作，每次都会提前搭一个简易鹰架，不过这经常会在工作中牵绊住他的手脚，有好几次他都差点摔了下去，好在每次都能化险为夷。

可不知是在什么时候，他正在天守阁的屋顶进行粉刷工作时，城主照旧拿着望远镜观赏。可他工作得太入迷，没注意到，自己正用屁股对着城主。底下的监管官居然高声叫道：“你可注意点！城主正看着你呢！”此言一出，他心中一慌，顿时失了平衡，脚下一空便从楼上摔了下来，命丧当场。也是因为出现了这种事情，他们家的人便再也不接触水泥粉刷之事了。但谁也没想到这个爱穿礼服演讲的男人竟然会遗传到外祖父的基因。即便是上了中学，也时常会从梦中惊醒，大喊着救命。家里面的人一边安慰他，一边询问发生了什么事，他只说感觉自己从高空头朝下地掉到了地上。这可真是太有趣了。常人只会觉得他是被梦魇所困，殊不知他是重复了外公死前那瞬间的恐怖经历，由此可见心理遗传实在是太强大了。很多人在睡觉的时候都会有高空坠落之感，然后被吓醒了，所以在知道了他的经历后，我相信大家心中对此也有了答案。无论是我们的祖父祖母、外公外婆还是我们的父母都曾或多或少有过绝望的瞬间，而那时候的惨痛记忆便刻在了他们的内心深处，然后遗传给了下一代，成了后人们的梦魇。大家应该都已经明白了吧？

有谁想提问吗？

那么再来看看这位戴着一顶纸皇冠，一直在场里走来走去的女人吧。根据她衣服的纹绣和后拉的痕迹[1]，我想大家也能猜到她是一个穷人家的姑娘吧。她后来又被迫成了艺伎，然后靠着自己的头脑让一位年轻的银行家成了她的裙下之臣。可是男方的父母都是思想保守的人，觉得女方卑贱配不上他们家，便不同意她进门。她对此也是愤愤不平，因此在一次宴会上大骂客人："你以为你是谁？居然敢让我给你倒酒！"说着便把酒杯狠狠砸向对方，然后将三弦琴摔在地上，一脚踩烂。而实际上，她也是第一次见这位客人。可惜，如此爱恨分明的人居然被送到了这里，落得个如此惨淡的结局。不过，虽然爱情总是毫无理由的，但今时不同往日，大家在思想上都比较开放了，犯不着为这点事就气急败坏，发疯发狂啊。归根结底，这还是心理遗传所导致的。结合她发病的情况，我们可以发现她对于出身、地位是极为看重的，所以当男方父母因此而嫌弃她的时候，她会大受打击，乃至于精神出现了问题。你

[1] 和服的领子向前或者向后拉的含义各不相同。已经嫁为人妇或者青楼楚馆之人的衣领较松；云英未嫁的姑娘会拉紧一些。——译者注

们看她现在所表现出的仪态就能知道她是颇有见识的风雅之人，举手投足之间都是大家闺秀的风范。这是因为她的家族在明治维新之前都是京都贵族，只是没落了；原本姓清河源，这可不是什么贩夫走卒之姓啊。虽然她在正常的时候行为举止看着和穷人没有区别，但是只要一发病，就会重现其先祖的不俗仪态，完全没有穷人的影子。

我看有人举手提问，请问吧。

嗯，您说得不错，的确是这样，我明白了。您觉得心理遗传不过如此，正木博士居然为此拼尽全力？是吗？

其实剪辑师在剪辑影片的时候也猜到在这个时候应该会有人提出质疑，因此他在之后正木博士的镜头中加入了正木博士特别为此进行的解答演讲。接下来大家将会看到那位名扬四海比斯坦纳[1]、爱因斯坦还要出名的九州大学疯子博士——正木博士，他最爱听观众的掌声了，授课的时候也爱让学生为他鼓掌叫好，所以还请大家热烈鼓掌。你说站在另一台摄像机前的正木博士听不到掌声是吗？哈哈哈，您说的确实有道理，可这次正木博士是能听到的。耳听为虚，眼见为实。大家马上就能知道其中的玄机了，千万不要走神！你们可要留心观察，找找这个机关噢。

好的，大家现在看到的这个人就是著名的九州帝国大学医学院精神病科教授——正木敬之。他正穿着一件白色长袍，站在精神病科教室的黑板前，他平时就是这样上课的。

正如大家看到的这样，正木博士肤色偏黑，个头不高，应该只有一米五左右。但他剃光了自己的头发，整颗脑袋看上去就像是一颗闪闪发亮的灯泡；鼻梁上架着一副厚厚的眼镜，都能反射灯光。眼窝深陷、眼神犀利、双唇紧闭……看上去就像个骷髅。他正在讲台前，环视众人，然后张嘴大笑，露出了一口假牙，一看就知道是大智大勇且有智慧的人。

[1] 鲁道夫·斯坦纳（Rudolf Steiner，1861—1925年），奥地利人，著名的社会哲学家。——译者注

唉，大家怎么笑成这样呢？你想提问？没问题，你问吧。你问我是不是正木博士？

哈哈哈哈，还是被你们发现了呀，那我就退场了，把舞台交给荧幕上的我……不对，应该是正木博士。（解说员下台）

【屏幕上的正木博士开始讲话】

能通过荧幕与大家相见，我感到无比荣幸和满足。

在座的皆是想要摆脱现有的常识，发现新科学的人。如今在地球上，凡是有着奔跑的火车、航行的轮船、驰骋的飞机和滚动的汽车之处皆有崇洋媚外、盲目崇拜科学的人、冷淡的社交态度和已经被抛弃的道德信念；也有看破了世间所谓的常识，想要追求生命本质的人，他们有一双善于发现的眼睛，一直在关注着我的研究。对于这些截然不同的现象，我将会用心理遗传实验对其进行解释。

我相信，在座的各位都是接受“精神病是被某种力量所控然后做出一些出人意料之事”这个说法。当然，在好奇心的驱使下，大家还会继续追问：“难道精神心理遗传也不过如此吗？”可以说，想到这一步就代表着大家的思考能力跟从事这方面研究二十余年的我差不多了，甚至有可能比我这个疯子想得更多。不……谢谢大家，现在没到鼓掌的时候。我必须先对此，向大家表示我的谢意和敬意。

实话实说，我所研究的“极端心理遗传”如果只像这些精神病人们所表现出来的这样，那么它就完全没有特别之处，也不值得我研究这么多年了。刚才向大家所解释的内容对于那些不会独立思考，只会人云亦云的专家学者来说，可谓是一个惊天动地的伟大发现。但对于我这个疯子来说，这就像是刚收拾好打算出门的乞丐，不过是个开头罢了。

我会极力呼吁大家重视心理遗传的可怕性，主要原因就是我现在研究的心理遗传所针对的不仅是精神病人，还有所有的正常人。换言之就是屏幕前的大家，以及屏幕后的人都有心理遗传，也都受到其驱使。

是不是觉得很困惑？请再耐心一些，我知道你想问什么。你是不是想说，如果真是这样，那要怎样辨别普通人和疯子呢？这实在是太荒谬了，对吗？

我站在一个科学家的角度上只能告诉大家，这是真的，而且我们的心理遗传程度和精神病人的心理遗传程度是一样的。我也为此头痛不已。除此之外，在精神方面，正常人的“心理遗传”比精神病人还要严重，它一直处于活跃状态，从未停止。哪怕我们闭上了眼睛睡了过去，我们的心理遗传也还会活动，并且将此反映在我们的梦境之中。所以我们的意识并不能完全掌控自己的精神。这可真是个棘手的问题啊。而且现在的报纸杂志都会进行这类报道，因此我们根本无法忽视、逃避这个问题。

我在早些时候便跟记者说过一些心理遗传学中的常见例子，比如：普通人的癖好少则七种，多则四十八种；明知道不可以哭，但眼泪还是不自觉地涌出；明知道不应该发脾气，但还是暴跳如雷；可见其和疯子一样都不能凭心意控制自己的情绪，无法自行修复暂时性的精神偏差。不管你下了多大的决心想将这些癖好纠正，不管他人如何嘲讽，你都不可能成功地纠正自己，这就是心理遗传的显性。而你之前的种种表现也许都是因为你的某个祖先有这样的性格。实在是让人烦恼啊。

而且，每个人或多或少都会有短暂性失忆、神经质、偏激、任性、痴迷、善变、好色、狂热、变态等心理症状，说明大家都会有精神异常的可能性。世界上任何人都逃脱不了心理遗传的掌控，这可不是一件小事啊。

凡是读过我写的《胎儿之梦》的人应该早就知道这个事实了。人类所谓的灵魂或者是精神，其实只不过是从祖先遗留下来的动物心理和人类心理的结合体；所谓的普通人只是在此之上用羞耻心做皮，以性格、身份、礼仪社交为装饰品，涂上粉底口红，配上一把油纸伞或一根拐杖，见人说人话，遇到绅士便装绅士，遇到淑女便装淑女，然后自信满满地走在街上的动物罢了。

不过大家对这种文化包装都心照不宣，因此每个人都得时刻绷紧神经，以防自己被心理遗传所操控，做出一些不雅行为或者是原形毕露。维持这种状态实在是费心费力，因此大家会在没人的时候放松下来，只在人前假装；一旦装不下去，便会被最后一根稻草压垮，整个人完全崩溃，做出强奸、杀人、放火、斗殴、争吵、欺诈等罪行，而之后无法收拾好自己情绪的人就会成为疯子；如果这样的人多了起来，那么就会引发战乱、游行等行为，形成邪教之风，奉行不作为之理念。其实报纸上有很多这类报道，背后隐藏着的就是心理遗传的弊端，看多了未免会心生厌恶。

实话实说，在座的各位连我在内都有一定的精神问题，只是与精神病人相比问题较小罢了。所以精神病人和普通人其实并没有严格的楚河汉界，就像谁也不能断言身处于监牢之中的人就一定比身在大街上的人邪恶。其实，这个世界就是一个大型的疯人解放治疗场，从创世之初到此时此刻都是如此，并未改变。因此，本校的这个解放治疗场就是模拟地球而建的，只是规模小上许多罢了。最直接的证明就是治疗场中的精神病人们一直坚信自己并非疯子，只是根据心理遗传而行事，而我们不也是这么认为的吗?

哈哈哈哈，大家是不是有些生气了？居然心中毫无波澜吗？那可真是了不起呀。不愧是真正的知识分子呢，当真是现代的文化楷模呀！嗯？并非如此？你们是觉得我这个演讲者是个疯子，所以根本不把我说的放在心上？哈哈哈，我可太佩服你们了。各位水平竟如此之高，我甘拜下风了。

好在我早就料到会有此情景，已经做好了充足准备了。毕竟以前的科学研究最需要的一项技能就是不知廉耻、无视礼法。所以，我一定要向大家揭露人类最卑鄙无耻的一面，让大家感到无比愤怒。为此，哪怕为千夫所指，我也在所不惜。

也许很多人都有过这样的体会：突然开始发呆，然后脑子里就会产生各种天马行空的想法。

这就是心理遗传的表象。如果要对其进行专业解释的话，那就是由于脑髓在反射交感之时出现了故障或者疲于应对，断开了与常识和理智的联系，使得心理遗传失去了束缚，自由地进行着它的反射交感，控制了人体。举例来说，女生在房门后做针线活时常常会想东想西，脑子里有很多光怪陆离的想法，比如：要是可以偷偷拿走百货商场里的戒指，不被人发现就好了；要是先生能立刻去世，我就能继承他的遗产和我喜欢的人享受人生了；要是能亲手解决我最讨厌的人该有多好；要是能给婆婆偷偷下药，让她一命呜呼，那么我就不用再听她唠叨，被她折磨了；如果那个明星可以与我同生共死的话，我肯定很开心；如果我变成了吸血鬼的话，那么我将会面对怎样的生活呢？男人坐在电车上的时候也会打着哈欠胡思乱想，比如：如果我现在直接冲过去把对面那个人打一顿，那个人会是什么反应呢？如果我站在风口纵火烧掉这个小镇，那画面一定很壮观吧；如果我能拿着一把刀把那些人通通杀死，不知道会有多畅快；如果我此刻向那家店铺丢一颗炸弹、如果我把警察的腿打断、如果银行的钱都是我的、如果我把鱼店的鱼都倒在马路上、如果那位姑娘能做我的妾……他越想越多，越想越偏离现实，等自己回过神来后，只会觉得好笑又羞耻。

其实这些想法并不是凭空冒出来的，而是我们的先人一直所思所想，却又不敢付诸行动的事情。他们只能压抑着自己的兽性、好战性，以及各种变态的心理，然后强迫自己遵守社会文化，而这也通过心理遗传来到了我们的意识之中。如果有人对此拒不承认的话，那他要么是不会思考的木头，要么就是没有记忆力的傻子。最强有力的证明就是有这种心理的人会逐渐变得亢奋，直到精神完全异常。比如，人在看到小说里面的激情戏份时会格外认真，并且在脑海中勾勒画面，代入自己，然后深陷其中不可自拔，甚至流下口水。而精神病人在发病或者疲倦的时候，心理遗传的反射交感作用于他们身上的体现就是梦游。这时候病人的全部意识基本被屏蔽，他只会听从梦游意识而行动。因此他此时此刻就是依据其先祖所遗留的情绪而行动。可见我的学说并不是妄言。

在三千多里外、三千多年前的天竺佛陀迦耶菩提树下，佛祖释迦牟尼曾历过去、现在、未来三世，修身成佛，指出必有因果循环、报应不爽之规，父母所造的业障将由其子嗣偿还。大家明白了吗？这并不是什么经典书文，我也不会向大家索取任何赏钱。这就是最先进、最科学的讲义，也是各位曾有如此可怕经历的缘由。

不过，现在还不到诸位大惊失色的时候。这个原则所揭露的真相将会让人更加心惊胆战，甚至夜不能寐。

听到现在，大家对于此原则应该已经有了一定的理解。人类的传承就像是入睡和清醒的反复。一觉睡醒之后早已经不记得昨天发生了什么事，但之后又会按照潜意识去做一些事情，比如水泥工人继续造墙、木匠继续造房，这都是前一日没有完成的事情。然后在做这些事情的时候又会慢慢想起自己昨天经历了什么。“哎，我记得我昨天应该是在这里丢了十块钱”“昨天这时候，街对面走过了一个美人呢”，思及此便瞪大了双眼，死死地看着街对面。

心理遗传也是如此。父母与孩子互为昨日与今天，黑夜便是转生之时的孕育时间，只是当事人没有感觉到而已。

每个人在看到曾经引起自己的祖先某种情绪的东西、景物，或者是气候、时间的时候，都会像水泥匠或者木匠那样想起之前的状态。此外，我们从先祖那继承的心理极多，因此导致这些心态爆发的因素基本上已经存在于我们日常生活中的每一处了，但凡是可以看的、可以听到的，都会对我们的心理遗传产生刺激，这才是最恐怖的地方。而这其实就是掌控我们命运的“艮之金神[1]”，接下来我将会拿出证据向大家证明这一事实。

大家别担心，大本教的教义通俗易懂，基本都是我们平常会遇到的事情。比如，哪怕是在同一天内，人的心情也都在随时改变：打算参加一个活动，但走到半路就逛起了夜市，完全忘了自己最开始的目的；本来是想出去旅游，结果经过图书馆的时候不自觉地走了进去；两情相悦的恋人在结婚之前突然极其反感彼此；为了寄一张明信片放弃了自己历经千辛万苦才找到的工作；……相信大家在日常生活中经常会看到这种突然转变了心态的事情。这是因为我们的心理遗传一直被周边的事物刺激维持着活跃状态，从而操纵着我们。不过因为某个刺激的反应时间较短，所以我们难以察觉。

大家现在感觉如何？也许我们在进一步挖掘这些心理遗传和刺激的关系时能看到更多与此相关的现象。这就像化学实验或者物理实验那样，可以随

[1] 即方位神中立于艮位的主金之神，艮位为凶，其神传说便是“久远国”国主灵魂所化，可镇百鬼。在大正年间出现的大本教供奉的就是他。——译者注

意影响他人的精神状态。

有一个例子最为常见，那就是犯罪心理。很多罪犯之所以会走入歧途是因为受到了莫名的刺激，心理遗传得到暗示之后，将其作用于了人体之上。比如，你一直把目光聚集在被红墨水所浸染的笔尖之上时，会突然想把笔尖插在女明星照片上，戳穿她的眼珠；明明是风和日丽的天气，你却会情不自禁地想去破坏这份美好；外面狂风大作，你就想拿着一把匕首出门遛弯儿；窗外起雾了，你突然想去擦拭自己的手枪；拿起剃刀的时候，不由得对着镜子在脸上比画，唇角也在上扬；当太太调笑道“你要是真想取我性命也无妨”，你会在一瞬间真的起了杀意；客厅传来鸟叫声时，你会将原本是普通朋友的异性当成自己的性幻想对象。谁都不知道前者为何会引起后者的变化，这也是心理遗传的一大特点。在那些十恶不赦的人犯罪之初，他想的也许就是这些。我们经常可以在各种奇闻逸事中看到某某违抗先命触碰了禁物，然后便开始胡言乱语，或者拔出了已经被先祖封存的宝刀，面色骤变等故事。其实就是心理遗传在发挥作用，一旦你碰到它所熟悉的物品时，它就会对此产生反应。因此在我四处收集的资料之中，也有很多这样的例子。

如果我们仔细地分析一下这种恐怖的暗示作用，研究清楚其原理，然后将其运用到实践之中，那么会发生什么样的事情呢？也许就连如今的天竺德兵卫[1]、犬山道节[2]、我来也[3]、石川五右卫门等魔术大师也无法完成这样精彩的魔术吧。

根据目前所掌控的证据，我们无法证实，但是就算不能发挥这么大的作

---

[1]　在江户时代以经商为生，同时也是著名的冒险家。因为他曾先后去过印度、泰国、越南等地，所以大家便叫他天竺德兵卫。死后被用于歌舞戏之中，成了可以使用妖法的角色。——译者注

[2]　出自泷泽马琴所创作的《南总里见八犬传》一书。他重信重义，侠肝义胆，又习得五遁之术，最善于火遁。——译者注

[3]　在江户时代末期，各类民间话本中忍者、强盗的化身。之后经歌舞伎剧目的加工，此角色被定义为擅长蛤蟆妖术的忍者，成了家喻户晓的角色。——译者注

用，只要经过精心设计善用这些暗示，就能在无形之中刺激对方，使其发病。这不像冷兵器那样可以让对方血溅当场，也不会像手枪大炮那样在攻击对方的时候发出声响，哪怕你在操作的时候旁边有路人经过，也不会引起他的注意，就算是请来当世最厉害的侦探，也无法从中取得任何证据。假设如今这种犯罪手段已经普及开来，那么大家会有怎样的想法呢？

哈哈哈哈，大家也不用这么紧张害怕。虽然我在精神科学的研究上颇有造诣，但目前也无法通过镜头来刺激大家的心理遗传，让你们发狂。但我认为如果这个假想成真的话，那么也不失为一件趣事。

哈哈哈，开个玩笑罢了。不过眼下我们需要面临的现实问题就是这种犯罪手段已经超出了人们的常识和所有的侦查方法。如果我现在告诉大家，事实永远是先于实验存在的，那么大家会不会觉得我是信口开河呢？

不过这也不值得惊讶。因为我的挚交若林静太郎，也就是本校医学院院长，已经在他自己编著的《应用精神科学的犯罪及其迹证》手稿绪论中提到了这些方面。因为这部分是我帮他校对的，所以我将其摘录了下来，这实在是有些失礼了。他是这样写的：

我进行了多方取证调查后发现早在过去便有这些犯罪的事实了，这是无法反驳的。比如，传播阴阳术、密教的弘法大师[1]、安倍晴明[2]、役行者[3]，真言宗真言密法门的守护者、修行者、巫师，其他教派的教徒、某某神佛等人。在传教之时所使用的就是他们经年累积习得的精神科学暗示法，以此给愚蠢无知的男人或者是尚未成熟的孩童、妇女一定的刺激，让其心理遗传发挥作用，影响其精神状态，然后这些人就会对他们言听计从。其实，古时候的狐仙妖术、还魂之术、真言秘密咒法、神明显威等行为是可以从科学的角度来解释、证实的。而比这些教徒更高级的是擅长催眠、利用心理学的人，他们

[1] 平安时代的得道高人，一手创办了真言宗，谥号空海。——译者注

[2] 平安时代的阴阳师。——译者注

[3] 在飞鸟时代末期到奈良时代前期。经常出没于葛成山附近的术士。——译者注

隐藏在社会文明之后，是一股“不安于室”的势力。而纵观现在发生的各种离奇案件，不难发现其背后便有这股势力的影子，根据目前所掌握的证据无法证实这就是科学诈骗术。

现在日本境内有无数疯子收留所和精神病院，大街上也有很多精神不正常的人，我们无法确定其中就有被有心之人用这种犯罪手法刺激而犯下罪行的人。可在精神上伤害他人并不会像实体伤害那样留下证据，犯罪过程中没有任何动机，被害者也不会流血。依照现阶段我们所掌握的搜证调查手段，根本无法从他们身上找出幕后真凶，所以相关的案例也是少之又少。而且在此过程中，被精神病伤害的人也无法掌控话语权，还要花上几年或者几十年的时间来治愈自己受到的精神伤害，更有甚者此生都无法痊愈。就算被害者的精神恢复正常后，我们也不能确定他能记住被害的过程。这些情况对于官方调查来说都是重重阻碍。

如今大家信奉的依旧是唯物主义。所以很多犯罪手段也是建立在唯物主义科学的基础上而成的。如果精神科学得到推广，成了新的常识的话，那么它自然也会被用于犯罪之中。其恐怖程度远胜于唯物主义犯罪。这已是不争的事实。

所以我们法医学专家现在最需要突破的课题是怎样确定犯罪者所使用的凶器、怎样运用精神科学推理犯罪者所使用的犯罪手法和犯罪过程。

大家现在是什么样的感觉呢？若林镜太郎先生是法医学的权威，他一直在研究应用精神科学犯罪并且取得了不错的成果，之后也将进行全球推广。若林博士为了防止有心之人以此实施犯罪行为，正在努力地寻找案例。其实现在有很多精神病人、自杀的人看上去都是应用精神科学犯罪的受害者，可由于很难找到他们精神被刺激的证据和证物，因此极难对此加以研究，不能将他们的经历作为案例发表。若林博士只好继续之前的工作，专心研究他人的言行举止、说话语气、逻辑思维和眼神……以此来判断他们有没有受到应用精神科学犯罪的伤害。

但是……大家仔细听着。

我现在拿着的是一份很伟大的研究材料，提供者就是若林博士。在他看来，这份材料中所记载的应用精神科学犯罪事件是史无前例的，他也在继续关注和调查这一案件。而这也为我的心理遗传研究提供了非常有价值的参考数据。除此之外，我自己也被它吸引，想要对其进行更深入的研究；然而它实在太可怕了，在这场研究中，我甚至为此搭上了自己的生命。我们不仅找到了对精神产生刺激的源头，研究出了被人心理遗传所操控而进行梦游之前所表现出来的异常状态，更得到了无比清楚的、几乎令心脏有融化般愉快的心理遗传内容。完成了全部调查记录，可以算得上是了无遗憾了。这些材料就是整个世界的瑰宝，其中满是极端科学，充满了浪漫、诡异、荒诞之色，这动人的情节、详细的内容可谓是前无古人、后无来者的大制作，其精彩程度、珍贵价值难以用言语表达。

嘿嘿嘿嘿，我明白了，对不起哈哈哈哈。大家不用鼓掌了。啰里吧唆地说了这么多我也有些不好意思，估计是我的反射交感功能需要一些酒精来刺激吧。诸位且先等等，让我先去喝口威士忌、抽根雪茄……唉，我还站在这里呢。好的，我马上离开荧屏，回到大家身边，继续进行之前的讲解。我一定会颠覆大家现有的全部常识认知。

你居然说我退不退出都一样？哎呀，你们的头脑怎么这么清醒啊？这可不好。实际上再过一会儿，我会继续在银幕前跟大家转播解放治疗实验中所发生的诡异遗传事件的发展进程。由于这不是什么未来科幻片，所以我必须要出面为大家进行讲解，帮助各位理解其中的玄妙！

由 K. C. Masarkey[1] 公司出品的《疯子的解放治疗》是一部天然色彩的有声电影，影片中所出现的演员，包括主角在内，都是此事件的真实当事人。本篇讲述了一对金童玉女经历各种奇异、恐怖事件之时，其体内的二十多个灵魂自由切换，随意掌控着他们的身体，然后在疯人解放治疗场中酿成了一场悲剧的故事，影片的结尾也将定格在这场悲剧发生之时。敬请期待！

[1] 正木敬之的日文名字与此同音。——译者注

【画面逐渐暗下去】

【出现字幕】

影片拍摄地点：九州帝国大学精神病科教室后院的疯人解放治疗场内。

影片拍摄时间：大正十五年十月十九日。

影片主角吴一郎：出生于明治四十年十一月二十日，弑杀生母、勒死未婚妻两起奇案的嫌疑犯。

我们先来认识一下这个故事中的主人公吧。他就是之前大家看到的那个站在老人旁边的青年——吴一郎。吴一郎年及弱冠，长了一张纯真无害的脸，就连男子看到也会为之动心。

大家可能觉得很奇怪，为什么在影片刚开始之前要给男主一个大特写呢？理由很简单，那就是他的骨相和心理遗传之间有着极深的关系。

大家都知道，现在的科学划分中并没有包含骨相学，不过一些骨相学的内容还是和真实情况一致的。所以正木博士在接收新病人的时候，都会对其骨相进行一番研究，然后从它的血液样本中分析其人种特征。也就是说，现在的人除了遗传了近代祖先的心理特征外，还保留了远古混沌时代中各人种的生理特性。因此，哪怕你是个日本人，但你的骨相和性格之中还是有斯拉夫人、拉丁人、马来人、犹太人、印度人的民族特征；你个性的形成也与之有着藕断丝连的因果关系。可以说，从一个人的骨相上你可以判断其祖先们的血统；从一个人的性格中你可以推测其先祖的精神想法。有了这一认知，我们除了要研究人的外在性格，还要关注其隐藏性格，哪怕他自己都没有意识到这种性格的存在。然后把这些性格和他发病之后的表现做一个对比。其实这个原理很早就被人们加以利用了，最好的证明就是专业挑马、挑狗的人会根据马、狗的外貌、牙齿、毛发、骨骼来判断其血统品性，甚至还能发现一些隐性特征。正木博士也坚信无论是法医学专家还是刑侦学家之后都会涉足这一领域，只是时间早晚的问题。

那么我现在会依照正木博士所写的判断守则来仔细分析吴一郎的骨相，揭露其内在。如果和之后要发生的惨剧特征做对比的话，就会发现吴一郎的皮肤比普通日本人的皮肤都要白皙；他脸颊微红，可见是未经人事之故；他的皮肤有着日本人特有的健康光泽，又有一丝乳白色，由此可知有着白种人的血统。除此之外，根据之后找到的吴一郎先祖的资料，我们也在猜测他的骨相中有千年前从天山去往中国的非汉人的血统。

除此之外，观察他的骨相，可见其发际乌黑；再借助仪器检测，可发现其鼻子内部的通道笔直，这是蒙古人的特征。诸君莫笑，对于遗传学来讲这也是极为关键的一项检测，因为白种人的鼻内通道是弯弯曲曲的。

来，我们继续研究吴一郎的骨相，其上还有许多其他人种的特征。

他脸形浑圆，是典型的鹅蛋脸，这是拉丁人的特征；他的眉毛浓密、睫毛纤长、眼下泛蓝，这是阿伊努人的特征；鼻子形状则是希腊人的特征；嘴唇较薄且小，下颌线流畅，这是雅利安人的特征；面中略有凹陷，这是北欧人的特征。除此之外，他还有一对小酒窝，虽然对于男子而言并不是必须要有的，但是毕竟人们说酒窝长在脸颊两侧是红宝石，长在两腮之上便是钻石，所以吴一郎一笑，酒窝就更好看了。

如果按照这个方法对每个人的骨相进行一番研究，然后结合此人的性格对比，就能发现两者是一样的。除了这一点外，骨相也能体现出一个人的习惯、爱好和能力。也就是说，吴一郎身上既有日本人的恭敬、拉丁人的智慧，也有北欧人的典雅，这一点从他那忧郁的眼神之中就能发现。可以说，吴一郎的年纪虽然不大，但其性格极为沉稳。

可是这种稳重也只是其外在性格罢了，一旦他遭遇某种刺激，引发其心理遗传的潜在的残忍嗜血性格，那么他将会成为一个固执偏激、暴虐成性的人，做出种种让人瞠目结舌的事。所以，大家可以将我接下来要揭露的真相当作是吴一郎遗传的心理特征爆发而导致的。

当然，吴一郎的骨相还有一些至关重要的特征。他生性乐观却又敏感，经常会被周边环境、事物所影响，情绪大起大落，也就是说他身体内还有着法国人的善变特征。除此之外，他的薄腮一看就是拉丁人的特征，但是纵观其平生所为，似乎很少看到此特征发挥作用。想来也许是因为他比较内向又有着清晰的思考能力，所以将此特征压了下来吧。无论如何，这个特征都是极为显眼的，因此正木博士也期待着他在来到解放治疗场后会显露出这一性格，展现出那种或激烈或伤感的气质，不管是在发病的时候还是在恢复期间。

听到现在，大家对于吴一郎的外貌应该已经有所了解了吧。上帝在造人的时候，居然能将各人种的特征完美地融合成一副俊朗清秀的面容，实在是又神奇又可怕。哪怕是自命为权威人士、尖端人才的我们在看到这个上天的杰作时，也只能闭口不言，乖乖认输了。

那么我们下面要讲述的事情就是他在心理遗传的影响之前所完成的。而我们将根据安装在正木博士眼中——不，是安装在博士头盖骨中的“浮现天然色彩的有声电影放映机的暗箱”中的两颗眼球的透镜看到的景象；从双耳麦克风听到的动静中来了解整件事情。我们的影片随着胶卷的转动缓缓开始了。

【画面逐渐暗下去】

【出现字幕】

影片拍摄地点：九州帝国大学的法医学教室。

影片拍摄时间：大正十五年四月二十日夜。

影片拍摄对象：即将被解剖的尸体。

【说明】

大家目前看到的画面是一片黑暗，无法判断这究竟是哪里，周边是否有其他物品。其实这里并不需要解说，大家只需要聚精会神地看着屏幕就好。你们看，在这块不知是铺设了天鹅绒还是丝缎的、如暗夜中的乌鸦那般黑的荧幕左上方，有一点点淡蓝色，这看上去很像是一大群萤火虫亮着尾巴上的灯在空中毫无规律地飞舞着。那其实就是一名艺伎胃里的残留物，她是服用了近期很火的驱虫药自杀的，而这堆残留物被放在了一个玻璃盘中，正发磷光。

想必有聪明的观众已经懂了，这黑暗之地其实就是一个储藏室，它位于九州帝国大学法医学教室的解剖室旁边的楼梯之下。而这个视角就是从天花板上的一个小洞偷窥下方，因为此时正是深夜，所以周围很暗，看不清东西。

而这个小孔是个V字形，看样子应该是用小刀或者指甲划出来的，你只需要转变角度就能把整个解剖室的下半部分尽收眼前。估计要么是有偷窥癖的工人凿的，要么是好奇心过重的新闻记者钻的，为的就是可以时常偷看解剖尸体的过程。除此之外，在这个看似不太宽敞的地方，偷窥者只需要把腿搭在储物室棚架上，就能舒舒服服地躺在这里，然后通过小孔看外面。那个装着胃部残留物的盘子便被放在对角的桌上，只是我们的镜头是从上往下俯拍的，因此这些蓝光呈现在了屏幕的左上方。

当然，屋子里肯定不会只有这一样东西。只是屋子的房门和两边的窗户都被锁死，百叶窗也被放了下来，月光根本照不进来，屋里自然是一片黑暗。如果不是这些残留物上有磷光，我们也不会看到它。画面上一片寂静，我们只能听到正木博士拍摄“浮现天然色彩的有声电影”的底片转动的声音，五十尺、一百尺、一百五十尺、二百尺、二百五十尺……

正木博士为什么要费心费力地把这一台摄影暗箱扛到解剖室，然后安装在天花板夹层中呢？为什么要一直在这里观察——不对，应该是拍摄这片黑暗呢？我猜大家一定会在想，不管怎么样，他都是九州帝国大学的教授啊，也是一个有头有脸的人物，为什么要做这种偷偷摸摸甚至近乎变态的事情呢？不急，随着影片的放映，大家自然会得到这个问题的答案，所以我在这里就先卖个关子了。

影片中的时间应该是大正十五年四月二十六日晚上十点，而就在二十个小时前，吴一郎在他心理遗传的操纵下做出了一系列诡异的举动。底片一直在转动，五百尺、七百尺、九百尺、一千三百尺……而画面还是一片黑暗，只有左上角的磷光从浅蓝色变成了白色，更加显眼了。在此期间，离这间教室稍远的工友室内会发出几声钟响。一、二、三……当、当、当、当、当、当、当、当、当——咚、咚……

十一声钟响后，画面中传来了某种关上笨重木箱的声音，紧接着一道白光闪现，教室终于亮了起来，我们也能看清屋内的陈设了。开灯的人应该是在影片拍摄之前就躲在这里了，只见他走过去把房间中央的四盏大灯全部打开，可眼前的景象实在让人有些毛骨悚然。

大家第一眼看到的一定是放在屋子中间的那座椭圆形解剖台，它反射着白光，充满了阴森之气。它的原材料是白色大理石，美丽高雅；但在经过长年累月的解剖，经过了无数体垢、脂肪、人血的浸染后，它就成了现在这个样子，看上去十分恐怖阴森。

大家看屏幕的左边，就在解剖台上，黑色木枕旁边有一个热水壶，这个热水壶镀了镍，闪闪发光。看上去应该是专门定做成长圆筒状的，水蒸气缓缓冒出，让人不禁想到了欧洲中世纪时期的监狱或者寺院。右边窗户下横放着一个长方形的大箱子，紧贴着墙壁。它看起来毫不起眼，如果不留心很容易被忽略。但你如果仔细看的话，就会发现它的奇怪之处。箱子上盖了一层白布，由此可知，这个箱子应该是用来装尸体的。不过在一个解剖室内，放着一个装尸体的箱子倒是合乎情理。我说的奇怪之处是指箱子上面的那张白布是丝绸材质，非常金贵。必须要说的是，被送到解剖室的尸体箱子几乎都是松木材质或者用更粗糙的木板做成的，然后箱子上面还有粉笔写的编号，从来没有过用料如此讲究的大箱子。

在解剖台、箱子、热水壶周边摆放着的是诸多实验用品，比如手术刀、长颈瓶、烧杯、蒸馏器，还有各式各样的试管，这些东西都不能反射光线，影子便直接落在了地上。除此之外，还有摆放凌乱的各种机械器具、陶瓮、玻璃罐等。陶瓮颜色很多，有紫的、白的、黑的、五彩的，里面放着人体器官。解剖室里的所有物品泛着冷光，给人一种锐利刺痛之感。在光影和阴影的交错下，整个屋子里透露出一股死亡般的寂静。

大家把注意力集中在屏幕中央，可以发现有一个人正站在白布箱子和大理石解剖台之间的那一点缝隙之中，此人从头到脚穿的都是黑衣，就连脸上都被灰黑色的橡胶皮遮住；手上戴着一双用绢布裹着的橡胶布黑手套；脚上穿着一双渔夫常穿的橡胶长靴。最可怕的是他的眼睛上戴着黄色透明蜡镜，看上去就像一个以人心为食的恶魔，或者是丛林深处的大型黑色蝶蛹。他个子很高，伸手就能打开挂在天花板上的电灯开关。大家应该已经认出他了吧？对，他就是第一个提出“根据血液检测亲子关系”之法、写出旷世奇作《应用精神科学的犯罪及其迹证》的法医学权威——若林镜太郎。

我们之前已经介绍过，现在是吴一郎发病犯罪后的第二十个小时。若林博士之所以偷偷跑到解剖室内做这些准备事项，是因为他打算进行一项工作。当十一声钟响之后，值班的医务人员和工作人员都会去休息，因此，若林博士才会等到此时再开灯。现在我想问问大家，你们有没有发现另一件有趣的事呢？

仔细打量一下屋子里的布局，如果之前没有见过这些东西的话，那么你一定会觉得有些阴森害怕。可即使如此，大家看到现在也只会猜测“若林博士也许要在解剖台上做什么工作吧”“那个箱子里放的应该是他需要的尸体吧”。

但如果是这样的话，为什么房间里面只有若林博士一个人？为什么他不带助手呢？在对尸体进行解剖时，一般来说都要有一两个共同见证人。可现在，若林博士好像是故意避开了所有人，独自来到解剖室的。我们暂时不知原委，可也能猜到他应该必须在今晚进行一项极度机密的工作吧，而且这项工作只能由他来完成。两扇插着钥匙的门也证明了我们的猜想是对的。看来若林博士今晚要做的事，绝对不是普通的解剖或者验尸了。大家应该也想到这一点了吧。

若林博士来到了屋子一角的洗手台前，然后打开水龙头洗手，不过他并没有脱下手套。只见他镇定自若地弯腰掀开白布，然后打开箱子从里面露出了一具尸体。

可以看出这是一名少女，而且经过了精心的装扮。

此时大家再联想一下我在电影开始之前为大家进行的解说，想必都能猜到这个姑娘是谁了吧。

是的。她就是我之前跟大家介绍的吴一郎即将要迎娶的未婚妻——吴真代子。她年方十七，是本次电影——K. C. Masarkey 公司超级制作的超时代、超常识的精神科学电影《疯子的解放治疗》的女主，也是吴一郎的搭档。这位绝色佳人、当家花旦，现在成了箱子中的尸体。大家能在这里见到她也是很幸运的了。

只见她身穿一件绣着五叶松和春霞的新月色罩衫，衣摆上是紫色千羽鹤振翅而飞的图案，腰上系着一根用金丝银线交错裁制而成的丝锦衣带……那种异样的美令人看了忍不住心疼。看到她这个样子，各位想必都猜到这件事有多残忍、多可怕了吧，也能想到将吴真代子装进箱子的人是何心思了吧。当真让人痛心疾首。

不过若林博士作为学术专家，根本不会在意这些。在他看来这些外衣都是阻碍其工作的外物，于是他嫌弃地把这些衣服从尸体上脱了下来然后丢进棺材中。此时，我们能看到外衣之下是少女被白色手绢盖住的脸、被白色棉带紧缚住的双臂，她身上还有一件红友禅[1]的长衬衣，系着一条又窄又细的绯鹿子纹腰带；下穿一条正红色的丝绸底裙，脚腕上套着一双白色绸袜。这样美的一个人被放在了这样阴森的解剖室内，被一双黑色的手抱出来放在解剖台上，周边满是冷冰冰的器械用具，强烈的对比倒生出了一种异样之美。明晃晃的灯光打在她的身上，我们能看见她一头青丝如瀑，散在黑色枕头上；一双眼紧紧闭着，上面还有精心勾勒的色彩；樱桃小嘴上点了朱红，美丽非凡。这样一幅景象，只让人觉得无比惋惜。

大家仔细看看。少女的颈侧有着斑点状的勒杀痕迹——紫色和红色重叠的勒痕。

若林博士在放好尸体后毫不犹豫地伸手扯开了棉带、腰带，衬衣散开，露出了雪白的胸口。紧接着，博士严谨又细致地检查了少女全身上下的各个角落，手法相当熟练、专业。在做完这些工作后，博士长长地出了一口气，然后双手叠在胸前，俯视着这具尸体。整个人一动不动，就像一座雕像。

[1] 在染制衣服时把色彩鲜艳的图案画在衣服上。这是京都的画师宫崎友禅斋发明的一种印染方法。——译者注

夜色如墨，若林博士一个人站在这冰冷的解剖室内，看着眼前的绝色佳人，他到底在想些什么呢？是在回忆着少女死前那惨痛、奇特的经历，然后借助自己敏锐的洞察力，发现新线索吗？还是因为眼前的画面太过凄美、诡异，就连一直全身心投入学术研究的若林博士都被其吸引，恍惚出神了呢？不对，若林博士一生谨慎，克己复礼，我不应该在此妄加揣测其人品。

突然，若林博士恍然大悟般地看了看这间理应没有第三人的屋子，然后把手伸进了右边的衣袋中，好像是在翻找什么物品。随后他走到箱子旁，在那堆凌乱的衣服中找到了一个黑色的喇叭形圆筒，这东西看起来就像是一个孩子的玩具，小巧精致。这其实是被医生所淘汰的老式听诊器，但是它比现在通用的胶管式听诊器更能听辨出人体之内的细微声响。

若林博士把圆筒窄的一面贴紧了少女的左胸，宽的那面贴在了自己的耳朵上，然后全神贯注地听着动静。

奇怪，这是在检查尸体的心跳吗？若林博士的这个行为实在是让人费解啊。观众们也都一头雾水。

接下来，若林博士一手拿着听诊器，一手从衣服里面掏出了一只银色怀表。只见他一边听一边看，这确实是在检查心跳脉搏。难道说，这个姑娘还没有死？难怪若林博士在检查这具尸体的时候没有看到人死之后的任何特征，没有出现尸僵的现象，也没有出现尸斑。想来这个姑娘虽然被绳索勒脖，看似香消玉殒了，但是在被装入箱子送进解剖室到被抱上解剖台的过程中，都是一息尚存。

这可真是一个奇迹啊。

不过若林博士脸上没有任何惊讶之色。他很快就把听诊器收了起来，同怀表一起放进了背心的衣袋之中，然后心满意足地点了点头，继续观察吴真代子。

由此可见，若林博士在例行检查尸体的时候就发现少女只是进入了假死状态。虽然在少女死后就已经有医生或法医对尸体进行过检查，但假死状态在医学上极为少见，所以他们都没有发现。那若林博士为什么能如此坚信少女没有死呢？他为什么要把少女装进箱子里，然后偷运到解剖室内呢？为什么又要独自潜进解剖室，然后摆弄少女的身体呢？而且他做这些事情的时候刻意避开了其他人，实在是让人费解啊。不过若林博士本就是享誉世界的法医界翘楚，所以他肯定已经翻阅了全球的假死案例，并且研究透彻了。他之所以要把少女假死的事瞒下来，肯定是因为他想解决这桩旷古绝今的离奇事件，找出其背后真相吧。

而且，大家刚刚已经注意到在十一点的钟声敲响前，在那一片黑暗之中传出过盖子盖上的声音，现在想来，那应该是若林博士打开箱子右端所发出的动静。所以，若林博士将自己打扮成黑衣人隐藏在黑暗的解剖室时便已经打开了箱子，然后用了自创的刺激手法打算唤醒假死的少女，他的听诊器应该也是在那时候掉进了箱子里的。在开灯之后，他便一直用老式听诊器检查少女的心跳情况。不过这并不是什么重要的细节，之所以强调一下是因为我觉得若林博士做事一向谨慎，这次居然会把自己的听诊器落在了箱子里，实在是让人没有料到啊。由此可见，若林博士今夜的心态并不像往常那样冷静。从他的这一行为中，我们也能发现他在一片黑暗之中努力唤醒少女时确实很激动。

不过，他的做法实在太离奇诡异了。大家马上就能见识到了。你们现在见到的都只是冰山一角罢了。

少女正在慢慢地脱离假死状态，即将醒来，若林博士也非常紧张。只见他脱掉了手套从裤子口袋中拿出了许多东西，然后整齐地摆在旁边的桌子上。这里面有新的画笔、墨水、染发剂，还有口红、胭脂、粉底液、搽脸用的水乳、香水等，都是和这间解剖室格格不入的物品。然后若林博士就把门口旁边柜子里的褐色纸包拿了出来，从里面找出了一套白棉质地的直筒和服、一根便宜衣带、一个京都腰卷、一套白色护士服、一顶护士帽，还有拖鞋、皮带、夹子等崭新的服饰。看来他在白天便准备好了所有东西，打算让吴真代子穿。可我们现在也不知道他为什么要这么做。

若林博士又掏出老式听诊器检查了少女的心跳。随后他走到对面的药柜前，拿出一个褐色的瓶子，轻轻扭开，把里面的液体倒了一些在医用棉布上。做完这一切后，他折回到少女身边，右手把棉布放在了她的鼻子前，左手扣着她的手腕，检查她的脉搏。没错，他倒在棉布上的就是麻醉剂。

若林博士好像并不打算让少女立刻醒过来啊，但他为什么要用麻醉剂呢？若林博士的所作所为真的是越来越让人难以理解了。

若林博士确定少女已经被麻醉后便帮她拢好了衣服，然后从药柜的角落中拿出了一本写着“九州帝国大学医学院尸体清单”的日式装订花名册。册子里面的每一页都写好了“尸体编号”“送到馆的时间”“认领者住址姓名”“交还时间”，皆有若林博士的盖章。若林博士以最快的速度翻阅着这本记录了五十余具尸体信息的册子，然后停留在了编号为四一四的尸体这页，他用手指划过“容器编号七”的字样，然后把册子放在了桌上，并且关掉了四盏大灯。

于是整个解剖室又陷入了一片黑暗之中。

影片也将切换到另一个黑暗的场景里。新场景中的黑暗之下又隐藏了什么内容呢？

【转场】

在黑暗的画面中，底片依旧缓缓转动，十五尺、二十尺、二十五尺、三十尺、六十尺……在画面的正中央慢慢出现了一片黄光，一盏黄色灯泡被点亮了。诚如各位所见，我们的视角正是从某个钥匙孔往里看的偷窥视角，呈现在我们眼前的画面也是某个阴森的内景。

大家感觉如何？之前有没有看到过这种房间呢？

从画面右边的混凝土楼梯我们可以知道这应该是个地下室，对面放着十几个白色大抽屉，那正是存放尸体的地方。这个房间其实就是九州帝国大学医学院的尸体冷藏室，负责人就是医学院院长。这里的气温永远是零摄氏度左右，纵然室外烈日炎炎，这里也依旧冷得吓人。而在黑夜之中，这里就更加寂静，似乎下一秒你就能听到尸体的喘息声。

若林博士是现任冷藏室负责人，他现在出现在了这里，身上穿着的依旧是那一套奇怪的黑衣。或许是被冷气刺激，他猛地咳了起来，过了好长一会儿才有所缓和。平静下来后，若林博士从衣兜里拿出了钥匙，径直走向编号为七的柜子，打开了锁。他将柜子拉了出来，立刻把里面的尸体拖到了地上，随后又将柜子复原，重新落锁。这也是一具女性尸体，浑身上下皆用白色绷带裹着，看起来很像一个木棒。这个人皮肤黑，相貌丑，跟吴真代子有着天壤之别。不过她的身高、体型、年纪、发际线这些外观倒是和吴真代子相似。看起来若林博士应该早就选好了少女的替身尸体，因为他毫不犹豫地把尸体扛了起来踏上了楼梯，顺手还把灯给关了，而在整个过程中他都没有检查过这具尸体。

【转场】

画面再度陷入一片黑暗，不过凝神细听，可以听到一阵阵时断时续的狗叫声。

这声音是从冷藏室和教室后面的松树林中传来的，那里关了一群野狗，是为实验准备的。它们之所以大叫，是因为看到了背着尸体走在林间的若林博士。而狗叫声还吓到了旁边关着的猴子们，它们也跟着叫了起来。于是，羊群和鸡群都被吵醒了，一同叫唤着。这可真的是鸡犬不宁啊。但是因为这些动物每晚都会发出各种动静，所以它们今晚的叫喊也没有引起别人的注意。而且谁能想到是院长在半夜里潜入自己负责的尸体冷藏室，偷了一具尸体然后为了掩人耳目只能从林间穿行而过，才引起了动物们大叫呢？动物们的叫声越来越凄惨，衬得深夜的九州帝国大学更加寂静了。

动物们逐渐平静了下来不再叫喊，而此时解剖室的灯光又亮了起来，我们也跟随镜头一起来到解剖室吧。

若林博士把四一四号尸体放在了地板上，然后把房门锁了起来。他气喘吁吁地来到解剖台旁，额头上满是汗水，蒙面巾都被打湿了。

现在是大正十五年四月二十七日的半夜，在九州帝国大学的解剖室内，解剖台上躺了一个少女，她美若天仙，即将醒来。解剖台下也躺了一个“少女”，她貌若无盐，浑身僵硬。台上女子的身体慢慢恢复了血色，麻醉状态的她呼吸平缓，胸口微微起伏，美丽又迷人。尤其是在有了台下人的衬托后，台上人更是国色天香，不可方物。若林博士继续一边拿着怀表，一边诊脉，他应该是在记录麻醉剂的效果。只见他轻轻歪头，整个身子就像是被定住了一样，一动也不动，此时的解剖室内宛如千年古穴，静得可怕。

若林博士测量完之后就把怀表放回了包里，然后将吴真代子抱起来放到了大箱子上，再把四一四号尸体放上了解剖台。他拿起一把银色的大剪刀，三下五除二地就剪开了尸体上的绷带。

只见尸身上满是伤痕，背上、胸口、大腿、手臂……全身上下每一寸皮肤都有着深浅不一的伤口、疤痕。这些伤痕有的是鞭打而成的；有的是烧伤留下的；还有很多擦伤、撞伤的瘀青。明亮的灯光照在这些疤痕上，颜色或青或紫或黑，形状或直或弯或不规整，就像是一条条颜色各异的小蛇、蜥蜴趴在她的身上。

也许有人了解大学或专业院校在做科研、解剖时所用的尸体几乎都是这样的。九州帝国大学收到的尸体有很多是被人贩子拐到这里卖给了矿场、纺织厂的可怜人，他们在厂里饱受折磨，生病了也无人问津，病死之后，遗体就被送到了这里；其中也有些人是不堪受辱自尽而亡的；除此之外还有一些流浪汉的尸体，无人认领。学校在用这些尸体完成实验之后，会把他们送到旁边的火葬场火化，附上奠仪，送还给其亲属。如果没有人来认领尸体的话，学校就会把他们葬在公墓中，然后每年都会为他们举办一场祭奠仪式。四一四号尸体便是其中之一。

若林博士将尸体仔细地检查了一遍，终于松了口气。他似喘似叹，抬手隔着蒙面巾擦拭着脸上的汗水，然后走到了洗手台前，就着水龙头大口大口地喝水，看来他是真的太渴了。他喝得太急被呛到了，大声咳嗽起来。若林博士一直有肺痨，身体本就不好，今晚的体力劳动早就已经超过了他的负荷，这一咳又引起了肺上的毛病，越咳越厉害，似乎就要喘不上气了。过了好一会儿，他才慢慢平复下来，随后又低头继续喝水。

不过，若林博士之后做出的奇怪举动越来越多。

他喝饱了水又回到解剖台前，把一个圆钵放在了尸体的脚边，然后接上了一根水管，开始冲洗尸体。博士拿起一块肥皂、一块海绵认真地为尸体做清洁，将她身上的每一寸肌肤都洗得干干净净；随后又拿纱布把水擦干，将她头上少得可怜的头发梳好，完成了清洗步骤。接下来只见他从放得整整齐齐的手术刀中拿起了一把，开始对尸体进行解剖。

对解剖知识略有了解的人这时候一定会感到很不解。因为按照正常步骤的话，法医应该从胸腹向头部再向背部来解剖尸体，可是若林博士居然直接从头向背解剖。

若林博士通过一系列奇怪的举动将这具尸体变得跟吴真代子差不多了。他折返到解剖台前，拿起肥皂、酒精、海绵、水管将解剖台清洗干净，再将吴真代子放到了解剖台上。她看起来似乎就快苏醒了。

你们以为若林博士的工作终于结束了吗？并非如此，而且正好相反，他接下来要做的才是他此行的真正目的。

他站在解剖台前，身后便是那个大箱子，略微松了口气后，他又赶紧脱下手套，拿起剪刀剪下了吴真代子的一缕秀发，并且从抽屉里拿出一张纸把头发包了起来。最后他又从抽屉里拿出了尸体勘验书，捡起了那本记录尸体情况的花名册，拉过一张椅子坐下来。他拿起新笔蘸上墨汁，在纸包上写上“遗发”和“吴真代子”几个字，然后拿出怀表看着，似乎在思考什么。不久，他好像下定了决心，把尸体勘验书放到一边，拿起了尸体花名册，翻到了中间写着“四一四”和“七”的那几页，小心地将它们撕了下来。最后他又模仿这上面的笔迹重新抄录了其他尸体的名字、收容日期和编号，故意省略了和四一四号尸体相关的信息，重新填上“四二三”和“四”，并且一一盖上了自己的印章。于是刚才那具尸体的所有资料就这样被刻意抹掉了。

现在大家应该知道若林博士今晚想做什么了吧。被若林博士当成了吴真代子的替代品的尸体生前便是一个来历不明被人虐待致死的少女。如果学校不去寄出通知，那么绝对不会有人来认领这具尸体的。

对于愿意接受解剖的家属，九州帝国大学医学院一般会在解剖尸体的工作完成后通知他们在第二天来领取骨灰。不过，学校有自己的火葬场，其火化程序也和外面的火葬场不一样。医学院在解剖完成后便会把尸体交给在松树林后面的火葬场工人，让他们火化尸体，而在这个过程中现场是没有人见证的。家属们第二天来领的只有已经被装好的骨灰。也就是说在此期间根本不会有家属发觉自己亲人的尸体已经被调换了。虽然也会有一些悲伤过度想要再见孩子一面的父母，但当他们看到自己孩子的脸上满是缝合痕迹后，也不会忍心再看第二次。

所以，若林博士只需要考虑会不会有谨慎的检查员或者医生想再度确认一遍尸体。对此他自然也想出了万全之策。而且谁又会怀疑这位名满天下、品德高尚的若林博士会滥用自己的职权来做这些事情？哪怕是有人真的起了疑心，但在若林博士如此精心的谋划之下，他们怎么可能找到破绽呢？虽然还有一位医护人员负责看管尸体冷藏室，但是当他发现有尸体不翼而飞时，这具尸体早就在烈火中化为粉末，被送到公墓中入土为安了。

而这也代表着躺在解剖台上即将醒来的吴真代子被确认“死亡”，她虽然还活着，但她原有的身份已经消失了，从今以后她便是一个“活死人”，只能被若林博士操控。可若林博士这么做的目的是什么？吴真代子于他而言又有什么用？他为什么要煞费苦心地布下这个局？我本来是想让各位别急，跟你们说答案会在之后的剧情中揭晓。可是此时此刻，就连躲在天花板上窥看的正木博士也是一头雾水，想来大家也猜不透这一点吧？

而若林博士这位被媒体大肆夸赞的天才专家、解密能手居然会这般呕心沥血地挑战此事，甚至使用了各种远超常识的计谋，可见此事的幕后黑手绝非泛泛之辈。我觉得各位可以对此事的真相抱以十二万分地期待了。别急，大家马上就能看到这件事的来龙去脉了。如今若林博士已经掌控了此事的关键人物，并且用上了毕生所学打算与在背后操纵的人对抗到底。

这些先按下不表，我们再来看若林博士现在的行动。他把写好的花名册丢在了一旁，然后站起来将地上的纱布、绷带、海绵全部捡了起来，与他带来的化妆用具、钢笔、墨水等物品放在一起，拿一块新的粗布包好，最后用绷带细细地捆上一圈。看来他是想找个机会把这些东西处理干净，避免被人发现他今晚的所作所为。这也是他没有从四一四号尸体上摘取标本的原因吧。

若林博士在做完这一切后又认真地检查了一遍屋子，确定没有任何纰漏后才把他之前放在桌上的护士服拿过来打算给躺在解剖台上的女子穿好。可就在快要走到吴真代子身边时，他竟然停了下来，手上一松，所有东西都掉在了地上，他也不由得向后退了退。

快要清醒的少女玉体横陈，艳而不俗，和之前处于假死状态截然不同。只见她每呼吸一次，身体便有着细微的变化，逐渐恢复正常流速的血液让身体变得红润，就像含苞欲放的花朵，充满了生命的活力。微微隆起的胸部在灯光的照耀下就像是神秘海底的贝壳嫩肉，泛着淡粉色，似梦似幻、香艳迷人、惹人怜爱。

她虽然躺在那个阴森冰冷的解剖台上，但浅浅的呼吸、绝美的睡容、白皙的皮肤，无一不让人为之疯狂。

饶是一向清高的若林博士此时也被其迷惑，成了她的裙下之臣。若林博士勉强站直了身体，肩膀随着少女的呼吸上下起伏，他略微前倾，手指颤颤巍巍地把脸上的面罩掀到了额头上。

啊，面罩下的表情真是可怕极了！

在灯光的照射下，可以看到一张又宽又长的脸，如果说躺在台上的少女浑身上下都散发着清新的生命气息，那么站在这里的若林博士便如死人般松弛苍白，大汗淋漓。但他那一双衰弱的眼中散发着异样兴奋的光芒，就像是一个得了热病的人，嘴唇干燥异常，也红得异常，头发紧紧地贴在额头上，太阳穴上的青筋不停地颤抖着。他就是用这副表情看着吴真代子。

他这个状态维持了很久，谁都不知道他此时的想法，也不知道他接下来会怎么做。

他盯着眼前的人，右眼下方突然抽筋，挤出了眼纹，就在这眨眼之间，他整张脸都抽动起来。他脸色惨白，表情似哭似笑，一双发红的眼睛不停地闭起、睁开，似乎为了某件事情而兴奋。他张大了干燥的嘴唇，伸出了满是白苔的舌头，好像在嘲讽。如果你是若林博士的朋友，那么你做梦也想不到一直严于律己、宽以待人的绅士博士若林有一天居然会像一个来自地狱的魔鬼。不过，他也只会在周边没有人的时候露出这样的表情。

他很快就抬起了头，将额前的头发整理到耳后，然后看着头顶那四颗灯泡。

他的呼吸声越来越重，脸上也出现了一团不正常的红晕。只见他眯着眼，似乎是在跟空气说话，然后从胸腔中传出了低沉的笑声："哈哈哈……哈哈哈哈……哈哈哈哈哈……"笑声时断时续，有些吓人。

随后他咬紧下唇看着躺在解剖台上的佳人，举起颤抖的手慢慢关了灯。

不过此时屋里并不像之前那么黑暗，因为天已经破晓，阳光从百叶窗的缝隙间照了进来，为整间屋子增加了一些蓝调，看上去像海中世界。

若林博士盯着窗户，过了一盏茶的时间，才抬手遮住了自己的脸，跌跌撞撞地往后退到了墙边。他贴着墙壁滑倒在地，耷拉着脑袋，双腿伸直，双手也垂在地上，一副失魂落魄的样子。

此时，正在睡梦之中的少女朱唇微启，喃喃叫道："哥哥……你在哪儿呀……"

【画面逐渐暗下去】

【出现字幕】

影片拍摄地点：九州帝国大学法医学教室楼上的教授研究室。

影片拍摄时间：大正十五年五月二十日。

影片拍摄对象：正木敬之和若林镜太郎。

【说明】

大家即将看到的是正木博士在研究室休息的场景，此时距离若林博士"狸猫换太子"正好过去了一个月。午后，天朗气清，阳光正好照射在研究室窗外的松树林上，蝉声阵阵，风一吹，这里就像一片绿海。南边的窗户外是一片朗朗晴空，就像是一幅油彩画，清风拂面，好不惬意，隐约能听到工人们在修建解放治疗场的声音。

穿着一件白色长袍的正木博士坐在中央大桌前的扶手旋椅上，身后便是暖炉。他左手拿着报纸，右手拿着一支已经熄火了的雪茄，鼻梁上架了一副眼镜，脑袋一点一点，正在小憩呢。这个样子怎么看都像是漫画里经常出现的庸医。我们给他手上那份报纸一个特写镜头，可以看到报纸背面有一个一号字体的标题——新娘命案再生疑云。从暖炉上挂着的电子时钟我们可以知道现在是下午三点零三分。一个穿着工作制服、梳着中分头、已过不惑之年的工友拿着一张名片出现在了研究室门口，见博士还在休息，他便走了进来，顺便还带上了门，态度十分恭敬。

被吵醒的正木博士拿过名片扫了一眼，不悦地说道："我要跟你说多少次，你才能记住哇？做事有礼固然是好，那也要有个底线。你跟他说下次要来找我直接上来就行，不用递名片。"他边说边把名片丢在了桌上，倒是挺有派头。说完之后他又闭上了眼，继续打盹。

与此同时，穿着一件长外套，人高马大的若林博士小心翼翼地拿着一个蓝色包袱走了进来，然后坐到了正木博士面前的小椅子上。现在的场景中，身高八尺的若林博士缩手缩脚地窝在一张小椅子里；身高五尺的正木博士大摇大摆地坐在一张大椅子里，这可太适合作为漫画素材了。不一会儿，若林博士犯了咳疾，赶紧拿出手帕掩着嘴咳了起来。

若林博士闹出了这一番动静，正木博士才完全醒了。他拿着报纸和雪茄伸了个大大的懒腰，深吸一口气，似乎要把若林博士、研究室、九州帝国大学，包括他自己都吸进自己的肚子里，然后打了个巨大无比的呵欠。

而这个呵欠也标志着在那件事之后，他们二人的第一次见面。不过各位只需要留心观察便能发现之后他们二人的交谈看似融洽，实则针锋相对，你一言我一语，都在表达着自己对对方的嘲讽，而且还有威胁之意。由此可见，此事定然暗潮汹涌，深不可测。

"哈哈哈，你可算是来了。哎呀，我刚才还在想，你应该会在这几天来找我。"

"听您这话，看来是知道这件事了？"

"就是报纸上登的这个《新娘命案再生疑云》吧，我大概有所了解。不过这新闻报纸为了博噱头，肯定有很多添油加醋的描写。"

"的确如此。但您是怎么知道这和我有关的呢？"

"前几天我有事打电话找你，就听说你开车出去了，整个下午都没去上课。那天晚上的报纸就登了一则新娘在结婚之前被活活勒死的报道，而且还用了整整四栏的篇幅。我当时就觉得你不去上课应该是和此事有关。”

“原来是这样啊。那您又怎么确定我会在此时登门拜访呢？”

“我倒是不知你会在什么时刻来，但我确定你肯定会来的。你也明白，从这件事发生之初我就觉得他是心理遗传所导致的。所以啊，我一直在等着你去调查事情原委，然后把结果告诉我呢。哈哈哈哈哈。”

“果然还是您技高一筹啊。诚如您所想，我在两年前就和这件事扯上关系了。”

“两年前？”

“嗯啊……”

“原来两年前就发生过这种事情吗？”

“没错。两年前，有一个人用相同的手法勒死了自己的母亲。”

“他也是这一次事件的凶手？”

“是的。”

“一个人，用这种手法先杀死了自己母亲，又杀死了自己的未婚妻……”

“实际上，两年前我觉得此案凶手绝不是这个少年，所以我便主动去了解这件事。可无论我怎么调查，都找不出藏在背后的那个人。”

“什么？以你之力都找不出真凶？”

“是我技不如人啊。但那也是我平生首次接触到这样离奇的案件。怎么说呢？就是我能找到所有的行凶痕迹，但完全找不到凶手的蛛丝马迹。”

“哟，这么说来倒是很有趣。”

“所以虽然此人在弑母案件中被判无罪，但我还是无法放心，一心只想揪出幕后真凶。几经思考后，我打算先联系被害者的姐姐八代子，再和警察合作，让他们时刻留心此人，一旦发现他有任何不对劲的地方就赶紧通知我。而少年也在两年后的今天，在他要结婚的前一晚亲手勒死了自己的新娘吴真代子。吴真代子是八代子的女儿，也就是他的表妹。由此可见，两年前他也应该是在发病的时候杀死了自己的母亲，犯下了滔天罪行。我两年前无论怎样调查都找不出另外的凶手，就是因为我根本没有把他当成我的调查对象。”

“哈哈哈哈哈哈，有趣，当真是有趣啊。你可以借此机会一展拳脚了。”

“唉，我现在根本没心思去大展拳脚。您一直带着我研究精神科学犯罪，我也觉得这件事是精神科学犯罪研究的最佳参考材料。因此，我特意从几个角度对此进行了深入调查。这个包袱里装着的就是我整理出的比较完善的资料。”

“我的天哪！这件事才发生了不到七天，居然找到了这么多的材料。”

“那倒不是，这里面除了有这次事件的相关信息外，还有两年前我收集的调查资料。我害怕自己发病后会影响调查进度，所以每次有结果都会把它记录下来。这也导致我的肺病越来越严重，看来我应当时日无多了。不过，我本来也没有多少时日好活。”

“唉，听你这么说，我才发现你最近的状况确实不大妙哇，你自己还是得多加保养啊。就算要制作木乃伊也要等人死后才可以，如果自己成了精神科学的幽灵，那可就没什么用了。哈哈哈哈，我只是开个玩笑，别介意啊。你整理这些东西也着实辛苦。这包袱里面好像有一个盒子？这是什么？”

“这里面装着一个绘卷，是这一次案件中心理遗传的刺激源。盒子可是我专门请了能工巧匠为他量身定做的。我觉得应该是有人故意用这画去刺激吴一郎，使得他精神出现问题，行为不再受控。不过我之前也说过警察显然和我的观点不一样，他们觉得吴一郎要么就是自然发病，要么就是假装发病。所以，在我告诉他们这幅画可以当作参考资料时，他们也不以为意。不过也是因为这样，我才能把这幅画留在身边。”

“这倒是一件好事。你要是拿着这幅画去找法官或者是警察，唯唯诺诺地告诉他们这是心理遗传的暗示材料，就是正木博士自己在研究的那个旷古绝今的新学说，他们肯定会觉得你是在开玩笑。不过你还是很幸运的，至少他们没把你当作一个江湖骗子抓起来。”

“嗨，我其实也就是走个过场，免得他们日后给我安一个私藏案件证物的罪名罢了。我可真舍不得把这个宝贝交给他们。”

“你做事向来谨慎，这的确是你的风格。”

“您过奖了。”

“所以你今天来找我是想把这些东西都交给我吗？”

“没错。不过我此行还有一个目的——我想让您给如今被当作是案件凶手而关在拘留所的吴一郎做一个精神鉴定。”

“吴一郎就是你之前提起的那个人吗？我通过报纸上的这些报道已经对他的精神状况有了一个大致的判断。他应该是进入了发病之后的遗忘阶段。这么说吧，他被这幅画所刺激从而出现了精神异常的现象，精神异常又引起了他的梦游，使他在梦游的状态中杀死了自己的未婚妻。对于他这种现象，如果想强行终止他的梦游状态，反而会加深对他的刺激。他的神经细胞之前一直处于兴奋的状态中，在能量耗尽之后，细胞也会十分疲倦，活跃度越来越低，导致在发病之前的所有记忆也和细胞断开了联系。在这种情况下他就会发生‘倒行性遗忘症’现象。这症状并不少见，我觉得你来向大家解释就可以了，不需要我出面。”

“话是这么说。但是经此一事，我已经失去了公信力，更何况现在司法部门的人只怕都觉得吴一郎就是个变态杀人狂。所以如果仅靠我个人做的鉴定，只怕无法说服法官。”

“这可不行。虽然法官对于精神科学了解不多，但他怎么样都是司法系统里的人，可不能这么愚昧啊。想来他是只知道‘杀人狂’是一种精神病，才会做出这种愚蠢的事吧。如果一个人杀了人就被当作是杀人狂的话，那可太荒谬了，甚至比分不清预谋杀人和故意杀人还可笑。”

“您说得没错。”

“肯定是对的啊。你博古通今，想来应该早就发现直到现在也没有一个专家学者真正意识到对于精神病的鉴定来说，病人在发病前后的所作所为才是最重要的参考资料啊。检察官都知道嫌疑人在作案前后的言行举止是定案的关键证据之一啊。真的是伤脑筋。精神病人虽然精神不正常，但是他们绝对不会无缘无故地发疯。我们要想知道他们的发病起因，就要依据其发病前所受到的刺激、拥有怎样的心理遗传、精神异常状态的程度等因素对其的种种异常行为进行推理、分析。由于其间无丝毫混乱不测，所以远比普通人的犯罪形迹有更合理的顺序可循。尤其是杀人行为，当事人在杀人前后的状态，更必须看作比普通犯罪更有力的参考。”

“这话太对了！我居然是头一回听您说起。”

“如果不明白这一点，一味地将杀人者当成是杀人狂，尤其是在杀人者连杀两人后，看起来是没有问题的。但假如杀人者当时以为自己是在敲一个温度计，不知道自己是在敲人脑呢？如果一些专家还要将这种人当作是杀人狂的话，那可真是值得一见了。对于精神病人而言，他们时常会把除自己之外的所有存在，如自然风景、花鸟鱼虫，乃至人类和世间万物都看作是一幅会动的图画或者是一个会动的影子而已。举例来说，假如一个精神病人需要红色的颜料，那么打破一根包含红色酒精的温度计或者打破一个人的头都是他得到颜料的过程，并没有什么区别。所以只要你知道他是想要红色颜料，并且把这个颜料给他的话，那么他便不会去杀人犯罪，大家也就不会把他当成是杀人狂了。因此我觉得吴一郎这么做是有其他目的的，也就是说想知道他为什么这样做，还是得了解他被哪种新的遗传所控制。”

“是的。其实，我也是这么想的，可我对此实在是不如您精通啊。所以我今天把所有的材料都带了过来，希望能给您提供一些参考。此外，我还有一个问题需要您帮忙，这是这件事的最后一个未解之处了，也是我此行的真正目的。”

“是吗？你这么说倒让我有些紧张，说吧，你有什么问题？”

“究竟是谁用这幅画刺激了吴一郎呢？”

“哈哈哈哈哈，原来你是在想这个啊。如果这个人真的存在的话，那么他无疑是最完美的新型犯罪者。而找到他的确是你的责任。”

“可惜我直到现在也没能理出头绪，于我而言，这件事就像是被隐藏在一团浓雾之中，模糊不清。”

“这很正常。根据之前发生的事情我们就能发现，但凡这件事和心理遗传操控有关，那么就会满是疑云，往往都找不到真相。各大媒体对此类事件的报道也是数不胜数。”

“可我觉得我们有很大的希望能查清这一次的案件。因为吴一郎的意识深处一定会记得是谁在刺激他，或者说是谁给他看了这幅画。”

“我明白你的意思了。你是想帮助吴一郎恢复到发病前的精神状态，看看他能不能想起来那个人的模样吧。所以你就是想让他恢复记忆，才会来找我给他做精神鉴定的吧？”

“您猜得没错。是我学艺不精，所以只能觍着脸来找您了……”

“哈哈哈，我懂，我都能理解。你能发现这一点就说明你真的是举世无双的法医专家。放心吧，我答应你了。”

“真的是太感谢您了！”

“我都理解。你呀，赶紧把这些琐事都放下，好好休养休养，多补充一点维生素。说起这个，不如我们去吉冢吃鳗鱼吧，咱俩也很久都没好好喝一杯了。但是看你这身体状况，应该不能喝酒吧。不过没关系，我自己喝也行，我们去好好吃一顿，就当是犒劳犒劳你了。”

“多谢了。但是您什么时候可以去给吴一郎做精神鉴定呢？我得先跟法院说一下。”

“都可以啊，我随时有空，这事儿也不麻烦。我只要看看那人就能知道他是装疯还是真的变态。如果要想做更仔细的鉴定，还是得让他住到我们精神病院才行。但是这也不是什么大事，我来安排就行。虽然你若林博士已经成为千夫所指之人，可我正木博士是大家心中的权威呢，哈哈哈哈哈哈哈。”

“让您见笑了。这些数据要怎么处理呢？”

“既然是要给我保管，那我想想啊……想到了。把它放到暖炉里面去，然后盖上盖子。反正暖炉也只会在冬天的时候用。把它放在这里面，就是天皇老子也不会发现的。”

“您这又是从哪个段子里找到的灵感？”

“这是歌曲《劝进帐》里的一段，你这个法医专家怎么什么都不知道呢，哈哈哈哈。”

【画面逐渐暗下去】

哎呀，怎么会这样啊。好好一部立体电影居然全是对话，这跟那些收音机录音机有什么区别啊。做个辩手实在是麻烦；每句话都要用敬语也很麻烦。那如果把敬语省去了，就会是现在这个样子，我着实有些疲倦了。算了，接下来就请大家观看这部不用说明、不要敬语，甚至是不需要放映机、不需要屏幕，也不需要底片，什么都不需要的电影吧。一些德国出品的无字幕电影早就过时了，我们这个电影才是最先进的。不过大家都想知道它究竟是什么，倒也不难。就是我把刚才放到暖炉中的资料仔细研读之后勾出重点，配上自己的理解，然后按照电影的方式把这份要点总结呈现给大家。听起来有些耗时，但做起来还好。我不过是将总结的正文放到这封遗书之中而已。大家看过之后就会明白其中的内容。这是我独家研发的电影方式，我相信它会成为之后的潮流风尚。只要大家赞成，我也愿意把版权对外放开。话不多说，精彩即将来临，在此之前还请大家稍等片刻。

实际上我之前想的是将这些资料放到我的《心理遗传论》中。虽然我将大部分原稿都烧掉了，但还是留下了一小部分。大家在听过我之前所做的解释后，应该已经充分了解精神科学，拥有侦查的能力了。那么大家按照这种状态，看完这些资料之后一定能找到这件事的真相。

吴一郎体内哪一种心理遗传被刺激才导致了这场悲剧？这是不是有人故意为之？如果是这样，那么这个人现在在哪里呢？我和若林博士的态度对于解决这件事有什么作用呢？能想到的就是这些了。大家一定要全神贯注地阅读这封遗书啊。给大家提过醒后，我得趁这个时间去抽根雪茄，喝杯威士忌了，哈哈哈哈哈。

第七章　《心理遗传论》附录

各种案例

第一：吴一郎发病的来龙去脉。

参考 W 的手稿。

【首次发作】

参考一：吴一郎的谈话自述。

谈话时间：大正十三年四月二日中午十二点半。被害人千世子（三十六岁）——吴一郎的母亲，也就是之后所提到的补习班负责人，她的头七法事刚过。

谈话地点：福冈县鞍手郡直方町日吉町二十番地，筑紫女子补习班二楼，吴一郎卧室兼自习室。

谈话人员：吴一郎（十八岁）、八代子（三十七岁，吴一郎的阿姨，住在福冈县早良郡侄之滨町一五六番地）、我（W）。

医生（W）问我在那个时候做了一个什么梦，我才恍然大悟。谢谢医生问了我这个问题，否则我根本想不起来这件事。

大家只需要知道，我并没有杀自己的母亲。除此之外，我也没有什么好说的了，但是我愿意帮助您找到杀害我母亲的真凶。母亲在去世前没有跟我说过以前的事情，因此我只记得长大之后的事情，不过我觉得这些没有什么是不能对人说的。

我出生于明治四十年年末的驹泽村，那里离东京很近。但是我对于自己的父亲完全不了解。[1]

母亲千世子出生后便和阿姨一同住在侄之滨，不过她十七岁的时候，对刺绣和绘画产生了兴趣，于是就从阿姨家搬了出去然后前往东京。这一路上，她都在找寻我的父亲，我也是在这时候出生的。母亲常常跟我说男人一旦有权有势，便会撒谎成性。想来她应该是对我父亲有怨言吧。不过，只要我向她询问和父亲有关的事情，她总会十分伤心，眼泪都在眼眶里打转。因此当我长大之后就很少再和她谈到父亲了。可我直到现在都记得，母亲一直没有放弃过寻找父亲。

母亲在我四五岁的时候，带着我坐上了一辆从东京某个大车站开出的火车，然后又转马车来到了道路宽敞的乡下。我在路上睡着了，醒来之后我们还是在马车里。直到夜幕降临，我们才找到了乡下的旅馆。然后母亲便天天背着我在镇上一家一家敲门询问，我记得那里四面环山，因此我总是吵闹着想要回家，惹得母亲骂了我一顿。之后，我们又从马车转火车回到了东京，母亲送了我一个喇叭，用它吹出来的声音和那车夫吹得一模一样。多年之后我才意识到，那时候母亲带我去的应该是父亲的家乡，她之所以挨家挨户地拜访，就是想寻找父亲的踪迹。想通了这一点后我曾经问过母亲，那时候我们是在哪一站上车的？母亲只是哭着跟我说："你现在问这些还有什么用呢？妈妈去过那里三次，从来没有收获。我已经放弃了，你也别再想了。要是我能活到你读完大学，那么我就跟你讲你父亲的事情。"在此之后我便没有再问过母亲这个问题了。随着年纪的增长，那些山、那个小镇已经在我的记忆中慢慢模糊了，还能记得的只有马夫吹的喇叭声和摇摇晃晃的马车。但我也买过很多地图，通过坐火车和马车的时间推测出我们当时去的地方应该就是千叶县或者栃木县。

[1] 吴一郎可能并不是出生在这里，但是这对我们的研究没有任何影响，因此我也就不做修正了。——作者注

是的，我在坐火车的时候没有看到过海，但这也许是由于我一直都看着某一边窗户的缘故吧。所以我也不敢确定路上究竟有没有经过海。我住在东京哪里？我们好像经常搬家，驹泽、金杉、小梅、三本木……这些地方我们都曾住过。我们是从麻布的笄町搬到了这里。我们租的房子要么是二楼，要么就是某个仓库或者小院。母亲靠着卖自己做的刺绣养家糊口。之后她又带着我搬到了近江屋，就在日本桥传马町那里。那有一个每天都化着精致妆容的老板娘，经常给我送些糖果糕点，所以我至今还记得她的模样和那个房间。

母亲做了哪些手工艺品吗？我记不太清了，大概是神像的垂怜，和服的衣摆、图案，披肩的缝纹，还有手帕、衬领吧。她是怎么做的？又卖了多少钱？这我是真不记得了，因为我那时候年纪也不大呀。

不过有一件事我印象很深刻。母亲刚从东京搬过来时送给了那个老板娘一条手帕，那手帕虽然薄如蝉翼，但上面绣满了各式菊花，十分漂亮。母亲在绣这条手帕时，每天只能完成一点图案，花了好长的时间才把它绣完。当我奉母亲之命将手帕送到老板娘那里的时候，老板娘惊叹不已，甚至招呼店里的其他客人来看。大家看到这方手帕后都赞叹不已。我之后才明白母亲使用的是一种失传已久的古绣法——满地绣，当世已经没有人会这种绣法了。老板娘的丈夫似乎还想打算给母亲一些报酬，可母亲没有收下，只拿了一些糖果糕点。我记得那时候老板娘和母亲就站在门口，相对垂泪，我一时间手足无措，不知应该怎么办。

我们之所以离开东京搬到这里，是因为母亲找人算了一卦。那时候母亲时常把“狸穴[1]的大师算卦最准”这句话挂在嘴边。我猜搬家的建议应该也是那位大师提出的。他好像对母亲说道：“你们母子俩应该是被某些人给诅咒了，要是一直待在东京的话，运势只会越来越差。如果想一生顺遂的话，我建议你们还是返回家乡为好。从卦象上看，今年你们最好向西而去。你的

[1] 现在日本东京的麻布狸穴町。——译者注

星象是二碧木星，与川左团次[1]、菅原道真[2]等人相同，因此你在三十岁到四十岁期间多灾多难。你寻找的那个人星象为七赤金星，与你相克，你如果非要坚持找他，那么结局必将惨淡收场。哪怕是将你们两个人的东西放在一起，也可能会彼此伤害，最恐怖的相生相克莫过于此！因此我建议你赶紧将对方的东西都处理掉。过了不惑之年后，你的运势就会通畅许多，四十五岁之后将大富大贵。”

因此母亲在我八岁的时候带着我来到了这里。她经常跟自己的学生开玩笑道：“这个大师所言非虚啊。我之所以这么热爱艺术与文学，可能就是因为我和文曲星还有那位大人物是同一个星象吧。”母亲说得多了，我便也记住了这话。但是母亲只跟我说起过七赤金星的事，而且还不准我跟外人提起。

母亲搬过来之后就把这间房租了下来，然后开办了女子补习班，收了二十多个学生。这些人被分成了两组，一组白天上课，一组晚上上课，不过地点都是底下的那间屋子。这些学生里面还有看起来应该是出身名门的大小姐，母亲也十分欣慰。但是她的性格比较急，常常会严厉地指责学生们。有时候也会有一些地痞流氓来让母亲交保护费或者骚扰这些女孩，不过这些人都被母亲骂走了。因此可以进入这里的男性，只有房东爷爷、修灯工人和我的中学老师鸭打老师。我们住在这里这么久，母亲从来没有写过信也没有收到过信。虽然她不说，但我也能大概猜到，大概是占卜师的话让她觉得总会有人想害她吧。我母亲其实并非迷信之人，唯独对那占卜师的话深信不疑。

坦白来说，我对直方并没有好感。大概是因为离开东京来这里的火车上，我晕车晕得厉害，身体很难受吧。而且从那以后我就很讨厌这种煤炭的烟气，可这里处处都有矿场，随时随地都能闻到那股怪味儿，我自然不会喜欢这里。但因为母亲对这里很满意，所以我只好将自己对这里的厌恶隐藏起来。好在我之后也逐渐习惯了这股味道，坐火车的时候也不会再晕车了，但我依旧很

[1] 一位歌舞伎演员。——译者注

[2] 日本平安时代的汉学诗人、政治家、文学家，被当作是文学之神。——译者注

讨厌它。

除此之外，我在进入学校后发现这里的学生来自五湖四海，各说各的方言，而且说话用词都很低俗，这也让我十分头疼。

我和母亲居无定所，搬家于我们而言是家常便饭，因此我一直没有什么朋友。在这里读书之后也依旧如此。我只用了四年时间就完成了中学学业，一直刻苦努力，最后终于考进了六本松高等学校。在我发现大学校园里空气清新、风景优美后，真的是无比开心。我之所以那么拼命就是想早点离开中学，尽快读完大学，然后向母亲询问父亲的事。不过我一次都没有把这个想法告诉母亲，只是努力，如今也上了大二了（脸上泛红，偷偷地流着眼泪）。

我的学习成绩一直很拔尖，但是母亲并没有因此而开心过，实在让我百思不得其解。以前我们学校会公布成绩，我每次都名列前茅，但母亲好像并不希望我的信息被公布在报纸上。不过，我也不喜欢这样子。所以母亲还特地带着我去拜托老师，希望他能把我的名字贴在一个不容易看到的角落里。老师们因此还时常称赞母亲性情谦和，不爱虚名。只有我知道，母亲就是单纯地讨厌这种行为罢了。在我考大学前，母亲又在担心我的名字会被登在报纸上。为了安慰她，我便提议道："如果您不喜欢的话，那我就考东北的学校吧，或者随便考一个私立专科学校，然后我们一起搬过去，这样报纸应该就不会报道了。"

母亲想了想，说道："考学是大事，你不能放弃。而且我已经习惯了这里的生活，也舍不得离开我的学生们啊。"

于是我最终还是决定考本地的六本松高等学校。母亲也常常叮嘱我说："这里不学无术的人很多，你去学校念书后可别随便离开宿舍啊。如果路上有陌生人跟你搭话，你也别理他，自己多留心些。"

如今想来，应该是母亲又听占卜师说了些什么，担心自己会被他人所害，所以才如此小心谨慎，尽量不暴露我们的居住信息。

上了大学后我便开始了住校生活，平时我会在每周六回直方陪伴母亲，周日返校；放假时，我会早点起床帮母亲做些家务事，晚上九点左右就睡了。我的母亲性子要强，所以哪怕是我去上学不在家时，她也依旧在这里休息，而且她还经常安慰我："从早上八点开始，学生们就会三三两两地过来上课了，我这一忙就得忙到晚上十一点，也不觉得孤单。你要是课业比较重的话，就留在学校专心学习，不必每周都回来陪我。"

我们的生活一直都这样平静，最近也是如此。但我记得母亲在去年夏季拿了一张报纸来找我，这张报纸是她之前用来包刺绣材料的。母亲指着上面的一张照片问我："这个人是谁呀？"

我看了看那篇报道，跟母亲说道："他叫朗·钱尼，是个电影演员，这张是他演小丑的剧照。"

母亲听完之后，瞬间没了兴趣，淡淡说道："好，我知道了。"然后就下楼，回到了自己的房间。

我当时在想，这照片上的扮相是不是和父亲很像？父亲是不是就住在国外？而且我还认真地研究了一下那张照片，记住了每个细节。因为那张照片上的脸，乍一看就像是个大蚕蛹，所以我还特地跑到母亲房间的梳妆台前照了照镜子，但我发现自己的脸型和照片上的完全不一样（脸红了）。

那晚就和平常的夜晚一样，没有任何事情发生。我依旧九点上床休息，至于母亲是几点睡的，我就不知道了。按照平时的习惯，应该是十一点左右吧。

不过有件事我没有告诉警察——那天夜里我醒过一次。我睡觉一般很少会半途醒来，所以我怕跟警察说了会增加自己的嫌疑。

我当时好像莫名听到了一声巨响，猛地醒了过来，可周围一片漆黑，什么都看不见。我只好起身打开床前灯，看了看手表，是凌晨一点零五分。反正都醒了，我就打算去趟卫生间。路过母亲房间的时候，无意看见母亲红唇轻启，双脸红润，额头白皙通透，看上去就跟来上课的学生差不多大。我从卫生间出来后打开了两间房的灯，仔细巡查了一遍，发现一切正常。我想刚才的巨响也许只是我半梦半醒间的错觉罢了。于是我又回到了二楼，母亲已经翻了个身，背朝外了。我便赶紧关了灯继续休息。谁知道这一面居然是我和母亲的最后一面。

之后的情况我已经在警局里跟医生（W）说清楚了，我一直都在做梦，而且是很奇怪的梦。其实我一般是不做梦的，那晚实在是太反常了。我梦里没有杀人，只有一辆脱离了原本轨道的火车，它一直在追赶我；一头巨大无比的黑牛瞪大了眼睛看着我，还吐着一条特别长的紫色舌头；高挂在空中的太阳喷出黑色的浓烟；富士山山顶一分为二，鲜血喷涌而出，如潮水般向我涌来。我当时害怕极了，可整个人就像是被施了定身咒，动弹不得，根本逃不了。不知过了多久，我隐约听到房东养的鸡开始打鸣，但我根本无法从梦里醒过来。我全力挣扎，受尽了折磨才终于摆脱了这个噩梦。

醒来之后我看见窗外已经有了阳光，我本想起身下床，却觉得头疼欲裂，嘴里还散发出一股奇臭无比的味道，胸口也闷得发慌。我觉得自己应该是生病了，就打算再睡一会儿，好好休息一下。不过这一次我并没有做梦，只是出了一身汗。

我也不知道自己又睡了多久，迷迷糊糊间感觉有人紧紧握住我的右手，用力将我拽了起来，似乎是想把我带去某个地方。于是我奋力挣扎，想甩开那人的手。就在这个时候，又一个人过来抓住了我的左手，两个人一起把我拖下楼梯。我彻底清醒了，只见母亲床边蹲着一个带刀巡警，他旁边还有一个身穿西装的男人在发号施令。

看这样子，母亲应该是得了霍乱之类的疾病，那么我肯定也是如此，难怪我刚才会觉得难受。我被两个人拖走了，那种滋味实在是不好受，我现在都还能回忆起那种感觉。整个身子软成了一摊水，一点力气都没有，骨头都要散架了。被拖下楼梯的时候，身体一晃一晃的，就感觉脑浆都快被晃出来了。我很想停下来休息一下，但是那两个人紧紧抓着我的手，我只能被他们拽着走，踉踉跄跄地下完了楼梯。在此过程中，我无意间看到母亲身上那根已经褪色的衣带系在楼梯扶手上。可我当时被身边的男人狠狠戳了一下，只觉得撕心裂肺地痛，真的没有力气再去思考了。我被带到了后门，穿上了母亲之前穿的红木屐鞋。

直到这个时候我才反应过来，难道母亲已经不在人世了吗？想到这里，我心下一惊，赶紧停下来打量四周。原来抓着我的那两个人就是当地的刑警和巡警。我以前还见过他们。他们脸上的表情很严肃，抓我的力气也很大，让我无法开口询问。

那天的太阳很大，阳光格外刺眼，我看见家门口站了很多人，而且站在最前面的人连连后退，脸色蜡黄。我只觉得头晕目眩，几欲作呕，几乎就要晕过去了……我想抬手按按太阳穴，可是手被两个人抓住，动都动不了。看来母亲不是死于疾病，而是死于他杀，那么我就是嫌疑人了，所以警察才会派出刑警来抓我。事已至此，我也只能先乖乖跟着他们走了。

我那时候可能头脑不正常，也不觉得伤心，也没感觉害怕。只是身上的睡袍都被汗水打湿了，紧紧贴在身上，很不舒服。炙热的太阳将天地变成了一个大烤炉，空气中带着一丝焦臭味，让人觉得窒息。意识慢慢变得模糊，我感觉嘴里有一股铁锈味，很想吐。地面反射着阳光，亮得刺眼。我眯着眼，无力地向前走着，时不时吐口唾沫。我猜得没错，警察要带我去的就是警局，而不是医院。随着警局越来越近，我的心跳也越来越快。但走到楼梯前，心跳又趋于平静了，我也恢复了理智。这一瞬间，我只觉得自己穿越到了常看的侦探小说之中，成了里面的一个角色，感觉是那么不真实。我看着肮脏的地板，突然听到一声大叫，连忙回头看去，原来是刚才带我进来的刑警为了阻止跟在我们后面的人群挤进警察局，正在大声地呵斥。那群人里肯定是有人认识我的，只是我现在想不起来了。

后来我被带到了一个小房间里接受审讯。我坐在木头凳子上回答着队长和刑警们提出的各种问题。我现在已经想不起来自己说了些什么，但是警察们一直都在说："你是不是没说实话！"而我的回复也没有变——"我说的都是实话。"

过了一会儿，谷探长进来了，他是我们当地人人都认识的"鳄鱼探长"。他进来之后对我说的第一句话就是："你母亲已经去世了。"亲耳听到这句话，我整个人濒临崩溃，心中悲痛不已，只想大哭一场，但我还是咽下了哭声，尽力擦干泪水。谷探长等了一会儿才又说道："你肯定知道这件事。"他边说边把一个东西丢到了我面前。

我看了看，这是母亲系睡衣用的带子，上面的紫色的系绳上系着铁制茄子，母亲都会把它放在床榻边。这根带子已经有些年头了，好像是在母亲离开老家的时候就陪着她了。我不知道谷探长为什么要给我看这个，只好低着头不作声。谷探长应该是被我的反应激怒了，声音都高了八度："这就是你用来勒死你母亲的道具吧！"

这种莫须有的指责任谁听了都会怒不可遏吧。我直接站了起来，与谷探长怒目相对。就在此时，我的头痛病又犯了，胃部翻腾得厉害，全身不受控地颤抖着。我只能用双手撑住桌子，稳住身形。可心中的悲痛实在难掩，泪水夺眶而出。

之后谷探长又说了很多诛心之言，无愧于他"鳄鱼探长"的名头。我问心无愧，只是静静地听着他的指控，终于明白为什么那些坏蛋会这么怕他了。

"几个学生在早上八点半左右来到了你们家门前准备上课，却发现前后门都锁了起来。学生们感到事情不对劲，就立刻找到了住在你们家后面的房东。房东站在后面一直呼喊，但是你们家都没有人回应。他透过门缝隐约看到后门楼梯处悬着两条腿，大惊失色，赶紧来到警察局报案。我们派人赶去之后看到门还是落锁的状态。警察冲进去，本来想从楼梯去往二楼，结果看见你母亲的脖子被一条腰带绑在了楼梯扶手上，她只穿了一件睡衣，手脚无力地垂在地上。而你躺在床上睡得正香，一半身子还露在床外面。我们仔细检查了你母亲的遗体，发现她脖子上的勒痕并不是这条细腰带弄出来的，而且她的床铺也很凌乱，应该是有人将她活活勒死再把现场布置成了自杀的样子。我们也检查了你们家里的所有物品，全部都在，而现场也没有任何盗窃或者是外人闯入的迹象。所以，嫌疑最大的就是你了。

"从你母亲脖子上的几道勒痕我们可以推断，她在床铺上被勒死之前十分痛苦，一直在挣扎，动静绝对不小。如果行凶者不是你，那么你不可能不被惊醒。而且你今天还一反常态多睡了几个小时，这就说明你肯定是在杀死母亲之后想装睡蒙骗众人，结果一不留神真的睡了过去，对不对？你是不是喜欢上了来补习的女生或者是其他女孩，因此和你的母亲发生了争吵？还是你向母亲要钱，她没有给你？你每个月的生活费是多少？她到底是你的母亲还是你的情人？老实回答，别想糊弄！"

他越说越荒唐，我却越听越麻木。我埋着头，心中想道：可能人真的会在无意识的状态下对他人实施伤害行为吧。母亲真的是被我在迷迷糊糊间勒死的吗？难道我真的在做完这一切之后都忘记了吗？

谷探长见我不回答又说道：“如果你不配合，那你就一直留在这里反思吧。”

随后我就被带到了拘留室里。

那天，我从早到晚滴水未进，整个人都昏昏沉沉的。到了第二天，我头还是很疼，所以也就没吃早饭。直到中午，才觉得饥肠辘辘，只觉得那顿午饭简直是世界上最美味的食物。吃完之后，我竟然感觉舒服了许多，头也不疼了。黄昏时分，我被带去和一个中年女子见面，在见到她的第一眼，我就很震惊，因为她和我的母亲长得太像了，就是身边的这位阿姨。这也是我们俩第一次见面。

阿姨和医生（W）一样，问了我同一个问题——你梦到了什么？

可我真的记不起来那时候发生了什么，只能摇摇头。我根本不知道那时候自己已经被注射了麻醉剂，陷入了昏迷之中。

第三天，我的中学老师和医生（W）都来看我。没过多久，法院也派了人过来。那人的态度很和蔼，也问了我很多问题，并且透露出我也许会被警局释放的意思。可我前天回到家的时候才发现母亲的遗体已经被火化了，真的是太遗憾了。母亲从来不拍照，我也就没有她的照片，今后我再也见不到她了。但是阿姨说明天要带我回侄之滨，而且她还有一个女儿，也就是我的表妹，叫作真代子。那么我也许不会感到孤单了吧。

我对语言学有着浓厚的兴趣，看了很多外国名著，最爱的作家是霍桑、史蒂文森和爱伦·坡。我知道现在很多人都觉得他们的作品已经过时了，但这并不影响我对他们的喜爱，我在大学想研究精神病也是因为他们。我之前的计划是在大学读语言学专业，研究其他国家的语言，毕业之后就陪着母亲继续寻找父亲。但是母亲生前一直不愿意跟我讲父亲的事情，我的希望也就落空了。我现在还没有计划将来的事情。对于中文和日文，我虽不讨厌，但读了大学后也没打算再去研究了；历史、博物也是我的心头好之一；数学、物理、地理则是我最讨厌的几门学科了。我很喜欢听歌，但是自己不怎么会唱。平常比较爱听西洋音乐，它们就像是一幅名画，赏心悦目。母亲有时也会和她的学生们一起唱一些民谣歌曲，耳濡目染下，我也挺喜欢民谣的（脸红）。

我之前身体都很健康，母亲也是。

之后会做什么？我会去拜访我的中学老师，谢谢他来警局看我。

参考二：八代子的谈话。

谈话时间：大正十三年四月二日中午，吴一郎离开之后。

谈话地点：福冈县鞍手郡直方町日吉町二十番地，筑紫女子补习班二楼，吴一郎卧室兼自习室。

谈话人员：八代子、我（W）。

我觉得现在所发生的一切都像是在做梦。我一看到一郎就知道他肯定是我妹妹的亲生儿子，因为他的五官跟妹妹实在是太像了，而且他说话的语气也像极了我的父亲。

早年的事我已经记不太清了，我们家一直都在侄之滨，以种地为生。我们母亲去世得早，我十九岁那年，父亲也去世了，我就只有妹妹这一个亲人了（回头看了看千世子的灵牌）。那年年末，先夫源吉入赘后不久，也就是明治四十年正月间，千世子便留书出走了。她在信中说的是要去东京学习刺绣和绘画，而且会终身不嫁。之后我听人说在福冈见到了千世子，但也不知具体情况如何。也许她是真的热爱刺绣与绘画吧。正如一郎所说，千世子她自幼便要强，她十七岁从我们县的女子学校毕业的时候，就是全校第一。她一旦认定了某件事就会拼尽全力去做，不撞南墙不回头，比如通宵看小说、画画儿。她在上小学的时候就痴迷于刺绣，哪怕是天黑之后都会拿着针线坐在门口走廊上照着她从寺院纸门上描来的图案绣花。我猜她是觉得我找到了依靠，所以才放心地离开去追寻自己的梦了吧。没想到那一别竟然就是永别。千世子从来都不喜欢做农活，因此我就让她留在家里看房子。但是我们家经常有人来往，千世子肯定不会是因为做了出格的事才背井离乡的。

之后再有千世子的消息就是明治四十年了，村办公室来通知我的人说她生了一个孩子，叫吴一郎。我赶紧请求警察帮我找寻妹妹的下落。可是妹妹当时给孩子登记的出生地址是她租住的地方，我抱着试一试的心态，写了封信，按照那个地址寄了出去，可惜还是被退了回来。我和千世子唯一可能取得联系的路就这样被堵死了。也不知道后来千世子是怎么给一郎填的户籍资料让他成功入学的。

源吉在我二十二岁那年去世了，一年后的正月间，我生下了真代子，今后的岁月中一直是我们母女互相扶持着度过的。

我在报纸上看到千世子被杀的消息就赶紧来这里了。警察们也对我进行了调查，但我的回答就是这些。

初见一郎我便哭了，我之所以问他做了什么梦就是因为我们那儿有一个年轻人得过梦游症的报道。我记得好像发生在欧洲那边吧，具体的我也没听明白。那个年轻人说在梦游症发作的时候犯罪的话是不会被判刑的，还开玩笑说以后犯法了就跟法官说自己得了梦游症吧。我当时就是想起他这话，才会这么问一郎的。我知道自己不该这么说，但是我真的很想帮帮他（脸红）。

还好有医生您帮我们啊。您既帮一郎洗刷了冤屈，又为我的妹妹进行了尸检，确证其清白，让我终于能放心了。我会给千世子办一场法事，然后再一一登门拜谢那些帮助过她的人。

近江屋的老板昨晚寄了一副奠仪过来，其中还夹带着这封信。他写道："宫内省的大人找到我，希望我能拜托千世子帮忙给他补一补衣服。我便开始找千世子的踪迹，结果警察过来跟我说了这个噩耗，我听到之后只觉得是晴天霹雳。"信上还说之前跟千世子交好的老板娘已经去世了。千世子生前经常和她提起自己的经历，若是千世子可以活着，那么之后也许就能时来运转了。也不知道凶手跟她有何仇怨，居然下此狠手。我真的想将他千刀万剐，碎尸万段（哭泣）。

我们虽然还有远亲，但亲近一些的只有真代子和一郎了。我以后会将一郎视如己出，一定要让他学有所成。这孩子实在是太可怜了，自幼就没见过父亲，现在母亲也不在了，唉……（哭泣）

参考三：松村松子女老师（福冈市外水茶屋翠丝女子补习班负责人）谈话。

谈话时间：大正十三年四月二日。

材料来源：洋新报社早报采访。

她是在很早之前就来我们这儿了，那时候我应该三十多岁，咱们正在和俄国开战吧，具体时间我是真的想不起来了，我就记得她的针线活很好。

对，没错，她之前在这里上课。当时应该只有十七八岁吧，长得娇小可爱，性格也很老实，不是什么标新立异的人。她说她叫虹野三际，是个很奇怪的名字，所以我印象很深，绝不会错的。况且据我所知，会使用你刚刚说的“满地绣”绣法的人只有虹野小姐了。

我那时候不知道这些绣品居然如此珍贵，否则一定会向虹野小姐讨要几幅她的刺绣的。我记得她有一次用了两个多月的时间锈了一方五寸大的绢帕，然后还把这个手帕拿到了班里展示。只是她给出的售价太高了，没有人买得起。如果这手帕留到现在，肯定价格不菲啊。早知道我也去学了。对了，虹野小姐的字也写得很好，我觉得比小野鹅堂[1]的字还好看些呢。学生们刺字用的描本就是她写的。她都快把我这里的好画临摹完了。可惜，她只断断续续来了半年，之后就没见过她了。嗯？她那时看着像不像身怀六甲之人？怎么可能啊！她那么娇小的个子，但凡是有了身孕，一眼就能看出来了。你是说虹野小姐被负心汉抛弃了吗？原来如此啊，唉！

她当时住哪儿呀？唉，我要是知道就好了。那时候来我这里学习的人都是四十多岁的人哈哈哈哈。你说什么？虹野小姐也许是被那个对她始乱终弃的男人杀死的？天哪，这可真是太吓人了！她长得如花似玉，就这么没了啊，唉……不过你倒提醒我了，虹野小姐其实很会和男子打交道呢。我跟你说件事儿，你可别说出去啊。我那时就听说，好几个学生成了她的裙下之臣，为她黯然神伤呢。但这肯定不是真的啦。虹野小姐来上课的时候有时是从西面

[1] 明治大正年间的书法家。——译者注

过来的，有时是从东面走来的。回去的时候也是如此，因此我们谁都不知道她究竟住在哪儿。我从来都不会招收品行不端之人，可虹野小姐这种情况也算不上是什么坏德行。更何况她做事勤快，又很本分。我身边没有她的照片。哈哈哈哈，怎么可能是因为嫉妒啊，那气量也太小了吧。

什么！你说虹野小姐就是那桩疑案的受害者？她就是吴小姐？天啊，怎么会这样……你们是从哪里知道这个消息的？原来是她生前跟近江屋的老板娘提起的啊，但她还是没有说那个男人是谁呀。我明白了。刚才我说的话，你们可千万不要告诉别人。

附记：

之后我不会再详细记录与吴一郎第一次发病有关的要点了，因为这三则参考材料已经说得很详细了。但其实第三则材料跟吴一郎的发病基本无关，我把它放在这里，只是尊重 W 而已；顺便确认一下当时司法部门对于这件事的调查方向和媒体报道都受到了 W 的影响。

W 的意见摘要：

我在报纸上看到这一事件的相关报道后，便知道这是研究极端梦游症的最佳材料，因此立刻申请来调查了。直方在筑丰煤矿中心，很少会发生伤人事件。因此警察对于这类案件的调查方式也很简单粗暴，案发现场在第二天就被完全破坏了，这对于调查来说无疑是最麻烦的情况。不过根据之前对现场的记录、警察的回忆、邻居们的采访和这几位当事人的谈话，我们还是能总结出这一事件的基本特征。

一、在命案现场的补习班里，我们只找到了吴一郎和他母亲还有学生们的活动轨迹，以及一根长四尺左右、直径一寸左右的用来抵住后门的竹竿，这根竹竿，不知是怎么掉在了地上。除此之外，便再无其他了。我们不确定是不是有人故意把凶手的指纹和脚印清理干净了。我们能推定那根竹竿的原位置，只需从外面用力推板门就能伸入手指将其挪开。而且，为了防止磨损并加固竹竿，大门右边木板的边缘与支棒接触的部分用新铁皮覆盖着，这样反而造成只需轻微用力就能使竹竿松脱的情形。

二、千世子是在凌晨两点到三点之间遇害。当时应该是有人站在她背后用丝带勒住了她的脖子。千世子奋力挣扎，还把被子都踢开了，但最终还是没能挣脱凶手的魔掌，被活活勒死。凶手得逞之后将千世子的尸体拖到了楼梯口，然后把细腰带穿过楼梯扶手，系成环状，将千世子的脑袋放了进去，把这里布置成了一个自杀现场。千世子脖子上明显有好几道勒痕，这是死于他杀最有力的证明，凶手不可能没发现。可即便如此，他还能镇定自若地布置好现场。很多人觉得他这样做只是笨拙地想要掩饰自己的罪行而已。可大家仔细想一想，他在犯罪之后特意擦掉自己的指纹、鞋印，这可是和之前的做法自相矛盾了。所以他是故意这么做的，就是为了误导警察。

千世子的双手并没有被绑起来，说明她有可能被人下了麻药。

之后好几位专家学者来检查过那个被当作是凶杀工具的腰带，可没有一个人在上面找到和凶手有关的蛛丝马迹。

三、根据吴一郎的描述，他在案发当天的身体状况可以推测他也服用了麻醉剂。

四、我在千世子死亡后的第四十个小时，在女子辅导班的后院中解剖了她的尸体，确定她死前没有被性侵，也没有过性生活，子宫的状况也证明她的确生过一个孩子。整个过程都有正木博士做见证。

以我们目前所掌握的线索来看，想从其中推导出凶手的身份和行凶目的，实在是难如登天。不过我们还是能知道凶手是一个心思缜密、学识渊博、臂力极强而且善于使用麻醉剂的人，他打算把这件事嫁祸给吴一郎是因为这对于他来说是有好处的。（中间部分省略）我们最开始也是按照这个推测来进行调查的，并且还把吴一郎放了出去，可最终一无所获。于是我们只能放弃这一方案，进行地毯式的搜索，当然也没有得到任何结果，这桩案件也就成了一个悬案。（下文部分省略）

和前文内容相关的精神科学观察：

本人，正木博士，并没有亲自参与这个案件的调查，所以可能会在涉及其领域内的精神科学观察和说明时有些许不便。不过依照 W 法医提出的观点和对此案件特征的记录观察，我们可以发现，在现代所谓的科学知识和伴随着这些科学知识的所谓常识的范围，还是无法判断并说明“心理遗传的发作”。这也就是我之前说的“没有凶手的犯罪”的最佳证明。换句话说，一切迹象均显示 W 的最初直觉全部正确，而且他在事件过后仍没有放弃对这一点的怀疑。上面那些他所记录的价值极高的谈话内容整理之细致实在是让我敬佩。

为了方便追查案件真相，我根据前文罗列出了几个观察要点。

（一）吴一郎的性格和性生活

吴一郎那时年过十六，从小和母亲相依为命的他经常会和一些年轻姑娘打交道。所以他此时已经有了一种敏感、脆弱的性意识，而且在生理上的发育也很成熟。不过，母亲的关爱和他自己的理智让他养成了君子作风，从来没有把性欲宣泄于肉体之上，所以他一直都是处子之身。他甚至在提到自己听女孩子唱歌的时候都会脸红，可见其身上也有着少年人的单纯率真。这一点我们从他的谈话之中也能有所体会。虽然他清楚自己是案件的第一嫌疑人，而且很多证据都对他不利，但他依旧无所畏惧，坦坦荡荡，坚持自己的立场。这说明他的心理状态是很健康的。我们在对这件事进行精神科学观察之前，必须了解当事人的年纪和性生活，这是重要的依据啊。所以我特意在开头跟大家说明这些情况，希望引起大家的注意。

（二）引发梦游的诱因

吴一郎是在案发当晚凌晨一点醒来的，他在去洗手间的路上看到了母亲的沉睡的样子，只觉得母亲变得比以前更年轻漂亮了。他对这一段过程的叙述证明我们之前对他的判断是正确的，也说明当时操纵他进入梦游状态的心理遗传是与性冲动相关的——他当时会醒来就是因为出现了性冲动。他的精神状态极度不稳定且充满了危险性。不过在他完成了下楼、上厕所、上楼、返回房间等过程后，他的精神状态应该有所缓和，而且让他产生性冲动的母亲那时候已经翻身背对着他，无形之间压制住了他的一些幻想，让他重新回到了一个理智的状态中，继续上床休息。可是当他进入深度睡眠后，睡觉前的意识对他的心理遗传产生了刺激，让他进入了梦游状态，然后无意识地勒死了自己的母亲。这一切，只要对照下述各项的反复叙述理由，应该能够逐渐了解。

（三）吴一郎第一次清醒和梦游的关系

吴一郎自己也说过他之前很少会在半夜醒过来，但案发当天出现了这种状况，可见这极有可能是之后进入梦游状态的征兆。很多人都觉得吴一郎之所以会从梦中醒来，是因为用来顶住后门的竹竿掉落在地发出了巨响，就连吴一郎自己也是这么认为的。这其实是他把睡梦中的感觉和清醒的知觉混为一谈所产生的错觉，我们不必深思也可以知道这是相当草率的判断。相关的事例有很多。比如，你觉得自己是在睡梦之中被某些声音所惊醒的，可按照清醒状态的判断力来说，其实从你听到声音到你醒来之间已经隔了好几分钟，甚至有可能是一两个小时。有一个极端的例子更为直观，有人赖床你去叫他，他每次都会回应，但转个头就又睡过去了，真的从床上起来的时候已经是中午了。但如果你问他之前叫他怎么都回应了却不起来，他会坚持说自己只听到你叫他一次，然后立刻就起床了。由此可见，在睡眠中感觉到的声音和被这个声音刺激后的清醒之间，当事人对于所经过的时间的判断可以说误差极大。那么按照这个原理，我们可以推断如果真的把竹竿掉到地上的声音当成了吴一郎清醒的原因，而且和吴一郎醒后的异常情绪挂钩，甚至因此觉得这是有人在潜入庭院不小心弄掉了竹竿，随后此人又对吴一郎母子进行了麻醉，完成了杀人事件的话，那么思维就会越跑越偏，毫无逻辑可言。为了探寻真相，我们应该把这两件事当作是毫无联系的独立事件来观察。

其实，虽然现在对于吴一郎在半梦半醒间以为自己听到的动静就是竹竿落地的声音这一现象，已经有了需要另行发表的重要研究资料，但因为需要大量的实例以及极端精密详细的心理学说明做支撑，故而我在此仅做大体叙述，只举两三个“在梦中听到并非实际存在的声音”后睡眠本体觉醒的显著实例，希望能有助于大家的理解。

第一，在梦中感觉到幻象的持续推演忽然停止的时候。比如，你的某一种情绪（喜怒哀乐等）在突然到达顶峰时，梦境之中就会演变为某种物体爆炸、散落或是落下等景象的瞬间。

第二，在梦中进入了虚空境界。比如掉到了深不可测、一片漆黑的谷底，或者是跌出了世界边境。

第三，在梦中两种心理状态互相碰撞或者产生冲突。比如，你正在偷偷进行某项不能向别人透露的工作，正好被某个人发现；你正担心会跟轮船、汽车相撞时，转弯便发生了车祸。

第四，在梦中发生的事情突然发生巨大转变，朝着不可控的方向发展。比如，站在你身边的好友突然变成了歹徒或者是恐怖分子；花园里的鲜花突然变成了你最害怕的毒蛇等。

从这四个例子中，我们也能够找到吴一郎梦中那声巨响的来源了。他应该是在做梦的时候情绪陡然变化，就像是在清醒的时候被巨大的声响吓到了一样，所以便产生了错觉，认为自己是听到什么动静才醒来的。

根据我所提供的案例来推测当事人的这一次清醒，不难发现，这是因为他内心深处产生了性冲动，负责这一块的细胞将此意识反射交感到了他的梦境之中。而他在梦里既享受性刺激又受到了良心的谴责，两种情绪互相冲突，从而让他心生畏惧，产生了错觉，认为自己是被巨响惊醒的。如果赞成这一假设的话，那么从性冲动的梦中醒来的吴一郎会觉得睡梦之中的母亲非常美丽，这也是极为正常的表现。这是一个未经人事的少年在春光之中进行发自内心的秘密告白，也是证明他在睡眠之中受到性刺激，进入梦游状态的有力证据。

那么，是不是他在梦游中杀死了自己的母亲之后，想要掩饰自己的罪行，才把后院的竹竿打落的呢？之前也有很多相关例子证明在梦游中实施了犯罪行为的人也会想一些办法来遮掩自己的罪行，而且他们使用的手法都十分稚嫩，一眼就能看出来。这个事件中也是如此。不过我们也不能排除另外一种可能性，那就是真的有人偷偷潜进了这座院子，这根竹竿就是他在无意之间弄掉的。那人当时正想着要怎么办，看到吴一郎恰好走了下来，他只能放弃这一次行动，赶紧逃走了。这虽然过于巧合了，但也有可能发生。只是警察并没有将这种情况列入调查范围内，我们也只能先记住这种情况，之后再慢慢验证。

（四）刚进入梦游状态后的行为——勒杀

我们直到现在都不清楚行凶者的目的究竟是什么，但这也是本次讲解的重点。如果将超出推理范围之外的事实结合 W 先生“在女子补习班内只找到了吴一郎母子和女学生的形迹”的调查事项来考虑的话，最简单、最直接、最合理的答案就是吴一郎梦游症发作，实施了弑母行为，然后表示之前假定的有第三人为凶手的情况只是为了破案的一种尝试罢了。也可以这么说，吴一郎在睡觉前一直有性冲动，所以在他进入睡眠后，心理遗传被此意识激发，开始操纵他的身体，让他进入了梦游状态。然后按照我们现在还不能确定的他在梦中的幻觉和欲望，拿起了那跟衣带，勒死了自己的母亲，并且进行了一系列罕见的奇怪举动，最终又回到床上继续休息。在这个过程中，负责反射交感的脑髓也就是意识精神作用处于休眠状态，并没有工作，于是他体内的所有细胞开始发挥自己的反射交感作用（具体过程参见鄙人之作《精神病理学》）和五官直接联络，调动其视觉、听觉和感觉，接替了身体的主动权，直到最终疲倦不堪才逐渐睡去。而这个过程中脑髓一直在深度睡眠，所以这些记忆不会进入到他的精神意识中，因此他在醒来之后什么都不会记得。如果不能分清这些常识，只依照脑髓在清醒时候的意识进行一切需要判断力的行动，那么最终结果就会像之前所说的那样——虚构出了一个第三人凶手，然后做出各种错误的判断。换言之，这种错误在当今社会是很难避免发生的，因为我们所掌握的科学知识还不够先进。

还需要再说一下，在这一次需要研究的吴一郎之梦游状态中，只有“勒死人”这个行为是和我们关注的心理遗传内容直接相关的。在完成这个行为之后，吴一郎的梦游行为在我眼里其实已经脱轨了。不过这在科学界实在少见，在现实生活中也不常见，对于精神科学的研究帮助极大。所以我才特地在此说明一下。希望大家能明白，吴一郎的梦游症是这个案件串联起所有事情的引线。

（五）杀人之后的第二段梦游——折腾尸体

我们在案发现场可以很明显看到被害人拼命挣扎、不停翻滚的迹象，而且尸体脖子上的勒痕十分明显。可行凶之人，居然想把这一切伪装成自杀现象，这想法着实太幼稚了，但实际上真的是这样吗？他这么做了之后就能导致警察认为这个并不存在的第三人凶手是一个脑子不太聪明的人。这种想法看似是合理的，但归根到底还是大家观察不够仔细，有些自信轻敌了。我之所以这么说是因为，如果把上述现象和犯罪地点发生梦游状态特有怪异行动的形迹，当作吴一郎想要折腾尸体而做的话，那么一切就合情合理，又简单明了。

不过从古至今很少有关于这种现象的文字记载，我们也只能在对超唯物科学兴趣颇浓的拉丁民族和迷信的东方民族中找到零星的记载。并且这些记载还都是那些天赋过人的和尚、医生从民间收集整理出来的随笔，写的大多是拿尸体威胁别人、假冒死人肆意妄为，或者是用电击尸体想试试他会不会移动等。此外，还有很多是误认、误传，比如掠夺陪葬品、性侵尸体等，很难从中发现真相，真是可惜啊。

但是折腾尸体的行为绝不是在近代才出现的。翻看各国史书，其中有很多关于这一行为的记载，比如日本、印度、中国民间流传的尸鬼、尸神的故事等。无论是从精神科学来分析，还是站在自然科学的角度来探讨，这些都是和梦游行为，也就是折腾尸体之举相关的误传。

我之后会在自己写的《妖怪论》中对这些事情进行详细的论证、探讨。现在我还在收集整理材料。不过，我还是可以跟大家谈谈此文的主旨。大家都觉得那些尸神、尸鬼的怪象是狐妖、猫妖、鸟怪干的，其实这种想法大错特错。从这些民间传说所讲述的现象来看，一般都是躺在棺材里或者是地上的尸体，突然跳了起来，然后飞快地向前跑去。而后双眼紧闭，四肢下垂的尸体像是被什么东西所操控，或向前走，或在地上摸爬翻滚，或倒吊半空中，或直勾勾地吊挂空中；或倒立、翻筋斗，或站在原地静止；或旋转、翻转、后倒，跟一个提线木偶一样，做出诸多诡异的姿态。可如果能用一种冷静克制的心态仔细观察这些描述，不难发现这就像是一个儿童在和自己的洋娃娃做游戏，按照自己的心理随便摆弄，然后心满意足地哈哈大笑。而且儿童在玩耍的时候也会忘了是他在操纵洋娃娃，从而产生一种错觉——洋娃娃是主动跟着他的心思而舞动的。我们在平常的生活中，也经常会看到这种将自己的快乐建立在他人痛苦之上的行为。

而这种心态其实是遗传自远古的祖先。那时候人们还处于野蛮时代，每当抓到猎物或者敌人的时候，就会感到无比兴奋和满足，以前也确实出现过砍下敌人头颅然后将其抛向天空以示庆贺的事情。如今的食肉动物和虫类也有这个习惯（根据鄙人所写的《心理遗传论》可以知道，男性在这方面的心态更强）。由此可见，在梦游中折腾尸体的行为就是心理遗传在作祟。

我会把这些观察与事实对照并加以详细地说明。照顾垂死之人的人或者是负责收拾尸体的人，因为平时工作量极大，身心疲惫，所以在休息的时候往往会比普通人更容易陷入深度睡眠之中。由于受到了尸体的刺激，很有可能引发梦游症，从而做出这些残忍的事情。比如，把刚刚入土或还没有下葬的尸体拿出来，然后肆意折腾，当然他自己是不会记得梦游时发生的事情了。哪怕他在半梦半醒间还存有一丝意识，但也会像孩子折腾玩具那样，只觉得是尸体在自行活动，自己只是在做噩梦，根本不会想到是他在动手。当他发泄够了之后，又会把尸体放回原处或者直接丢在某个地方，然后回到床上继续休息。等第二天醒来的时候，他看到尸体的位置出现了移动或者直接消失了，就会惊慌失措，然后觉得是妖邪作祟，从而形成了各类志怪故事。我们也可以这么理解，这些传说几乎都是在尸体近旁的人传出来的，并且这类故事也多以一个尸体与一名近旁者作为题材。但我们心里要明白，这些怪象的始作俑者并非尸体本身或是其他妖魔鬼怪，而是在尸体旁边睡觉进入了梦游状态的人。想来，守灵的出现应该就是先人们总结的经验教训，以防再出现什么奇怪现象。而现在我们也能证明他们的做法是行之有效的。民间还有一种习惯，那就是在死者的枕头边上放一把刀。根据我们所掌握的原理，应该是想用刀本身或借助其刀刃上的锋芒给人以视觉上的暗示，破除梦游者的幻觉。不管怎么样这些例子都证明了会有人在梦游的时候折腾尸体，这个现象自古就已经有了，尤其是在还没有出现守灵和火葬的习俗之前。而且毋庸置疑的是，这类人通常是跟尸体接触最多的人。

那么我们再来观察一下，吴一郎当夜的梦游症状基本和上述现象吻合，而且他的行为之中明显有性的倾向，所以也就更有趣了。由此可见，吴一郎的心理遗传中有一种变态的性癖好，当这种心理遗传受到刺激时，他便进入了相应的梦游状态（可参考之后的再发作）先将梦中的性幻想对象勒死，获得满足感；又在尸体的刺激下转入了我们在上一段说明的梦游状态，开始折腾尸体。也许警察在调查的时候把被害人死之前留下的挣扎痕迹和行凶者折腾尸体的痕迹弄混了，前者也许就一小部分而已。梦游的吴一郎开始用各种方式来玩弄尸体，并且乐此不疲。由此可见，其变态程度已经到达了最高层次（可参考此项）。或许他是从折腾尸体的过程中满足自己的变态性欲。

（六）折腾完尸体后的第三段梦游——自我虐杀和看到自己尸体的幻觉

"自我虐杀的幻觉""看到自己尸体的幻觉"这种变态心理就算是在非梦游的一般场合中都属于特例中的特例，要详细叙述陷入这种变态的整个心理过程并不是件容易的事。为了能让大家更好地理解，我还是会对它们进行一个简单的解释。无论是性欲还是谈恋爱，追根究底都是对一个异性产生了不一样的心理。这都是源自对自己身体的尊重和爱惜，也就是一种本能利己主义的体现，只是表现形式有差别，或者是恋爱或者是性欲。所以，当性欲和恋爱欲望被周围的环境以及本人性格所影响，不知道怎样满足或者是无法去满足后（性冷淡虽与此现象相反，但其最终的结果是相同的，在这里就不进行介绍了），他的欲望会越来越膨胀，越来越强烈，普通的方式已经不能再满足他了，他就会采用更极端、更变态的方式去追求刺激，陷入变态性欲的深渊。如果这样仍无法满足，最终的结果必然会变得与爱慕别人的心理完全相反，陷入深深爱慕自己的泥沼之中。

站在积极的角度来看，如果对异性的爱抚欲在每次得到满足之后都会向更深一层次进化的话，那么总有一天性交的快感会无法再满足这种欲望，于是此人便会开始性虐待的行为，然后剑走偏锋，追求更大的刺激，在本能的驱使之下，成为一个自恋狂。

站在消极的角度来看，想被爱抚的欲望一旦得不到满足，那么它在无限膨胀之后就会成为受虐的期望，然后逐渐喜欢上异性的秽物，最后转化为会对异性侮蔑讥笑、嘲讽厌恶的沉迷等一系列过程，最终陷入和前者同样的自然归趋。由此可发现，无论是从消极方面还是从积极方面来看，Narzissmus（自恋）是它们的共同点。

而自恋现象中也能同时包含以上两种极端的状态。其体现就是对自己极度的爱抚、装扮，进而转化为自虐、暴露自己的身体或偷窥等变态兴趣，然后逐渐演化为对自己的厌恶、漠视、嘲讽和恐惧，然后享受自虐的快感，出现与自己尸体对视的患者。关于这种心态的案例很多，如切腹、殉死等。在这种人留下的遗书中，可以看到很多他们自我表扬、自我陶醉的心理。我敢肯定每一个失恋自杀的人都是在追寻这种变态欲求最后且最高的满足。而且，一旦一个人有这种心理异象，相比于毁掉自己的肖像、突然将镜子打碎、自愿在模拟战争或戏剧里扮演伤患或死者、在各种艺术作品中残忍地描述以自己为主角的人物等这些轻度的表现方式，当事人更会出现未留下遗书自杀、在他人或群众面前自杀、在美丽的风景之中优雅自杀、因怜悯他人而以身殉道、和同性爱人一起殉情、建立自杀俱乐部等毫无逻辑的欲求变幻和怪异的表现方式。另外，即使是在人们平时聊天说笑、正常起居中一直和最初的自恋之心保持若即若离的关系，却在无意识中流露此种变态心理的情况也数不胜数。所以，我想告诉大家，虽然这种极端的变态心理颇具研究价值，也是难得一见的事，但这种例子在我们的生活之中，并不是凤毛麟角，甚至与普通的变态性欲相比更为普遍。如果你善于观察反思，那么一定能经常发现生活中随处可见这种变态心理。

那么根据这些特点再来看吴一郎在梦游之中杀死母亲的前后表现及特征，可以推断他之所以会选择对自己的母亲下手，是因为他们的容貌相似。而且他心中有着强烈的性冲动，但一直被压抑，无法释放出来，哪怕是进入梦游状态也是如此，所以他才会一直折腾母亲的尸体。看着那和自己相似的容颜会产生这具尸体就是自己的错觉，然后为了满足自虐的快感，他反复地勒拽尸体、蹂躏尸体。最后他把尸体挂在楼梯间上，然后站在楼梯对面欣赏，其变态心理得到了强烈满足，陷入一种极度兴奋的状态。在我们的观察进行到这里的时候，已经可以非常自然而清楚地说明被害者被两三次勒死之后，又伪装成自缢等本次事件最为重要的各个特征。可是警察在调查取证的时候忽略了这些特点，只把它当成普通的谋杀案件，没有站在这个思维上去收集指纹、足印等证据。所以，不能从各个细节上继续深推这种少见的梦游怪象，真的是平生一大憾事。

我会说吴一郎在这个时候性欲最强，所以才会在梦游时看着自己的“尸体”，在这种幻觉之中释放出了所有的欲望。在此之后，吴一郎的行为还是处于梦游状态之下而进行的、相当于梦游的余波，应该是进入一段不稳定时期。而后又会形成事件表面上出现的重要疑问的特征，我会专门在另一项中解释。

（七）吴一郎的噩梦、口臭和其他梦游症特点

根据吴一郎谈话中提到的自己陷入噩梦之事和他在醒来之后的头晕目眩、恶心想吐以及口有异味的症状，的确像是被注射了麻醉剂的后遗症。可站在精神科学的角度结合现代科学的一些理论来审查这些现象，就能发现麻醉剂的推断是一个不可避免的错误。说到底，从原理的角度来观察梦和梦游的本质，再以常识来理解的话，就会发现我们现在所能做到的程度还相当低。当我们用下面两段说明进行判断时，可以发现前述各种现象不是因为使用了麻醉剂，而是梦游后遗症的各项特征。

第一，口臭及其他辘轳首[1]。

正如前文所提，吴一郎醒来之后的不适全是梦游后遗症，这之中有一点极为有趣，很有观察价值，那就是吴一郎提到的感觉嘴里有异味，即口臭。我打算在《妖怪论》中单开一章来讲解梦游之人的口臭现象，所以在这里我就不详谈了，只大概提一下吧。普通的梦游者在发病之后被梦游的原动力所控制，精力充沛甚至远超常人，所以其耐力也极佳，这类事例不胜枚举。可是在梦游者的情绪达到最高点，完成了最想做的事情之后，精神逐渐放松，被透支的身体自然也会十分疲倦，极其想要补充水分（从压抑甚至发出呻吟的噩梦中清醒过来后也会这样）。在此基础上能找到的最有力的参考就是在

[1] 辘轳首是江户时代广为流传的长颈妖怪。他可以随心所欲地伸长或缩短自己的脖子，就像是修建在井上的辘轳把，所以有了这么一个名字。——译者注

日本坊间流传着的辘轳首怪谈。

大家现在应该都明白辘轳首的传说和画像其实就是人们的一种梦游心理。在传说中，辘轳首会饮用地下水、地沟油等，所以第二天清晨嘴里就会有臭味。依怪谈或绘画的说明看起来像是胡说八道，实则不然。大家之所以会把故事中辘轳首伸长脖子当作是为了饮水，是因为他们没有理解梦或梦游的本质，只凭天马行空的想象就下定义。其实这种行为是当事人在梦游期间出于生理的需求对某种液体十分渴望，然后到处找寻，最终找到液体，并将其饮下而已。需要说明的是，这个现象一定是在梦游高峰期过后才会产生。因为梦游过后人体会极度口渴，产生相应的刺激，维持梦游状态。但这种刺激度不大，所以只是勉强维持着现状，当意识越来越模糊后，感官越来越迟钝，只要看到一个类似于水的液体，就会大口大口地喝进肚里，根本不管它到底是什么。因此在梦游的时候极有可能无意识地喝下了地沟油或者臭水沟里的水，于是第二天早上清醒之后，就会觉得口中的臭味异常明显，而且喝进去的东西很难消化，身体会极度难受，出现头晕、想吐的感觉。身边人见此也会觉得很奇怪，那时候人们都还没有摆脱迷信的色彩，他们发挥自己的想象力结合灯油减少的事实，臆测出了一个伸长脖子找水喝的妖怪。辘轳首身为梦游的主角既可以是长期压抑本性的豆蔻佳人，也可以是代表着人类先祖低等动物 Stegocephalia 的三眼怪。站在心理遗传学中的动物心理遗传角度来看，伸出舌头舔水喝这种动物才会做的动作是其典型表现，但这个要细说起来就很复杂了，我们暂且按下不表。

由此可见，吴一郎在第二天醒来会觉得口中恶臭难当，就不是因为被注射或吸入了麻醉剂，嗅觉还没有恢复，也不是因为药物在口腔黏膜中分泌。如果他前一晚喝了不明液体，如清洁剂、爽肤水、香水等，那么他身体会有强烈的不适感也就很合理了。遗憾的是当时的警察受常理所限，并没有对此进行调查取证。

第二，噩梦。

吴一郎在晚上一点零五分醒来之后不久又进入了睡眠状态。从他的自述中我们可以知道，在他看来自己那天夜里一直被噩梦所困。实际上那只是他在第二次醒来前不久所见到的停留于记忆中的事物，与普通的梦并无二致，更和他的梦游没有任何关系。倒可以根据前段的说明解释梦游中所说的话，并查明究竟是受到什么人的影响。

（八）梦游持续的时间以及其他事项

根据之前所提出的参考事项，再来看吴一郎这个事件，不难推断出吴一郎是在第一次清醒之后到第二次清醒之前发病的。假如吴一郎的母亲是死于凌晨两点到三点之间，那么吴一郎应该是在第一次清醒去上完厕所、返回床上后的半个小时到一个小时内进入了深度睡眠，为梦游症的发作提供了条件。第二次清醒应该是被平时的生物钟唤醒，也就是清晨天刚亮的时候。这一次醒来之后，他没有下床，而是继续睡回笼觉。这一次他才正式摆脱了梦游的余波，也不再被噩梦所困扰，是真正意义上的休息。在这一次睡眠之中，他出了一身汗，这也是最直接的证据。

（九）梦游之后的自觉和双重人格

吴一郎在被带到警局之后，警察曾对他进行过询问，他知道母亲死了之后茫然无措地说过一句话——“母亲真的是被我在迷迷糊糊中勒死的吗？难道我真的在做完之后都忘记了吗？”可见他也曾怀疑过自己，也就是说他对自己在梦游时的行为还有一些记忆。我在第四点中提到过，按常理说，吴一郎不会记得他在梦游时做过的事情，可当晚的记忆会被保留在其他细胞的无意识记忆中。他受到了某些外部刺激，比如当时身体的不适、警察在问询之时所做的暗示等，使这份记忆隐约浮现出来。但这也有可能是因为吴一郎从小单纯善良、聪明过人，平时又经常阅读小说名著，所以在面对当时的情况时，他会产生一些错觉，怀疑自己。

综上所述，仅凭这些不能确定吴一郎真的有梦游症，它们只能作为一点补充参考而已。

根据这些解释，现在大家也能理解，为什么从古至今患有梦游症的人一直都被当作是拥有双重人格了吧。每个人的性格之中都继承了历代先祖的记忆和习性，还有各类人种、各个家族的特性。当其中某些性格觉醒，开始影响人的思维习惯、行为举止后，那个人所表现出来的就是双重人格；如果这一觉醒的性格是在睡梦之中操纵人体的话，那就是梦游。因此，梦游症是有遗传性的。那么在梦游中实施犯罪的话，梦游者所需要担负的责任反而是最轻的了。因为最应该问责的是将此症状遗传下来的先祖和那时候造成这种性格的社会。这就是我站在法律层面所提出的参考意见。

（十）吴家血统

接下来我会先列举四段谈话内容，其中有一部分是从之前的笔录中摘抄出来的，还有一部分是关于吴一郎心理遗传的发作诱因。

第一，吴一郎的谈话：吴一郎曾经说过他母亲从小要强，比普通女性都要理智。虽然吴一郎一直在说他的母亲并不迷信，但是根据千世子一直执着于自己的宿命、未来，可见她心中一定充满了不安的情绪。

第二，同上：占卜师曾经对千世子说他们母子是被诅咒了，他之所以会这么说，应该是从千世子口中了解到了一些事情，然后才由此推断。

第三，八代子的谈话：她说自己会在警察局见到吴一郎的第一眼就问他："在那个时候做了一个什么梦？"是因为以前看到过与梦游症相关的报道。可八代子明明只是一个乡下妇人，根本没有接触过高等教育，在当时那种情况下，居然能立刻想起梦游症这种高等精神科学现象，实在是让人觉得不可思议。而且她问的问题一针见血，直戳事件本质，真的是让人惊叹不已。谁都没想到一个乡下妇人，竟然有这样敏锐的判断力和思维，自然也会让人觉得有些不合常理。但是，假如她平时就经常会面临各种危急事件，而且一直都很关心这方面的报道和消息，那么她在当时问出这样的问题倒也不足为奇了。

八代子说她们家在侄之滨基本没有血亲了，其实乡村里稍有资产的家庭基本都是这种亲情寡薄的人家。造成这一现象的因素颇多，大都和其家族血统有关，比如这一脉上多有不法之徒，或者有世代遗传的隐疾等，周围的人都不愿和他们结姻亲之好。吴家也许就是这样子。

八代子一直都在说妹妹一家子想去东京学习绘画和刺绣。根据我们对此的了解，事实也许并没有这么简单。如果千世子一直留在家中，那么她肯定要和人结婚，也许她已经跟姐姐达成了一种默契，打算去别的地方生下吴家的孩子。这也能解释，为什么姐姐在妹妹离家出走之后，并没有拼尽全力去寻找妹妹的踪迹。更何况如果妹妹从小性格要强，那么姐姐极有可能也是这样的。以此来推断的话，两人之间存有这样的默契也是很正常的。

第四，松村松子女士的谈话：她曾说过千世子很擅长和男人打交道。我们在此基础上结合之前的猜测，大概是能断定千世子离家出走的真正目的了。

综上所述，我们可以知道侄之滨的吴家一脉必然有不可告人的隐疾，吴家的最后两个血脉八代子和千世子对此也是一清二楚。

（十一）吴一郎的梦游是哪一种心理遗传所导致的？其程度如何？

吴一郎第一次梦游的诱因很简单——女性的曼妙睡姿。而给予他这种刺激的是对他异性吸引力最弱的母亲，可见要引发吴家的心理遗传并不需要太大的刺激。所以他在梦游之中的“勒杀”应该是和其家族的心理遗传特性相同的。而后受到尸体以及与自己相似的容颜的刺激，引发了他的第二次梦游，使其脱离了原有轨道，与心理遗传的联系不大，我们也就以此来推测其心理遗传的内容。

想要解决我们现有的问题，需要借助两年之后发生的那起案件。关于吴一郎梦游症第二次发作时的所有状况，我会继续对其进行观察和讲解。

【第二次发作】

参考一：户仓仙五郎的谈话。

谈话时间：大正十五年四月二十六日，侄之滨被杀案发生当天。

谈话地点：福冈县早良郡侄之滨町二四二七番地，户仓仙五郎家中。

谈话人员：户仓仙五郎（五十五岁，吴八代子的佃户）、户仓仙五郎妻女、我（W）。

注：谈话人所说的基本是方言俚语，在记录中将尽量以书面语呈现。

哎呀，我从出生以来就没有遇到过这么吓人的事情。当时我不小心从梯子上摔下来，腰伤得很重，差点就没命了，就像您看到的。我的腰现在也还是很痛，都只能爬着去方便。我今天拿蕉茄子粉兑酒喝了，然后把妙药鲤鱼捣烂贴在腰上，现在倒没有以前那么痛了。

夫人家可是咱们这里的大户，大家都把他们家叫千依谷仓呢。在夫人的操持下，家里的产业像水稻、养蚕、养鸡等越做越大，其他事务也被夫人料理得井然有序。虽然不知道具体数目，但吴家肯定有万贯家产。镇上的学校、寺庙都是吴家出资修建的。身为吴家继承者的少爷（吴一郎）也是锦衣玉食，吃穿不愁，谁能想到居然会发生这样的事呢?

少爷性情温厚，不爱言语。被夫人带回来之后，他一直很勤奋用功，几乎都待在后厅里。对我们这些下人也是和颜悦色，从不摆谱。周边的人都很喜欢他。少爷是去年春天回来的，在他来之前家里只有夫人和刚满十七岁的真代子小姐，阴气太重。他来了之后啊，家里也有了朝气，大家做事的时候都是精神奕奕的。哈哈，这还挺神奇的。今年开春后，少爷以全校第一的成绩考上了福冈的大学，夫人也打算把真代子小姐嫁给他。家里可谓双喜临门，热闹极了。

可就在四月二十五日，也就是昨天。少爷受邀以毕业生代表的身份去参加在福冈因幡町西式纪念馆举办的高校学生英语演讲会，而且他也是第一个上台的。在他穿好高中的校服正要出门时，夫人突然把他叫住，让他换上大学校服。少爷觉得现在穿这个衣服还太早了，因此就不愿意换。可夫人一直坚持，少爷也只能选择妥协。我记得夫人送少爷走之后还开心得掉了眼泪。现在一想，那也许就是少爷最后一次穿大学校服了吧。

今天本来是少爷和小姐结婚的大好日子。为了办好这场喜事，我们前天就住在吴家忙前忙后了。小姐梳了一个高岛田发髻，拿红绳将草绿色的宽袖系了起来，然后跟着我们一起帮忙。这里的人都知道小姐是天仙下凡，就连六美女画像也不及她的三分美貌。而且小姐温婉可人，气质极佳，奶妈都常说“小姐这么漂亮又这么有气质，只差一个好夫婿了”。少爷做事也向来稳重，虽然年纪不大，刚刚成人，但他的谈吐、思维远胜那些已过而立之年的人。再加上那俊秀的面容、通身的气派，看着就跟王孙贵族一样。我们都说他们俩真的是天造地设的一对，世上再也找不出第二对像他们这么般配的情侣、夫妻了。夫人为了这场婚礼也是一掷千金，少爷是入赘吴家的，所以夫人直接把地界边的一块农田翻平，就地盖了一栋气派的别院。他们俩的婚服也是请到我们这里的京屋吴服店量身定做的，那可是福冈最好的服饰店了。婚礼上的酒席是在鱼吉饭店定做的，他们昨天就已经把食材送过来了，那架势可足了。夫人为了这场婚礼真的是事无巨细，样样都要做到最好。

不过少爷昨天只在演讲会上讲了一小会儿。他出门前还跟夫人说，无论如何他都会在两点之前回来的。可后来过了三点他也还没有到家。少爷的时间观念很强，从来都不会爽约。所以我在发现少爷还没有回来的时候就立刻跟管家说了这件事儿。但是管家他们不以为意，觉得有可能是演讲会延时了。可少爷头一回出现这种情况，而且今天又是他的婚礼，我总是忍不住担心。只是下午要做的事实在是太多了，到了后来我也无暇顾及这件事了。没过多久，原本晴朗无云的天空突然布满了乌云，一时之间天地失色，竟然有一种黄昏的感觉。马上就要成为少爷丈母娘的夫人也觉得不太正常。她擦着手将我叫到屋后，拜托道："虽然一郎已经是个二十岁的小伙子了，一个人在外面也能应付。但他到现在都没有回来，我还是有些担心，能拜托你帮我去找找他吗？"夫人的想法和我不谋而合，于是我立刻放下手头工作，点了根烟，穿上草鞋便出门找少爷了。那时候应该是下午四点左右吧。我坐车到了西新町，我弟弟在今川桥电车终点旁边开了一家饭店，正好顺路，我就想着去问问他有没有看到我们家少爷。弟弟当时跟我说道："看到过啊。大概是在两个小时前吧，你家少爷正好从我们这儿经过。他身上穿着一套大学校服，我们两口子之前也没见过，便走到门口目送他。我看见他没有坐电车，直接往西边去了。说起来，吴家这女婿可真不错。"

少爷一直不喜欢铁路上的煤烟味儿。之前读高中的时候，他宁愿绕道从乡边走去学校，还说就当是锻炼身体了。可即便如此，今川桥到侄之滨也就几百米，少爷走得再慢也不可能走上两个小时啊。这时候已经四点半了。我心里有些不安，便沿着那条在国道旁边的铁路往回走。离侄之滨不远的那片靠海岸的山脚地带，有一家切石厂，切割的石头被称为侄滨石，是种质地柔软的黑色石头。您待会儿返程的时候可以顺道过去看看，它就在福冈和这里的必经之路上。我走在路上看见厂里的石头一块一块立在那，就跟屏风一样。当时太阳就快落山了，余晖照在石头上，我无意间看到石头背光处好像有一个穿着西装戴着角帽的人动了一下。

我眼神不太好，可就是觉得那个神情与少爷很像。于是我就想走过去看看，果然就是少爷。他拿着一幅卷轴，站在岩石后面聚精会神地看着。我有些好奇，就爬上了由切割石材堆砌而成的小山，站在了少爷的正上方，小心翼翼地伸头一看发现那幅卷轴上什么都没有，就是张白纸。可少爷看得那样认真，视线一直停在空白处，就像是看见了上面的隐藏内容一样。

我之前就听人说过吴家有一幅绘卷，邪门得很。不过这都是很早之前的事了，我不认为在当今的世界上会存在这样的事，这些只是谣言而已。当时打死我都想不到，少爷手上拿着的就是那个邪门的绘卷。我只觉得是自己眼神不好，所以看不清上面的东西，想着在不惊扰少爷的情况下再凑近些看。可我都快把眼睛揉瞎了，也还是只看到一片空白。

我感到很诧异，就想问问少爷究竟在看什么。于是就跳到了石堆后面，然后特意绕了大半圈，向他迎面走过去，假装是刚找到他的。可少爷根本没有察觉到身边多了一个人，只是一直拿着那个绘卷，看着被夕阳映得通红的晚霞，好像在思考事情。我只好轻轻咳了一声说道："少爷好哇。"

他似乎是被我吓着了，仔细地看了看我才如梦初醒般笑道："仙五郎，是你呀。你为什么会来这里？"他边说边背过身去，把绘卷重新卷了起来，并且拿绳子捆紧。我以为他是在思考一些事情，便也没多想，只是跟他说夫人很担心他，然后问道："少爷你手上拿着的这个是什么呀？"

这时，不知何时又背对着我，像是在冥思的少爷，忽然间惊醒了似的看着我，扬了扬手上的绘卷，道："这个吗？这是我之后要画完交给陛下的宝物，绝不能被别人看到。"说完，他便把绘卷藏到了外衣里。

我这下彻底糊涂了，傻傻地问："那这里面是？"

少爷有些脸红，苦笑道："你马上就会知道了。里面的故事很有趣，里面的画也很可怕。在婚礼之前，一定要看看……放心，过不了多久你就知道了。"

少爷说的话我不太理解，但是他的状态和平时很不同，说话时也心不在焉的。我只能继续追问："您是从哪儿拿到的呀？"

少爷直勾勾地看着我，他的目光似乎就要穿透我的脸了。过了一会儿他才反应过来，瞪大了眼，眨巴了几下，泪光点点，却又支支吾吾地说道："是从母亲的一个朋友那儿拿到的。那人说这是母亲私下托他保管的，现在就交还给我了。我问他叫什么，他只说我们今后一定会再见，而且就在不久之后，到那时候我会知道他的名字了。说完这话他就走了。可他不知道，我其实是认识他的。只是现在还不到说出来的时候。你也千万要保密，绝不可以告诉第三个人，知道吗？"我点点头。少爷又说："好，那我们现在就回家吧。"

少爷说完这话之后，整个人都有些浮躁，连走带跳地踩着石块回到了公路上，而且越走越快，就像是被人附身了一样，跟平常截然不同。如今再想想啊，少爷那个时候就已经不太正常了。

少爷到家之后就立刻跟夫人道歉说："对不起，我回来得有些晚了。"夫人问他："有没有看见仙五郎？"他点点头道："有，我们在切石场碰到了，就一起回来的。"说着他抬手指了指跟在后面的我。夫人也放心了，跟我说了句辛苦了，然后就给小姐使了个眼色。小姐当时正在摆筷子、擦碗碟，在收到夫人的提醒之后，就当着我们的面，害羞地提着铁瓶和少爷一起回后院了，她脸还红着呢。

在天黑之前还发生了一件很奇怪的事情，其中缘由我也是到现在才想明白了。那时候我正叼着个烟斗站在后门的栀子树下铺好草席，准备把之前修了一半的蒸笼修好。我站的位置正好可以透过树枝之间的缝隙看到后院花厅。只见少爷已经把身上的校服换成了和服，他坐在椅子上，小姐则是站在一旁帮他泡茶。隔着玻璃，我听不见他们在说什么，只是看少爷的样子和以往截然不同，他面色铁青，眉头紧皱，好像是在斥责小姐。我又很认真地看了看，似乎又不是这样的。因为小姐正站在少爷旁边帮他整理西服，脸颊微红，唇角上扬，她还摇了摇头，好像在说"不"。可真是个奇异的画面。

小姐摇头之后，少爷脸色更差了。他站起来三步并作两步，走到小姐面前，然后一只手指着三间并排而建的仓库，另一只手抓住小姐的肩膀摇了几下。

本就红着脸低着头的小姐终于抬起了头，顺着少爷的手看向仓库，脸上出现了一种似喜似嗔的表情。她点了点头，随后一张脸，包括修长的脖子都红得吓人。我看着这场景，就好像在看一出新派的戏剧。

少爷并没有把搭在小姐肩膀上的手收回来，而是继续凝视着小姐，慢慢落座。我看见他打量了一下周围，从屋檐看向天空后就突然笑了起来，甚至还伸出舌头舔了舔嘴唇。那个样子实在是太吓人了，我都不禁打了个哆嗦。但我当时无论如何都想不到，这就是悲剧的征兆。我只是好奇一向知书达礼、温文尔雅的少爷，怎么会突然做出这种动作？不过之后我要做的工作实在是太多了，也就忘了这件事。

凌晨两点左右，所有人都睡了，整个院子里一片寂静。即将结婚的小姐和她的母亲一起睡在主屋。我第二天会代表少爷的亲属参加婚礼，所以我和他一起睡在了客房。我做完手头上的工作、洗了澡、关好所有门窗后已经是深夜十二点了，少爷早就睡着了。我便在他隔壁铺。我年纪大了，每晚都会起夜，今晚也是这样。我起来的时候天还是黑的，只有玻璃门外亮着一丝光，我借着这光勉强看清了脚下的路。路过少爷房门前时，我看到他的纸门和玻璃门都没有关，我站在门外也能看到屋子里面的场景，发现少爷并不在床上休息。我心中正纳闷呢，只觉得有些不安。天空已经开始飘雨了，我就从厨房门口拿来了自己的木屐，踩着院子里的石块来到了主屋门前。只是防雨窗一半关着、一半敞开，就着昏暗的光线，我好像看到门前有一双沾有泥沙的木屐。我想了想还是决定脱了鞋子光脚从走廊里面走过去看看。我来到后厅的玻璃拉门前，看见夫人睡得正香，有一只手还伸到了被子外面。可本来应该睡在她旁边的小姐却不见人影，她的睡衣放在了被子下面，叠得整整齐齐的，红色的枕头则放在了被子中间。

我突然想到黄昏时候看到的场景，再联系眼前所见，一下便明白了是怎么回事。既然如此，那也没什么，是我自己多虑了。可转念一想，少爷今天的表现实在是不太正常，如果真是我刚刚所想的那样，倒也没什么，如果不是呢？那就麻烦了……于是刚放下的心又被吊了起来。这可能就是我的一种直觉吧。反正我不想因为自己的疏忽而酿成悲剧。现在大家都还在睡觉，事情倒也好办。我偷偷叫醒了夫人，跟她说小姐并不在这里，并且把下午的事情告诉了她。睡眼惺忪的夫人听完了我的话后放下了正在揉眼睛的手，猛地坐了起来问我：“你最近有没有看见一郎拿了一个类似于卷轴画册的东西？”可我那时候还没有觉得有什么不对劲，只顺口答道：“看见过啊，就在昨天。我在切石场找到少爷的时候，他手上就拿着一幅卷轴，我偷偷看了看，那上面一片空白什么都没有。”

我至今还记得夫人听到这话之后的反应。她脸色唰的一下就白了，声音也有些沙哑，喃喃自语道：“又是这样吗……”她咬紧了嘴唇，双手紧握成拳，整个人都在发抖，看起来像很生气的样子。我虽然不知道到底是怎么回事，但还是被夫人的反应吓着了，整个人跌坐在地，发出咚的一声。这一声让夫人回过了神，她抬手用袖口擦掉眼泪，说不清是哭还是笑，只跟我说道：“无妨，可能是我多心了，也有可能是你看错了。不管怎么样，你先陪我去找找他们吧。”她边说边起身下床，神情逐渐恢复到平常的样子。她光着脚走在我前面，来到了屋檐下。其实我知道她也很慌张。我穿好木屐，紧随其后。

此时外面的雨已经停了。我们来到别院后，我看见最右边的仓库门没有关，便指给了夫人看。现在想想，这间仓库本来就是用来储藏麦子的，所以在秋季之前它都是空着的，只放了一些农具，没有什么贵重物品。年轻的下人们有时候也会忘了给仓库上锁。今晚有可能也是这样。但白天的事情历历在目，我不得不多注意一下。在得到了夫人的允许后，我走到了仓库门前想把门推开，门里面似乎有东西顶着，根本推不开。我看向夫人，在看到她点头之后，我便去主屋搬来了一张九尺高的梯子，把它靠在仓库的窗户下面，打算爬上去看看，在我开始之前，夫人的表情也很奇怪。我抬头看窗，只觉得里面依稀有烛火摇曳。

我这个人胆子不大，当时也着实被吓了一跳，心里打起了退堂鼓。但是看夫人的表情就知道她不会让我走的。于是我只能脱了木屐，把衣角塞在腰带上，咬牙踩上了扶梯。我爬到最高的一阶，跟窗户平行，然后向里面看去。这一看吓得我双腿发软，双手无力，脚下一滑，直接摔到了地上。我那时只觉得腰都要断了，根本站不起来，更别说逃跑了。

我想我此生都无法忘记当时从窗户往里看到的场景。我看见仓库二楼的木地板中间放了一张方形床榻，梳着水滴状高岛田发髻的小姐躺在上面，衣裙大敞，身上不着寸缕，人也没有了呼吸的迹象。本来被放在主屋花厅里的破旧矮桌被搬到了这里，正对着小姐的尸体。桌子左边放着一个佛坛黄铜烛台，烛台上插着一根百文目大蜡烛；桌子右边放着的是画画儿用的工具，但我现在已经想不起来有哪些画笔了；桌子正中间摊放着一幅长卷轴，卷轴边缘的图案和轴棒的颜色让我很确定那就是我白天看到的那一幅。少爷就坐在桌子前面，他穿着那套白色打底、有着许多蓝色斑点的睡衣，坐得很是端正。不知道他是怎么发现我正在窗户外面偷窥的。我只看到他转头对着我微微一笑，然后伸出一根手指左右晃了晃，好像在说："谢绝观看哦。"不过这都是我事后回忆起来的情节了，当时我整个人就像是被电击了一样，愣在原地，都不知道自己发出了什么声音，只觉得一切似乎都是在做梦。

夫人走过来扶着我，让我能够坐在地上，然后问了几个问题。我已经想不起自己的回答了，依稀是指着窗户说的吧。夫人应该是明白了我的意思，她去把梯子重新架好，打算自己上去看看。我那时是想阻止她的，可我的腰实在是太疼了，而且被刚刚的画面吓个半死，整个人都还在发抖，一句话也说不出。我只能用手撑着地，抬头看着夫人麻利地爬到了窗户旁，跟我刚刚一样趴在窗户边往里看着。不过夫人不但没有像我一样被吓得掉了下来，而且冷静得有些可怕。

她看见窗子里的场景之后，镇定地问道："你在里面干什么？"

"母亲您先等等，马上就要腐烂了……"少爷的声音从仓库里传了出来，语气和平常一模一样。

夫人略加思索，道："腐烂的速度没有这么快。马上就要天亮了，你先出来吃点东西吧。"

"好，我听母亲的。"

少爷回答完之后，应该是站了起来，因为我看见窗户里的烛火熄灭了。可是，夫人在看见自己亲生女儿的尸体后居然是这样的反应，这是一个正常的母亲吗？正当我想着这个问题的时候，夫人已经用最快的速度退了下来，并且跟我说道："快去找大夫！"随后她便跑到了仓库门前。可惜我当时没能明白她的想法。不过就算是明白，我当时也早就被吓瘫了，整个人抖得跟筛糠一样，两条腿根本迈不出步子。

少爷拿着钥匙从仓库里走了出来，然后换上了木屐，脸上还挂着笑容，不过他的眼神告诉我们，他已经变了。我看见夫人连哄带骗地从他手里拿过了钥匙，又贴在他耳边说了什么，拉着他返回客房，哄他睡觉。

待少爷睡着之后，夫人又返回了仓库二楼，好像在里面折腾什么。只留下我这个被吓了个半死的人费力地爬到仓库后面的一棵朱栾树前，扶着树干慢慢站了起来。突然，仓库窗户铜皮板被关上，传来了砰的一声。我赶紧回头看去，紧接着又传来了仓库门被锁上的声音。只见头发凌乱的夫人拿着那幅绘卷，光脚跑进了别院。这时天已经亮了，我透过玻璃门看到满脚污泥的夫人冲到少爷床前，一把将他拽起，拿着绘卷逼问他。夫人当时的脸色也很难看。少爷抬手指向切石场那边，又是摇头，又是做出各种奇奇怪怪的手势，似乎是在说些什么，而且还很急。不过我并不关心他说的内容，尤其是他用的词语对于我来说都太难懂了。我只记得什么"为了百姓""为了陛下"之类的，而且他还说了好几次。夫人瞪大了眼睛，一直听着少爷说话，有时还配合他点了点头。不一会儿少爷突然就不说话了，眼神停留在了夫人挥在他面前的那幅绘卷上，伸手将它抢了过来。夫人立刻就把绘卷夺了回来。现在想起来夫人这么做好像不太妥当。失去了绘卷的少爷有些失魂落魄，最后他又目瞪口呆地看着夫人的表情，甚是恐怖。夫人也被他吓着了，踉踉跄跄地退了几步，而且打算转身离开那里。谁知少爷猛地伸手抓住夫人的袖子，硬是将她拖回了床上坐着，然后就一直盯着夫人的脸看来看去，似乎很是开心，甚至还笑了起来，眼睛眯成了月牙。

我被少爷这个表情吓到了，夫人也是如此。我看见她一直想甩开少爷的手离开那间房，少爷就在此时站了起来。夫人想往门外跑，他就从背后一把抓住了夫人的头发和衣领，将她拽倒在地。然后就这样拖着夫人来到了庭院之中，拿起旁边的木屐向夫人的脑袋打去。整个过程中他的唇角都是上扬着的，脸上也有笑意，好像很开心的样子。而夫人此时头发乱成一团，头上的鲜血染红了她的脸，她在泥地上努力地在向前爬去，而她的叫声是那样凄惨。我被吓得三魂不见了七魄，用力按住一直在颤抖的膝盖，扶着被摔伤的腰回到家里面，让妻子赶紧去找医生，并且躲到了被子里。会错了意的妻子很快就把宗近医生带了回来，我便拜托医生赶快去吴家。

这就是我那天看到的事情了。我保证我说的每一个字都是真的！之后我听别人说有几个年轻人被夫人的叫声惊醒，他们见状赶紧去拉少爷，可当时少爷已经发狂了，力气大得可怕。这几个人联合起来拼尽全力才勉强制服了少爷。他们想用绳子把少爷捆起来，结果绳子被少爷挣断了，他们只能再去找根绳子来，如此反复了两次，才终于将少爷捆到了院里的柱子上。后来少爷应该是累了，靠着柱子就睡了过去。第二天他清醒过来之后看上去就跟平时一样了，完全不像夜里那样疯狂。警察来询问时，他也只是随意地看着周围，但没有给出任何回答。这可真是太奇怪了。夫人说少爷以前也曾有过这种症状，后来是一位大学教授找到证据证明了少爷是被注射了麻醉剂，警察才将少爷放了出来。然后夫人就把他带回了老家。但是，血统这东西实在恐怖，看他这次的情形，我觉得肯定是那绘卷在作祟。

绘卷作祟的事情发生在很早之前，具体情况我们也不清楚，只是听说这个绘卷之前是被放在如月寺的佛像之中。对，就是从这里能看到屋顶的那间寺庙。据说但凡是吴家的男人，只要看到了这个画卷，精神就会变得异常，看到女性就会大开杀戒，无论对方是他的母亲、姊妹，还是一个完全不认识的陌生人。如月寺内好像有发病缘由的记载，不过住持坚称没有。我实在想不通这幅绘卷是怎么出现在少爷手上的。是的，有一位大师与博德的圣福寺大师齐名，是如月寺的现任住持。他现在年事已高，鬓发全白，又骨瘦如柴，但为人相当和蔼，平易近人。我觉得他肯定知道这件事的来龙去脉。您可以亲自去找他问问这些事情，说不定能得到答案。我让内子陪您过去吧。

夫人现在脚踝受伤只能躺在床上休养，头上的伤虽然不重，但整个人有些疯癫，说话也是前言不搭后语的。估计很难从她那里问出什么了。我的腰伤也还没好，现在也没法去看望她。

我知道有人觉得如果我那天晚上能够及时找到医生并且把他带到吴家去

的话，那么小姐还有一线生机。那我只能说这种想法大错特错。宗近医生来帮我看腰的时候跟我说过，小姐的死亡时间是当天凌晨三点到四点；根据现场蜡烛燃烧的情况，也能判断出蜡烛是在那个时间段被点燃的。我把知道的都告诉你们了，现在也没什么好说的了。我相信要是夫人可以恢复，那么所有的真相都会被揭开。不过，像我刚才说的，她现在就只会说些什么“你快点儿清醒过来，我现在能依靠的只有你一个人了”的话，甚至都没有埋怨过少爷。所以，她恢复的机会很渺茫啊。

目前还没有警察来找过我。第一时间发现这件事的是被夫人尖叫声惊醒的那几个年轻人，警察也去找他们调查过情况。我并不想成为警察的怀疑对象，所以一直小心翼翼的，甚至还拜托宗近医生替我保密。不过事实证明是我多虑了，因为当时现场十分混乱，大家都不知道宗近医生是谁叫过来的。您今天突然来找我问话，我刚开始的时候确实有些害怕呢。我把我知道的都告诉您了，我保证没有任何隐瞒之处。如果可以的话，希望你们能帮我避开警察，别让他们来找我了。正如您所见，我本来就是个胆小的人，现在腰上又有伤，实在不想面对警察呀。

参考二：青黛山上的如月寺

（开篇接上一篇笔记）

注：如月寺由吴家第四十九代家主出资修建，位于侄之滨町二四番地。

晨观日光之下，雪飘满天；夜见浊水东流，汇入江海。今夜红烛高照，有烛火摇曳；明朝蜡油低滴，唯尘芥掩埋。三千俗世不过涟漪三圈；一生荣辱无非大梦一场。恶因前世种，恶果今生尝。一息尚存之时入地狱、现哀象，生死魂消之后传后人、历万劫；无人可知其中苦，无言可喻其中怖。

因果循环难堪破，欲究真相知理论。追本溯源向佛心，兴修庙宇供奉佛陀。究其起源，则为庆安年间。彼时，山国城京洛祇园精舍附近有一个小巷，鱼龙混杂，好不热闹。巷内有一老店，名曰美登利屋茶铺；铺内有一贡茶，名曰玉露，系宇治茗茶之精品，其茶香芳醇，举国皆知。茶铺之主名曰坪右卫门，膝下虽有三女一子，但偏爱其子坪太郎。坪太郎不爱商经爱心经，师从宇治黄檗道人、隐元禅师，文采飞扬，当为名士；于柳生剑法、土佐派画功亦有涉猎；更习芭蕉俳句，又多创体，自成一派。行冠礼后自取“空坪”一号，寄情于山水之间，从不插手家中事业。空坪为家中独子，有传续香火之责。家中长者屡屡催促，空坪便以未学有所成为由搪塞而过。然则，家人亦是坚持，父子之间矛盾日盛。坪右卫门为使其子回心转意，特请隐元禅师相劝。孰料，空坪突然顿悟，于家门之上留下十字：双十又过五，度己先度人，便悠然离去。拿钵持拐，一身袈裟，向西而去，看尽山川风光。于延宝二年春天四月末过长崎，进唐津，时已离家一载。

空坪于此间并未只沉迷于山水之中，他受虹之松原之影响改名虹汀。又挑了八处风光为题，开篇作画，提笔记事，欲将其与天下人共赏。他因此事于唐津停留半余载。某夜，秋月高悬，圆亮如盘，空坪心向往之，便独自去了虹之松原。月华如水，银波流转；古松高立，风姿绰约，二者相得益彰，勾勒绝世之景。独行一里，正经滨崎渔村，兴致仍浓；于是再行半里，至夷之岬，站于岩角之上，观之海湾夜景；雁过留空，数尽其数；光阴飞逝，转眼已是夜半时分。

一少女赤足踏石而来，年约二八，足白如雪，衣袖翻飞，宛如月中仙。少女未觉此处有人，面朝西而立，双手合十，似是祈求上苍。片刻之后，少女抬手拭泪，收袖挽衣，似要纵身跳海。虹汀大惊，上去抱起少女，连忙退回白砂畔并问其何故寻死。少女泪如雨下，半盏茶后，方才开口。她原是滨崎吴家独女，名为六美女。吴家为当地世家，声势显赫，然月满则亏，盛极必衰，自古以来，皆是如此。况吴家血脉之中还有疯癫之症。是以吴家凋零，只剩此女，孤单一人，无依无靠。

究其根本，全因吴家先祖留下之绘卷。卷上所绘为一裸体美人，据传乃是吴家先祖爱妻。先祖因爱妻离世，悲痛欲绝，便以丹青绘画，描妻遗体之相，望有片刻纪念，聊寄哀思。然先祖动笔之后，遗体腐坏极快，笔走一半，红颜已为白骨。先祖神哀心死，发疯癫之症。虽有妻子胞妹贴身照料，然则哀思难解，终以身殉情。妻妹亦想随其而去，奈何身怀六甲，临盆之日将近，只得苟且偷生。

当时，筑前太宰府奉旨修庙以供神佛，京都客僧胜空特来此监工。寺庙完工后，胜空返京，途经此处，听闻此事，感慨不已。便来吴家暂歇锡杖[1]，观绘卷、拜佛祖、引佛缘、诵佛经，又伐院中苦楝树，砍其红木之处，刻弥勒菩萨坐像，封绘卷于其中，将佛像置于吴家佛坛之上。而后警示吴家，唯家中女眷可来此拜佛像、看绘卷。凡是吴家男子，皆不可靠近于此。

先祖遗腹子顺利降世，平安长大，娶妻生子，成家立业，一直谨遵胜空大师之言，不许族中男子靠近佛坛，供奉佛祖之事皆由其妻操持。夫妻二人只愿家族平安，人丁兴旺，绵延子嗣，无病无灾。可疯血藏于体内，难以根除。家主已而立之年，膝下亦有儿女，可妻子突然离世，受此刺激后，家主也呈疯癫之态。之后吴家历代男丁之中，也会出现犯病之人，或残杀女性，或拿锹挖坟开棺，皆是刚入土的女尸，此等行为全然异于常人。若有人上前阻止，发病之人便会对其大开杀戒，或者自行了结。此症当真是世间难见之病，吴家男子发病之后皆是如此，无一例外。

此等骇人之事，无论是眼见之人还是耳闻之人，皆害怕不已。周边邻里，口耳相传，皆说吴家男子一见绘卷，便会被邪祟附体，发病发狂；家中女子若非处女，一旦靠近佛像，也会死于非命。久而久之，也就无人敢与吴家结亲，吴家血脉也几近断绝。为延续香火，吴家只能许以千金之财，或远走他乡，与外人结亲。近些年来，便是街边乞儿提起吴家也是胆战心惊，逃得远远的。吴家到六美女这一代，原有兄妹三人，然则长子发狂掘人坟墓，次子殴打亲妹，皆是疯癫之态。二人最终英年早逝，吴家便只剩六美女一人了。经此一事，吴家的恶名更盛。家中仆人全请辞而去，贴身丫鬟也不敢与其亲近。虽活于世，但无亲友，孑然一身，寂寞凄凉。

彼时，唐津藩的家老云井知晓此事，便打算将三子喜三郎入赘吴家。家

[1] 锡杖是僧人在外修行之时所带道具，可防山间毒虫，托钵之时有拜访之意。佛教认为此物可为人明智祛忧。——译者注

中用人得知这一喜讯后，皆欢呼雀跃，相继回了吴家，唯独奶妈郁郁寡欢。六美女问其缘由，奶妈无奈叹气。原来这喜三郎是云井家庶出之子，剑术了得，乃是藩内第一剑客。可此人年少之时便流连于烟花之地，常和长崎巡官在青楼之中寻欢作乐，与一群恶徒霸道乡里，四处赊账，恶名昭彰，最终激起民怨，无处容身，只得归家。藩中各大家族对其也是退避三舍，皆不愿意与其结亲，其父知道吴家之事后，便有了此决定。然则，他所看上的其实是吴家万贯家财，只等结亲之后，想办法将其据为己有。六美女一介女流，自知无力与天斗，可思及余生只能痛苦度日，便觉得悲痛欲绝，了无生趣，每日以泪洗面，别无他策。今秋收既完，众人皆有余闲。喜三郎竟不穿外褂、未着长裤，只身造访吴家。

吴家人忙备酒席接待，六美女亦是补妆相迎。只见喜三郎一面有烧伤之疤，另一面眉毛剃净，眼尾惨白，肤色如土，鼻歪眼斜，浑身酒气。少女心下惶恐，瑟瑟发抖，却只能强忍情绪，为其斟酒添菜。酒过三巡，喜三郎开始动手动脚轻薄六美女。六美女躲避之时，不慎打翻酒杯，污了喜三郎之衣。喜三郎趁机发作，吴家奶娘上前阻拦，谁知喜三郎拔刀相向，手起刀落，奶娘血溅当场。六美女趁乱脱身，逃至此地，深感命运之悲凉，便想一死了之。正欲跳海之际，便被虹汀救下。六美女又言愿皈依佛门，望虹汀能为其度化。

虹汀听后沉思良久，俯身扶起下跪之人，道："既然如此，我自会设法相助，你莫再有轻生之念头。你且先将那绘卷予我一看。"二人正欲离开之际，一半人半鬼的持刀武士自林中冲出，挥刀斩向虹汀。虹汀侧身避开刀锋，武士一刀落空，身形不稳，踉跄几步，摔落断崖外侧，落入茫茫大海，瞬间没了踪影。

虹汀陪伴六美女归家之后，替其安葬奶娘尸体，并作法诵经，明令吴家诸人不可将此事泄露出去。至吴家佛堂后，虹汀屏退众人，将绘卷自佛像之内取出，行礼叩拜后方启卷观看。绘卷上所画乃一身体溃烂、流脓之美人，观之让人胆战心惊。虹汀立刻打坐定身，一坐便是三十余日。

延宝二年十一月晦日子、丑交替之际，虹汀睁眼，口中念道："清执念，诵佛经，南无阿弥陀佛、南无阿弥陀佛、南无阿弥陀佛、南无阿弥陀佛、南无阿弥陀佛。”如此反复三次后，便将绘卷投入火炉之中，顷刻之间化为灰烬。

事后，虹汀淡然起身，对吴家人宣布道：“吾今日借佛祖之力断吴家孽根，此后将绘卷灰烬存入佛像之内，使其享后人香火供奉。吾亦将还俗，入赘汝家，繁衍子嗣，育胜利之果。各位若有疑，尽可问。”四下寂静，无人言，乃因众人畏云井家之势力，怕其挟怨报复。虹汀心下了然，当日便遣散家中仆人，并许之钱财傍身，后又封存家屋仓廪，钉上模板，上书：“馈赠乡亲，吴坪太。”次日，虹汀背佛像、抱家谱、携娇妻，让四马负金银书画等家当，聘了马夫，驾车离去，往东而行。延宝二年腊月朔日，大雪纷飞，长汀曲浦五里路，银装素裹，一片美景。虹汀只觉此为上天之贺礼。

再行一里，天光微亮。一大批人马追随虹汀夫妇二人而来，为首的正是之前掉进海中，下落不明的喜三郎。也不知道他是如何获救的，现在穿着战阵披肩阵羽织和野裤，头戴白巾，脚穿绑腿，手拿大刀，身后跟着二三十名捕快，还带着镣铐枷锁。喜三郎大喝一声：“刁僧休想逃！上次我念你是朝廷之人，怕你有损，未尽全力。后得藩中密令，查你来历，方知你竟是假扮画师窥得本城地图之人，后还扮成僧人四处骗财骗色，诱拐良家妇女，得其家产后便溜之大吉。如此小人行迹，当真是可耻至极，该受凌迟之刑。今日被我抓住，你插翅也难飞了。各位可听清楚了，此人便是巧取豪夺、无法无天的恶人坪太，他卑鄙无耻，诱拐我未婚妻子，可恶至极！速速将其抓获！”

虹汀当时后靠万丈悬崖，左邻滚滚江海，身边又是手无缚鸡之力的弱小。捕快们一拥而上后，他根本无后退之地。但虹汀不慌不忙，他先解下背后的佛像，交给马夫；又摘下斗笠，拂去雪花，交予六美女；然后整理衣襟，左手持一根竹杖，右手拿着一串佛珠，淡然转身，缓步慢行，走至捕快面前，不卑不亢，气场极强。他先对众人行了一礼，轻咳几声，缓缓说道：“辛苦各位为了鄙人这个粗汉风尘仆仆赶来，劳驾诸位为我送行，鄙人感激不尽。贵藩当真是民风淳朴，古道热肠，佩服佩服。诸位盛情难却，鄙人也就不推辞了，烦请大家继续送我到前面的筑前藩吧。既可以成全诸位此行之目的，又可避免流血杀生，两全其美，岂不乐哉？”虹汀落落大方，举止得体，在场之人听了之后，竟然一时间愣住，不知该做何反应。唯独喜三郎急红了脸，大叫道："莫听这妖僧胡诌！上次我喝了酒，一时大意才让你逃了。今日我定要拿你的血祭我宝刀！各位一同上吧，除了那个女子外，其余的一个不留！"话音一落，喜三郎挥刀而下，其他人亦随声附和，声势浩大。众人皆认为杀了眼前这个和尚是易如反掌之事，于是纷纷拔刀向前冲去。

虹汀无奈之下，只得收起佛珠，赤手空拳夺下一人兵刃，反手接住迎头砍来的一刀；又全力出击，斩断冲他刺来的铁枪长棍。他立于路中，反冲上前来之人皆被他打回。纵然虹汀只以刀背迎战，但还是十来人死于其刀下，余下之人要么被打晕，要么跌倒在地爬不起来，要么就是葬身于大海之中。

谁都没想到一个和尚竟然有此身手，数十个捕快联手竟不能伤他半分。喜三郎见此情景，怒不可遏，一把拔出腰间的阵太刀，锋芒毕露，誓要取虹汀性命。他紧紧盯着虹汀，站稳下盘，刀刃直指对方。谁知虹汀居然将手中大刀丢到一旁，又拿起了那根竹杖，稳稳接下喜三郎的每一招，破其先机，断其后路，无一丝纰漏。喜三郎被压制得毫无还手之力，只得咬牙切齿，深呼吸一口气。虹汀淡淡一笑道："阁下感觉如何？难道还要执迷不悟吗？我手上竹杖可做宝剑，我呼吸之间皆是无拘无束。纵使阁下精通剑术，身经百战，依旧离不开手中之剑，也敌不过我手中之竹杖。苦海无边，阁下不如放下屠刀，方可立地成佛，得入虚空之境，不为世间万物所迷，心如明镜台。若阁下放不下这等执念，鄙人为了唐津藩安稳，也只能取你性命，多添杀戮。是生是死，皆在阁下一念之间。"

听此质问，饶是喜三郎平日里再飞扬跋扈，猖狂无礼，此刻也有些心虚气喘，冷汗直流。可经年业障已迷了其心智，他终是不可能再回头了，况且他总心存侥幸，觉全力以赴可得一线生机。于是他恶向胆边生，高举大刀，大叫一声，奋力向虹汀砍去。虹汀翻身一躲，回手一击，竹杖正击中喜三郎眉心。喜三郎只觉得一阵头晕目眩，下盘不稳，连连后退，虹汀趁此机会，横杖一扫，握住对方腰间短刀刀柄，道："你既做了选择，我便如你所愿。"

话音未落，他飞身退至一间[1]远。只见欲再挥刀的喜三郎直直倒下，右肩之上，鲜血喷涌而出，染红了周围一片雪，最终断了气。

其余之人见此气势，皆落荒而逃，不一会儿便没了人影。虹汀确定再无追兵之后，松了口气，将手中的短刀插回喜三郎腰间的刀鞘之中，为其诵经超度。做完这一切后，他才拂去衣上雪，背好佛像，柔声安慰好六美女后，重新戴上斗笠，策马前行。一行人不多时便到了筑前领地，于深江借宿一晚，次日清晨踏雪而去，走了五里地后，到达了侄之滨。

虹汀见此地北有高山爱宕灵，南有名山背振、雷山、浮岳，内有室见川，可泛舟江上看袒滨、小户之古迹，赏芥屋、生之松原之名胜，此外，这里还有良田沃土，足可繁衍生息，造福后世。于是他与随行马夫一同在此处造房建仓，结伴为家人，并给京师捎去书信一封，告知父母，将于此地安度余生。与此同时，他又悉心挑选了一方良田，自司绳墨，以雷山、背振之木，建一寺庙，将弥勒佛像请入主殿，愿此寺庙能庇一方安康，受万年香火。寺门高悬，迎明月东升；殿檐绵延，送旭日破晓。林中一汪清泉，水净沙白，鱼游其中，鸟飞于上，念佛、念法、念僧，当真是世间少有之净土。

此后，人皇第一百一时代代灵元天皇延宝五年丁巳霜月上旬，佛寺建成。贫僧奉诏离京，来此处任初代住持。贫僧自知才疏学浅，不配担此重任，然则圣意如此，无法推托。终因感其奇特，背经下至此处任住持，以青黛山如月寺为寺号。择良辰延宝六年戊午二月二十一日办讲经大会，讲往生讲式七门，诵净土三部经，普度饿鬼，共计七日。虹汀亦在当日登台，将此缘由告知于众人，表忏悔之意，吟两首和歌。

唱六道不惑六文字，佛陀世界吴竹杖坪太郎。
和佛陀亲持紫竹杖，回首来时尽虚空六美女。

---

[1]　一间约6尺，182.8厘米。——译者注

夫妻二人下台之后，贫僧上座，解其因果缘起，传六道往生之理，授灭无量罪孽之真谛，以偈收尾，曰：

一念称名声，功德万世传。青黛山寺钟，迎得真如月。

彼时，六美女年满十八，亲抄三万张六字名号（南无阿弥陀佛），于当日散予善男信女，三日散尽。

此之一事有因果循环、六道之相，心安即是乐土。吴家先祖行善积德，惠及子孙后人。吴家子嗣若想报此大恩，当将此理铭记于心。诚心向佛。另，为避免遭他藩记恨，此事严禁外传。本文亦只传于当世住持、吴家家主夫妻翻阅。

切记。切记。

延宝七年七月七日

参考三：野见山谈话。

谈话时间：大正十五年四月二十六日下午三点。

谈话地点：如月寺住持起居室。

谈话人物：如月寺住持（七十七岁，同年八月圆寂）、我（W）。

您会产生疑虑也是很正常的。就像在前文中提到的，在百年前，一手扶持吴家壮大的虹汀大人便把这幅绘卷烧成灰烬，然后封在弥勒佛佛像内了。可它现在居然恢复如初，而且还被吴一郎拿到，从而掀起了这场腥风血雨。可以跟您（W）实话实说，哪怕您不来问我这件事，我也还是会进行说明。不过信或不信还是取决于您自己。

如月寺有明训，历代住持都只能在吴家家主第一次来祭祖的时候让他们看《缘起》一文，而且周围不能有其他人。不到万不得已的时候，绝对不能将吴家血统的秘密公开。可是现在这件事关系到吴一郎少爷的清白，既然他会不会被司法机构判为凶手取决于他究竟是真的疯了还是假装发狂，那么我也只能将所有事实和盘托出，但愿能帮到他吧。

这件事的来龙去脉并不复杂。很早之前就有人发觉那本被封印在佛像里的绘卷其实并没有像传说中的那样被烧毁。而且我也知道究竟是谁把佛卷取了出来，然后交给了吴一郎少爷，刺激他发病。不过归根到底，这都只是我自己的臆测，而且说出来一定会让所有人都大惊失色。这个人就是千世子小姐，没错，正是前些年离奇去世的吴一郎少爷的亲生母亲。我知道这听起来很荒唐，谁会相信世界上竟然有如此狠心绝情的母亲呢？她居然把这样一幅恐怖画卷交给自己唯一的儿子。凡事皆有因，此事亦然。待您听完我的话后，一定会明白个中缘由。

说起来，这件事真的已经过去很久了。我算算……大概有三十年了。您可能已经从某些地方了解到千世子小姐从小就聪慧过人，拥有着极强的动手能力，最擅长刺绣和画画。她从记事起便常常梳着垂髫发髻、穿着宽袖和服，一个人跑到本寺描摹门上的各个图案和栏杆上的神仙雕像。她那时年岁不大，但长得粉雕玉琢，很招人喜欢。

在千世子小姐十五岁还是十六岁那年，有一次她从学校回来，穿着一条紫色的裤子，拿着一个包袱来到了我的起居室。我当时正在品茶，她却跟我说："住持，我知道有一幅很漂亮的画卷被封在那尊黑色佛像之内。您可不可以把这幅绘卷拿出来借我看看啊？"如月寺建成之后举办了一场大法会，绘卷的事在那时候就被传了出去，人们口口相传，竟也把它说成了一个传说故事。千世子小姐应该是从村子里听到这个消息的，毕竟村里知道这件事的人很多。我笑着跟她说那个绘卷早就被烧了，老衲也是爱莫能助。谁知千世子小姐竟然说道："我刚刚去摇了摇那个佛像，听到里面有咚咚咚的声音了，里面肯定有东西！"

我着实被她的话吓了一跳，也斥责了她两句，跟她说对佛祖做出这些不敬之事会遭报应。等她走了之后，我又放心不下，便偷偷进入了大雄宝殿，小心翼翼地摇了摇佛像，里面果然传出了咚咚咚的声音，就像是卷轴碰到了内壁发出的动静。

那一瞬间我只觉得如遭晴天霹雳，顿时不知道应该怎么办才好。此前我一直都坚信《缘起》的记录，那幅绘卷已经被烧成灰烬，然后放在佛像之内了。细细想来，这也许是虹汀大人有意为之吧，对外说绘卷已经被烧，实则只是将它封入了佛像之内。只是过了百余年，绘卷周围的填充物有些松弛了，所以现在摇晃佛像才能听到这个动静。爱画之人常是如此，舍不得毁去佳作，只能出此之策，希望经过百年的香火供奉，可以减轻其冤孽，望其莫再作祟。如果真是这样，我现在又应该怎么办呢？是将绘卷取出，然后付之一炬吗？我想了许久都难下定决心，也本能地有些害怕。可我转念一想，绘卷既然已经被封在佛像里，那么应该出不了什么乱子。毕竟世上不会有人无缘无故地就想毁掉佛像，然后看看它的内部构造吧。于是我就打算维持原状，什么都不做。

岁月匆匆，转眼间到了去年。八代子夫人带着真代子小姐和一郎少爷在盂兰盆节前晚来扫墓祭祖。夫人自己打扫完祠堂后就到我这儿来品茶了。我也陪着夫人闲谈几句。夫人跟我商量道：“我知道这么做有些太快了，那我还是决定等明年一郎从福冈高校毕业后，就为他和真代子举办婚礼，您觉得怎么样？”

夫人一向都是这样，在决定宣布某件大事前，她都会来跟我商量。我当时听完她的话后只觉得这也是一桩佳话，跟她说这样很好。喝完茶后，我陪着夫人来到了大殿外的走廊上，正好看见穿着校服的一郎少爷和系着一根红色腰带的真代子小姐已经扫完墓，双手合十地跪在坟前，看这个样子就知他们俩的感情不错。八代子夫人看这样的情形似乎有些心痛，她用手帕掩面，转身进了祠堂。而我继续留在原地，看着前方的那对天作之合，想着吴家会有怎样的一个未来。不知为什么，我突然想起千世子小姐当初跟我说的话，心中有些后怕。不过，我那时只觉得是自己在瞎操心，上了年纪的人总会如此。可是心中总觉得有千斤重担压着，夜里也辗转反侧，难以入眠。

最终我还是下了床，就着窗外的灯影月光，独自去了大殿中。我知道这样是对佛祖的不敬，但我还是伸手摇了摇佛像，可这一次佛像居然没有发出任何声音，而且我也觉得里面已经没有东西了。

一时间，我只觉得冥冥之中似乎要发生什么大事儿了，心中实在不安。于是我便把佛像抱了下来，搬进了自己的房间里，然后拿出眼镜架在鼻梁上，打算好好检查一下。虽然佛像上有一层积灰，但我还是看到衣襟处有切合的痕迹，而用力一摇佛头便摇摇欲坠。原来如此。我赶紧抱着佛像经过走廊来到了房间，仔细地将佛像上面的灰尘擦拭干净，然后拿出了一张毛毯铺在地上，把佛头沿着切口拔了下来。我看见佛像里面被挖出了一个经筒模样的洞，洞里有拿旧宣纸包了一层灰的灰包，灰包中间凹陷，呈卷轴状，周边塞了很多旧棉花做填充。看来，虹汀大人当年果然只是对外宣称绘卷被烧为灰烬，实际上他早就打定了主意，要把绘卷封入佛像之内。而现在，竟有人把佛像切开，从里面偷走了绘卷……跟我来吧，我带您去看看那尊佛像。（可参见后面的“备注”）

正如您看到的这样，这件事我也难辞其咎，因此心里也十分愧疚，只好祈祷不会出什么乱子。可我又在想，如果真的是千世子小姐把绘卷取走了，那她这么做的目的是什么？而且她去世之后又是谁把绘卷藏了起来呢？如果这幅绘卷是八代子夫人在给千世子小姐收拾遗物的时候发现的，那么她也不可能不告诉我呀。我还没有想明白这些问题，就发生了这样的事情，实在太让人震惊。而且据说在一郎少爷发病之后，那幅绘卷又神秘地失踪了。村里人都在说，有人曾经亲眼看见绘卷就像灵蛇一样腾跃空中，而且在此后不久，一郎少爷就出事儿了。我也不知道是真是假，只是觉得这一切都是我当时的疏忽造成的。真代子小姐和一郎少爷都还那么年轻，却经历了这样的事……如果可以，我愿意用剩下的所有寿命去换他们。可是现在，我也只能以泪洗面。

参考四：吴八代子的谈话。

谈话时间：大正十五年四月二十六日下午五点。

谈话地点：吴家宅院后厅。

谈话人员：吴八代子，我（W）。

医生，我终于把您盼来了。多谢关心，我的伤没有大碍。我的命也不重要，我只想请您帮一个忙。请帮我找到这个从寺中偷出绘卷（小心翼翼地从怀中拿出绘卷交给我），然后在切石场交给一郎，想要害我一家人的人。如果真的能抓到这个人希望您能帮我问他一句话，一句话就好。我只想知道他究竟跟我们家有什么样的深仇大恨，居然要这样害我们（抽泣）。拜托您一定要帮我问他（抽泣）。

我最大的遗憾就是没有在一郎完全发疯之前问出这个人的身份。我真的想将他碎尸万段，锉骨扬灰（抽泣）。没有，我带着一郎离开直方之前，从来没有看到过这幅绘卷。他的行李也都是我收拾打点的，我确定里面没有这幅绘卷。那些警察什么都不知道，他们只会折磨一郎。我现在问一郎任何问题他都不会回答我了。我什么都不在乎了，一郎是否能恢复、真代子是不是能活过来、我自己能不能活下去……这些都不重要了。可是我很确定，杀我妹妹、害我侄子和女儿的绝对是同一个人！他肯定知道绘卷的事情，然后故意把这幅绘卷交给一郎……（情绪激烈、思维错乱，不能继续谈话。一周之后，逐渐恢复了下来，然后有了失心疯的症状）。

备注一：

1. 案发之后的晚上十点，检查完了吴家的第三号仓库，此前已经被封了起来，不让外人进入破坏现场。我看到楼下木板房的入口处铺了几张旧报纸，吴一郎穿的厚木屐和真代子出门穿的红色软木底草鞋并排摆在上面。我还在鞋子上发现有蜡烛滴落的痕迹，从这里一直断断续续地延伸到陡峭的楼梯上方。

从二楼的陈设和尸体的情况来看，这里没有发生过打斗、挣扎的痕迹。

尸体脖颈有勒绞的勒痕、瘀血及其他绳索相交缠的痕迹，而气管咽喉部及颈动脉等处并没有发现来自外部的损伤。另外，置于尸体前方的桌下掉落一条崭新的西式毛巾，毛巾上还有脂粉味儿，正是凶犯用来行凶的东西。

桌子的正中间放着卫生纸和几十张带有妇女体味儿的四折日本纸。桌子左边放了一个佛具合金烛台，烛台上插了一支点过了的百文目大蜡烛。根据之后的调查显示这个蜡烛应该烧了一百六十多分钟。

桌子下面还放了三支没有用过的百文目大蜡烛和一盒新的火柴。警察从四支蜡烛上端和中间部分取得了指纹，但其中并没有吴一郎的，全部都是真代子的，火柴盒上也是同样的情况。由此可以确定这四支蜡烛都是真代子带过来的，也是她拿出火柴点燃了一支蜡烛，然后把它插在了左边的烛台上。(此处省略了八代子脚印等无关线索)

2. 当天晚上九点，真代子遗体被送至九州帝国大学医学院法医学解剖室，由我（W）执刀、舟木医学士做见证，晚上十一点解剖检验工作完成。经确认，死者处女膜完好，死因为颈部受到压迫，即勒死，可推断被害人应该是在昏迷之后被人勒死，昏迷原因未知。（其他省略）

备注二：

1. 经调查，如月寺的弥勒佛菩萨坐像头大身小，形象奇特，没有背光，也没有偏袒右肩[1]，着普通法衣如轮袈裟，呈跏趺坐姿势并结弥勒之印，有可能是作者自己之像。雕刻刀工雄厚劲道，各处皆有锯齿和波浪状凿痕。坐像底部中央刻有“圣空”二字，字长一寸，刀法严谨。

2. 佛像中间的圆筒形空洞深约一尺，宽约三寸三分，如果不算中间填充的棉花和灰烬，那么高为一寸六分，正好是绘卷的体积。另外，作为盖子的颈根方形部分可以看到残留的粘黏痕迹。

3. 对灰包的宣纸和填充的棉花进行检测后，可以确定其褪色程度与所记录的时代相吻合。用显微镜观察灰烬成分可以确定应该是普通的宣纸、布料烧毁之后所得，并没有装饰用的金线或轴用木材等留下的痕迹。（其他省略）

备注三：

1. 从侄之滨的国道走到海边的切石场附近，找到了吴一郎当时看绘卷的

[1] 古印度为了表示对长者的尊敬，会把袈裟挂在左肩膀上，将右肩膀露出。——译者注

地方，这里在石堆背后，从街道上很难发现。

2. 切石场里只有石块、石片和切割石头所留下的痕迹，此外，还找到了稻草、纸张、草鞋、马蹄铁片，应该是从马路上飞过来的。但没有发现任何可疑物品。因为当天夜里下了雨，所以也没有找到吴一郎或者其他人的脚印。

3. 切石场的工人胁野军平住在侄之滨町七五番地之一。他的妻子阿蜜和养子格市在两天前一起上吐下泻，医院怀疑他们得了感染性疾病，所以将他们隔离了起来。出院后对还对他们进行了询问，证实在最近这段时间，并没有可疑的人出入过这里。他们患病的原因还未查清，但这里的海鲜食物一直都很新鲜，所以可以确定绝对不是食物中毒。

插入绘卷图片。

记录绘卷由来。

记录吴一郎第二次发病的所有研究观察事项。

大家现在是不是感觉到很迷茫呢？哈哈哈哈。我猜各位看到这里早就沉迷于其中的情节，已经忘记了这是我遗书中的一部分吧。这里面有悲、有喜，有文斗、有武斗，还有各种迷信传说，当真是一部大人读了之后感动不已，孩子看过之后害怕不已的异想录呢。尤其是以这种方法表达心理遗传的奇特性，绝对是开天辟地头一回。即便用尽现代所谓常识和科学知识的精髓，也不能与之相提并论；即便是法医学界的泰山北斗若林镜太郎博士对此事件也有些束手无策，因此在他自己所写的调查记录中发出这样的叹息：

“我暂时把幕后真凶称为假想者吧。因为如果想给这一事件一个合理的解释，只能把凶手想象成一个掌握了超前的学术，其性格、道德、习惯、思维都远不同于现代的常规，性情变幻莫测、做事手法恐怖的人。他在两年间翻云覆雨，逼疯了一位少年，残杀了两位女性，还有一位女性正在崩溃的边缘，断了吴家这一脉的香火，可见其性格之暴虐。然而他又让人无法判断这种残虐手段究竟是偶然天成的还是伪装成某种超科学的神秘作用而进行的。抛开是否真的有这样一个凶手不谈，我们连其行凶目的是否存在都不能确定。”

大家现在有什么想法？把之前的记录和这段文字进行对比之后，我想大家应该也注意到一件事了吧。那就是关于这件事的重点，从法医学角度来思考这件事情的若林博士和从精神病学的角度来思考这件事的我有完全相反的观点，而且我们直到现在也都没能成功说服对方。若林博士觉得这件事的幕后真凶另有他人，而且他就躲在某一处操纵这件事，翻手为云，覆手为雨，好不自在。我觉得这件事没有这么简单。根据精神科学原理来看，这就是一桩没有凶手的案件。这就是一次奇特的精神病发事件，只不过犯罪嫌疑人和被害者在某种共同的错觉驱使下，认为这是同一个人做的。如果真的要给这个案件找到一个凶手的话，那么我觉得这个人就是将这种变态心理遗传给吴一郎的吴家先祖，应该把他关进牢里接受审判。这也是这件事最有趣的地方。

什么？你们竟然早就找到凶手了。

哇哦，真的是太不可思议了。在座之人皆是名侦探，你们这么聪明，让我和若林怎么混呢。哈哈哈。

莫慌莫慌，诸君再有些耐心。就算你们想的那个人真的就是这些事情的始作俑者，也就是若林博士说的那位假想者，但你们目前也没有充分的证据证明你们的想法呀。哪怕你们现在已经有了十足的证据来证明，也知道这个人的姓名、家庭住址、现在正在干什么，就算把他抓了起来，然后可以对他进行审讯，那么，假如各位问出了我们没有推测出来的更加匪夷所思的真相，我们又该怎么办呢？哈哈哈哈哈哈。

因此，我早就提醒过各位，千万不要用那一点点证据或者是薄弱无力的概念推理来判断这种超出人们常规思维的事件，这样做是很危险的。至少要了解在这次事件发生后，想一想我是怎样得到这些相关信息的，又是用哪种方式来观察这一事件的，又是怎样进行研究推理的。而且，根据这种研究所撰写的精神病第二次发作的内容说明是如何凄惨、奇妙而荒诞，而这个说明又为什么会忽然变为我自杀的原因……所以，各位在没有将上述事情彻底搞清楚之前，请勿轻言是否有真正的犯人。听到现在，我知道大家已经是一头雾水了，心里肯定在想：“原来还要这样啊？”看来目前还是我技高一筹。言归正传，接下来我会继续讲述我对此事的研究进展，不过我还是不会使用敬语，就让这天然立体电影来为大家解惑吧。

可像我这样的乡下人，又是新锐的影片讲评人，如果不用敬语的话，听起来就很像是在读外行人写的文案。可惜，我没有做过料理，也没有写过剧本，确实不知道应该从何下手。好在，现在离天亮还早，时间尚且充裕。那我就动笔试试写一个剧本吧，权当娱乐了。但得先说明，我的写作顺序是从外向内推测，也就是从细枝末节渐渐往里推敲，最后揭晓这一次的重磅核心——心理遗传内容；剧情会根据我亲眼看到的事件顺序进行，大家只要弄明白了这个顺序，也就能知道事情的真相了。所以我敢向大家保证，这绝对是极端科学、真实无欺，而且无愧于天地的真实记录。哈哈哈哈。

【字幕】吴一郎的精神鉴定。大正十五年五月三日上午九点，在福冈地方法院的会客厅内。

【影片开始】

正木博士穿着一件哔叽单衣，配了一条哔叽裤，外罩一件黑紫色长褂，看起来很像是村长。他把自己带来的老式洋伞和老式圆顶礼帽，随手丢在了房中间的圆桌上，然后靠躺在进门处对面窗口下的椅子上，伸长了腿，无比惬意地抽着雪茄。

若林博士站在正木博士旁边，他穿了一件双排扣的长礼服，一本正经地向正木博士介绍了两个人：一个是身着制服、威严肃穆的探长；一个是身着毛织西装、气质高雅的绅士。

“这二位都是最开始接手这一案件的司法人员。这是大冢探长，这是铃木预审法官。”

正木博士起身接过两人的名片，随意点了点头道：“我就是你们想见的正木敬之。不好意思，我走得急，没有带名片。”

探长和法官都神情严肃地回了礼。

就在这个时候，两个法警带着吴一郎进来了。吴一郎还是穿着他那件白色打底的蓝色斑点睡衣。若林博士、探长和法官都向后退了一步，让出了一条道，看起来倒像是正木博士的随从。

吴一郎被带到了正木博士面前，如黑宝石般清澈的眼睛中写满了忧郁，他抬头慢慢打量着四周。可以看到他手上和脖子上都有擦伤和瘀青，应该是在发病的时候想要制服他进行扭打后留下的，这倒让原本就俊朗无双的他多添了几分脆弱美。站在他身后的两位法警向正木博士抬手敬礼。

正木博士则向两个人回了注目礼，然后吐了一口烟，一把拽住吴一郎的手铐，粗鲁地将他拉了过来。两人现在相距不过一尺，四目相对，谁都没有避开。正木博士紧紧地盯着吴一郎的眼睛，似乎是想暗示，又像是想从眼神上压住对方。

这两人就保持这个姿态，一动也不动。没过多久，正木博士的表情变得有些紧张了。这使得周围的几个人也跟着紧张了起来。

唯独若林博士面不改色，苍白的双眼缓缓垂下，目光落在了正木博士的侧脸，似乎想从他表情中探索出些什么。吴一郎依旧十分镇定，一点都不慌。他的眼神很清澈，这是精神不正常的人的一个特点。只见他将目光从正木博士脸上移到了旁边人高马大的若林博士身上。

正木博士慢慢放松了下来，他看着吴一郎，唇角上扬，吸了一口就要熄灭的雪茄，用一种轻快的语气问道："你认识这个叔叔吗？"

吴一郎抬头看着若林博士的长脸，轻轻点头，那眼神像是在做梦……见此种情景，正木博士笑意更浓了。这时，吴一郎薄唇轻启，说道："认识，他是我的父亲。"

此话一出，若林博士露出了一个极其可怕的表情。本就没有什么血色的脸更加惨白，没有光泽的额头爆出两道青筋，也不知道究竟是害怕还是生气，整个身体都在颤抖。他回头看着正木博士，眼神凌厉，就好像要把正木博士吃了一样。

不过正木博士好像没有看到若林博士的反应一样，他也不管旁边有没有人，直接大笑道："哈哈哈哈哈哈哈！他是你父亲吗？那我是谁呢？你认不认识我？"

吴一郎听到这话又重新看着正木博士，表情很认真，没一会儿他就又开口说道："是我的父亲……"

"哈哈哈哈哈哈哈！"

说着，他指向自己的鼻子。

吴一郎眼神认真地盯着正木博士的脸，很快又轻轻嚅动着嘴唇：

"是我……父亲……"

"啊哈哈哈哈哈哈！"正木博士笑得更大声了，甚至放开了吴一郎，自己捧腹大笑，"哈哈哈哈哈哈，这可太有趣了。你的意思是你有两位父亲吗？哈哈哈哈哈。"

吴一郎好像没有考虑到这点，看着两个人有些犹豫，但还是很快就点了点头，表示默认。

正木博士又笑道："哈哈哈。可真是难得啊。既然如此，你还记得我们的名字吗？"

正木博士像是在开玩笑，但在场的人在这一瞬间屏气凝神，看上去很是紧张。

可吴一郎听到正木博士这句话之后脸色一黑，缓缓将目光挪开，看着窗外晴朗的天空。没过多久，他似乎想起了什么，眼泪开始在眼眶里打转。

正木博士见此情景，就拿起吴一郎的手，吐了一口烟，安慰道："想不起来也没关系，别勉强自己了。毕竟不管你先想起哪位父亲的名字，都对另一个不公平啊。哈哈哈哈哈。"

此言一出，现场的紧张氛围顿时消散，若林博士的表情终于不再可怕，他露出了一个比哭还难看的笑容。

吴一郎警惕地看着这些人，最终失望地叹了口气，眼泪夺眶而出，滴在手铐上，落到了地板上。

正木博士并没有放开吴一郎的手，而是满不在乎地看着所有人，说道："我想接手治疗这位病人，不知道大家意下如何？就我看来，他应该还是记得和真相有关的一些事情，比如他看谁都像是他的父亲，有可能是因为受到了某些心理暗示。我想尽力帮他恢复到正常人的状态，让他想起这件事的过程。大家觉得怎么样呢？"

【字幕】大正十五年七月七日，吴一郎第一次出现在解放治疗场。

【电影开始】

炎炎夏日，解放治疗场中间的那几棵梧桐树长势正好，树叶碧绿，在阳光的照耀下熠熠生辉。

八个精神病人排好队，依次从东门口进入场内。有些人惊讶地看着周围，很快便狂态毕露。

吴一郎站在队伍的末尾，是最后一个进来的。

他一脸郁郁寡欢的样子，不是看着周围的红墙，就是盯着脚下的白沙。突然，他似乎发现了什么，盯着自己脚边的那块地，两眼发光，他俯身从沙地里捡起了什么东西，不但把它放在两手之间揉搓还举起来对着太阳看。

原来是一颗漂亮的蓝色弹珠。

吴一郎看着弹珠，嘴唇向着太阳露出了一个满意的笑容，随后就把弹珠藏在了自己黑色的兵儿带[1]里。他撩起衣摆，就地蹲下，徒手刨着被太阳晒得滚烫的白沙。

正木博士从吴一郎进来之后就一直在关注他。看见他开始刨土，便让人拿了一把铁锹给他。

吴一郎开心地接过了铁锹，道了声谢，然后继续刨土，而且比刚才更加卖力了。很快他就挖到了湿润的土壤，并且把它们堆在一旁。烈日下，这些湿土很快就被晒干，成了白色。

正木博士又仔细观察了一下吴一郎的态度，脸上露出一个笑容，很满意地点了点头，就从入口离开了。

[1] 男士和服的腰带之一。以前九州岛的士兵喜欢这样系腰带，在明治维新后便推广开来了。——作者注

【字幕】大正十五年九月十日，吴一郎已经在解放治疗场待两个月了。

【电影开始】

场中心的几棵梧桐树开始长了枯叶。周围的平地处处散落着如黑色墓穴般被翻铲的沙坑。

吴一郎就站在洞穴之间的一块平地上，拄着铁锹，举起腰杆，艰难地吐了口气。这两个月来他一直在挖地，脸都被晒黑了，体力也逐渐透支，整个人憔悴不堪，再没有往日的生机活力，只有那双眼依旧闪亮。他拄着的铁锹锹刃已经磨损过度呈波浪状，现在正反射着阳光，可见他在挖掘的时候有多疯狂、多卖力了。他这副模样像极了被打入焦热地狱，受灼热之刑的亡魂。

不一会儿，吴一郎又像是被人逼迫般，抡起被晒得像炭一样黑的手臂继续拿着圆锹刨地。他在一块新的石英质沙土平地上大跨步地挖掘另一个洞穴，不一会儿就掘出一个大块鱼脊椎骨，接着又调整好体力以快于先前数倍的速度挥动着圆锹。

那个痴迷于跳舞的女孩子一不小心倒退掉进了吴一郎挖的大洞之中，摔了个四脚朝天，叫声凄惨。别的病人不但没去救她，反而一起拍手叫好。

可吴一郎就像没有听见一样，只埋头挖洞，连回头的意思都没有。挖了一会儿，他似乎挖到了什么东西，虽然我们眼睛看不到，但吴一郎还是开心地搓起了手，双眼发亮，然后继续拿着铁锹，咬紧牙关，一锹一锹地向下挖，越来越用力。

正木博士从他背后慢悠悠地走了过来，鼻上的眼镜发出闪闪亮光，他就这样看了一会儿吴一郎挖地，然后走过去拍了拍他的肩膀。

吴一郎被吓了一跳，赶紧放下铁锹，傻傻地回头看着正木博士，顺便伸手擦掉了脸上的汗水。

就在这个时候，正木博士立刻伸出手从站在洞里的吴一郎怀里掏出了用脏手帕包着的东西，还有他最开始挖出来的那块鱼骨，动作之快，就连吴一郎都没有发现。吴一郎擦完了汗水，眨巴眨巴眼睛，抬头看着正木博士。正木博士就笑着问他：“你刚刚挖到什么了？”

吴一郎有些不好意思，瞬间红了脸，他抬起左手，伸到了正木博士的鼻子前面。博士凑近了仔细一看，发现他的手指上面缠了一根女性的头发。

正木博士好像明白这是什么意思，神色严肃地点了点头。随后他又背着手打开了那块手帕，将里面的东西都拿了出来，并且把手伸到了吴一郎眼前。那些东西分别是吴一郎第一次来到解放治疗场，在沙堆里面捡到的那个蓝色弹珠、刚才挖到的鱼骨头、一把红色橡胶梳碎片，还有一截断了的玻璃管，跟小手指差不多长。

“这些东西也是你从地里面挖到的吧？”

吴一郎气喘吁吁地点了点头，目光在正木博士的脸和他手上的那四样东西中来回切换。

正木博士问道：“那你能跟我说说这都是什么东西，又有什么用吗？”

吴一郎不假思索地说道：“这是一块人骨，这是水晶管，这是珊瑚梳子，这是青琅玕。”他边说边把那四样东西拿了回来，然后重新用手帕将它们包得严严实实，再小心翼翼地放进了自己怀中。

正木博士又问道：“那你到底在这里挖什么呢？”

吴一郎一手拄着铁锹，一手指着脚下，说道：“这下面有一具女人的尸体。”

“原来是这样啊。”

喃喃自语的正木博士突然透过眼镜紧盯着吴一郎的眼睛，用一种严厉到近乎苛刻的语气，一字一句道：“那这个女人是什么时候被埋在这里的？”

把圆锹当成拐杖的吴一郎惊讶地看着正木博士，这时他的脸都不红了，只呢喃道：“什么……什么……时候……什么时候……”他一直重复着这句话，无助地看着周围，神情落寞。他突然放开手中的圆锹，疲倦地垂着眼，垂头丧气地爬出洞外，慢慢向入口走去。

正木博士看着吴一郎渐行渐远的背影，双手交叉抱于胸前，露出了一个一切尽在掌握之中的笑容，“我猜得果然没错。他的心理遗传已经开始显现了。再等等吧，好戏马上就要上演了。”

【字幕】大正十五年十月十九日，解放治疗场内。

【电影开始】

就像影片开头我们看到的那样，钵卷仪作正在墙角耕地，他耕好的地已经比之前多了一亩了。旁边那个女孩则将枯枝碎瓦栽种至一半的田地。

吴一郎也跟开头一样背着手，笑着看钵卷仪作种地。虽然只过了短短一个月，但他这段时间不但没有挖洞，还一直都待在自己的房间——七号病房里。他整个人已经恢复到了以前那样白皙圆润。

正木博士依旧从他身后走过来，笑着拍了拍他的肩膀。吴一郎又被吓了一跳，赶紧回头看去。

正木博士问道："你现在感觉如何呀？看你很久都没有下来了，倒是变白了，也胖了些。"

吴一郎笑着回答道："您说得没错。"然后继续看着钵卷仪作的圆锹。

正木博士注视着他，道："你在这儿干吗呢？"

吴一郎依旧看着那个圆锹回答道："看他耕地呀。"

正木博士听到他的话喃喃自语道："你现在的精神要正常多了。"他观察了一下吴一郎，加重了些语气道，"是吗……我怎么觉得你是想找他拿回那把圆锹呢？"

话音未落，吴一郎的脸唰的一下就白了。他瞪大了眼睛看着正木博士，在下一秒又继续看着圆锹，小声嘀咕道："是啊，那是我的。"

"的确。"正木博士点了点头，"不过看在这位老人家这么努力耕地的份儿上，你愿意再等一会儿吗？待会儿十二点的钟声响起，他就会放下铁锹回屋子里吃饭，天黑之前都不会再下来了。"

"是吗？"吴一郎忧心忡忡地看着正木博士。正木博士为了让他安心，郑重地点了点头："我向你保证一定是这样的。放心吧，我之后再给你买一把新的。"

话是这么说，但吴一郎明显没有安心，他继续看着那把圆锹，小声地说道："可我现在就想要它。"

"为什么？"

吴一郎却不答话了，只是专心致志地看着圆锹。

正木博士有些紧张地看着吴一郎，似乎是想从他的表情研究出什么东西。

大鸢的影子惊掠般飞过两人面前的沙地，飞向远方。

诸位看到这里想必也应该知道了，吴一郎的心理遗传肯定和一位佩青琅玕、戴水晶管、插珊瑚梳的古代妇人相关。他之所以对寻找女尸有着一股莫名的热情，就是因为他想参照这具尸体画完自己的那幅画。

可是在正木博士问他埋尸的时间时，他却不知道应该怎么回答，只能边回房边思考。为什么会这样呢？

而且，他为什么会在一个月后的今天，也就是大正十五年十月十九日回到解放治疗场，专心致志地等老人把铁锹放下来呢？

此时，这个疯人解放治疗场的危机也正从不知何处悄然逼近……

而知道这些问题的答案的，只有还在调查这件事的若林博士和我。不是银幕上的那个正木博士，你们别误会了。哎呀，这有些复杂，算了，你们就当是我好了。电影也就停在这儿吧。大家请跟着我返回深夜之中的九州帝国大学精神病科教授研究室内，看看正在写这封遗书的疯子博士。

这些事情听起来未免有些像天方夜谭，不过我之所以写这封遗书，就是因为要打发一下死之前的无聊时间而已。威士忌的酒劲儿有点大，但这个没关系，毕竟我很快就会和山川大地融为一体了。现在还是让我再享受一根雪茄的美妙吧。

这个感觉真爽啊。在临死之前还能高高在上地嘲笑世间万物，并以此心态写下一封遗书。累了就瘫在旋转椅里，把头埋在膝盖上，抽一口雪茄，吐出一圈烟雾。看着它如朝云夕霞般袅袅升起，散在天花板上，向四周蔓延开来，如同具有灵魂般缠绕羁绊，似悲似喜地描绘着非几何曲线，随后越来越淡，直至消失。旋转椅那么大，我这么小，就这样缩在里面，傻傻地看着这些烟雾，只觉得自己就像是童话里的魔法师。咦，眼皮好重啊，好想睡觉……看来酒劲儿上来了……呼呼呼呼呼呼呼……窗外的夜空上，繁星闪耀，那一颗星星……它是哪颗星来着……嗯……那里有颗星星……“看见星星，博士晕晕”哈哈哈哈……这可不行……呼呼呼呼呼……呼呼呼呼呼呼呼呼呼呼

呼呼呼呼呼……呼呼呼呼呼呼呼呼呼呼呼呼呼呼呼呼……呼噜……

“怎么样？看完了吗？”

我耳边突然响起了这个声音，在这空荡荡的房间内留下了回音，可立刻又消失了。

我本来以为是若林博士在说话，可那个声音中的语气是那样轻快有活力，绝对不是若林博士能说出来的。于是我赶紧回头看，但是身后空荡荡的一片，什么都没有。

实在是太奇怪了。

秋日清晨的阳光总是温暖又柔和，它们穿过三扇窗户来到室内，安静地映在摆成数行的玻璃标本架、透明漆和树脂地板上，是那样耀眼。

叽叽叽……吱吱吱……咕咕咕……

窗外的松树林间有小鸟正在鸣叫。

看完这封遗书之后，我只觉得很不解。在收拾这些材料时，我无意中看了看眼前，结果被吓了一大跳，险些就从椅子上跳起来。

我在看这些材料的时候一直以为桌子对面的椅子上坐着的是若林博士，现在一看才发现并非如此。坐在我对面的那个人把整个身子都瘫在椅子里，穿着一袭白色长袍，骨瘦如柴。

那个人大概五十岁左右吧，头发眉毛都剃干净了，皮肤被太阳晒得发红偏黑，可能实际年龄并没有看上去这么大。高高的鼻梁上架着一副无框眼镜，一张飞字唇里叼着一根刚点上的雪茄。他双手环抱在胸前，身体微微向后仰，看起来个头也不高。四目相对时，他悠然地拿下雪茄，扬唇一笑，我看到了他洁白的牙齿。

这一次，我真的一下就跳了起来。

“天哪，您就是正木博士！”

“没错，哈哈哈哈哈，吓着你了吧。不过你真的不是个普通人啊，居然还能记住我的名字，也没有把我当成鬼，有这份胆识可真不错，我很看好你啊。啊哈哈哈哈哈。”

他的笑声在我耳边回荡，我只觉得整个人好像被雷击了，动弹不得。右手一松，拿着的遗书也落在了桌子上。遗书的主人居然就这么大大咧咧地坐在我面前，我突然觉得从今天早上醒来到现在所经历的一切都是假的，身上一点力气都没有，直接跌坐回椅子上，然后咽了咽口水。

正木博士见到我这个样子似乎很开心，他坐在椅子上，仰天大笑道："哈哈哈哈哈哈哈，你还是很惊讶呀。实际上你不用怕的，你如今是进入了错觉之中，只不过这个错觉有点严重。"

"错觉？严重？"

"还是很困惑吗？哈哈哈哈。你回忆一下今天的事情。我猜你应该是在八点之前跟着若林来这里的吧，而且若林还告诉了你很多事情，甚至跟你说我早在一个月之前就自杀了，对吗？他肯定还说了那本月历上的日期，是不是呀？哈哈哈，有些受惊了吗？我当然知道所有的事情啊。你刚刚在看《疯人地狱邪道祭文》《胎儿之梦》那几篇新闻采访，还有那封遗书时，应该已经相信我死于一个月前了，对吗？"

我一时间不知道应该怎么回答。

"哈哈哈哈。可惜了，这些都是若林精心设计好的骗局，你已经成了他手上的一颗棋子了。我来告诉你哪些是能证明这场骗局的关键吧。你看看这封遗书的最后一段，对，就是你刚好翻到的那一页。怎么样？这可是我昨天晚上刚写好的，那上面的墨水味儿都还是新鲜的呢。这个证据是不是很有说服力啊？哈哈哈哈。这世上也没谁规定，遗书只有在人死之后才能公之于众啊。所以虽然遗书已经完成了，但我还活着，这没什么好大惊小怪的呀。哈哈哈哈哈。"

正木博士说的话让我目瞪口呆。我实在想不明白，他和若林博士为什么要这么做呢？如果说这只是一个恶作剧，但这其中又有很多不符合常理的地方。我刚才看到的所有事情、所有资料都是真实的吗？还是正木博士和若林博士为了捉弄我故意设计的？想来想去，我只感觉到之前自己头脑中的那些感激、惊讶和好奇开始摇动、崩塌，似乎就要和我的身体一同消失。

我将两只手紧紧撑在桌子边缘上，以此稳住身形，眼前的正木博士喜笑颜开，然而我的心中却是一片茫然，只觉得一切都像是在做梦。

“哈哈哈哈哈哈哈。”正木博士哈哈大笑，结果一不小心被雪茄的烟呛着了，猛地咳了起来，脸上的表情一时间很是好笑，他赶紧伸手扶住了鼻梁上的眼镜。

“喀喀喀，你这个表情……喀喀喀似乎要我非死不可……喀喀喀……看这个样子，我的身体确实不太行了……喀喀喀。你听我说。你应该是在今天早上一点左右在七号病房内醒来的。醒来之后你发现想不起自己的名字和过往，因此在病房里大喊大叫，对吗？”

“的确如此，可您是怎么知道的？”

“你当时闹出的动静那么大，我怎么可能不知道呢？虽然其他人都睡了，但我还在这儿熬夜写遗书，听到动静后我就去看了一下，发现你正在想自己的过往。我就知道你应该要摆脱梦游状态了，所以我赶紧回了二楼，想早一点把这封遗书写完。没过多久天就亮了，我刚打完了盹，正迷迷糊糊地看着外边，这时候我听到汽车的喇叭声，那是新式喇叭才发得出的声音，我一听就知道是若林那家伙来了。这可不太好。肯定有人把你醒过来的消息告诉了他，他手脚还挺快。我想知道他这么快过来究竟是为了什么，所以就一直在暗中观察。我看见他给你理头发、洗澡、换衣服，把你打扮成了大学生的样子，然后就把你带到六号病房去见了那个小美人，告诉你那是你的未婚妻。你是不是觉得手足无措？”

“所以那个姑娘的确也是一个精神病人吗？”

“是的，而且她的病在精神学界极其少见。她在结婚前夜目睹自己的未婚夫出现了‘变态性欲心理遗传’的严重梦游症状，结果自己也在无意间被梦游发作的暗示所引导，引起与未婚夫同样的心理遗传发作，陷入了假死状态。也不知道若林用了什么方法把她救了回来，她醒来之后就开始说一些莫名其妙的话，比如‘真羡慕千年前的杨玉环和唐玄宗啊’‘我对不起我姐姐’，可是她是家中的独生女，根本就没有姐姐。有时候她又会做出一个抱婴儿的姿势，对着怀里的空气说‘你以后一定是日本人’。不过，她现在应该也快要清醒过来了。”

“那么……她……那个女孩，她叫什么？”

“我猜你心里面应该有数了吧。她自然就是侄之滨的第一美人吴真代子呀。”

“天哪……所以……所以……我是吴一郎……”我说出这句话的时候，正木博士紧抿着他的嘴，虽然雪茄烟雾令他皱眉，但他的目光一直都停留在我脸上。

一瞬间我只觉得全身的血液都倒流回了心脏，整个人就像是一只快要被渴死的鱼。豆大的冷汗一颗一颗往下落，双唇忍不住颤抖，身体也摇摇欲坠，似乎就要和空气一起消失。唯独两只眼睛还在死死地盯着正木博士。我感觉自己的灵魂在无尽的时空中飞驰，我很怕想起自己曾经是吴一郎的事情。我听见自己的心跳声越来越大，就像从远方传来的惊涛骇浪声，身体抖得越来越厉害，我根本控制不了它。

可即便如此，我脑海中依旧没有自己身为吴一郎相关的回忆。不管我在心中默念多少遍这个名字，我还是觉得它是那样陌生。不管我怎么回忆，我的记忆起始点依旧是早上的钟声。不管别人怎么说，不管有怎样的证据，我都接受不了吴一郎就是我自己的事实。

我做了一个深呼吸，所有意识开始回笼，心跳的频率也渐渐恢复正常。我这才重新坐到椅子上，腋下的衣服都被汗打湿了。

正木博士倒是很镇定，他抽了一口雪茄，吐出一圈紫色的烟雾，若无其事地问我：“你有回忆起自己的曾经吗？”

我默不作声地摇了摇头，然后拿出手帕慢慢地擦拭着脸上的汗水，心情也平复了很多。但不可思议的事情实在是多如牛毛，我现在甚至觉得挪动一下身子都很可怕，只想一直坐在这里，不要再有人来打扰我了。过了一会儿，正木博士咳了一声，动静很大，自然也吓了我一大跳。

“咯咯。如果你还是没想起来，那我就再跟你说一次好了。你可得听仔细了。一切都是若林镜太郎的诡计，他煞费苦心地想让你相信你自己就是吴一郎，然后再带你来见我，让你指证我是这世上最恐怖的恶魔。”

“指证？”

“是的。你现在冷静一下，重新想想自己醒来之后经历的事情，就能明白一切。”正木博士突然正襟危坐，轻咳了两声，然后靠着椅背，不停地吐着浓浓的烟雾，又淡然地看着暖炉旁的日历，缓缓说道，“我再跟你讲一次事情的全部经过，你得仔细听啊。今天是大正十五年十月二十日，这是遗书上写着的吴一郎再去解放治疗场看钵卷仪作种地的第二天。那个日历就是证据，你看那上面写着……October……19……也就是昨天的日期。主要是我昨天事情有点多，就忘了要去撕掉当天的日历，不过这也说明我从昨天开始就一直在这里，没有离开。你现在懂了吗？你再看挂在我头上的这个电子钟，上面显示的时间是十点十三分，我的手表上也是这个时间。也就是说，从我早上写遗书打盹到现在才过了五个小时。遗书末尾的笔墨都是新鲜的，我也完完整整地站在你面前，所以这没有什么好大惊小怪的。你必须牢牢记住这一点，否则你之后也许又会产生很严重的错觉。”

“可若林博士刚刚——”

“不可以！”

我话还没说完就被正木博士大声打断了。他将右手拳头高高举起，左右挥动，似乎想将我头脑中的迷惑全部铲除，气势如虹。

“不可以！你现在必须信任我，绝对不能听若林的话。若林刚才就是在这一点上出错了，而且还是一个重大失误。他肯定是在进来后不久就闻到暖炉里传来的烧焦味，知道我把藏在那里面的原稿焚毁了。恰好又看到了我放在桌子上的遗书了，于是他就立刻想出了一个诡计，然后引诱你上钩。”

“但他跟我说今天是十一月二十日呀，就是您死之后的一个月。”

“唉……你怎么不开窍啊？我真的太不喜欢你们这种有先入为主观念的人了。你好好听我说，整件事是这样的……”

正木博士说这话的时候似乎有点咬牙切齿，很显然有些生气了。他把舌头上的雪茄屑吐了出来，然后将双肘架在桌子上，用他那被雪茄烟染黄了的右手手指指向我，好像要把说的每一句话都刻在我的脑海里。

“你给我听好了，千万别再出错。若林之所以会跟你说出今天是十一月二十日这种荒谬的话是因为他想让你安静些，别大吵大闹了。假如他不这么跟你说，那么当你知道这封遗书是我在几个小时之前写完的，而我现在又不见了踪影，那么你肯定会很担心，觉得我是出去自杀了，对吧？那么当你提出这个疑问之后，若林既是我的好友又是医学院的院长，于公于私，他都必须要装出一副忧心忡忡的样子，然后放下所有的工作，和大家一起去找我，尽全力阻止我自杀，这样才不会让你起疑。可这样一来，若林就会失去这个独自唤醒你的天赐良机了。要知道，你能不能找回记忆可是若林最看重的事，对他来说，今天早上就是最好的时机了。

“所以，哪怕他知道我肯定躲在某个地方偷听你们的对话，他也只能骗你说今天是十一月二十日，是我自杀后的一个月。其实他的漏洞很多，说出来的话也根本不像一个法医界权威的发言，但他想做的只是稳定你的情绪而已。他肯定觉得当你慢慢想起自己的过往，知道自己就是吴一郎之后，你就会成为他的牵线木偶了。在他看来，只要你按照他所设想的那样回忆起了过去，那么接下来他可以不费吹灰之力地让你认定我就是害死你母亲和未婚妻的仇人。再加上我又是精神病学科的专家，在外人看来，我如果想对你进行催眠让你亲手勒死自己的母亲和妻子，也不是什么难事。这样一来，我自然就是最大的嫌疑犯了。对吗？”

“……”

“就算你没有按照他所设想的那样，在看过这些资料以后恢复记忆，那么他也有最后一招。他知道我肯定会回这间研究室，所以他只需要在你分心的时候悄悄躲起来，然后让你在这儿遇见我。要是你对我的样子有印象，就可以借此来帮助你恢复自己过去的记忆。一旦成功，接下来的一切也会按照若林的计划来进行。说到底，他就是要借助我的力量来陷害我，当真是狠毒。不过这也是他最擅长的事了。你现在明白没有？

“若林本来就是谋划布局的高手。就算是记忆全失的嫌疑犯，只要交给若林来审讯，那么对方一定会被若林绕进去，无法进行正常的思考，心态也会发生改变。最终惊慌失措间被若林捏着鼻子走，甚至会认为自己真的犯下了罪行，并且对若林感激涕零，认下那些莫须有的罪名。美国最近闹得沸沸扬扬的第三等询问法和若林的方法比起来简直是小巫见大巫，根本不值一提。若林有很多审讯手段，如果按照等级来分，可以从第一级分到第一百级。而且啊，他还会把一些方法结合起来用，真的是特别能折腾。就以你为例吧。如果我真的像他口中说的那样，密谋害死了斋藤教授，然后得到了主任的位置，以此全力来推行自己的实验，最后因为实验失败而想要自杀的话，那么即使他知道我躲在暗处偷听，也依然能合情合理地进行自己的计划，希望能让我按照他的逻辑来思考，逐渐承认自己是大恶魔，也希望能让你承认自己就是与我有着不共戴天之仇的吴一郎。这样一来，他可以不费吹灰之力地让我陷入身体无法动弹、五官无法感知的状态，并且将我赌上了自己一生的事业功绩占为己有。换位思考一下，你觉得还有比这更残忍的审判吗？到那时我面前就只剩下两个选择：要么站出来承认一切，要么就偷偷自杀。若林的方法说起来简单，但做起来十分残忍。无论是怎样棘手的案件，只要让他来处理，他都能找到幕后真凶。所以媒体都称他是破案高手，但没有人知道背后的隐情。

“可是这一次我绝对不会让他如愿。今天他所进行的实验都没有按照他的计划那样开展，不仅你没有对此做出反应，就连他平时最拿手的审讯方法都出了差错。可见，这位天下第一的法医学专家在和我交手时内心得有多焦急，他根本不会从一开始就失了镇定。也许这一次将是若林博士审讯生涯中的‘滑铁卢’呢。哈哈哈哈哈。”

“但……但是……”

“但是？但是什么？”

“但是这项实验的主持人不是您吗？”

“是，的确是我在主持这个让你恢复记忆的实验。因此若林才会想以此布局，独吞成果啊。就是想把我推入深渊，让我身败名裂。”

“怎么能这样？他也太可怕了！”

“可这件事最有趣的地方不就在于他已经开始行动了吗？我没有落入他的圈套，没有自杀，没有被千夫所指，而且还能站在这儿跟你聊天，这难道不是对他最好的反击吗？”

正木博士在说这句话的时候，嘴角出现了一抹冷笑，带着几分恨意，带着几分嘲讽。他靠着椅背，双手环胸，朝着天花板吐出雪茄的烟雾，一副胸有成竹的样子。似乎很肯定若林博士就坐在某处偷听我们的对话。

我看着他，只觉得一股新的恐惧感笼罩全身，心脏突然收缩，隐隐作痛。他们两个人倾尽毕生所学的斗智斗勇实在可怕。我根本不敢相信自己居然是他们斗争中的一环。原来我之前感到的害怕、痛苦、无助都是拜这两个恶魔所赐，是他们把我拖下了水，让我陷入这场风暴之中。我直起腰杆，真的很想尖叫着逃走。

但是……

但是不知为什么，我现在根本站不起来，只好用手帕擦拭额头渗出来的汗珠，弯下了腰，长叹一声。我将目光聚焦在正木博士脸上，有了一种必须揪心等待他那泛黑的恐怖嘴唇开启的紧张心态。也许是因为我的灵魂已经被这两位以命相搏、作风诡异的博士推行的精神科学实验所吸引了吧。也有可能是因为我的心被那些隐藏在故事背后的不可思议的真实性牢牢抓住，继而激起难以言喻的好奇……我看着眼前的屋子，想着这些问题，依旧觉得有些茫然。

正木博士又轻咳了两声，开口说道："怎么样？你现在知道自己为什么会产生错觉了吧？想通了吗？可能还有些地方不大理解吧？你真的很聪明，本来你应该完全不知道自己的名字，家住在哪里，为什么会被牵扯进这些事情中。哈哈哈哈。不用害怕，等我把之后的事情说给你听，所有的问题将迎刃而解，两件事也会彻底被疏通。我会跟着我的遗书结尾继续讲述这些事情，不过其中有些内容或许会和前面重复。我会告诉你这实验中我和若林以前的秘密，然后由此揭示吴一郎的心理遗传内容，让你知道你究竟是谁。不过你如果能在中间部分就推测出自己的身世的话，那也是可喜可贺的。但你现在还是先仔细听我讲述吧。在此之前我必须再跟你说一次，你一定要保持清醒，不要产生错觉，别再有我是一个已死之人，现在坐在你面前的就是我的魂魄这种荒谬的念头了，否则会很麻烦的。你就认真听我说，要是听完了之后还是有错觉或幻觉，可能就真的无可救药了，明白吗？确定自己没问题了吗？好，那你就听我慢慢道来……"

正木博士边说边把之前已经熄灭的雪茄重新点燃，送进嘴里，然后双手插进口袋，美滋滋地吸了几口，才把雪茄又叼回嘴边，在烟雾缭绕之中坐直了身体。

“这件事迟早会被公之于众，到时候只需要看新闻报道就行了。或许昨天的晚报和今天的早报已经开始就此事进行连载了。解放治疗场昨天发生了一起重大事件——我为了给以这桩事件为中心的心理遗传实验添加一个结论，在大正十五年十一月十九日的正午炮声响起之后，点燃了之前自己安装于治疗场里的病人群体中的应用精神科学炸弹导火索。这个导火索实际上也不是什么了不起的东西，就是那把圆锹。只不过我是用应用基础科学的方法点燃的导火索，因此大家并不会看到硝烟火光。谁也想不到这一机关竟然藏在一把普通得不能再普通的圆锹之中。不过这个结果实在是有些超出我的预料了，竟然造成了一场惨剧。作为实验的负责人，我在第一时间就去校长办公室负荆请罪，并且打算引咎辞职。其实，我当时还没有想到若林居然是这样一个心怀叵测的小人，所以只觉得反正若林博士过不了多久就会把我的研究成果公之于众，那么，现在正是关闭实验的最佳时机，善后工作交给若林就行了。不过后续事情还是有些棘手，我干脆以命谢罪吧。抱着这样的想法，我回到住所收拾好东西，然后去东中洲的市中心小酌了几杯。在身心舒畅之后我就回了研究室，想整理一下资料，到这儿一看，我不禁大惊失色。我记得我离开之前六号病房还是空着的，现在居然灯火通明。我心中不解便拦住了要下班的工人，问他这是怎么回事。他说是若林博士带了一个貌若天仙的小姐回来让值班医师给他开了一间病房。

“我当时只觉得这件事越来越有趣了，差点儿鼓掌叫好。这么看来，若林镜太郎绝不是泛泛之辈，这个披着法医学专家皮囊、在我面前表现得像一只温驯白猫的人只怕还是个狠角色呢，他马上就能成为和我不分伯仲的精神病学专家了，更何况他找到他人的弱点并且对其加以利用。

“我会对他有这样的评价，是因为我在遗书中提到的那件事。他在事情发生之初就利用自己的职务之便找到一具女尸替代了真代子，使她成了无名无姓的人，只能受他摆布。我之前还不知道他为什么要这么做，可如今我终于想通了。他就是计划在你快要想起前尘往事的时候，将你带到真代子面前，利用真代子的美色、你的欲望，以及人伦纲常逼迫你认下吴一郎的身份，然后让你坚信正木博士就是你的杀母仇人，按照我刚才跟你说的那样，让你站出来把所谓的‘真相’告诉世人。除此之外，我也知道他想让你成为他倾尽一生心血研究的‘精神科学的犯罪与其证迹’的完美实例。

“既然他都在我头上动土了，那我也不能坐以待毙，任由他算计啊。他有他的过墙梯，我有我的张良计。他研究的精神科学犯罪本身就是建立在我所创造的新遗产原理上而进行的，所以我如果想从这方面推翻他，实在是太难了。于是我就釜底抽薪，将自己的精神科学研究手稿付之一炬，只留下一封写下了研究内容概要但带着嘲讽性的遗书，如此一来，他为了自己的研究能够顺利发表，只能将我的遗书作为参考资料写进他的学术著作中。不过他真的会把我的遗书公开吗？他又会用什么样的方式公开呢？这就是有趣的地方了。也许我的遗书将是史上第一份如此不受人待见的礼物呢。

“我越想越开心，就赶紧回到这里。我点燃暖炉烧掉了所有资料，然后开始写遗书，写着写着就到黎明了。若林在听到你醒来的消息后，就迫不及待地开车赶来，并且马上安排了你和那位美少女的会面……可惜，他失策了，一切都没有按照他的计划进行。但是，那姑娘已经把你当成她所爱慕的兄长了，那么若林的计划还是成功了一半。可惜你把人家推开了，而且一点都不留恋，更不承认她是你的未婚妻。若林只能转变策略，带你来这儿了。但说真的，我当时也有些惊讶。若林镜太郎真是个可怕的家伙！他简直就像是我肚子里面的蛔虫，知道我所有的想法。他从一开始就猜到我总有一天会停止这个充满了危险性的解放治疗实验，而且也料到我会在公布实验内容之后人间蒸发。除此之外，我打算把新娘被杀案的所有实验资料都销毁，然后做出报告宣布这件事并非是犯罪案件，但这个意图也被若林镜太郎看穿了。因此，他打算在我消失之前控制住我，让我的计划全部泡汤，这才会如此迫切地采取行动。

“他今天踏进玄关的时候，应该就知道我昨晚一直在这里了。为了设计陷害我，他还特地把你带到这来。既然如此，我有什么理由不好好陪他玩一玩？于是我把还没有烧掉的资料和那封没有写完的遗书大大方方地摆在桌上，然后拿着威士忌酒瓶躲了起来，打算给他一个‘惊喜’。我当然没有跳窗而逃，也没有夺门而出。从始至终我都待在这间房里，只是没有人知道罢了。你听到这儿，是不是觉得我应该使用了某些精神科学的魔法？其实这个玄机就在那座暖屋之中。

“我可以在实验没有成功或者有人惦记我的研究手稿时，点燃暖炉，把所有的资料全部焚毁，也可以在必要的时候躲进里面，让所有人都找不到我。因此，我在设计之初就给它配备了两套点火系统——可以连接煤气，手动点火，也可以打开电力开关，自动点燃。你把上面的那个铁盖拿开就能看到内部十分宽敞，暖炉下面设计的电热装置可以释放煤气。原理很简单，只需要把二百个大本生电灯泡并排放置就行。你如果在这上面放一个活物，那么打开煤气阀和电开关，底部释放的煤气会让它窒息而死。很快电热器就会发热，点燃煤气，只需要几十分钟就能把这个活物烧成灰烬。啧啧啧。如果在上面放一块石头或者一片瓦，那么则会由于高温高热而释放出强烈的辐射热。你看，这西洋纸的燃点比肉还高，而且用它写成的手稿有整整四个大箱子那么多，可还不是被烧成灰烬了吗？假如我的下场也像这些西洋纸的话，那么这么伟大的学说也会就此消失了。哈哈哈哈！我在听到楼梯间传来你和若林镜太郎的脚步声后，就拿起这瓶酒和一份报纸躲到了暖炉里面。我把报纸铺在那些灰烬上，就这么席地而坐，带着不知道什么时候就会化成青烟的觉悟，一边抽雪茄，一边听你们说话。

“若林镜太郎果然是只老狐狸。他见我不在屋里，不但没觉得不对劲，而且还立刻以此布局，让你陷入错觉之中。他就像圣德太子一样，可以在走第一步的时候就算好接下来的三步。他在跟你讲我和斋藤教授的故事时，就已经快速地翻看完了我的遗书，其中有些内容虽然不太合适，那时我还没有写下结论，所以于他而言倒不是什么烫手山芋。而且他为了让你坚信自己就是吴一郎，还特意把这些资料交给你，让你自己看一遍，这比他跟你说千百遍都有用。他之所以在你专心阅读的时候悄悄离开，也许是想以此来试探我的反应，看看我会怎么处理这件事。

“他的行为确实勾起了我的兴致。既然他已经对我发起了挑战，那么我就借力打力，以此来反击他吧。所以我才离开了暖炉，悄悄坐在这里，看着你读完了那封遗书。哈哈哈哈！感觉怎么样啊？咱们俩现在可是在名满天下的法医界权威若林镜太郎的算计之下交锋的。你究竟是谁？从哪里来？跟这件事又有什么关系？为什么会坐在这间屋子里？不管是从精神病学上还是从实际情况来看，这些问题直到现在都还没有一个准确的答案。

“所以，假设你真的像若林计划的那样，恢复了记忆知道自己就是吴一郎并且站出来指认我是这场悲剧的幕后真凶的话，我就会成为一个被千夫所指、被万人唾骂的冷血精神科学巫师，那么若林就占了上风。反之，如果你根本想不起与吴一郎相关的事情，那么我将占据上风，到时候我就可以向外界公布你只是一个普通的少年，因为得了自我忘失症，所以被九州帝国大学医学院收留。你跟这件事完全没有关系，只是被若林利用了。这样一来，若林的苦心筹谋将成为过眼云烟。所以，你才是这场由举世无双的法医学专家和史无前例的精神科学家发起的斗智之局的关键。而你是否认为自己是吴一郎则是我们分出胜负的关键。而且直到现在也还有很多谜题没有解开，这一点依旧不能确定。谜题真的太多了，哈哈哈哈。”

正木博士爽朗的笑声在这空旷的研究室内引起了回应。我听着只觉得有些刺耳。现在我完全不知道他和若林博士孰是孰非，感觉自己的脑子就像是一团糨糊，根本厘不清思绪。

不过正木博士根本不在意我的感受，他闭上了一只眼睛，尽情地吸了一口雪茄，看起来很享受。随后，他握住椅子的扶手站了起来，说道：“唉，终于到了决胜局了。希望你可以接受我的帮忙，找回以前的记忆，确定自己的身份。我想堂堂正正地跟若林较量一次。你跟我来吧，我会亲自为你进行实验，帮你想起以前的事情。说起来这也是我第一次做这种实验呢。”

我处在一种半梦游半清醒的状态，轻轻地站了起来。不知道为什么，我总感觉若林博士就躲在某个地方，用他那双苍白的眼睛偷偷注视着我们。我始终觉得有些可怕，可还是硬着头皮跟着正木博士来到了南边的窗户前。我透过他的肩膀看到了窗外的景象，那一瞬间，我感觉一个晴天霹雳砸在了头上。

窗子外面正是疯人解放治疗场。吴一郎就背对着我们站在墙角下，一直看着前面种地的老者。他穿了一套黑色和服，头发蓬乱，肤色白皙，侧脸微红。

在亲眼见到他那凄惨模样的瞬间，我不禁闭上眼睛，双手覆面，全身被一种难言的恐惧和惊讶笼罩袭裹，所有的神经都绷紧了。

站在那里的人不就是吴一郎吗？我很确定，因为他的模样和正木博士的遗书中描述得一模一样。可是，如果站在那里的才是吴一郎，那么站在这里的我又是谁？

在看向窗外的那一刻，我只觉得自己的身体和灵魂被切割开：身体换了一套衣服站在墙角；灵魂则继续留在窗内傻傻地看着外面。我只觉得无比凄凉，又很阴森。

莫非我眼前的一切都是幻觉？莫非这一切都只是我做的一场白日梦？

当这些念头出现在我脑海中时，我整个人都不知所措，心中百感交集，既觉得痛苦难言，又觉得兴奋难耐，只想再睁眼看看。

可无论我怎么看，解放治疗场里的景象都很真实。碧空如洗，墙红似血，沙白胜雪……那些人就站在那里，各行其是。

站在我前面的正木博士缓缓回头，悠然地指着窗外问我："怎么样？你知道这是哪儿吗？"

我不知道应该怎样回答，只能点了点头。因为我从刚才再睁开眼睛的那一瞬间，就被这奇异的场景吸引了。

阳光尽情地洒落在白沙地上，精神病人们来来往往，他们的行为举止基本符合遗书中所描写的那样。似乎每一个人都是以正木博士研究出的心理遗传学说为剧本，在这个治疗场里发挥着自己的演技。仪作拿着圆锹开垦新田；吴一郎背对窗户，目光一直聚焦在仪作手中的圆锹上；风月场所出身的女人并没有发现自己的王冠已经掉了，依然昂首挺胸地走着；跪在地上的男子已经疲倦了，头抵着地面呼呼大睡；演说家双手捏成拳，然后抵着砖墙，默默祈祷；身材消瘦、皮肤青黑的少女为了寻找需要植入新耕地中的植物，正在场内来回走动，四处物色。其他人虽然没有停在原地，但他们做的工作还是和遗书上描写的一模一样。但是那个爱唱歌、爱跳舞的女学生已经跑到了我们窗户的下边，只见她挖了一个深坑，估计人掉下去只能露个头出来，然后拿着那个硬纸板做的皇冠和一些枯树枝做陷阱，行为有些怪异。可不管怎么样，我看了半天也不知道究竟是哪个人在昨天中午引发了正木博士说的那场惨剧，而且场内也没有惨剧发生过的迹象。这一点我实在是想不通。也许是因为舞蹈狂没有唱歌，也许是因为我们站在玻璃窗内，所以外面一片寂静，每个人的动作都没有发出任何声响，实在是让人不寒而栗。我认真地数了数，场里正好有十个人，一个也不少，一个也不多。怎么会这样呢？

我高高在上地看着他们的行为，一切都是那样普通正常。但我总觉得那场正木博士利用这些疯人的心理遗传所设计的精神科学的大惨剧，那场让正木博士不得不引咎辞职的惨剧，马上就要开始了……是的，那场悲剧的爆发时间不是昨天，也不是前天，而是现在。不只是场内的疯人，就连对面房顶上那两支并排放置、高耸入云的红砖大烟囱，烟囱里冒出的滚滚浓烟，以及高挂在碧空之中的烈日都受到了某种神秘的精神科学原则的支配，它们都是悲剧爆发的助燃剂。我感觉自己的咽喉被这种深不可测的冰冷严肃的感觉扼住，身上的汗毛都立了起来，而我的承受力已经到达了极限。为什么会这样？我越想越觉得不对劲，拼命地想摆脱这种濒临窒息的感觉，可我的目光仍被治疗场所吸引着，没办法挪开。我就带着这种异常复杂的情绪一直看着吴一郎的背影。

此时，我耳边响起了一个低沉的声音："你在看什么呀？"

这个音调和之前的正木博士说话时的语调差别很大，我愣了一下，循声看去。正木博士早就已经站在了我旁边，两指之间夹着一支还在冒烟的雪茄，可他脸上笑意全无，镜片后面的那双眼一直盯着我的侧脸，好像要看透我的大脑一样。

我长叹一声，努力平复自己的情绪，回答道："看解放治疗场。"

"哦……"正木博士目不转睛地看着我的眼睛，又问道，"那你看见了什么？"

他这话问得奇怪，我也只能看着他的眼睛回道："看见了十个精神病人。"

我话音刚落，正木博士就惊慌失措道："什么？你看见了十个人？"他脸上写满了震惊，又直勾勾地看起了我的脸。

我在他的注视中转头继续看着窗外的治疗场，目光落在了吴一郎身上。不知道为什么，我感觉他随时都可能会转过身来和我打个招呼，然后便会发生一件大事。想到这里，我整个人都僵住了。

正木博士在我身旁似乎是在自言自语："这里面的每个精神病人你都能看到吗？"他这话让我觉得有些害怕。我不明白他为什么会这么问，但这已经不重要了。于是我对他点了点头，没有说话。

"你确定是十个人吗？"

我又点了点头，很肯定地对他说："是的，我确定。"

"嗯……"正木博士垂着眼，呢喃道，"奇怪啊……不过，这个现象却挺有意思的。"他边说边把目光挪向了窗外。我看见他脸上的血色渐渐褪去，但他什么都没有说，只是自己凝神思考着。没过多久，他又恢复到了之前的脸色，唇角开始上扬。他回头看我，对我露出了一个灿烂的笑容，然后抬手指着窗外道："那我再问问你，你看没看见那儿站了一个人？他正看着老人耕地呢。"

"看见了呀。"

"那么他是面朝哪边站着的呢？"

正木博士的问题越来越多也就算了，居然还一个比一个奇怪。我满腹狐疑地看着他，老实回答道："他看的方向跟我们看的方向一样，所以是背对着我们。我也看不见他的脸。"

"果然如此。但是他也许会看向我们这边，到时候你仔细看一看他长什么样子吧。"

听着正木博士这话，我突然愣在原地，只觉得心脏不再跳动，呼吸也即将停止。

就在这时，似乎冥冥之中自有天意，吴一郎居然转了过来，抬头看向我们面前的窗户。于是我们的视线就隔着那块玻璃撞到了一起。那张本该挂着笑容的脸上露出了一个惊讶无比的表情，和我早上在浴室的镜子前看到自己的面孔时的表情一模一样。一张圆圆的脸，一双大大的眼，两腮削瘦……不过，他马上露出了一个笑容，然后平静地回过头，继续看着仪作耕田。大概就是这样吧。

我的手不知什么时候掩住了我的脸，我尖叫道："原来我就是吴一郎，吴一郎就是我……"我不由得向后退去，脚下一滑，险些跌倒。还是正木博士及时拉住了我，并且把不知名的液体倒进了我嘴里，我只觉得舌头、喉咙就像是被火烧一样，火辣辣地疼。大概就是这样吧。我实在想不起来当时究竟发生了什么事，只依稀记得正木博士一直在我耳边吼着："你给我挺住，一定要挺住。你再好好看看他。你不用发抖，也不用这么害怕，这是很正常的事。千万要坚持住！他拥有一张和你相似的面容是很自然的，无论是学术还是常理都是如此。所以，你冷静一些啊……"

我当时居然没立刻晕过去，我自己都觉得很厉害。有可能是因为之前经历的怪事实在是太多了，所以我的心理素质也比以前要强大了。我按照正木博士的话，唤回了自己刚刚被吓得离开身体的魂魄，然后一直睁眼、闭眼，并且用手绢擦掉了脸上的汗水，如此反复多次后，我逐渐平静下来，可以重新站在窗前。但即便如此，我也还是没有勇气再看向窗外了。于是我耷拉着脑袋，将目光聚集在地板上，一直呼气、吐气，想把舌头上那股还在燃烧的强烈威士忌浓香吹散。

此时正木博士也把他手上的酒瓶放到了衣服口袋里，而且还咳了几声，似乎是放心了。

"你会这么震惊也是很正常的。因为那个人与你是同年、同月、同日、同时、同分生，而且你们都是从一个子宫里面出来的。"

听了博士这话，我忍不住叫道："什么！你的意思是，吴一郎是我的双胞胎哥哥或者弟弟？"我盯着正木博士的侧脸，感觉自己好像明白了一切，这才终于敢放心地望向窗外那位吴一郎。

可正木博士却摇了摇头，严肃地说道："并非如此。不过，你们也不是长得像的陌生人。可以说你们俩的亲密度远胜于双胞胎兄弟。"

"您这话是什么意思？"我觉得好不容易厘清了思绪，又成了一团乱麻。

正木博士脸上浮现出一种略带讥讽含义的微笑，而我紧紧凝视着他眼镜下那乌黑的瞳孔——他在讥讽什么呢？还是真情流露？

正木博士看着我，脸上露出了一个带有怜悯的笑容，而且不停地点着头。他又深深地吸了一口雪茄，吐出了一圈烟雾。

“你自然不理解。毕竟你所患的是古书中记载的离魂症。”

“离……离魂症？”

“是的。得这种病后，你会从自己的身体中衍生出另一种人格，他的所作所为和你截然不同。关于这方面的记载有很多，不过古时候的人们都将它当作一种奇谈，古书中的记录也是如此。身为精神病学专家，我知道这种症状的出现是有据可依的。但是自己亲眼看到之后，还是会觉得有些神奇。”

我连忙揉了揉眼睛，小心翼翼地看向窗外。那个人还是站在那没有动，不过从现在的角度看过去，我能看到他的一点侧脸。

“那么我和他谁才是吴一郎呢？”

“哈哈哈哈哈哈。原来你是真的忘了呀。你现在还没有从梦里清醒过来。”

“梦？我还没有清醒？”我不由得目瞪口呆，只能回头一直看着眼前这个扬扬得意的人。

“对，你现在还在做梦。证据很简单，那就是我看见解放治疗场里空空如也，没有任何人，只有中间那几棵梧桐树一直伫立在那里。事实上，自从昨天发生了那场悲剧后，解放治疗场就被封了。”

“……”

“我会给你做一个比较专业的解释，你仔细听。现在你意识中比较活跃的部分是你对现实的感知功能，换言之就是你如今只能对眼睛可以见到的、耳朵可以听到的、鼻子可以闻到的、舌头可以尝到的，以及你的皮肤能感受到的事情进行思考。而负责以往的记忆的部分，比如‘那时是这样的’‘当时发生了这些事情’正在缓慢地清醒，目前还处于做梦的程度。因此，如果你从这里透过窗户看向场内景象的话，那么你在这时就会想起直到昨天为止站立此处的记忆，但它清醒程度依旧是做梦的程度，它会幻化成你刚才所见到的那些幻影，然后浮现在你的意识中。

“换言之，你看见站在治疗场里的自己其实是你自己以前的记忆，然后幻化成了你的梦出现在你的意识里；而站在这里的你，则是你的主观意识。你正在同时经历梦境与现实……”

听完这话我又使劲揉了揉眼睛，看见正木博士在不断地眨眼，又是一个很奇怪的笑容。

“那么，也就是说我真的是吴一郎，对吗？”

“对。无论从理论上来说，还是从实际情况来看，你都只能是吴一郎。我很理解你此刻的难以置信，不过这也是不能改变的事实。此外，如果你真的完全恢复了记忆，而不是像现在这样清醒到做梦的程度的话，那么，若林将会是最后的胜利者，而我将成为一个彻彻底底的失败者。但是到最后一刻谁都不知道谁胜谁负呢，哈哈哈哈哈。”

“……”

“无论如何，这于你而言都是一种很不一样的体验吧？而且还是这种神乎其神的体验。但从学术上看，这其实是一种很正常的现象。就算是个普通人，当他在极度疲倦或者神经衰弱的时候，也有可能出现这种幻觉，只是程度要轻一些。举个例子吧，一个男人在白天经过公路时，眼前可能会出现自己昨天晚上和美人们把酒言欢的场景，然后一个人在路上傻笑；或者你走在一条没什么人的小路上，会突然想起以前差点被车撞到的情景，然后被吓了一跳，停在原地不敢动。女性也是这样的，已为人妻的妇女坐在自己带来的嫁妆——镜子前面会再度看见自己成为新嫁娘时候的样子，然后对着镜子发起了呆；没有事的时候，跟着自己学生时代的背影走回了学校门口……这种例子还有很多。在梦里看到自己死后的葬礼是因为对自己过去的客观记忆所产生的虚像和如今的主观意识所映照的实像重叠。而且你的脑髓睡眠程度比普通人要深，所以才会在看到解放治疗场时出现那么真实的幻觉。这就跟人在熟睡的时候，会不知道自己在做梦一样。相对而言，你出现的幻视比真实具有更深的魅力，也因此导致你无法将其与现实意志区分。

“而且我刚才已经说过你的情况，你熟睡中的脑髓功能中与最近经历事情相关的记忆开始渐渐复苏，所以这时你会开始做梦。但是可能有部分还未清醒，所以当你发现自己看到窗外的那个人就是现在站在这里的自己时，瞬间害怕、慌张，甚至快要昏迷，这时你的意识就完全苏醒了。但那个时候，连站在这个房间内的你我都会消失，你很可能会在意想不到的地方发现意想不到的自己。实际上，在你刚刚险些昏迷的时候，我还以为你就要清醒了呢。”

我听着正木博士的话，不知道自己何时又闭上了眼。他总是话里有话，让我感觉一片茫然。所以我能做的只有拼尽全力让自己站稳，口中的舌头徐徐翻动，我很怕自己睁开眼后，现在的景象便会不复存在。

我无意识地抬起右手按着自己的脑袋，又沿着头发向下移动摸着自己的发际线。就在这时候，我突然感觉到一阵痛彻骨髓的疼痛。

我没忍住，直接叫了出来。随后便更用力地闭紧了双眼，紧咬着牙关，小心翼翼地来回摩挲着那块地方。不知道是不是心理作用，我总感到额头有些肿胀，不过不是起脓包之类的，而是像狠狠地撞上了什么东西，或是被谁打了一顿之后留下的瘀青。但是我之前根本不觉得痛，而且从我醒来之后，我完全不记得自己头部受到过重击。

我现在这个样子应该就是人们常说的梦中梦了吧。我轻轻揉着自己的额头，闭着眼狠狠地晃了晃脑袋，怀着即将要掉下万丈深渊的想法猛地睁开了眼，认真地观察着周围。好在眼前看到的景象和刚才一模一样，一直盘旋在附近的那只大鸢又从白沙地上掠过。

看到这幅情景，我觉得这些就是真实存在的呀，对我来说，无论那些莫名其妙的所谓的精神科学现象怎样重叠，我所经历的这些都不是自己的幻影啊。我站在这里可以亲眼看见这些景象、亲耳听到这些声音，我很确定它们都是真实存在的。想到这里，我终于不再害怕，可以直面站在窗外的那个人，那个和我长得一模一样，差点就让我觉得他就是我的吴一郎。看完之后我又缓缓回头看向正木博士，只见他突然眯起眼，露出了一个大大的笑脸，嘴巴都快咧到假牙后了。

“哈哈哈哈哈哈哈，我都暗示成这样了，你还不明白吗？你还不相信自己就是吴一郎吗？”

我依旧没有说话，只是坚定地点了点头。

“哈哈哈哈，你可真不是个普通人啊。其实我刚刚说的那些都是胡说八道，只是想骗你而已。”

“骗我？”按着额头的手无力地垂了下来，我瞪着眼睛，抿着嘴，盯着正木博士，我想用“呆”这个字来形容我现在的样子真是恰如其分。

见我这个样子，正木博士忍不住捧腹大笑，而且是用尽了全力地大笑，甚至还被雪茄呛着了。接着，他扯开领带又解开背心扣子，将鼻梁上的眼镜扶正，肆无忌惮地笑了起来。室内的空气仿佛随着他的每一次大笑出现又消失。

“哈哈哈哈哈哈，真的是太好玩了，你这么诚实啊。哈哈哈哈哈哈哈，笑死我了。你不要生气啊……哈哈，我刚才用自己的金字招牌编的谎言并没有什么恶意。哈哈哈哈哈……我其实只是想利用那个和你形貌酷似的吴一郎来考考你的头脑。”

“考考我的头脑？”

“是的，因为我想把吴一郎心理遗传的真相跟你说清楚，不过里面有很多难以用常理逻辑来理解的东西。所以你必须保持一个清晰的头脑，不然你很容易跑偏陷入一种错觉，就像刚刚那样。如果你真的相信窗外的那个人是你的双胞胎兄弟的话，那么你就不可能理解我所说的内容了。因此，我得先给你打个预防针。哈哈哈哈哈。”

我做了一个深呼吸，感觉自己这一次真的是从梦里面醒过来了。正木博士真的是个辩论奇才，我被他弄得有些害怕，忍不住又伸手摸着额头，说道：“但我突然觉得这儿特别疼，我……”我将接下来想说的话咽回了肚子里，我很害怕正木博士又笑我。

不过，这一次他竟然没有想嘲笑我的意思，而且似乎很早就知道我这里痛了。他平静地说道：“你是说这里痛啊？”他这理所当然的语气让我无比难堪，还不如直接笑我呢。

“其实那儿不是刚刚才痛的。从你今早醒来之后那里就有一片瘀青，只不过你之前都没有发现而已。”

“但是……”我看着博士，开始扳手指头计算，“今天早上，理发师摸过这里，护士摸过这里，我自己也摸过这里不下十次了，可那时候我完全不觉得疼啊。”

“这跟谁摸过你、摸过你几次都没有关系。在你认为自己就是你自己，吴一郎就是吴一郎，你们是毫无关系的两个个体时，你自然不会觉得头那里很痛。当你开始发现自己就是吴一郎的时候，就能感觉到这种痛了。这也是精神科学最让人匪夷所思但最常见的作用。世间万物都和精神息息相关，因此精神科学可以证明出那些唯物科学永远无法证明存在的现象。换言之，你的头疼和吴一郎心理遗传的发作紧密相关。因为这就是吴一郎前一晚心理遗传发作到最高潮时打算撞墙自杀时留下的印记。”

“也就是说……我……我的确是吴一郎吗？”

“你冷静一些，不要怕。子非鱼焉知鱼之乐，或者刀不割在自己身上永远不会觉得痛，这些常识都是唯物科学的逻辑。”正木博士把雪茄的烟雾和这些话一同吐了出来。可我并没有理解他的意思，只见他又闭了只眼睛，微微一笑道：“不过，此刻那个你认为与自己毫无关系的吴一郎的头痛，又是以哪种精神科学的作用出现在你头上呢？”

听到这话我又转头看向那个站在治疗场里，面带笑意的吴一郎。此时，我头部的疼痛不知道为什么，又有了神秘的脉动感觉，从而呈现出一种“鲜活的色彩”。

正木博士又吐出口烟，然后问我：“怎么样？你能自己回答这个问题吗？”

“怕是不行。”我的语气很坚定，手又摸着额头。这一瞬间我觉得自己真的很无能。

“那就没办法了。你就一直把自己当成是一个来历不明的流浪者吧。”

正木博士说完这句话后，我感觉自己就像是一个被母亲带到商场里又被突然丢下的孩子，胸口被这种情绪塞得满满的。我不禁双手合十，哀求道：“博士，求求您了，告诉我一切吧。否则再遇上更加匪夷所思的事情时，我就真的没有勇气再活下去了。”

“哈哈，别这么沮丧，我还是会把所有的事情都告诉你的呀。可千万别再用这种充满了绝望的眼神看着我了。”

“那么，我究竟是谁呢？”

“我可以告诉你答案，但在此之前你得答应我一件事儿。”

“我答应，什么事我都答应。”

正木博士脸上的微笑消失，刚要吐出口中的烟雾也被他吸了回去，他的目光锁定了我的脸，一字一句说道：“什么都答应吗……”

“是，什么都答应！”

正木博士脸上又露出了他惯有的带着讽刺意味的笑容：“其实也不是什么大事。只要你能抱着刚刚那种坚定的心情相信你绝对不是吴一郎，然后以此为前提来听我讲述这些事情就行了。我会将吴一郎的心理遗传案件仔仔细细地分析给你听，无一遗漏。可你必须答应我，不管真相有多残酷，不管这些事情有多匪夷所思，你都要坚持听完。”

“好，我会听到最后的。”

“当我把这些事情都告诉你之后，当你确定这些事情都是真实发生的之后，你就把它们都写下来，然后跟我的遗书一起公布，也是你此生对我、对所有人类应尽的责任。如果你确定了这一点，那么你能保证之后无论遇到多大的挑战，无论你多想逃跑，你都会坚持下去吗？”

“会的，我向你保证！”

“除此之外，你还有一个责任，那就是和六号病房的姑娘结婚，让她的精神恢复正常。不过我相信，到了最后你一定会知道为什么要这么做的。只是我现在想问，你确定之后会承担这个责任吗？”

“这……真的是我的责任吗？”

“这个就等你听完所有事之后，自己来判断吧。无论如何，你是否有那样的责任，或者吴一郎的头痛为什么会转移到你这里，其实其中缘由非常简单，我估计不用五分钟就能说清楚了。”

“这么简单吗？”

“对啊，就是这么简单。就连上小学的孩子都能明白这个道理，不需要多费口舌了。现在你要做的就是去某个地方握某个人的手。然后在这电光石火间，你会感受到我所预测的那种精彩的精神科学作用，你会知道原来你自己就是这样一个人。不过，你那时候可能真的会昏过去。而且这个作用可能会在你握手之前就出现。”

“可以现在做吗？”

“不可以。因为我已经说过了，一旦你现在知道自己的身份，那么你立刻就会进入错觉之中，甚至可能会让我的实验功亏一篑。所以你必须要等到了解这件事的所有过程，然后按照我的交代把它们记录在册，并且对外公开后，才能去做这个实验。你能做到吗？”

“好吧，我可以。”

“那就没问题了。接下来我会告诉你事情的全部内容，只是有些晦涩。你跟我过来。”

正木博士拉着我的手走到了桌子旁边，然后让我坐在了椅子上，而他自己则坐回他的那把旋转椅里，我俩就成了面对面的姿势。我看见他把雪茄丢到了达摩烟灰缸里，然后从衣服口袋里面拿出火柴盒，划了一根火柴点燃了新雪茄。

我现在坐的位置视线受阻，看不到窗外，这反而让我如释重负。我清楚地感觉到那些自己无法解开的疑问即将揭开。

“这个话题越来越晦涩了啊。”正木博士故意重复了一遍这句话，不过语气很随意。他手撑着桌子，然后托着下巴，嘴里叼着雪茄，一副满不在乎的样子。他笑着对我说道：“我们先不谈你是谁。我问你，你觉得今天早上见到的那个姑娘怎么样啊？”

我不懂他为什么要这么问，只好眨巴眨巴眼睛。

“什么怎么样啊？”

“你不觉得她长得很好看吗？”

我真没想到正木博士会问我这方面的问题，一时间很尴尬。之前一直盘旋在我脑中的各种问题突然就消失了，我只看见一双明亮美丽的眼睛、两片红润小巧的嘴唇、一对如柳叶般的细眉，长着小绒毛的耳朵……想着想着，我只感觉自己脸上涌出了一股热气。之前快要昏过去的时候被正木博士灌下的威士忌酒似乎现在开始发挥作用了，浑身都有些发热。我只好拿出手帕擦了擦脸。

正木博士看我这个样子笑着说道："这反应倒还差不多。能在别人问他那个女孩漂不漂亮的时候还镇定自若的人，要么就是流连花丛的老手，要么就是《八犬传》中那个性无能的后代。不过，你对那个女孩真的没有任何感觉吗？"

其实，我并不想把自己当时的心情写在这里，可是我必须实话实说。当正木博士问了我这个问题后，我才发觉自己此时对她的感觉还是和早上初见她时的第一感觉一样。她的倾城容貌和出水芙蓉般的清新气质让我动容，我希望她可以恢复如初，可以离开这里，可以见到她心心念念的那位兄长，仅此而已。我现在没有精力去思考自己对她有没有男女之情。或者更进一步来说，我觉得这些想法都是对她的亵渎，因此心中时刻在警醒自己，不要越界。结果现在正木博士一句话就看穿了我的心思，我瞬间涨红了脸，四肢也变得僵硬，吞吞吐吐地说道："我……我，我很同情她。"

正木博士对我的回答似乎很满意，一直在点头。我感觉他应该是误会我喜欢那个姑娘了，不过我现在心里也乱糟糟的，不能对此释然，所以只想跟他解释清楚，让他别误会。在我刚想开口的时候，正木博士又慢悠悠地点了点头，说道："这没什么问题啊。人人都有爱美之心，觉得人家好看自然也是喜欢的，如果连这都不敢承认，那也太伪君子了。"

"博士，您……您误会了……我不是……不是您说的那样。"我赶紧摆手道，"欣赏异性的美丽并不代表着恋爱也不代表着情欲。如果把它们混为一谈的话，那就会在错觉之中产生爱意。这才是对他人的不尊重。您身为精神科学的专家，怎么能妄下定义呢？太草率了。"

面对我这样急切的反驳，正木博士依旧淡定悠闲，脸上笑意未减，说道："你不用急着解释，我都明白。那个女孩一心倾慕你，是不是让你觉得有些麻烦了？但是顺其自然吧，无论你是否会喜欢上她，都只能交给命运来决定了。你现在就听我说一说你的头痛与那位少女到底有什么关系。虽然听起来有些不可思议，但是你也只能接受这命运地安排了。其实不管是从道德伦理上来说，还是从法律规定上来看，你和她都面临着同一种命运，只是你们一个站在最左边，一个站在最右边。当我们拨开那重重迷雾后，你就会知道为什么你们在离开这里之后要立刻结婚。”

听着正木博士的这番言论，我再一次沮丧地低下了头……不过，这并不是由于害羞。我那时并没有觉得有什么不好意思的事情，我只是试图从正木博士的话中找到帮我摆脱现在这个尴尬处境的关键。我紧闭双眼，死死咬住下唇，开始依次回忆起今天早上所经历的事情，然后将它们分解重组。

正木博士和若林博士看似多年好友，情深义重；实则针锋相对，都想着置对方于死地。

两个人开始产生嫌隙是因为要把吴一郎和我当成精神科学研究对象，如今两个人的争斗在这间教室里达到白热化。

可是他们都想让我和六号病房的女子结婚。

如果我就是吴一郎，或者是跟他同年同月同日出生，又同名同姓而且长了同一张脸的人，病房中的那位姑娘也的确是吴真代子的话，那这一切真的太奇怪了。换句话说，在结婚的前一晚使用某种精神科学的犯罪手段，让我们两个人陷入这样悲惨的境地，这种事情除了这两位博士，应该没有人能做得到了吧……世上还会有如此矛盾的事吗？

如果真要强行给这件事一个解释，也是可以的。比如，他们为了达到某种研究目的，故意将那位姑娘和双胞胎中的某个人变成了疯子，然后让他们陷入一种错觉，来撮合这对少年。可这实在是太疯狂了，根本就是把所有人都践踏在脚下，罔顾人伦纲常。正常人怎么可能做得出这种实验呢？

如此矛盾，又如此奇妙，究竟是谁的错呢？

他们两个人为什么都要把赌注下在我身上？

还有很多的问题……

看来无论我怎么想，都理不出思绪。我陷入了一个死循环中，越想越不明白，越不明白越要想。到最后，我觉得整个脑袋就像是一团糨糊一样，什么都想不了。我紧锁着眉头，嘴唇都快被咬出血了，整个人什么都做不了，只能无奈地闭上眼。

就在这时，敲门声响起。

我大吃一惊，猛地睁开了眼，惶恐地看着房间的门，生怕是若林博士回来了。可是正木博士面不改色，依然托着下巴，大声说道：“屋里有人，直接进来。”

话音刚落，我就听到门锁被打开的声音，房门被推开了一半，一个人走了进来。那是一个穿着一套九州帝国大学的工作服的光头工人，看上去年纪挺大，腰都直不起来了。他右手端着一个托盘，托盘里放着一个黑色的陶壶和两个做工粗糙的茶杯。左手拿着装满了蜂蜜蛋糕点心的盘子，慢悠悠地走到桌子前，把这些东西放在了正木博士面前。我看到正木博士的脸上写满了吃惊。这位长者好像做错了什么事情一样，赶紧耷拉下脑袋，搓了搓手，又看了看我和正木博士，突然弯腰鞠了一个大躬，手都快碰到地面了。

“嗯嗯，今日的天气挺好……嗯……这些东西是院长让我给二位送来的点心……嗯……”

“哈哈哈哈，原来是若林让你送过来的吗？真是辛苦你了。不过这些点心是他准备的吗？”

“不是的。院长刚刚打了个电话来问您是不是在这儿，我被吓了一跳，只能跟他说我现在过去看。等我来到门口的时候，便听到您在和客人说话，就把情况告诉给了院长。院长让我先送些点心上来，说他之后会亲自过来一趟。”

“既然如此，那你就把点心放这儿吧。然后你给他回个电话，跟他说得了空就过来吧，出去的时候也不用关门了。辛苦你啦。”

“好的，我知道了。正木博士，我之前不知道您也在这儿，今天又只有我一个人值班，所以还没来得及收拾您的办公室，真是太抱歉了。”

他颤颤巍巍地给我们倒好了茶，又给我们行了几个礼才离开。在他离开后，正木博士立刻探出身子拿了块点心塞进嘴里，然后喝了一口茶，大口地吃了起来。他还看了我一眼，那眼神示意我赶紧吃。

不过我对这些吃的不感兴趣，只是将双手叠在膝盖上，瞪大了眼睛看着正木博士的反应。他们两个人的相处真的是太微妙了，我虽然不能理解，但还是被其吸引。

“哈哈哈哈。你别这么紧张，我就喜欢那只老狐狸这一点。他知道我从昨晚开始就滴水未进，所以让人把我最喜欢吃的蜂蜜蛋糕送上来。放心吧，这是医院门口卖给病人吃的东西，里面不会加毒药的。”

他一边说一边又吃了好几口蛋糕，灌了一整杯茶下去。

“味道真不错。你感觉怎么样啊？我马上就要告诉你所有的事情了，在此之前你还有什么问题吗？比如与吴一郎两次发病的相关情况。”

“有的。”

此言一出，屋子里竟然有了回声。我自己都被吓了一跳。我赶紧端正坐姿，收缩着小腹。

不过，蜂蜜蛋糕的小插曲确实让我一直紧绷着的神经松了下来，也可能是刚才差点失神晕倒时被灌下的威士忌到现在终于发挥了作用，但不管怎么样，我听到自己刚刚那一声响亮的回答后，确实有了勇气。我端起茶杯将里面的热茶一饮而尽。这茶的味道的确不错，喝了之后唇齿留香，让人回味无穷。我在茶香之中彻底放松下来，全身的血液开始流通，身体不再像之前那么僵硬了。我舔了舔湿润的嘴唇，盯着正木博士的面颊，口鼻呼出的气息似乎都带有威士忌的味道。

我大声地说道：“无论学术上怎么说，我都不会相信我就是吴一郎。”

当我说完这句话后，突然有了一种很奇妙的感觉，似乎我从早上醒来到现在所经历的全部事情都与我无关，我就像是在以第三者的视角看它们一样。这可真的太有意思了。我好像拿着一个万花筒，里面装着的就是我今天看到、听到的事情，当我转动筒身时，这些事情就在我眼前翻转，神秘又有趣。而我再看若林博士和正木博士，也不觉得他们可怕了，甚至感觉他们就像这世界上最有趣的玩具。

他们之间肯定发生了很大的误会。

也许这件事的本质就是一出弱智的喜剧。

也许就是我和一个长得很像我的少年，同时患上了罕见的精神疾病，所以我们两个分不清自己的身份了。而正木博士和若林博士都觉得只有自己才能分辨出我们谁是谁，可无论他们怎么尝试都没能将我和那个人分清楚。于是他们俩决定让我们之中的一个人去迎娶一个姑娘，她是我们两个人其中一人的未婚妻。为了达到这个目的，他们两个人使出浑身解数，甚至编造出了各种谎言迷局。也许这就是事情的真相，就是这么奇妙又好玩。如果真是这样的话，那么不管我的盟友是正木博士还是若林博士，不管他们说的话中几句真几句假，对我都没有什么影响，我也不必害怕。正木博士说要让我自己来找出事情的真相只是骗我而已。但是，假如我能揭穿他们的计划并且将那个姑娘带离这个疯人地狱，就等于给了他们两位一个下马威。这么想的话，倒是很痛快啊！

我越想越有底气，心情也越来越轻松。一时间，我只觉得房间里是那样宽敞明亮，窗外的松树林绿意盎然充满了生机，周围安静的环境让人身心愉悦。

不过，我回过神之后就发现正木博士正靠着椅子，双手放在后脑勺上，笑盈盈地看着我，似乎是在等我说出我的问题。看来我应该只花了片刻的时间就在自己的脑海中想通了这些吧。

可是我想问的问题很多，一时间竟然不知道从哪里问比较合适。于是，我只好拿起了桌上的遗书，随手翻了几页，停在了事件记录摘要的最后几段，便指着这里问道："这说要插入照片呢，可是照片在哪儿呀？"

"哎呀，哎呀，是我大意了……"正木博士收回了手，然后一手拍在桌子上，"哈哈哈。我一心就想着怎么帮你恢复记忆了，居然忘了给你看这个至关重要的东西了。只有看到它，你才能知道吴一郎心理遗传的真相啊，那可是我遗书的点睛之笔呢。哈哈哈哈……我可真是太马虎了，可能是睡眠不够吧。现在就把东西拿给你，让我想想……我记得是放在这儿了吧……"

正木博士说着挠了挠头，又把旁边的一个绸缎包袱拿了过来。他把包袱打开，将里面的一个长方形的东西拿出来，东西还用报纸包得严严实实的，然后他又从里面拿出了一摞装订本，看样子应有两寸厚，是用西式的大页书写纸写的。随后他专门把绸缎拿到北边的窗户前抖了抖灰。

"这东西放在暖炉里居然沾了这么多灰。喀喀。嗯，那本册子就是关于侄之滨事件的调查报告，是若林写的。你之前已经看过它的摘要了。若林的肺虽然不太好，但他的头脑还是清晰的，而且他对这件事进行了多方调查，几乎做到了事无巨细。这么多的报告，你短时间内是看不完的。要是感兴趣，以后有时间再慢慢看吧。”正木博士走回来拿起那个长方形的东西，将外面包裹着的报纸打开，“我今天想让你看的还是这幅绘卷。不过你先看看它的由来吧，这样比较有趣。”他说着又把白木盒子上的一沓日本纸丢到了我眼前。

“这是绘卷卷尾刻着的《由来记》抄本，讲的是如月寺缘起之前的事儿，距现在应该有一千一百多年了吧，里面有吴一郎心理遗传的起因。我跟若林这场对决的关键就在于你阅读的时候会不会想起这些，觉得似曾相识。如果你对它有一丝一毫的熟悉，那么你是吴一郎就是板上钉钉的事了。哈哈哈哈哈，你先看吧。这里面写的东西也很好玩啊。”

我很清楚手上拿着的这些东西有多重要，也明白正木博士想在我身上进行的研究意义重大。可我居然完全不觉得紧张，看来应该是刚才喝的威士忌酒起作用了。我学着正木博士的悠闲样子，漫不经心地拿起装订本，随手翻开第一页。结果映入眼帘的居然全是四四方方的汉字，它们紧密地排在一起，严丝合缝。

“天哪！怎么全是汉字啊？而且还是文言文……没有断句，没有假名，没有注音，我根本看不懂啊。”

“这样吗？那我只能凭着记忆跟你说说里面的大概内容了。”

“辛苦博士了。”

正木博士打了个哈欠又靠在了椅子上，这一次他还把穿着拖鞋的脚放在了椅子上，双手抱膝，那椅子转向南边的窗口。博士眯着眼看着外面，吐了口烟，应该是在整理思绪吧。

威士忌的酒劲儿真大，我现在感觉身子特别疲倦，很想睡觉。于是只能将手放在桌上，然后把下巴撑在手上。

“让我想想啊，想起来了。这是发生在中国唐朝时期，嗯，当时的皇帝是唐玄宗，离现在正好有一千一百年了。根据记载，在天宝十四载，安禄山和史思明发动叛乱，大唐的江山岌岌可危。天宝十五载六月，自封为王的安禄山兵临长安，玄宗带着他的人跑到了马嵬坡，在士兵的要求下处死了杨贵妃和杨国忠。”

“哇，您的记性真好。”

“学历史最无聊的一个环节就是背诵了。说起来，史书上对于玄宗驾崩的记载倒是没错。天宝八载，范阳有一个进士名叫吴青秀，他那时不过十七八岁，便奉玄宗之命入蜀绘嘉陵水景，随后越巫峡，沿扬子江而上，赏尽山川之景，作百余幅山水画，挑了其中五幅，装裱之后献与天子。圣上得画后龙颜大悦，便将已故翰林学士芳九连遗子芳黛指予他为妻。芳黛还有一个双胞胎妹妹，名为芳芬，二人皆是杨贵妃的侍女，被宫人们称作华清宫双蝶。天宝十四载三月，吴青秀二十五岁，芳黛十七岁。”

“博士，您的记忆力实在是太厉害了。这么琐碎的事情都能记住。这些都是那里面写的东西吗？”

“这倒不是。赐婚一事是《牡丹亭秘史》中写的。这小说讲的是诗人李白在牡丹花丛里偷听到牡丹亭中的李隆基和杨贵妃聊天的故事，它可是中国有名的小说之一呢。这里面也写了一些吴青秀的事情，只是篇幅不多。小说的开篇部分和《由来记》所写的一样，很有趣，以后可以跟文学院的那群教授们研究一下。这可是篇名著，我自然也会记得。”

“我觉得这种汉字记录的事情光听的话很难理解，还是得自己去看吧。”

“那我就再说简单点儿吧。”

“太感谢您了。”

“没关系的。简单来说就是唐玄宗李隆基和杨贵妃的故事。他们俩的故事都画在灯上，然后在祭典中挂出来供人欣赏。玄宗年轻的时候治蛮夷、平天下，拨乱反正，励精图治，政绩显赫。老了之后却被杨玉环摆布，不但封了她哥哥杨国忠宰相，而且还提拔了杨家整个家族，对杨玉环可谓百依百顺。他亲小人远贤臣，沉迷于太平之象，再无治国之心。为了跟杨玉环共享温泉之乐，还在骊山宫内建造了一个巨大的浴池，镶金嵌玉，再引温泉水。只要能跟杨玉环在一起，不管上碧落还是下黄泉，他都愿意去。”

“您这说得也太简单了。”

“当然不是了，要认真听啊。不要将鄙俗与平实混为一谈。这可是四五年前流行的《天涯海角》一曲的起源呢。正史之中也有记载的。”

“原来是这样？”

“自然是的。《天涯海角》中所说的是什么撒哈拉大沙漠之类的凡尘俗景，还是我之前说的碧落黄泉呢。他们想的是，嗯，在死后一起成为天上的星星，让后人瞻仰。说真的，敢在旁边偷听这话的人，也真的是胆大包天了。”

“那这与绘卷有什么关联？”

“关系匪浅呢。你耐心一些，听我从头跟你说。中国的故事内容极深，一时间抓不住重点也是正常的。唐玄宗在文学方面的造诣很深，尤其是在艺术上。他不但偏爱李白这个好酒的诗仙，而且还让吴青秀画遍天下美景，以便他能足不出宫便看尽天下。据说这也是杨贵妃要求的。”

“吴青秀是个画画儿天才吗？”

“是的。他当时不过十八九岁，他画的画就能和名满天下的太白诗比肩了，可见他才能之高。可惜天妒英才，他早早离世，因此没有留下太多作品，也没能在史书上占得一席之地。我刚刚也提到过，除了那时候的一些记载外，后来的年代记中也有收录他的一些事情，不过书籍中所使用的名字和年份都不一样，现在我们也无从考据了。但无论如何，既然有此记录详尽的确切物证，以后的史学家们也肯定会相信所记录内容的真实性。”

“这么说的话，这幅画卷岂不是很珍贵？”

“远不止此。我们重新回到吴青秀奉命画山水画的事上。他用了六年时间完成了这一件大事，在天宝十四载返回长安，并且将画作进献给了玄宗，博得天子一笑，赢得美人入怀。玄宗还赐给他一座小宅院，夫妻二人就在这里过着他们的神仙日子，也算得上是岁月静好了。可惜美好的事物终究不会长久，盛世大唐开始走下坡路，群邪并起，动乱丛生。忠臣进谏惹怒天子，甚至为自己引来杀身之祸。吴青秀看到这种情况，就想用丹青唤天子重归朝堂，稳定江山。他把想法告诉了新婚妻子，并问妻子愿不愿意舍己救天下？而且向妻子保证，妻子走后，他也不会独活。芳黛自然答应了他。”

“这可真是一个感人至深的故事啊。”

“中国的写作风格就是如此。芳黛同意后，吴青秀就找了木匠工人在长安城外的一座山中修建了一间画室，这间画室的窗户比平常房间都要高上许多，外面的人连窗沿都够不到，更别说从这里窥视屋内了。画室正中间放了一张大床，床上铺了白布。此外，屋内还备好了食材炭火，以及各种防蚊驱虫的药物。一切准备就绪后，吴青秀就带着妻子搬进了画室。也就在这一年的十一月，夫妻二人许下了黄泉之约，饮下了离别酒。芳黛夫人焚香沐浴，描眉点唇，穿着一身白衣，安静地躺在房间中的大床上。吴青秀拿着三尺白绫，将它绕在芳黛的脖子上，勒死了她。然后，吴青秀褪去芳黛的衣衫，将她的尸体调好姿势，开始撒花、焚香、烧符、驱鬼，完成了这些仪式之后，他铺陈纸笔，调好颜料，挥毫泼墨，穷尽毕生所学。”

“这也太出人意料了吧！之前的《缘起》上不是这么写的呀。”

“吴青秀打算每隔十天画一幅画，凭借自己出神入化的绘画技巧记录下芳黛夫人尸体每一阶段的样子，直到她变成白骨，总共二十幅。吴青秀会将它们全部进献给天子，希望他能从肉体的虚无之中明白命运的无常，及时醒悟过来。可惜吴青秀没想到的是，即使是在冬天，尸体的腐烂速度也很快。一幅画还没画完，夫人的遗体就发生了巨大的改变。他还没画到第十幅画时，夫人的尸体已经成白骨了。我猜这是因为他之前计算时间的时候，是按照尸体被密封在土里的腐烂速度来算的。不过他的耐力确实远胜于常人。”

“有没有可能是因为他在画室中生了炭火取暖才导致尸体腐烂速度加快呢？”

“一语惊醒梦中人啊！我之前确实忽略了取暖的问题。如果气温太低的话，颜料是会被冻住的呀……原来如此。不过我们也能想到一心为了救国的吴青秀在面对如此大的失误时会有多崩溃，他为此甚至牺牲了自己心爱的妻子呀，结果还是竹篮打水一场空。面对这样的情形，怎么能不痛哭一场？然后他的精神开始走向极端，他觉得自己已经为了天下苍生罔顾人伦了，也没什么好顾及的了。于是他就想以帮人画像为由将附近村里的漂亮女孩骗回山中的画室，然后将人杀死做素材。”

“他这也太极端了吧。”

“谁说不是呢。可是当时的吴青秀已经不再是以前的俊秀郎君了，他面色如土、两颊深陷、鼻凸如鹰，眼神似鬼，头发和衣服都是脏兮兮的，被他拦下来的姑娘见到他这个样子都立刻甩开他的手，飞速逃走了。他这样日复一日，年复一年地守着，方圆十里的人也都知道了他的存在，村民们只要看到他就会拼尽全力地把他赶走。好在当时没有人知道他住在哪里，所以他才能苟延残喘。然而吴青秀的忠心未改，矢志不渝，忠志未衰，愈挫愈勇，终得淫仙之名，所谓淫仙即欧洲的蓝胡子[1]。”

“淫仙啊……这个称呼也太不雅了。”

“可他并不在乎这个。既然骗不到活人，他便把目标对准了死者。于是他开始在山里面四处寻找刚下葬的女尸，打算在月黑风高的时候挖坟开棺，偷偷把尸体运回画室。但俗话说得好啊，三个人才能扛一具尸体，毕竟人死之后，浑身僵硬，没有重心，很难搬动。吴青秀终归只是个文弱书生，而且他又想保护尸体完整。因此，饶是他拼尽全力，也实在是搬得艰辛，走两步摔一下，天都亮了，他还没有到家。晨起的村民们自然也就发现了这位臭名昭著的淫仙。大家觉得他是一个想奸污尸体的变态，纷纷举起农具驱赶他。吴青秀寡不敌众，只能抛下尸体，独自躲进山中。当时已经是暮春时节，可回到画室之中的吴青秀怎么也忘不了背着尸体时候的冰冷感觉，就算他生了火炉烤着，也还是觉得寒冷彻骨。”

“他难道没有大病一场吗？”

“应该只是有些伤风。据说这种心有执念的人抵抗力都比常人要厉害许多，尤其是吴青秀这种一片丹心向家国的人。他在自己的画室里待了几天后，便又振作了起来，打算再试一次。于是他又偷偷跑到了山下，去了一个和之前方向相反的村庄。他先是偷了一把圆锹，然后躲在墓地中，准备寻找目标。就在这时，他无意间看到在一座土坟前，有一个姑娘，拿着一把鲜花趴在坟

---

[1] 蓝胡子是17世纪法国作家夏尔·佩罗所写的小说里的角色，他先后杀害了自己的六任妻子。——译者注

头上。他悄悄走近一看，这个姑娘衣衫不整，应该是从妓院里面逃出来的，只听她无比哀怨地说道：‘你怎么就先我而去了呢？’想来坟里面埋着的应该是她的相好吧。吴青秀听到女子如此凄惨地哭诉，也不免同情于她。可在他心中家国安康远胜一切，于是他还是狠下心走到女子身后，举起铁锹向着女子的头颅狠狠挥下。女子断气之后，他拿出准备好的绳子将人捆了起来，一把背在背上。正在他打算丢掉铁锹逃跑的时候，身后的树林中传来了一阵脚步声，应该是来抓这个女子的。那些人看到吴青秀之后，反应过来他就是传说中的杀人狂、淫仙、变态，于是赶紧将吴青秀团团围住。吴青秀气急攻心，将尸体抛下，大叫一声‘我看谁敢拦我！’身体爆发出一股前所未有的力量，他先将几名壮汉推翻在地，然后捡起铁锹把所有人都打跑了。随后他赶紧背着女子的尸体，跑回了画室。他把尸体清洗干净后，将她放在了原先放置芳黛夫人遗体的地方，然后撒花、驱鬼、焚香，静待着尸体腐烂。谁知几天之后，画室之内突然浓烟四起，外面也人声鼎沸，他好奇地爬到窗户口往外看。只见画室周围都被堆满了木柴，百姓和捕快们将整个画室围了起来，群情激愤。原来之前有人一直跟着吴青秀回了画室，在记住位置之后，他就跑下山将这件事报给了当地官员。于是大家就一同上山来抓人。为了把吴青秀逼出来，他们架起了柴火堆，作势要烧死他。吴青秀只好拿着这幅还没有画完的绘卷和妻子佩戴的夜明珠、青琅玕、水晶杆画笔，从后门跑了出去。他在山里躲了好久才摆脱了追兵。几个月后他终于重新回到了长安的家中，这个时候已经是天宝十五载，也就是说他已经离家一整年了。他已经看透了生死，无欲无求，其实现在他自己也不知道为什么还要回来。”

“唉，真是太可怜了！”

“是呀，他就像一具行尸走肉一样踏进了家门。放眼所见，北风萧瑟寒亭冷，朱漆斑驳叶纷纷，尽是一片凄凉之景。他一步一步地走回自己的房间，却早已物是人非，欲语泪先流。锦绣鸳鸯帐下，珊瑚红玉枕上，皆不见妻子踪迹。吴青秀一时间悲从中来，终是忍不住放声大哭。他拿了一根绳子系在房梁上，抱着妻子的遗物，打算随妻子而去。就在这时，突然有一个人从隔壁房内冲了过来，只见她穿着一袭红嫁衣，眼波流转间，风华无双。她一把抱住了吴青秀，大喊着相公不要哇。”

“天哪，这个人是谁？”

“吴青秀听到她的声音低头一看，这人居然是被他亲手勒死的芳黛夫人，而且她穿着的还是新婚时候的衣服。”

“不可能吧，他的妻子不是已经被他杀死了吗？”

“你耐心些，听我讲，这才是精彩之处呢。吴青秀见到她也大惊失色，目瞪口呆，只觉得头痛欲裂。但在妻子芳魂的照顾下他终于缓过劲来了。他又仔细地看了一看，刚才还是一袭红衣的妻子现在居然穿着之前在宫中当差时的宫女服，一身白衣胜雪，玉簪盘发，宛如出水芙蓉。看上去不过十六七岁，天真烂漫。”

“这也太让人匪夷所思了吧。难道真的有起死回生这一说？”

“吴青秀当时和你想得一样，险些又被吓晕过去。等他彻底冷静下来后，一把抱住女子，急切地问道：‘黛儿，你怎么在这里？’然后仔细地观察着眼前的人，终于发现自己抱着的不是妻子，而是她的孪生妹妹——芳芬。”

“原来如此啊。这个太有戏剧性了，跟演戏一样。”

“中国的故事一向都是这种风格。吴青秀赶紧放开了芳芬，惊讶得合不上嘴。芳芬的脸都红透了，她赶紧解释道：‘不好意思，刚刚吓到姐夫了吧？实不相瞒，我自己在这住了好长一段时间了。而且我每天都会穿着姐姐的衣服出门采买，对外也是说夫君最近在闭关绘画。为了不引起周边人的怀疑，我每次都要买两份食材，偶尔还要买一些画笔颜料。邻居们都很惊讶，觉得夫君在如此动荡之际还能潜心作画，当真不同于常人。我一边帮二位瞒着所有人，一边在家里面等你们回来，这一等就是一年啊。我今天刚买完东西回来就听见房间里有动静，而且还听到了哭声。我感觉不太对劲，就赶紧过来看看，没想到是姐夫要寻短见。情急之下，我只能一把抱住你了。你在昏迷的时候，怀里的东西掉了出来，我看见里面有姐姐最爱的首饰，还有一副类似于绘卷的卷轴。而你在梦中也一直念着姐姐的名字，说黛儿，我对不起你，我不应该让你去死的。我就知道姐姐已经不在人世了，所以你才会把我的出现当成是姐姐的魂魄显灵。为了不让你误会，我去换回了自己的衣服。可是，姐夫，请告诉我，为什么要让姐姐去死？过去的一年，你们究竟在哪儿？究竟经历了些什么事儿？’芳芬说着说着，已经泪流满面了。”

“这可太奇怪了，芳芬为什么要穿她姐姐的衣服？为什么要装扮成她姐姐的样子呢？她这些行为都不符合逻辑啊。”

“你问的这些都是人之常情。我猜吴青秀当时应该也很想问这些，可惜他不能问出来，这些事情也永远都没有答案了。他黯然神伤地看着芳芬小姐，默默不语。芳芬擦干了眼泪，继续说道：‘我只跟你说了这些，你肯定还没有想明白吧。那我就从头开始说吧。去年姐姐离宫嫁人后，我一个人待在华清宫里无依无靠，实在是难以安心。后来我听说姐姐和姐夫突然消失了，我也不知道你们去了哪里，我每天都夜不能寐，一直在哭，整个人都快崩溃了。于是我便去求了贵妃娘娘，让她放我出来找你们。好在娘娘也答应了我。我不知道应该去哪儿找你们，就只能先来你们的家里，看看能不能找到一些线索。我把送我过来的两位公公打发回去之后，又将家里的下人都遣散了。随后我仔细地找遍了家里的每个角落，我看见姐姐把她最喜欢的发梳扳成了两半，然后拿了一张白纸仔细包好，收在了梳妆台最里面。我觉得姐姐好像已经做好了一去不归的打算。而姐夫却把平日里画画的工具材料都带走了，跟姐姐截然相反。我当时就在想，肯定发生了什么事情，于是打算在这住下来，等你们回来。之后的事情就是我刚刚跟你说过的那样了。我之前听姐姐提过你小时候只要一画画儿就会把自己关在房间里面，谁都不见，有时候连饭都不吃。于是我对所有人都说我就是芳黛，而姐夫在闭关画画，尽量让大家觉得我跟你一直在一起。我之所以这么做就是想一边守在家里，一边寻找你们两人的踪迹。你们夫妻那么出名，如果有人在外面见到了你们，那么他肯定会怀疑我，这样我就能知道你们的下落了。我一个女子，孤身一人在外，对这里又不熟悉，只能出此下策了。’”

“听起来，芳芬挺聪明啊，是个合格的侦探呢。”

“嗯……妹妹和姐姐相比，带了一丝侠义之风。她又继续说道：‘不过我的办法好像并没有用。我刚来这里不到十天朝中就变天了，大街上全是叛军，周边邻里都不敢随便出门。没过多久，我身上带的钱也用完了，为了维持生计，我只好将家里面的东西都一一变卖，最后只留下了姐姐结婚时穿的那套红衣和我穿出来的宫女服。留着那套红衣是为了在外出时装扮成姐姐的模样，留着这套宫女服是为了给自己留下一些回忆。但这是贵妃娘娘生前的款式，我怕穿出去会被叛军抓了，我也就在家里当睡衣穿。我就这样苦苦撑着，一直在等你们。可我没想到，你回来了，姐姐却不在了。你究竟为何要杀害我的姐姐呢？又怎么会变成现在这个样子？反正你已经杀了我姐姐了，那你就把我也杀了吧！’芳芬大哭不已。”

“她是真的很爱她的姐姐呀。”

“事实并非如此，她之前就经常撩拨吴青秀呢。”

“这……你是怎么知道的？”

“很简单哪，你看她的行为举止就很不正常。一个云英未嫁的姑娘为什么要装成人妻的模样？还在一个空房里面等了整整一年。就算她有侠义之心，也不可能付出这么多啊。所以她肯定是从中得到了一些隐秘的刺激和愉悦，甚至是有着不可告人的期待。而且穿着姐姐结婚时候的嫁衣招摇过市，这就是典型的变态情欲啊。或许是玄宗时期，宫女们太过寂寞了，她也受到了这种影响吧。”

“但是，她自己好像没有这么想。”

“当然了呀，她才十六七岁，根本没有这种反思的能力。而且女性总是如此，经常会随心所欲地编造出某个完满的理由，然后陶醉其中，自我感动。心思越简单、头脑越聪明的人，他们的变态心理就越难被分辨出来。同样地，只要你的洞察能力足够敏锐，那么哪怕是面对刚出生的婴儿、已经成佛的释迦牟尼或者是以身殉道的耶稣，你都能一眼察觉到他的变态心理。”

“这一点我是真的没有想到，不过事实就是这样的吗？”

“就这个故事而言，你没想到的事还有很多呢，但是我之后再一一跟你细说。现在我先长话短说吧。在芳芬的逼问下，吴青秀将所有的事情都告诉了她。芳芬打开卷轴，看到上面所画的姐姐的死相后，悲痛欲绝又觉得胆战心惊。可是最终她还是被姐姐姐夫的忠义之心打动，号啕大哭，只怨苍天无情。而且她还趁此机会劝导吴青秀，诱哄道：‘姐夫，就在你去年开始画姐姐的时候，安禄山已经攻进了长安城，天宝年已经结束了。现在是安禄山的天下，年号为至德。贵妃娘娘今年六月在马嵬坡[1]身赴黄泉了。你的这片忠义之情终究是错付了。你就跟我走吧，我们一起逃出去。’”

“芳芬还真是胆气过人，谋略不足啊，她就不怕吴青秀被气得神志不清把她也杀了吗？”

“不，这次没有危险。在听了芬小姐这一番话之后，吴青秀才发现自己牺牲了一切所进行的工作已没有任何意义了。他就像失去美洲的哥伦布一样，一屁股坐在地上，陷入茫然自失的状态，再也不能开口说话。用以前的术语来解释的话，吴青秀就是由于心理骤变引发了自我障碍。芳芬见此情景心疼不已，她在咒骂安禄山的同时也下定决心，这辈子都要守在这位忠贞的姐夫身边，并祈求杨贵妃的冥福。这可真是个精彩的感情故事啊。”

“这是真的吗？”

“如假包换。我之后再对这个故事进行详细描述，先来看芳芬和吴青秀。芳芬将姐姐的遗物全部典当变卖了，只留下了那幅绘卷，然后带着已经是一具行尸走肉的吴青秀四处漂泊。到了这一年年末的时候，他们二人也不知道应该去哪里，只能坐船顺着江水漂流而下，然后来到了海上。他们经过了暴风雨的摧残，在海上漂流了半个多月，终于在某天清晨看见东方海面上停着一艘金碧辉煌的大船，船帆随风而动，船头朝着南边，畅通无阻地前行着。只剩最后一口气的两个人赶紧挥手求救。上天垂怜，大船上的人发现了他们，并且把他们救了上来，悉心照料。这艘船就是经过日本唐津，去往难波之津的渤海国使者坐船。史书中也有渤海国的记载，位于亚洲东边的一个小国，常常会给日本进贡。”

“这故事听着听着怎么成传说题材了？”

“中国的故事嘛，多少都会带些奇幻色彩的。芳芬梨花带雨地将自己的

[1] 马嵬坡，马嵬驿的通称。玄宗西逃时，到马嵬驿，被迫赐死杨玉环。——译者注

故事告诉了大家，船上的所有人都听得很是感动，就连渤海国使臣也对她心生怜悯。大家很佩服芳黛夫人以身殉国，也很同情芳芬夫人颠沛流离，大家都尽心尽力地照顾两人，让他们前往日本。在某个月华如水的寒夜中，在所有人都已经进入梦乡后，年仅二十八岁的吴青秀从船上消失了，大家不知道他是跳了海还是选择了别的路。芳芬夫人痛不欲生，想跟着殉情。可是当时她已经身怀六甲，即将临盆，再加上船上诸人苦苦劝慰，芳芬夫人终于放弃了轻生的念头。不久后，她就在船上诞下了一个粉雕玉琢的男婴。”

“可终于听到一个好消息了。”

“是啊，吴青秀消失之后所有人的心情都很低沉，直到这个孩子的降临，才将所有的消沉一扫而空。所有人都为这个孩子准备好了礼物，送上了最真挚的祝福。渤海国使臣还亲自给孩子取了‘忠雄’二字为名，并且为他举办了一场盛大的仪式，希望他今后顺遂安康，有一个大好前程。大船开到唐津后，大家把芳芬母子二人托付给了当地的贵族松浦氏。芳芬夫人便把这些事情刻在了绘卷上，传给了后世子孙。”

“所以绘卷上的文章是芳芬夫人写的吗？”

“应该不是。这字迹确实出自女子之手，但这行文逻辑、文章内容我看都不像是女性所写。文章之中句句押韵，汉字的使用方法也和日本人的不一样，结合当时的情况来看，我认为这篇文章应该是为婴儿起名的渤海国使臣写的。本来他当时应该是被芳芬夫人说的故事打动了，一时间有感而发，就在船上写出了这篇文章，然后交给了芳芬夫人。后来，芬芳夫人又把这篇文章誊入绘卷。若林曾说过绘卷上的文字与弥勒像底部所刻文字很像，他猜测这是胜空和尚把自己听来的故事与古书记录的事情进行了对照，然后撰写的文章。不过，手写文字与雕刻文字差异非常大，因此，这话也不大可信。”

“无论如何，唐津港那边都很喜欢芳芬夫人的故事吧？”

“那是自然。日本人本就喜欢忠孝节义的故事，很多人在听过芳芬夫人的事迹之后，都会对其心生怜悯吧。”

“的确如此。对了，我突然想起件事。胜空和尚将绘卷封入佛像之后告诉吴家，所有男子都不能靠近，这是为什么？”

“这是最关键的一点了，也是我们这个故事的核心，更是如今所有惨剧的源头。简而言之就是一句话，千年前的胜空和尚已经发现了心理遗传的存在。”

“什么？心理遗传那么早就存在了吗？”

“不但如此，它还多得让人头疼。宇宙间的万物皆是在与各自随机出现的心理遗传持续对抗期间逐渐进化成为植物、动物，最后变成了人类。那些被心理遗传所束缚的生物，就只能成为无法自由行动的低级生物。因此，耶稣号召世人战胜心理遗传，让自己得到真正的自由；孔子则是将其包上糖衣，丢给世人；释迦牟尼把它做成了精致的糕点，配以各类装饰，敲锣打鼓地卖给众生。但是，将他们的优点集于一处并且为其取了一个现代化的名字——心理遗传，想要以此换得全部利益的人就是我了。哈哈哈哈。不过这些事儿也不值得一提。我们可以从胜空和尚的法号知道他应当是天台宗的弟子，所以他以前也许是看过《法华经》，然后从中悟得这个道理的吧。

“你只需要看一眼绘卷就能立刻明白三世的因果循环，昨日因，今日果；今日因，明日果，一目了然。这幅画卷如果被吴青秀的后人打开，那么就会刺激他们的心理遗传，使他们重现先祖的行为，这是合情合理的。可这也实在是太危险了，胜空和尚也是于心不忍吧。所以他才雕出会于世界末日之时现身的弥勒佛像，然后把这幅绘卷封入佛像体内，并且禁止吴家男子看这幅绘卷吧。但是‘安达之原’[1]的故事告诉我们人总是有着叛逆心和猎奇心的，越是不让他看，他就越想去看。因此吴家后人之中有人悄悄切开了弥勒佛像颈部，从佛像体内取出绘卷偷看。结果受到刺激，开始发狂。直到事情传到了美登利屋的吴坪太郎，也就是吴虹汀那里。他靠着禅学之力看穿此种心理作用，便决定要把这幅绘卷烧了。可在行动之前，他又不知为何反悔了。于

[1] 安达之原：某一天，一个和尚来到安达之原，在一位老妇人家借宿。老妇人离开家之前告诉和尚千万不要偷看隔壁的房间。和尚出于好奇，偷偷去看了，只见房间里面的尸骨堆积如山。老妇人知道和尚偷看后便把他杀了。——译者注

是他明面上对外宣称绘卷已经被烧为灰烬，实际上又把绘卷封了起来，放回了佛像体内。到了现代社会，这幅绘卷横空出世，引起了一连串的悲剧……以上就是事件的大体情况。”

“我好像理解了。不过，为什么只有看过绘卷的男人才会发病呢？”

“你这问题可真是一针见血啊。”

正木博士边说边使劲拍了下桌子，我被他吓得一愣，随即马上坐好，但是不知道为什么，总觉得胸口有点闷。而正木博士则继续他的发言：“你居然一下就抓到了事情的关键，当真是厉害。要不了多久，你就能成为心理遗传的专家了。”

“什么意思呀？”

“没什么意思。你自己打开绘卷看看就能知道所有问题的答案了。但你真的是吴一郎的话，那么当你打开这幅绘卷的时候，它也许就会激发吴青秀留给他的后人们的心理遗传，然后进入梦游状态。这样一来，或许你就能想起自己的过往了，甚至可能记起来曾经在某处是谁把这幅绘卷给了你，也就是这一系列事件的始作俑者。到时候，所有的未知都将迎来结局，我和若林究竟谁技高一筹？你为什么必须要和六号病房的姑娘白头到老……哈哈哈哈哈。”

说到这里，正木博士哈哈一笑，露出一口假牙，很是爽快。只见他三下五除二地把那个东西外面的报纸撕开，打开里面包着的白色长方形木盒，拿出一个三寸宽、六寸高的深蓝色包袱，将它放在木盒一端的边缘，然后轻轻把盖子放在上面，然后推到我面前。

我好不容易放松的神经在此刻又紧紧地绷了起来。正木博士这是什么意思？他是在威胁我？还是在暗示我？抑或只是讽刺我呢？也许都不是，也许他只是想跟我开个玩笑，调节一下气氛呢？我实在看不透眼前的这个人，他就像是这个世界上拥有魔法的恶魔，总是以捉弄他人为乐。

管他的呢，这就是一幅画卷而已。男子汉大丈夫，难道还会被这一幅画左右吗？不管它的作者有多神乎其神，不管它的内容有多恐怖，可它就是一幅画呀，只是颜色和线条在白纸上进行排列组合罢了。而且我早就有心理准备了，我到底怕什么呢？看就看吧。

此刻我的逆反情绪达到了巅峰，都有些不受控了。

因此我极力控制住自己的情绪，拉过盒子、打开盖子、解开黄布，我手上用的力气很大，因为我想借此压制自己那不知从哪里来的紧张感。而后我将视线投向了绘卷的外侧。

绘卷的画轴部分是用碧绿色的石头打磨而成的八角形，太过漂亮，让我不禁伸出手指来回抚摩。裱装的布料粗看起来好像丝织料子，但拿到眼前仔细一看，就会发现那是一个由肉眼几乎看不见的细细彩丝与金银线在极薄的绢物上缝合而成的一寸大小的狮子群，透露出精致、华丽的感觉，一看就知道绝非凡品。这幅绘卷虽已历经千载，看起来却崭新如初，收藏它的人一定对它非常爱护，十分小心。它的一角上贴了一片小小的短册型金纸，不过金纸上并没有任何书写过的痕迹。

正木博士淡淡说道："这就是以满地绣法完成的刺绣。想来吴一郎的母亲千世子就是在这上面学习的这种绣法。"

他的话与我此时此刻的想法不谋而合，不过他马上转过脸继续抽他的雪茄了，所以我也就只能点点头表示知道了。

我接着解开了象牙纽扣的暗褐色锁纽，拉开绘卷一角，只见紫黑色的纸上是用金色颜料勾勒的波纹线条，自上而下，从左到右描绘出的水流形态，笔法极为高超。我被那深蓝色平面上浮现出的如烟如梦般柔和、美丽的金线旋涡所深深吸引，下意识地缓缓从右至左展开绘卷。一张五寸的白纸映入眼帘，我差点就叫了出来。

但我还是将即将脱口而出的叫声咽了下去。我本来想继续展开绘卷，但双手根本不听使唤，心脏越跳越快，似乎都要来不及呼吸了。

纸上所画的那个赤裸着身体的人有着一双柳叶弯眉，睫毛浓密纤长，鼻梁高挺，樱桃小嘴，两腮微红……竟然跟住在六号病房的那位姑娘一模一样。那梳成黑色大花瓣状的三千青丝自双鬓散开在枕侧，那不就是我刚刚在六号病房亲眼所见的景象吗？

可我现在根本来不及去想为什么会这样。我只觉得自己的灵魂都要被这睡颜……不，是睡着的表情之下，那种凭借细微变化着的色彩及线条而勾勒的属于死人的美丽，被那种前所未见的魅力所吸引。明知不可能，我还是觉得她马上就要睁开眼睛，像刚才那样叫我哥哥、扑到我怀里。我此时既眨不了眼睛，又咽不下唾液，所有的神经注意力都集中在了她那泛粉的脸颊和略带青光的珊瑚色樱唇上。

“哈哈哈，你怎么愣住了，整个人就跟个木头一样？你现在感觉怎么样？吴青秀的画工是不是很厉害啊？”

正木博士轻快的声音在我耳边响起，可我还是一动不动地定在原地。过了好久才能勉强跟他对话：“画上的这个人和六号病房的吴真代子……”此言一出，我才觉得自己的声音哑得厉害。

正木博士接过我的话说道：“是不是就像一个模子里刻出来的？”

我好不容易将自己的目光从画上移到了正木博士脸上，却看到他脸上露出了一个很奇怪的笑容，有怜悯、有嘲讽，还有一丝自豪。

“怎么样？是不是觉得很有趣啊？无论是心理遗传还是肉体遗传，都是很神奇又很可怕的。日本农家之女的长相居然和中国千年前大唐皇宫里的宫女一模一样，看来是造物之神犯糊涂了呀。”

“……”

“世人常说历史就是一个轮回，殊不知人的身体和精神也是这样。吴真代子和方家二姐妹是其中最巧的一个例子了。吴真代子在梦游的时候，不仅重现芳芬夫人的心理过程，也重现了芳黛夫人自愿死在吴青秀手上的心理过程。可见她们的祖先之中应该是有过一位性受虐狂的女性，而继承其血统的二人可能会将这种特性显现于表面。不过就算不进行深入研究，只看这幅绘卷，也可以发现他们三人的爱恨纠葛。你继续看下去吧，看到最后你就能发现吴一郎心理遗传的真相了。”

听到正木博士这么说我下意识地继续展开画卷。

只见一幅浓墨重彩的画出现在我眼前，抛开所有夸张的修饰之词，只力求逼真的话，那么这就是一张头朝右方、两手摊开、脸斜着面向读者，身体呈卧状的美人死亡图。全图长一尺二三寸，画中的美人赤身裸体，由于四周留白，因此看起来像是飘浮在空中。这美人死亡图系列共有六幅画作，各幅之间间距为三四寸，画内尸体全部呈同一卧姿，不同的只是从开始到最终尸体外形的变化程度。

开篇图就让人震惊不已。画中的人应该是刚刚离世，皮肤依旧白皙透亮，脸上和耳侧还泛出微微的粉色；凤目紧闭，睫毛覆面，涂了口红的双唇轻轻闭合，美人脸上的神情很是温柔，可见她死之前应该是抱着成全了丈夫的欢喜之心。

紧接着的第二幅画上，美人的皮肤已经紫里透红，身体也有浮肿，眼周暗沉，嘴角泛黑，透露出阴森之气。

第三幅画上，美人的双颊、额头、耳后，还有胸腹一片都已经出现溃烂；双眼微张，双唇轻启，皮肤呈黑紫色，腹部高高隆起。

第四幅画上，尸体上的所有皮肤都变成了浓烈的蓝黑色。腐烂处呈现茶褐色与乳白色相混合的颜色，而且流出了脓液；青白色肋骨逐渐显出，腹部腰骨周边皮肤已经烂透，可以看到一部分内脏呈蔚蓝色。尸体面部眼球突出，嘴唇垂流，白齿暴露，表情狰狞，在湿漉脱落的毛发中可以看见散落四处的精致发梳及各种珠玉发饰。

第五幅画上，之前膨胀的腹部变小，呈现出黑色，内脏也是如此，肋骨及手脚骨头全部露白，虽然粘黏阴毛的耻骨位置较高，但此刻已经无法分辨男女。脸上的眼珠收缩，耳根处的牙齿都暴露在外，看上去像是在冷笑。

第六幅画上，只有一副青茶色的骨骸，上面粘着一些像海藻一样的黑色肉屑，整个“身体”就像遇难船只一样内中空虚，那颗已经无法分辨是猿猴还是人类的脑袋，已经完全向读者方向倾落，只有牙齿还是白色的，颓然地张着。

我要确保自己记录的事情都是真实的。所以就算之后回想起来觉得很羞耻，我还是得承认那时候我的确是很想看到最后。

在刚打开这幅绘卷的时候，我虽然有逆反之心，但依旧保持着理智。可这些心思在看到美人死亡图的那一瞬间便全部消散了，我感觉自己有些失控，展开绘卷的速度越来越快。可即便如此，我依旧觉得不能被正木博士耻笑了去，于是努力凝神聚气，不停地跟自己说要看得仔细一些，但最终我还是没有控制住自己。第六幅画只是扫了一眼。饶是如此，我还是感觉自己被画面中散发出的无尽鬼气以及来自神经的骇人恶臭所包裹，几乎就要喘不上气来。好不容易将绘卷展至最后《由来记》的开篇部分，我不禁舒了一口气，并且借此定了定神，略扫了眼这篇长度四五尺，以纯汉字撰写的文章，然后将目光放在文章的结尾部分：

大倭朝天平宝字三年癸亥五月于西海火国末罗泻法麻杀几驿大唐翰林学士芳九连次女芬识。

我将这些文字读了两三遍，尽力平复着自己的思绪。略有成效后，便将绘卷重新卷好，放到了箱子旁边。做完这些后，我向后一仰，靠在椅子上，双手覆面，双眼闭合，以镇静精神。

“怎么样？是不是觉得很震惊啊？哈哈哈哈，你现在知道为什么吴青秀画到第六幅画还觉得远远不够了吗？

“其实，普通人看到第三幅画的时候，估计就已经坚持不下去了。所以这六幅美人死亡图已经能起到警示天子的作用了。可吴青秀还在不停地找新的尸体，可见他的心理已经开始出现病态了。他受到自己创作的美人死亡图的诅咒，精神开始异常。你能明白这种心理吗？”

正木博士的话，一句一句地击打着我的耳膜。我将眼睛闭得更紧，用一只手揉着两边的太阳穴。眼前是一片暗红色，美人死亡图便这样出现了，从左到右，一幅接着一幅，直到第五幅上的冷笑出现，这才停了下来

我的身体又在发抖了。我赶紧睁开眼，只见正木博士已经转过椅子面对着我了。他双手抱在胸前，正好撞上了我的视线。他发黑的双唇向上一扬，一口假牙又露了出来，两腮的肌肉向两侧推去。我不由得又闭上了眼。

“哈哈哈，是不是感到害怕了？你肯定会觉得害怕。我猜吴一郎第一次看到这幅绘卷时的反应应该跟你一样。先祖通过心理遗传留给他的埋在意识深处的念头，就是被埋在地里的远古生物所化成的石油，被绘卷这根火柴轻轻一点，瞬间爆炸，并且以燎原之势焚烧着吴一郎的所有意识。在这漫天的火光之下，无论是曾经、现在、将来，还是烈日、皓月、星辉，都不复存在。

他在这场烈火中瑟瑟发抖，直到吴青秀的心态全部重现在他身上，直到他变成了吴青秀为止。在侄之滨切石场里，在夕阳余晖的照射下，吴一郎缓缓起身，将这幅画卷重新收好。他抬头看着赤红的晚霞，轻叹一口气，这时候的他已经不再是吴一郎。吴青秀的疯狂霸占了他的每一个细胞，他虽然还有自己的习惯、判断力和记忆力，但这只是外在，他的心理早已被吴青秀同化。从《由来记》的叙述中，你可以发现吴一郎从发病之后所做的一切都和千年前的吴青秀一模一样。如果试着从精神病理上观察出现在两人身上的心理转移的话，那么吴一郎此时已经是吴青秀了。”

我又一次坐直了身体，一种新的恐惧笼罩着我。

“要想明白这种怪象的原理，就只能按照精神科学研究顺序进行。第一步就是要弄清楚吴一郎在变成吴青秀的心理状态的过程中，经历了什么样的顺序？其中最可疑的是，虽然吴一郎在读书的时候成绩优秀，表现极佳，可他从中学毕业之后就再也没有接触过汉语，那么他为什么能读懂这一篇将近五尺长的以汉字写成、没有任何批注的《由来记》呢？你知道原因吗？”

正木博士双眼放光，我在他的注视下不由得咽了咽口水，心中暗叹自己为什么没有关注到这个问题。

“你也没想明白是吗？没想明白就对了。无论是谁都会认为吴一郎以现有的文化水平是不可能读懂这篇《由来记》的。”

“所以……那就是有人读给他听的……”

此话一出，我不由得打了个寒战。

如果就像我所说的，吴一郎当时身边也站了一个人，把这些内容讲给他听的话，那么这个人会是谁呢？他能是谁呢？

我正在思索这个问题，只觉得心跳都漏了一拍。正木博士原本犀利的眼神逐渐柔和，紧紧抿成一个“一”字的嘴也缓缓松开，露出一个带着同情意味的笑容。他吐出一口雪茄烟，同时也丢出了一句话：“你听说过一句川柳诗吗？就是‘狐魅现，笔力丧’。”

我有些发蒙，感觉身旁有什么隐形的东西扑了过来，打在我脸上。我只能眨了眨眼。

“没听说过……”

“如果不知道这句话，那谈何读过川柳诗呢？这可是柳尊的名句啊！”

正木博士扬扬得意地坐在旋转椅上，还跷起了二郎腿。

“没读过又会怎么样呢？”

“不怎么样。只不过，如果不知道这句话中所包含着的心理遗传原则，那么就算是名侦探夏洛克·福尔摩斯来了，也解不开这个谜题。”

正木博士在冷冷地说完这句话后，又吐出了一串小小的烟圈，这些烟圈飞到我的头顶上方，逐渐消散。

我则是在心里一直重复着那句“狐魅现，笔力丧”，但任凭我怎么想还是一无所获。

“那若林博士明白吗？”

“我告诉过他这是什么意思啊，他还为此很感激我呢。”

“所以这究竟是有什么关系呢？”

“那我就告诉你吧，你给我听好了……”正木博士懒懒地瘫在椅子里，伸直了腿，说道，“这句话中的‘狐魅’二字说的就是心理遗传发作。一个人的心理遗传发作之后，他就会做出很多奇怪的动作，比如一头钻到饭柜里面、跑到床底下睡觉、翻白眼等，很像是丛林野兽，所以才会被形容成是狐魅精怪。除此之外，发病的人还会重现其先祖所拥有的记忆和学识。这样的例子有很多，比如大字不识一个的文盲在发病之后能够顺畅地读书写字，甚至是写诗填词，这些都是其先祖所拥有的能力。大家觉得很神奇，所以就有了这句‘狐魅现，笔力丧’。”

“原来心理遗传发作之后，居然会还原得如此详细。”

“所以才叫心理遗传嘛。一个文盲在被狐妖附体之后，不但可以填词唱曲还可以治疗疑难杂症。这听起来的确是一大奇事，但如果按照心理遗传的原则来分析，就会发现这是一种再自然不过的现象了。这个绘卷更是如此。绘卷上有先祖所作的画，因此吴一郎在看画的时候精神就已经亢奋起来。随着心理遗传的发作，他逐渐拥有了吴青秀的心态，并且掌握了吴青秀的学识和记忆，在这种情况下，你让他来看这篇记录了吴青秀一生的《由来记》，别说上面有汉字，就算是一张白纸，他也能读懂。”

“居然是这样，真的是太不可思议了。”

“这只是第一层暗示而已，真正让吴一郎进入昏迷状态的是第二层暗示，也就是这六幅美人死亡图的内涵。”

“内涵？难道是吴青秀的……”

“对，你想得没错。这种心理遗传本就来自吴青秀的忠君之志、爱国之心，他也正是在这样的执念下，跳海自尽。可这些都只是《由来记》所写的事，不过是表象而已。如果对它进行更深一层的研究，那么就能发现吴青秀的忠孝节义早就在不知不觉中变成了一种纯粹的变态性欲，这就像木材通过蒸馏变成了酒精一样。”

“……”

“但只靠区区几年的课堂教授是根本不可能将其中所有变化都解释清楚的。不过，如果用我已经在昨晚烧毁的《心理遗传论》附录部分的架构，还是可以简要说明一下的。我想吴青秀做这件事的初衷是心怀天下，想救国于危难之间，他的动机是神圣、单纯的。但这依旧只是最浅层的表象，我们将其抛开，观其内里，可以发现其中包含着的是他作为艺术家所特有的变态心理。不过就连吴青秀本人也没有发现自己的这种思想。如果不理解这层含义，就无法对这幅绘卷存在的意义进行合理的解释。”

“绘卷存在的意义？”

“是的。我们把《由来记》所写的事和这幅绘卷的画像对照起来看，就不难发现其中存在的问题。吴青秀画这幅美人死亡图是想警示皇帝陛下莫要沉迷于美人的肉体，其实他画好的这六幅画已经能达成自己的目的了，在这上面我们可以看到美人朝为红颜暮成枯骨，何等虚幻，皇帝也能明白这个道理，知道世事在瞬息之间变化莫测。比如，你刚刚只看了一遍就觉得心惊胆战了，对吧？事实胜于雄辩。”

“这么说来，那么……”

“这六幅画栩栩如生，表现力极强，吴青秀只需要在最后加上一张白骨图，然后附上一封发自肺腑、表示自己痛心疾首的谏言书，将它递到天子案前，再以死明志，必定能对沉迷酒色的皇帝起到十二万分的震慑。但他并没有这么做，反而是到处寻找新目标。他为什么会这样呢？明明他只需要静待芳黛夫人化为白骨，将其入画，就能完成这幅绘卷了。可为什么不愿意为这幅绘卷收尾，而是要像现在这样把未完成的绘卷传给子孙，使其不停地刺激吴家人的心理遗传，成为吴家逃不开的诅咒？为什么过了千年，这幅绘卷又变成了我们学术研究的珍贵材料呢？”

我不由得轻叹一声，只觉得自己被正木博士话中所涌出的妖气所迷惑，心中那如疯人般的异样感正在渐渐升起。

“是不是觉得很匪夷所思呀？那些看似是细枝末节的问题，其实都是事情的关键，而且这个问题你还会越想越蒙。嘿嘿嘿。因此我才会说，我们必须要先弄清楚吴青秀想画这幅画的真正原因，对他当时的心态进行彻底的解剖，从中找出所有矛盾的根本。其实真的要操作起来，这并不难。

“我们先切开吴青秀自认为的‘忠义之心’，可以看到在此之下所隐藏的是他对名誉的强烈渴望；其下是对艺术表达的欲望；最里面就是熊熊燃烧的性欲和爱欲。为爱、为性、为画、为名，这四种欲望交织，最终融为一体，爆发出惊人的能量。层层推敲下来，其实吴青秀所表现出的爱国之心的本质就是一种变态性欲。”

我听着正木博士的分析，忍不住挠了挠自己的鼻子，总觉得他是在说我。

“如果说得再详细些，那么事情就是这样的。李太白被提拔为御用诗人，为玄宗歌功颂德，名扬天下，是皇帝面前的红人。吴青秀也想得到这样的待遇，并且开始为自己谋划，他决定反其道而行，在工笔史书上留下浓墨重彩的一笔。于是，他想到发挥自己的才华，画出一幅古往今来皆未有过的奇画，以供后人瞻仰。这是年少气盛、才华横溢的艺术家们常有的思维。而吴青秀新婚燕尔，他的妻子更是仰慕着他的才华，事事以他为重。新婚不过数月，膏粱文绣，夫唱妇随，好不惬意，他也享尽爱与被爱的感觉。正所谓欲壑难填，他觉得自己如果不想方设法地凌虐娇妻，就难以得到满足。天赋异禀的人，尤其是痴迷于艺术的人，大概都是这样的。他们还会对完美的东西产生将它毁掉的欲望，然后揭廾它丑陋的本质，并且对它进行冷静的观察。极致的艺术欲，在之前的那四种欲望的驱使下，让他想出了这个计划。不过，吴青秀将这种混合而成的强烈欲求错当成了自己对于国家的忠义之心。这绘卷内的画作，包括其中那些腐败的美人姿态，就是解释吴青秀如此心理状态真相的最佳说明。”

我感觉那幅美人死亡图又要出现在我眼前了，我赶紧揉了揉自己的眼睛，然后看着绘卷装裱上的那只金狮，想跟它说，你可千万别出来呀。

“吴青秀极尽细致地描绘着美人尸体腐烂的过程，并且从中得到了极致的快乐。你仔细看这几幅画，越后面的画，笔触越细腻，这也是证据之一。所谓的人体最高等级的自然美，就是以近乎透明的色彩与线条所表现出来的纯美调和的美人裸体，慢慢失去其光泽，化为阴森之态，最终溃烂，五官移位，惨不忍睹。其间所表现出的色彩与形状瞬息万变，是根本无法用语言来表述的奇异景象。吴青秀亲眼见证这些变化谱成了一首‘死亡’交响曲，然后以最平静的心态将这些记录在白纸之上，他留给世人的远比那些记录一国兴衰的史学家要多得多。他沉迷于由自己所有的欲望交织而成的幻境之中，把自己感受到的快感和美妙通过画笔描摹于纸上，而且一直反复品味，从不感到厌烦。因此他在看到尸体完成了腐烂过程成了一堆永远不会再改变的白骨之后，知道自己无法再体验那种美妙的快感，便停下了画笔。并且吴青秀肯定是在精神格外清醒的情况下经历了长期的禁欲生活，在此刺激之下，他的性欲愈加强烈，几乎就要爆炸。异常疲倦却又一直清醒的神经使他无限扭曲、变形而游离，最终让他全身陷入一种极端敏锐的变态兴奋之中。于是，全身每一粒细胞都深深地感受到了这种扭曲的性欲变态习性与无法形容的痛苦记忆。”

正木博士的声音十分低沉，带着一丝悲凉的感觉。

而在他说这番话的时候，我一直看着那个狮子刺绣，即使眼睛已经感到酸痛，但我还是不愿挪开自己的目光。视线之内一片模糊，不知道为什么，我被那一抹草绿色深深吸引着。

只听正木博士继续说道：“吴青秀从此以后抛弃了对家国、对名望、对艺术，甚至是对妻子的感情，一心只追求能满足他那变态性欲的刺激。于是，他就这样在外面待了一整年。直到回到家中看到妻子的妹妹，那位云英未嫁的女子也有着和他相同的性控制欲，因此吴青秀被她所欺骗，跟着她颠沛流离，四处逃亡，似乎就要摆脱以前的那种欲望和刺激了。然而，他一直都在拼命地保留着那种突出自我意识和热烈的变态性欲，最终还是消失了，而他本人也进入四大皆空的状态。他在跳海之前将自己长时间变态扭曲所形成的性欲，以及与此种性欲相关的所有记忆悉数刻在自己的血脉之中，将其传给自己的后代子孙。这些记忆随着他的血脉代代流传直到吴一郎身上。在受到相应的刺激，就是看到那卷美人死亡图后，这些隐藏在吴一郎体内细胞意识深处的心理遗传被彻底激发了。从那时起，这个人的外表虽然还是吴一郎的模样，但他的内在已经成了吴青秀。吴一郎的意识之中开始出现吴青秀的欲望和记忆，于是他就这样进入了梦游状态。这就是民间传说中的附身或显灵等情况的科学解释。

“在如此强烈的刺激下，吴青秀的变态性欲觉醒，它霸道地压制住了吴一郎本人的所有记忆、感知、良心和理智，成功地把这个现代青年变成了千年前的那位天才疯子。于是，当真代子站在他面前时，他就把她当成千年前那位美丽漂亮又甘愿为他牺牲性命的芳黛夫人。

“吴青秀那充满了变态性欲的意识在千年后重现人世，借助着吴一郎的记忆、感知和习惯重新活跃了起来。他以最快的速度从切石场回到八代子夫人的家中，然后急切地与真代子商量一些事情。想来无非是让她提前打开主卧的门锁，准备好仓库的钥匙和蜡烛之类的事情吧。然后他在夜深人静的时候偷偷进入主卧把真代子叫走。那个时候，真代子还不知道自己的兄长究竟要做什么。吴一郎也不可能提前将自己的计划和盘托出，他只是用一种威逼的姿态强迫真代子答应而已。真代子只能按自己所理解的意思来看待吴一郎所提出的要求，因此才会扭扭捏捏，觉得不好意思。从户仓仙五郎所说的话里，我们也能证实这一点。生性柔和的真代子最终还是答应了这个即将成为自己丈夫的男人提出的要求。她不知道眼前这个吴一郎的身体里住着的是千年前的吴青秀，于是就这样傻傻地跟着他去了仓库二楼。

“这应该就是整件事情的先后顺序了。接下来发生的事情可以查阅现场调查记录。

“没错，就是这里。你看，这里写着站在楼下就能看到滴蜡了。当时，真代子与她的未婚夫面对面坐着，借着百文目大蜡烛的烛光第一次见到了那幅绘卷上的画。她对面的那个人为了完成这幅画迫切地希望她能牺牲自己。她看着画上逐渐腐烂的裸体女子，发现其五官、年纪都和她完全一致，一时间难以接受。她也许会被吓得浑身发抖，然后昏倒，进入假死状态。你看调查记录这儿写着‘现场没有反抗和挣扎的痕迹’‘失去意识之后被人勒死’，是不是能轻易地还原出当时的场景？

“除此之外，现在真代子在六号病房里所有的表现就是受到了华清宫双胞胎姐妹的心理遗传的影响，只是程度不算太深。由此可见，从她在仓库中进入假死状态的那一刻起，隐藏在她内心深处的芳家姐妹的心理遗传就被‘附身’在吴一郎身上的吴青秀的举动所激发，唤醒了那些受虐狂变态心理的欲望及记忆。

“你可能会觉得我跟你说的这些都太匪夷所思了。但是据从古至今出现的案例和相关记载来看，心理遗传在发作之前和消失之后，宿主都会进入假死状态、失去意识或者陷入沉睡之中。因此站在专业的角度来看，这些现象都是很正常的。不过以前的人们将其称为‘先祖显灵’‘祖先附体’而已。但是这其中也会有比较严重的情况，那就是发病者一直在假死状态中没有清醒的话，很有可能被他的家人当成是真的死了，然后将他下葬，等他醒来之后就会发现自己正躺在棺材里。而且这种情况还不在少数，其中最为出名的一个故事就是《歌占》的主人公伊势神宫渡会某君。他被埋进土里后，苦苦煎熬了三天三夜，一头青丝全变成了白发，好不容易才爬了出来。如果要用精神科学来对其进行说明的话，那这就是在你打开或者关掉电力开关的一瞬间出现的黑暗状态。不过进入假死状态的时间，会因当事人的性格、情绪转换强度，以及身体素质……而有不同。不过通常情况就是突然被吓晕过去，然后身体的所有功能都停止运作了。而当他从这种状态醒来之后，其言行举止和昏迷之前相比就像是换了一个人，这也就代表着心理遗传的梦游开始了。而像这样持续发作的人在经过与发作之前相同的黑暗状态之后，又会恢复常态。我们之前所提到的‘狐魅’现象就是一种程度较轻的梦游症，因此其进入无意识状态的时间也比较短。至于在假死期间人体的新陈代谢状况以及营养的摄入情况嘛，依照我对若林的了解，应该已经以吴真代子为对象进行了深入的研究，我确实也能现学现卖一下，不过这和我们说的主题没有关系，所以就忽略它吧。不管怎么样，吴真代子之所以会进入假死状态，应该就是直接受到了吴一郎梦游时给予的暗示。关于这一点，若林也在他所整理的调查资料中提及过，只是没有明示而已。对此，我是非常赞成的。

“除此之外，我对这件事也有一些自己的想法和推测。吴家在这千百年来并没有女子显现出芳家两姐妹的心理遗传。费尽心思封存绘卷的虹汀和胜空也都只强调不让吴家男子接触绘卷，避免刺激及心理遗传，从来没有想过这个心理遗传在男子身上显现出来后会刺激到女子的心理遗传。而这一次的情况太特别了，两个主人公都不是与千年前事件主角全无关系之人，真代子和两个女主角拥有同样的容貌，吴一郎又被男主角的心理遗传完全操控，一言一行都和吴青秀一模一样。这可真是史无前例、绝无仅有的巧合。我知道在这种万中无一的巧合下所推理出来的结论会有失偏颇，但我既然敢说，就肯定是有依据的。证据很简单。这份调查报告已经证明吴一郎是在真代子昏倒之后拿一方西式手帕勒住了她的脖子，此时的真代子虽然是在假死状态，但吴一郎并不知道，他只会认为真代子已经被吓死了。所以，他在这种情况下勒住真代子的脖子就并非是真的想杀死真代子，他只是想体会勒住女性脖颈时的快感而已，这才是他的变态性欲。怎么样？一个人的变态性欲居然能在千年之后被完全复刻，这是不是心理遗传最有趣的一个研究材料？”

“……”

“在享受完这种快感之后，吴一郎想将尸体当绘画对象，于是就坐在那里等着尸体腐烂。因此当八代子站在窗户外面看他时，他才会淡定地回头说出那句‘马上就要腐烂了’。我们知道，这句话和那件事之间已经隔了千年岁月，并不属于同一时空之中。但是对于吴一郎而言，它们是在一起的，就是在刚才、在他眼前发生的事。真代子的遗体解剖结果显示她死之前并没有被性侵，可见，吴一郎想勒死真代子只是为了满足吴青秀那变态的情欲。”

正木博士一口气说到现在，终于要停下来喘口气了。我抬起头看见他正在做深呼吸，听着他说的这么多解释，我只觉得他真的是一位伟大的精神科学家，心中也恢复了之前对他的尊敬。虽然我发现自己一直在冒冷汗，但我现在还是觉得安心多了。

我有些放松了，轻快地问道：“那吴一郎还能恢复正常吗？”

“当然可以啦，这我可是敢打包票的。”正木博士说着又露出了那个带着讽刺意味的笑容，用一种阴暗的眼神正视着我，好像要看穿我的内心，“我觉得吴一郎恢复那天也是你出院的日子。”

我心里一惊，他似乎又在对我进行暗示，让我相信我就是吴一郎。而且听他言下之意，好像是在说我和吴一郎的精神问题是一样的，所以治愈过程也是完全一致的。想到这里，我只觉得整个事件都透露出一种诡异的感觉。可我还是拿起手帕擦了擦脸，尽力装出一副若无其事的样子说：“是吗？那治疗他应该很费劲吧？”

“并不难啊。我们已经从精神科学的角度弄清楚了他的发病原因和发病的经过，接下来只需要对症下药就行了。吴一郎的发病原因很清晰，要是连这种情况都不能被治好的话，那我研究的精神病理学在实际应用中有什么用呢？”

“所以，应该怎么治疗呢？”

“得根据他的情况随时做出调整，在适当的时机对他进行暗示。这跟以前的乞求神明庇佑或者符咒术法这样的迷信手法可不一样。说仔细一些吧。吴一郎的精神疾病并不是因为受到了真菌或者其他微生物疾病的影响，而是受到了精神性的暗示。他在看到这幅绘卷之后，就已经分不清自己是谁，自己在哪里，甚至不知道这里是中国还是日本，是古代还是现代。他之后的表现是依靠心理遗传中那股强烈的变态性欲刺激，以及就此产生的幻觉、错觉、倒错观念而行动的。当他的这种变态性欲依据吴青秀的经历逐渐演化之后，就只留下对女性尸体的偷窥欲了。他在解放治疗场的表现也证明了这一点。吴一郎现在所表现出来的变态性欲、精神分裂症、杀人妄想症和遗传性，对于吴青秀的思维来说，就是所有土地之下都埋着女子的尸体。因此他才会想用铁锹挖地，才会天天拼了命地往地底深处挖。

“他每天都在重复着挖地的工作，心中的变态性欲也会逐渐减弱。原理很简单，那就是人类性欲的强烈程度是依据荷尔蒙的分泌量所决定的，就是大家称之为‘精力’的东西。一直从事高强度劳作会大量损耗精力，精力减少后，性欲也会减淡。而无比疲倦的神经则会浮现出某种惰力，使病人进入伴随着脑中女性尸体的幻觉，自己气喘吁吁地挥舞圆锹的可怜状态。从吴一郎住院之后，他的变态性欲越来越低，最后基本处于消失状态，所以之前被压制住的正常意识正在慢慢恢复，会对身体发出‘太累了，我为什么要让自己这么累这么辛苦’的信号。所以吴一郎有时候会停止挖掘工作，不知所措地看着周围。不过他很快又会回到之前的状态，然后继续挖土。因此我会找准时机，看着他正常意识发挥作用的时候，出现在他的身边，对他提出问题——‘女人是什么时候下葬的呢？’这时候他就会陷入迷茫状态。因为我话中的‘什么时候’这几个字刺激到了被他遗忘的时间观念，给予了他一种暗示；而我又接着问他‘这里是什么地方？’，那么他的空间观念也将得到刺激，想要清醒，他看着身边的环境，开始想‘之前在干什么？’这也就意味着他的自我意识开始出现了，渐渐地，他便会有寂寞的感觉。于是他抛下了自己之前视若珍宝的铁锹，垂头丧气地回了自己的病房。这就是我在遗书上所写下的给吴一郎做治疗的顺序。医生暗中观察病人在自由活动的时候所展现出的心理状态，然后抓准时机给予他相应的暗示，帮助他治疗，这就是我所说的疯子解放治疗法。

“不过如果想真的使用这一方法进行治疗的话，那么使用者必须保持清醒的头脑，绝不能再有以前那种低级思维。就是随便给疾病取个名字，随便找个内科或外科疗法给病患进行治疗，然后在治疗失误时就把病人囚禁或者捆绑起来。这种绝对不是将来进行精神治疗的正确方法。使用者应该有敏锐的洞察力，在了解病人的心理遗传的同时，还要掌握精神、解剖精神生理、精神病理原则；要能根据病患的一举一动观察出其心理遗传梦游症怎么变化，然后找到合适的时机对其予以暗示，逐渐引导病人回到正确的空间概念和时间概念之中，这才是恢复正常了。嘿嘿嘿，我一说起自己擅长的专业就有些收不住了。我们回到吴一郎的治疗问题上吧。

“我给了吴一郎相应的暗示后，他在接下来的一个月内一直待在病房之中。我想他一定是在那期间恢复了许多意识吧！换句话说，我的暗示给了他一个契机，让他逐渐找回自己的各种意识。伴随着‘这是什么地方？现在是什么时间？我叫什么？我怎么会被关在这里？’之类的问题，他又会产生各种其他的疑问及各种困惑，感觉自己走入了一团浓雾之中。他会去思考这些问题，但在想不出答案后，又会更加迷茫。我专门给他安排了医务人员，将他在一天之内说的话、做的事仔仔细细地写在病床日志里。我通过这些记录就能知道他进入了哪一个阶段。若林博士之前让你看的呆子博士的演讲也是我摘录了日志中的事件说给记者听的。

“但到了最近一段时间，以上种种观念已经逐渐在吴一郎大脑中统一为一个焦点，他已经非常接近完全的精神健康状态了。我们也可以看到他产生了某种类似‘想不出来就不想了吧，反正总有一天会知道答案的’的自暴自弃式安心感。究其根本是因为他于一个月前丢掉圆锹、回到自己的房间时，便进入了抑郁状态，食欲骤减、排泄不畅、体重猛降，但随后又慢慢恢复了。可能是现在天气也比较舒适了吧，从病床日志上看，他现在的身体状况比发病之前都还要好些。正如你看到的，他营养补充够了，精神也越来越好，还经常露出笑容。

“他一直都在房间里待着。直到昨天，他突然就来了治疗场，我一时也不确定，他是因为意识已经渐渐恢复，还是因为他在吃饱喝足之后精力恢复如初，之前的变态性欲又开始发挥作用，让他想拿起铁锹挖尸体了。想要弄清楚情况，必须再对他进行一段时间的观察。但是不管怎么样，他的精神状态都比以前要好很多了。而且就在刚才，我总觉得，这件事快要迎来转机了。哈哈哈哈哈。”

正木博士说的话和发出的笑声都传到了我的耳朵里；楼下那位舞蹈狂少

女的歌声也传到了我的耳朵里，可我的目光依旧停留在桌子上那一团绿色上，只觉得它似乎就要燃烧起来了。在我的脑海中突然想起了正木博士说过的一番话：

再厉害的侦探也无法调查出应用精神科学犯罪的真相，你只能把自己当成侦探来尝试找出真相……

不知道从什么地方传来咔嚓一声，打断了我的回忆。我循声看去，原来是正木博士头顶上那个电子表指针从十点五十六分指向了十点五十七分。

“怎么样？是不是觉得很有意思啊？从这件事中我们就能发现，之前精神病学家在治疗精神病时根本没找对方向。相比之下，我的解放治疗实验是不是精彩多了，这个是学术界从来没有做过的实验——”

“等一下。”我抬起右手，出言打断了正木博士滔滔不绝的演讲。我挺直了腰板，抬眼看着他那写满了骄傲自豪、如骸骨般的面孔，严肃说道：“正木博士，您先等一下，我有一个问题。您真的是单纯为了学术研究才进行这些治疗实验的吗？”

“自然是了。我这么做就是想让那些自以为是的学者们知道真正的精神病治疗是什么样子的。”

“不，我想问的不是这个。”

“那你到底想问什么？”正木博士好像有些不满似的眯了眯眼，然后向上抬了一下肩膀，靠着椅背。

“我想问，其他人都不知道吴一郎是受到这幅绘卷的刺激才发病的吧？”

“什么？我之前没有说过这个情况吗？肯定没有人知道哇。司法部门的那些人根本不把这些放在眼里，就跟不知道没什么区别。”

正木博士将眼镜扶正，托着下巴说道。

“我之前说过，这幅绘卷是八代子在仓库二楼拿到的，之后就被她收了起来。若林博士想办法拿到了这幅绘卷，然后就交给了我。除了我们两个外，你是唯一看过这幅绘卷的人。法官和警察去八代子家搜证的时候，八代子把自己擦鼻涕的纸丢在了绘卷上面，所以那些人没有注意到它。那些司法人员好像还在嘲笑若林，说他这个解密高手真是江郎才尽，查不出真相，只能拿出那种迷信的解释来搪塞大家。我要没记错的话，当时报纸的杂评专栏上还说过这件事。不过当地的村民们从仙五郎那知道了绘卷的存在，纷纷发挥想象，编出了各种故事版本。有说是某人托梦给吴一郎让他去切石场，从吴一郎到那以后就看到画卷被放在高大的岩石上；有说当时正是日落西山之际，妖魔鬼怪们都打算出来了，结果倒霉的吴一郎就被妖邪附身了；也有比较理智的说法，比如是真代子的某个狂热追求者因为得不到心上人，便想到了某个古老的传说，并以此来捉弄吴一郎，最终如愿以偿。”

“天啊！”我尖叫着站了起来，紧紧抓住桌子边缘，像正木博士之前盯着我那样盯着他。正木博士好像被我吓到了，一口烟雾，吐也不是，吞也不是，只能鼓着腮帮子气呼呼地看着我。

我的呼吸越来越急促，心跳也越来越快，感觉自己马上就要喘不过气来了。

正木博士漫不经心的几句话，让我茅塞顿开，我终于想通了所有事情，终于看到了事情的真相。

虽然正木博士和若林博士收集记录的资料中并没有我的存在，但我身上肯定流着吴青秀的血，这是毋庸置疑的。而且我还和吴一郎有着同样的容貌。

若林博士曾经解剖过千世子的遗体，得出的结论是她只怀过一个孩子，因此否定了我和吴一郎是双胞胎的说法。不过，万一这是他们两人为了进行这场实验，故意对我撒的谎呢？也许我和吴一郎就是双生子，只是年幼的时候因为某些事情而天各一方。

我长大之后独自返回家乡，并且爱上了真代子。为了能和真代子一起生活，我利用自己的长相混进了吴家，趁吴一郎不在的时候，借着他的身份亲近真代子。后来我听说了吴家与那幅绘卷的传说，打算在真代子结婚之前对吴一郎下手。

但我跟吴一郎都继承了吴青秀的心理遗传，所以在看到那幅绘卷之后，我也发病了。这个时间也许是在吴一郎发病之后，也许是在他发病之时，然后我们俩的身份就被混淆了。而发病之后的我们也不知道自己究竟是谁。

若林博士和正木博士费尽心思地分辨着我们的身份就是为了确定谁是始作俑者、谁是无辜之人。

如果是这样的话，我之前的所有问题都将迎刃而解。这就是事实了吧？这肯定就是事实。不然要怎么解释这些匪夷所思的现象呢？

原来，我才是这些悲剧的始作俑者吗？原来，真的是我……

突然，一个荒诞的念头跳进我的脑海中，虽然极力克制，但手还是不由自主地发抖。此刻，正在一旁看好戏的正木博士并未发声，他优哉游哉地将我失态的行为敛于眼底，见我平静下来，才装作一副惊讶的样子，询问道："你想到什么了吗？为什么突然站起来？"

"我……"我一开口就发现嗓子沙哑得厉害，我从来没觉得说话也是一件痛苦的事，"该不会是我……是我把绘卷给吴一郎看的吧……"

"哦哦嘿嘿嘿嘿嘿嘿嘿呵呵呵呵，真有趣！"正木博士打断我的话，像恶劣的小孩打断大人严肃发言那样，"真有意思，"正木博士笑道，"你觉得你是加害者，而吴一郎是受害者吗？哎呀，如果这起事件是侦探小说的情节，一定会轰动文坛吧，但是真可惜，案件的真相总不会向着你所以为的方向发展，你有没有想过，如果真相与推理正好相反呢？"

"正好…相反？"

"呵呵呵呵嘿嘿嘿，反正都是猜测，你又何必非要把罪责主动揽过来，成为让我厌恶的加害者呢？你不如换个思路，反正你和吴一郎长得一模一样，只要我稍做手脚，你和吴一郎身份互换不就是一件轻而易举的事吗？与其成为人人喊打的罪犯，不如成为人人同情的被害者，你说呢？哈哈哈哈哈哈哈。"

在正木博士的笑声中，我跌回椅子，好不容易厘清的思绪，又陷入重重迷雾中。

"喂喂，你不要总是这么轻而易举就陷入迷雾啊，"正木博士无奈道，"我从一开始就严肃警告过你，如果不能保持清明的心境和清醒的头脑，这起案件是很难进行下去的。"正木博士罕见地严肃起来，我的视线不自觉地追随正木博士，认真听他诉说。

"如果不能保持清醒，那么在调查这些事件时，就很容易迷失在虚无中，我曾说过，你并不是这些事件的旁观者，而是参与者，你无法独善其身。你与这些事件的关系，并不是浮于表面的肤浅，而是更深沉，意义更重大的……”

“更重大的意义……”我有些迷茫，“可……可是你说的这些都存在吗？”

“存在的呀，正因为如此，才更让人疑惑。”正木博士说道，“虽然重复搬运这套理论过于啰唆，但我还是需要重提一遍。你要知道，我们所存在的这个世界，不能单单从唯物理论的角度看待，也需要从唯心科学论，也就是精神科学的角度来看待，这样我们看到的才算是一个相对完整的世界。你需要摆脱唯物主义的桎梏，才能接近这个世界的真相。举个例子，以唯物主义的角度来看，这个世界不过是由长、宽、高三者组成的三维世界，但是唯心主义理论，会在此基础上，加上‘认知’或者是‘时间’，构建成四维乃至五维的高维空间，这才是我们所存在的世界。世界运行的法则，在唯心主义理论与唯物主义理论下截然不同，我想你刚才在房间里充分体会到了吧？所以，你要解决这些谜团，只需要找到关键点就行了，而这把打开真相大门的钥匙，不出意外的话已经被你拿到了。”

“钥匙……是什么？”我小声询问。

“离魂症。”

“离魂症？”我不太明白，为什么离魂症会是解开这团迷雾的关键点。

“哈哈哈，看来你还没想通呢，”正木博士看着我迷茫的眼神，笑道，“你没发现整个事件中，最难以置信的，就是有个和你一模一样的人啊，也正因为这样，事态发展才会陷入混乱。如果根据我所说的理论来看，之所以出现这样的局面，有可能是因为你出现了离魂症。”

“难以置信……”身上仿佛被抽干力气，我瘫在座椅上，喃喃道，“离魂症，怎么会有这么荒诞的事？”

“啊哈，也是，不相信也很正常，毕竟也不是所有人都能接受违背自己世界观的事实。不过也不必现在就定下结论，我们不妨思考所有可能性，比如加害吴一郎的犯人，是事件参与者的某人，还是吴一郎他自己，抑或是从弥勒佛像逃脱的绘卷本身，每一个都有可能是加害者，你现在能做的就是冷静下来，慢慢思考，回想过去，这才是寻找真相的捷径。”

即使正木博士的口吻十分冷静，我也无法立刻冷静下来，我依旧无法接受自己被卷入这么离谱的事件中。

“所以啊，”正木博士好像看出了我的慌乱，安慰道，“冷静下来，不要焦虑，很快你就会看清事实的本质，到那时，你就会觉得这件事并不神秘了。”

“很快吗？”我有些着急，“很快是指什么时候？”

“这我就不知道了，但一定不会是今天。”正木博士耸肩说道，“毕竟刚才，我已经通过我们的谈话对你实行精神实验了，不过很可惜，你还是没有办法记起你的过去，也就是说你的大脑还没有恢复到能回忆起过去的程度，再继续精神治疗也是白费力气，所以今天就先到这里吧。”

“可是，你明明答应过我……”我垂下头，尽量让自己看上去没有那么失落。

“我是答应过你，但是条件摆在这里，就算是我也无能为力呀。与其继续不会有结果的精神实验，不如中止，让你好好休息。”

“等等……这么说，您已经触摸到真相了吗？”

“是的，也正因如此，我才会告诉你，这件事和你息息相关。”

“请告诉我，您所了解到的所有真相！”

“不行。”正木博士怀抱双臂，居高临下看着我，丝毫没有被我的愤怒影响，“我不告诉你也是有原因的，如果我告诉你犯人的名字，就算若林博士掌握的证据也指向那个犯人，如果哪天你或者是吴一郎恢复记忆，说行凶的人并不是我们指控的这个人，那我们在此之前搜集的证据和做出的判断岂不是毫无意义，毕竟只有你们的记忆才是真相，我所掌握的不过是推论。”

我长叹一口气，就算如此胸腔内的迷茫也无法排遣出去。

“看来你还是不太明白呢，”正木博士拉开椅子坐下，优哉地向我吐了口烟圈，缓缓说道，“看来我需要向你说明一个事实，事态发展到这个地步，身为精神科学犯罪的学者，若林教授是绝不可能半途而废的，而我不一样，我只是若林的咨询对象，我的分内工作仅仅是帮助你们头脑痊愈，至于让你们记起凶手的信息，抱歉，这不是我的工作……你是否能记起凶手的特征对我来说一点也不重要，凶手是谁并不会影响我的学术成果。如果不是若林逞强，说什么要抓住凶手，也不会出现现在这个局面。总而言之，我一点也不在意你们是否记得凶手。”

我呆呆地望着轻佻的正木博士，无法想象这些话居然出自一位学者的口中，我清了清嗓子，问道：“博士，这不符合常理，身为学者，您的态度未免太过冷淡。”

“冷淡？”正木博士撇嘴说道，“你非要这么定义我，我也没办法，那行吧，如果我是个活菩萨，帮助若林找到真凶，那么法律真的能制裁他吗？更何况，你仔细看看我的脸，长得像弥勒佛吗？你看我头顶上，有神圣的光圈吗？看我的脚下，是观世音菩萨的莲花吗？”

我无言以对，胸腔积满的酸涩不知道如何表达。

“如果法律制裁不了罪犯，那么我们就任由他逍遥法外吗？如果不揪出这个凶手，不知道他的刀下还有多少冤魂。无论是八代子、吴一郎，还是我，我们当中哪一个不是无辜的？明明没有做错任何事，却要遭受如此残忍的惩罚！”我愤慨地说，胸腔因情绪激烈不停起伏。

“知道了知道了，所以呢，你打算怎么做？现在的你连记忆都没有恢复，除了无用的愤怒，你还能怎么办呢？”正木博士敷衍地回答，视线随着烟雾飘动，仿佛我的愤怒在他看来还不如观赏烟雾来得重要。

我紧握拳头，回答道：“如果真有离魂症，我现在就转移到受害人身上，在他们紧闭双眼的前一刻，大声喊出凶手的名字，就算死，我也要拖着凶手下地狱！”

“听上去真有趣啊，那么你最想去到谁的身体里呢？”正木博士问。

“这还用说吗？当然是吴一郎啊，只有他是唯一见过凶手的目击证人。”

“啊嘞啊嘞呀呵呵呵呵呵呵，真有意思，如果能做到就尽管做吧，但是，假如成功了，我也会很头疼，这意味着我需要推翻之前的理论，重新研究精神科学，虽然我相信离魂症这一说法，但是心理遗传作用才是基于这一说法的支架。”

“这我知道，虽然凶手对您来说没有任何意义，但是对于若林博士来说可不是这样。据我了解，正是因为若林博士希望您协助他，从吴一郎过去的记忆中找出凶手，才会把这些报告交给您。”我颇有信心地回复，自以为正木博士听到我搬出若林后会收敛一些。

“话虽如此，我也了解自己的职责，毕竟我和若林一大早把你带到这个房间，尝试各种实验，就是为了抓出真凶。但是，当我了解到真凶的姓名时，我就不想继续研究这件事了，换作是你，你也会做出和我相同的选择。”

正木博士的脸被笼罩在烟雾下，我双臂环抱，看着他，问道：“如果我说我要依靠自己的力量找出凶手，您觉得我是否有胜算呢？既然阁下如此冷漠，口口声声称不在乎谁是凶手，那么我就自己调查真相，就算灰飞烟灭我也在所不惜。”

“呵呵呵呵，随便你，那是你的自由。”正木博士不甚在意地回答道，态度十分敷衍，就像是老师听到自己的学生梦想是成为像爱因斯坦那样的科学家一样，用空洞敷衍的语气说着打气的话。

“谢谢。”即便正木博士如此敷衍回答我，我还是站起来，对着正木博士徐徐行了一礼，继续说道，“既然您支持我，那么希望您允许我出院一段时间，我需要到外面走一趟，去调查一些事情。您知道，线索是要靠自己的双腿跑出来的，在医院里可没有办法搜集情报。”

“是吗？那你打算去哪些地方呢？”正木博士似乎并没有被我心血来潮的动作吓到，他只是淡定地吐出雪茄烟雾，语调依旧不疾不徐，仿佛我的动作也在他预料之中。

“这个……我没有想好，”一想到接下来会面临的种种困难，我声音不自觉低沉下去，但是当我想到被卷入事件的无辜者时，我的声音随着心境的涌动自然上扬，“虽然会有很多意想不到的困难，但是，我一定会找出真相！”

“哎呀哎呀哎呀，不愧是年轻人，总是带着满腔热血。希望你在调查的时候，能一直保持这种无畏的勇气。”正木博士说道，语气一如既往让人厌恶。

“什么……您这是什么意思？”我不悦地问道，无论是谁被泼冷水都不会开心吧。

“作为过来人，我劝你最好不要尝试去破坏绘卷的神秘。”正木博士的话显得语重心长，如果不是脸上挂着恶劣的笑容，我还会觉得他是在关心我。

其实正木博士并不是以威胁的口吻说的这句话，但是从他轻描淡写的态度里，我也感受到了来自神秘力量的威严。我被这不明所以的神秘气场震慑，不久前的满腔勇气就这么轻而易举地消失殆尽。我缓缓瘫坐在椅子上，试图调整坐姿，仿佛这样我就可以抗拒这种神秘力量。就像是一个手无寸铁的人窥视到克苏鲁的一节触角，还未窥得全貌，就感受到了恐惧的窒息。

我妥协了，我承认我缺乏勇气，只是会说漂亮话而已，“那我不外出，我会乖乖地待在这里，甚至在找出真凶前，我都可以不离开这把椅子，您看这样可以吗，正木博士？”

正木博士没有直接回答我，他调整坐姿，往后坐去，上半身却前倾。夹在指尖的雪茄被他随意地扔在烟灰缸里，指节弯屈，盯着我缓缓叩桌。他的眼睛仿佛在告诉我，他背负着一个重要的秘密，仿佛只要我再努力一些，就能挖掘出正木博士隐藏的秘密。

我忍不住向正木博士靠去，体内的热血不自觉沸腾起来。

“博士，如果您告诉我凶手是谁，我会在合适的时间和地点，将凶手的名字公之于众，并且还会替那群无辜者报仇。我知道我这样做一定会付出惨痛的代价，但是我已经做好了准备，并且一定不会把您牵连进来。与其这样浑浑噩噩度日如年，还不如手刃凶手，即使会被制裁，我也无怨无悔。唯一能帮助我的只有您，正木博士，您忍心看我的灵魂飘荡在虚无中吗？”

“哇哎呀哎呀，你总是会用坚定的表情说出让我发笑的话，好啊，你尽你一切努力来试试吧！到时候你穷尽自己所有力气却无法得出答案时，你是否还会和现在一样充满勇气。”

无论我晓之以理还是动之以情，正木博士始终没有为我的言论动摇，甚至缓缓闭上眼睛开始养神。我从未觉得如此无力过，我痛恨自己的无能，怨恨正木博士的冷漠。

“博士，”我强迫自己继续和正木博士交谈，试图挖掘真相碎片，“假设凶手不是我，那也不可能如村民所说，是这绘卷自己从弥勒佛像里逃出来，被吴一郎捡到吧。绘卷再怎么邪门也不是生物，难不成还会自己成精跑出来，这合理吗？”

正木博士点头，示意我继续说下去。

“八代子是吴一郎的姨妈，千世子是吴一郎的母亲，毫无疑问，这两个女人都深爱着吴一郎，把吴一郎当成家里唯一的靠山，她们不可能会把如此可怕的绘卷交给吴一郎！家中的用人仙五郎也没有做这种事的动机。寺院的和尚之所以在吴家做工，是为了给这家人祈福，如果和尚知道这幅绘卷的存在，一定会毁灭或者封印，这么看来，嫌犯一定不在这几个人之中。”

“说得有道理，继续。”正木博士的语气没有之前戏谑。

“若林博士在进行调查时，也对嫌犯进行深入调查了吗？”我问道。

“没有。”正木博士毫不犹豫地回答我。

没有？望着正木博士一本正经的神情，我陷入迷茫。按照正常人的逻辑，如果探索事件真相，会将重要的嫌犯放之不顾，而转去调查其他无关紧要的事情吗？我将心里的疑问说了出来，但是正木博士并没有正面回答我。我看出正木博士似乎不打算回答我的问题，我并没有体贴地结束这个话题，而是一而再再而三地抛出尖锐的问题，对真相的渴望与对嫌犯的憎恶让我变得咄咄逼人。

“博士，恕我直言，这种残忍的犯罪，这个世界上还能找出第二件吗？将无关紧要的调查报告丢给博士，分散博士的注意力，这件事情不也很奇怪吗？还有就是，寻找真凶的途径，居然只能依靠我或是吴一郎恢复记忆指认凶手，这是多么不负责任的方法，难道这个世界的离奇案件，都只能通过受害者的指认这一条途径来破解吗？您和若林博士这么优秀，难道也没有办法——”

话还没有说完，正木博士就打断我，语气很不耐烦，说：“没办法。”

我盯着正木博士紧锁的眉头，他看起来很疲惫，但我依然不打算将话题就此打住，继续问道：“您何必如此大动肝火，我只是对这件事的处理方式表达疑惑罢了。您说，凶手是怀抱着怎样的感情给吴一郎看这幅绘卷呢？有没有可能是出自善意？虽然可能性很小但也不能完全排除吧，又或许只是一个普通的恶作剧，只知道绘卷的传说，但是不是那么了解绘卷，只是想用来吓唬吓唬吴一郎，或者那人清楚明白看完绘卷的后果，因为太憎恶吴一郎，恨不得让他死，想借此让他在这个世界上消失？还是……”

突然，我意识到了某种可能性，胸口一阵发紧，这个可能性太过惊世骇俗以至于我无法轻松说出来。如果，只是如果，给吴一郎绘卷的人对吴一郎没有特别的感情呢？那会是出于什么目的呢？会不会，可能只是单纯地想要验证绘卷的诅咒，这样一来，为什么偏偏给吴一郎也说得过去，毕竟吴一郎身负诅咒的血脉。如果这个假设成立，那么凶手……我直直望向正木博士。与此同时，博士脸上的笑容也消失，嘴角绷紧，紧抿成一条直线。他重新正坐在椅子上，带着祥和的目光看着我，我从未在博士的脸上看到过这种神情，仿佛整个人都笼罩在神圣的气息下。我垂下头，像忠诚的信徒一样，等着博士的宣判。

“凶手是我……”

博士的声音没有感情，却听得我胸口一阵发紧。我悄悄抬头，看见博士那充满悲哀的微笑，不知该说些什么，只能又将头缩了回去。

和正木博士一样，此刻的我也不好过。我用手指按着不停跳动的太阳穴，试图平静下来，但都以失败告终。如果面前有面镜子，我想此刻镜子里倒映的我一定是青筋毕露，面目狰狞的模样。

“既然你想到这个地步，那我也就不瞒你了。”正木博士说道，“我还真是恶劣啊，明明所有证据都指向我，我却还是一副什么也不知道的样子和你交谈。”正木博士的语气有种破罐子破摔的颓丧。

我垂头不语，不知道该说什么，也不知道应该用什么表情面对他，只能垂头听正木博士自述。

“随着调查的深入，我发现越来越多的证据都指向我，连我自己也觉得，除了我不可能有别人能做到这些。直方事件中，凶手选择吴一郎回家乡的时间为契机实施犯罪，使得整个事件扑朔迷离，完美转移调查视线，从而达到隐藏犯罪的目的，由此可见凶手一定是个理论学识渊博而且心思缜密的人，那么这一定就不会是梦游的吴一郎。”

“喀喀喀喀喀喀。”正木博士突如其来的咳嗽声吓了我一跳，但字里行间透露出来的沉重感压得我依旧无法抬头。

“凶手的犯罪动机也很好猜，毕竟美貌的女人永远是男人追逐的对象，真代子就是这样令人沉迷的女人。为了让吴一郎与母亲千世子分开，从而接近真代子，于是设计让姨妈八代子把吴一郎带到侄之滨。正好，侄之滨是绘卷传说的起源地，当地也流传了不少关于绘卷的传说，就算是在这里进行实验，这个地方也是不二之选。”正木博士顿了顿，继续说道，“所以第二次侄之滨事件也不是偶然，世上哪有那么多偶然事件呢？一切都是处心积虑的必然事件。如果要完美制造直方事件，就会制订相应的计划。首先，必须要有人躲在菜市场附近，就是为了等吴一郎归来，再装作漫不经心的样子把绘卷交给他。能策划直方与侄之滨两起事件的人，一定对绘卷了如指掌，并且善于揣摩人心，利用吴一郎的期待，再推波助澜，使吴一郎发狂……你说，能做到这件事的，除了我，还有谁？”

“有！”我噌地一下站起来，因为过于激动还踹到了椅子，“有的，正木博士，除了您，还有人可以做到。”我看着正木博士错愕的表情，结巴道，“您有没有想过……若……若林……”

“笨蛋！”

正木博士的声音在我耳旁炸开，我的脑袋就像被灌了石头一样，沉重地垂了下去。

“我说你呀，不要想到什么就说什么啊……”正木博士的语气带着威严，不知道为什么我却听出带有慈爱的无奈，就像父亲教训儿子的口吻。不知道为什么，我的胸腔仿佛有什么东西涌出来，眼睛也开始酸胀起来。我死死盯着正木博士因为用力拽住桌角而青筋暴起的手，能感受出他说出这些话要耗费多大力气，也正因这样，我才觉得这一字一句如此沉重。

“当然，如此可怕的实验，除了我以外也只有那个人才能做到，即便如此，你也不能贸然地将那个人的名字说出来。”

对于正木博士的教导，我哑口无言，只能沉默反思自己的莽撞。

“而且，若林他，也并没有否认，他自己对他的行为供认不讳。”

正木博士轻飘飘的一句话如同一枚炸弹，我震惊地抬起头，试图从正木博士的表情辨别这句话的可信度。

“这些，就是证据。”正木博士按住包装起来的一沓文件，仿佛这样就能把一切罪孽按压下去。我见他紧咬下唇，立刻低下头，因为我知道，这是他要讲述重要消息的征兆。

“这些文件，就是他自己调查出来，却桩桩件件都指向他是罪犯的证据，也是他向我报告的资料。”

正木博士语气平静，但一道寒意从背后升起，我忍不住打了个冷战。

“我不知道你是否听说过犯罪的隐蔽心理或是自白心理……不过这不重要，你要记住的是随着人类关系与社会结构的复杂化，这种犯罪心理一定会变得越来越多。也正因为这样，这份调查报告才让我害怕。”

正木博士咳了一声，缓了一下，继续说道：“你知道罪犯该如何逃脱囚笼吗？一般人认为，只要罪犯不被警察抓到就是自由的，其实并不是，因为记忆会织造牢笼，将罪犯紧紧锁在恐惧与绝望中。人类往往会忽略记忆的重要性，我们通过研究发现，逍遥法外的犯人往往会受记忆所困，在他们的潜意识里，他们依旧受侦探与共犯的威胁，虽然自己的罪行没有人知道，但发生的事无法骗人，刻在脑袋里的记忆是真实发生过的往事，正因为如此，他们才会饱受折磨，说是对害怕露馅儿的恐惧也好，还是所谓良心谴责也罢，犯罪回忆都使他们痛不欲生。你知道怎么样才能摆脱记忆囚笼吗？很简单，有两个选择，一是自杀，另一个则是发疯。无论是哪种途径，都惨烈到让人感慨，但一想到是这群穷凶极恶之徒唯二的选择，又实在让人发笑，所以你看，主动失忆也不是那么难以理解了吧。

“在各色各样的犯罪者中，头脑越清醒的人，隐匿的方法就越高明。无论他们通过怎样的方式隐匿自己的罪行，最终都将殊途同归，要么发疯，要么自杀。这群人在逃脱法律制裁的同时，努力将自己的‘记忆之镜’与‘罪孽的身影’藏在内心最阴暗的角落，仿佛只要封锁起来就能光明正大地活下去。但很遗憾，人类是一种奇怪的生物，越是告诫自己不去在意，就会越在意，最终，这群罪犯忍不住遵从内心的呐喊，忍不住重新回忆一遍罪恶的真相，直击那个罪孽的自己。如此反复，心理防线总有一刻会崩塌，最终他们会选择将真相公之于众，使内心得到解脱，再也不用独自一人背负着沉重的罪孽。

“很多人在忍无可忍的情况下，会翔实记录自己的犯罪行为，但是需要等自己死后再公开，这样才能免于法律的制裁和世人的指责。当完成这些犯罪自述时，罪犯们才能稍微安心，焦灼的心才能恢复一些平静，这就是自白心理，懂了吗？”

我似懂非懂地点了点头，听着正木博士继续讲述。

“除此之外，还有一个更加高明的手段，可以利用自白心理将自己的劣势地位一局反转，就像是第九局下半场满垒无出局，怎么看都是全盘皆输的局面，但是防守得当就能逆转局面。他前面的操作与其他罪犯一致，但高明的地方在于会把调查报告交给离真相最近的人，而不是选择自己死后才公开。这样一来，对方反而会怀疑自己调查的方向与逻辑，开始思考，如果这人真的是罪犯，会坦然地把证据交给自己吗？一旦让对方陷入纠结的状态，罪犯的目的就达到了。

“而若林给我的这份报告，就包含犯罪自白心理以及更高一筹的犯罪隐匿心理。这份资料的研究价值远远超过我的遗书，而且……”

正木博士停顿下来，在并不宽敞的房间里走来走去，仿佛在思考自己的推理是否合理。而我没有催促，只是安静地凝视着绿绒桌垫，不知道是不是因为疲劳造成的错觉，我总觉得被烫出印记的焦圈，逐渐变成一张张龇牙咧嘴的黑人面孔，向我阴森地笑，总觉得下一秒就会伸出手，把我拉到地狱去。我被这恐怖的联想惊起一身鸡皮疙瘩。

正木博士的声音及时打断了我的幻想，他说道：“而且，更恐怖的是，即使我猜到了自白心理和罪犯隐蔽手法，我依然难以从这怪圈中跳出来。说到底这些文件就是烫手山芋，如果我把这份文件移送到司法机关，毫无疑问我将被列为嫌疑人，更糟糕的是，如果局面事态导致我不得不对簿公堂，哪怕文殊[1]与富楼那[2]的灵魂附在我身体里，我也无法辩驳这自白书里隐藏的陷阱。接下来，我就要和你说说，这文件中到底是什么内容，让我选择承认自己才是这让人毛骨悚然实验的始作俑者。”

此刻正木博士以捆绑的姿势反手坐在椅子上，仿佛被什么恐怖的力量控制住，透明的镜片上折射出天空的颜色，嘴角以有些奇怪的角度扭曲，暴露在外的牙齿反射出白光，怎么看都觉得毛骨悚然。我移开视线，目光重新落回到桌垫的焦痕上。虽然之前看到的黑色小人已经消失，但我暴露在外的皮肤也泛起一圈圈的鸡皮疙瘩。

正木博士没有察觉到我的出神，他缓缓踱步到窗前，望了一会儿天空后，再回到桌前，不复之前压抑的语调，而是略显轻快地继续讲述，仿佛这起案件在他看来不过是沧海一粟，不值一提。

“在这起案件中，你我究竟扮演着怎样的角色呢？毫无疑问，你需要扮演冷静自持的法官，虽然你与这起案件有千丝万缕的联系，但是你的头脑必须保持清醒，你需要以第三者的角度审视这个事件。而我不同，我既是侦探，也是被告，我在尽我所能调查案件真相时，还需要以被告的心态自白犯罪事实。你的角色是完整统一的，而我的角色却是分割对立的，这样说，你能明白吗？”

我没有搭话，正木博士站起身，在狭小的房间里不停地踱步，其间还咳嗽了几声，即便如此，他也依旧没有停下说话。

“从哪里开始讲起呢，对了，就从吴一郎看到绘卷从而发疯开始说起吧。大正十五年四月二十五日，也就是吴一郎和真代子结婚前夕，W与M抵达距离侄之滨不远的福冈市。M是一位刚到大学赴任的教师，暂时还没有栖身之

[1] 文殊菩萨，佛教菩萨名，梵文Mañjusrī 的音译，略称“文殊”，意为“妙德”“妙吉祥”等，新译“曼殊室利”。文殊菩萨是中国佛教四大菩萨之一，以论述“般若性空”和“般若方便”的理论著称，代表聪明智慧。——译者注

[2] 富楼那尊者，富楼那弥多罗尼子，印度人，著名佛法大师，是释迦牟尼十大弟子之一，辩论无敌。——译者注

所，理所当然地找了家旅馆休憩。他选择的旅馆是蓬莱馆，规模大、人流多，只要按时交钱吃饭，就算其他时间不在旅馆，工作人员也是不会知道的，如此一来，就有机会制造不在场证明。再说回 W，和 M 一样，他也任职于九州大学，此人性格怪僻，经常在实验室锁门做实验，并且在这段时间内，是绝对不允许其余工作人员打扰他的，如此一来，M 也能十分容易制造不在场证明。”

我点头附和正木博士的话，视线紧跟着他，仿佛不看着他翕动的嘴唇，我就听不懂他说的话。

“再说回吴一郎，通过报纸了解到，吴一郎是打算在四月二十五日参加由福冈高等学校举办的英语演讲的。只要稍作调查就知道，比起坐火车，吴一郎更喜欢步行回家。收集到这些信息后，接下来就开始行动了。首先找到在切石场工作的切石男一家，让他们神不知鬼不觉服下毒药。如何选择毒药也非常重要，因为毒药不能被检测出来，正巧，侄之滨是渔村，作为福冈的鱼类供应地，脏乱的环境是培养霍乱和痢疾的温床，在这里生活的切石男一家感染这种病一点也不奇怪。难的是，这种细菌是否让人感染要因人而异，不过 M 作为大学生物教授，在学校进行细菌实验再正常不过，他有足够的条件将毒药的作用发挥到最大。

“一切准备就绪后，只需要在切石场等待吴一郎就好。据户仓仙五郎的报告说，切石场是连接福冈与侄之滨的必经之地，那时田里的麦穗已经高到能隐藏成年男子。天色灰暗，只需要稍作打扮，就不会有人将眼前的人与脑海里的人联系起来。等吴一郎经过，只需要叫住他，编造一段浪漫的故事，引诱吴一郎打开绘卷。至于如何编造让吴一郎感兴趣的故事，那可太简单了，先给自己安一个亲近的身份，比如告诉吴一郎，我是你母亲的朋友，然后选择一个合适的时间点，比如吴一郎小时候，毕竟一个人记忆力再好，对童年时期的记忆也是模糊的。然后揣摩人物性格，编一段不离谱的事件，比如我曾答应过一件事，现在来实践诺言。那这样，整个故事就是……”

正木博士咳了一下，清了清嗓子，语调变得谄媚，仿佛成为诱惑吴一郎的罪犯：“吴一郎先生吗？很失礼就这样拦住您，先自我介绍一下，我是您母亲的故人，在您小时候，您母亲曾拜托我保管你们家的宝物，现在我找到您，是时候物归原主了。您一定很疑惑为什么您母亲会托我保管宝物，那是因为您母亲害怕这幅绘卷会影响您的心智，毕竟您那时候年龄还小，容易被外物引诱。我听闻您即将成为家主，并且即将完婚，我想您的意志力一定不为外物动摇，是时候将这幅绘卷交还给您。这幅绘卷被赋予太多的神秘，其实一幅绘卷哪会这么恐怖呢，这里面的故事是您先辈可歌可泣的爱情故事，歌颂的是至高无上的爱情。您不妨看看，如果不需要，您再交给我也不迟。”

“我想吴一郎听了这番肺腑之言，会放下警惕，轻而易举上钩，然后凶手就在吴一郎浏览绘卷时悄然离开。”正木博士说这一段话时语气已经换了，仿佛从故事里的 M 恢复成了正木博士。

“接下来说说两年前的直方事件。”正木博士抬手摁了摁太阳穴，缓缓说道，“两年前，也就是大正十三年三月二十六日，彼时的 M 和 W 先生在哪里呢？真是很巧，M 时隔很久后又回到九州大学，在与学弟聚会后，提出取回毕业后存放在学校的银钟。那时的 M 先生也是在蓬莱阁下榻，制造不在场证明十分容易。与此同时，W 先生与现在一样，居住在春吉六番町的房子里，家里只有一位煮饭的老婆婆，趁老婆婆不注意，偷溜出去，也并非难事。两人不仅拥有充足的犯罪时间，还能轻而易举制造不在场证明。要赶去直方也很容易，拦下一辆车，对司机说，突然有急事去直方，可惜现在没有火车，能够搭载我一程吗？我想普通人是拒绝不了金钱的诱惑的。只要资金到位，去直方的方式数不胜数。”

我被正木博士讲的故事惊得哑口无言，良久，才开口问道：“那……不是说吴一郎有梦游症吗？”

“哼……”正木博士冷笑一声，“那只能说明，吴一郎根本没有梦游症，这不过是谎言罢了。”

虽然有心理准备，但听到正木博士说出这个结论，我依然双腿发软，幸亏及时撑住椅背，才没有直接跌在地上。

正木博士无视我的失态，继续说道：“如果有那种梦游症存在，就真是对我职业的侮辱。其实仔细想来，梦游症这个说法存在许多漏洞，为什么抵住厨房门口的竹竿会脱落，当然，如果强行解释说是有人戴着手套伸进门缝，尝试够住竹竿，却没夹紧，或者是为了移开竹竿，故意设计成竹竿自然掉落的样子，无论哪个说法都勉强能说通，但是只是勉强……”

我闭上眼，大脑一阵阵发热，思绪仿佛被黏住，变得缓慢，无法处理正木博士向我砸来的巨大信息量。我的灵魂仿佛被抽走，来到虚无之地，身体即将倾坠之际，身体的本能促使我抓住椅子扶手，有了支撑点我才勉强能站住。良久，我才摆脱这虚脱的无力感，不过裸露在外的皮肤依旧起了不少鸡皮疙瘩，如果我是猫，我想我的毛一定奓起来了。

“您这是怎么了，法官大人？”正木博士将我的失态收于眼底，戏谑道，“您要保持冷静啊法官大人，才到这种程度您就已经受不了了吗？后面可是有更可怕的事情等着您呢。”

我早已心力交瘁，说不出什么话反驳正木博士，也懒得摆出不满的表情以示抗议。

正木博士也并没有觉得尴尬，他继续讲述：“这起事件的调查过程有两个特别值得注意的地方。一个就像你之前提到的那样，为什么找出真凶的方式只有等待吴一郎记忆恢复，而不积极采取其他措施；另一个值得注意的地方就是，吴一郎的生日。”

“生日？”我有些疑惑，不太明白为什么这会成为重要线索。

“其实只要你调查一下，就会发现吴一郎的年龄是一个非常有意思的线索。若林的报告中夹入了一张被剪裁的报纸，而这上面的内容与吴一郎的母亲千世子有关。哦，法官大人，看你的眼神似乎不是很理解为什么千世子值得登上报纸，你要知道，无论哪个时代，美丽的女人与案件扯上关系，都会有足够的话题性。言归正传，报道称，千世子在明治三十八年背井离乡来到福冈，在一家学校学习裁缝，这段时间千世子应该还没有生下吴一郎，由此推断，吴一郎的生日在明治三十九年下半年至明治四十年之间，而这个时间，恰好迎来福冈医科大学，也就是现如今的九州大学第一批学生毕业。您不觉得这个时间过于巧合了吗？”

我挑眉，无言以对，我认为单凭一个时间点不足以证明什么。

正木博士看出我在想什么，说："当然，一般情况下，我们会认为这些证据链太过薄弱以至于无法环环相扣。但有时候真相就是不符合常识逻辑，并且，当时毕业的大学生中，的确有值得怀疑的对象。这份调查书都在暗示那个大学生就是凶手，但是却无法直截了当说出凶手的名字，这就是我刚刚和你讲的，自白心理。如果把吴一郎的生日当作重要线索的话，知道吴一郎生日的，除了母亲千世子，就只有W和M了。"

我毛骨悚然地抖了下肩膀，正木博士的沉默就像一双无形的双手，紧紧扼住我的脖颈，让我无法呼吸。我的灵魂仿佛坠入深渊，没有人可以拯救我。

正木博士吐出一口浊气，继续叹道："当我察觉到这一点时，我全身紧绷，似乎能听见血液倒流的声音，我害怕那个人是我自己，但是，我似乎找不出证据证明自己的清白。讽刺的是，拿吴一郎的血液去做亲子鉴定的人，正是W。"

说完这段话，正木博士沉默了。我注意到他的手垂在窗边，喉结急促滚动。我也好不到哪去，我双手环抱住自己，想要停止颤抖，但都没有什么用，于是我只能拼命揉搓太阳穴，试图恢复冷静。

过了一会儿，正木博士僵硬的背影缓缓舒展，他走到我对面，停了一会儿，又重新走到窗边，如此反复，来回踱步，从他急促的脚步声中，我能感受到他焦虑的心情，他看上去仿佛在与看不见的敌人做斗争，周围散发出撕扯般的压抑气场。终于，他咳了几声，我知道这是他准备说话的信号。

"二十多年前，W和M是医科大学的第一届学生。W专攻法医学，M研究精神病学。两人虽同为天才，但性格却南辕北辙。由于出生在结核病家族，W虽英俊潇洒，但性格却谨慎敏感，是偏执的现实主义者。与他相反，M虽其貌不扬，却总是率性而为，是典型的理想主义者。这两人是天生的宿敌，他们为夺得学业的榜首，常常针锋相对。

"但命运有时候就是很奇妙，常常能将两个南辕北辙的人连在一起。虽然W和M的学业方向不同，但是他们都有一个共同的兴趣，就是研究精神科学。是宿命吸引的必然也好，还是火星撞地球般的偶然也罢，总之这两个人为了共同的兴趣，同时接受了在精神科学领域颇有成就的斋藤博士的指导。

或许是出于斋藤博士的影响，也或许是出于从小深受东洋哲学教育的原因，W和M对于科学毫无关系的迷信问题，都展示出近乎偏执的兴趣。这么想来，两人都被这个地方的恐怖传说吸引，也不足为奇了。

“有意思的是，一直是敌对关系的两人，在面对这个传说时，同时抛下心中偏见，将对方视为合作伙伴。两人同进同出，敲定研究大致方向，一起研究课题，交换彼此意见。W的论题是迷信、传说的起源与精神异常，而M则需要基于W的研究结果，分析佛教因果报应论。从选题来看，两人是有差别的，但他们的本质却是相通的。为了完成这项研究，他们决定抛弃人情、良心、信仰，不惜一切代价也要完成学术研究。这种做法极具争议，不过这也不是个例。在西方，欧洲人为了获得研究成果，往往不择手段，这种做法在医科大学中尤其常见。当大家发现研究成果可以造福人类时，旗帜的主题就换成了人类文明，仿佛只要摇旗呐喊为了人类文明，所有的残忍行为都变得有意义，在这面旗帜的庇荫下，不少人为所欲为地进行惨无人道的实验。W和M也是这类人，他们约定，无论付出怎样的代价，都不会停止这项实验。

“两人对研究这项传说的热情，比争夺榜首更加热烈。凑巧的是，彼时吴家长女Y子已经到了谈婚论嫁的年龄，由于吴家长期笼罩在带有精神病基因的传闻下，没有一个人敢向Y子求婚。Y子的结婚之路十分坎坷，历经千辛万苦，总算在福冈名不见经传的小店找到了来自外地的男子G，并与之结婚。本以为神秘的吴家血脉会就此断掉，Y子的结婚对两人来说，可是久旱逢甘霖的绝佳消息。

“这个消息给W和M注入一针强心剂，他们开始埋头深入研究这个传说。W打着考察古迹的旗号，怂恿如月寺的和尚偷抄《缘起》，与此同时，M也获得了和尚的信任，自由出入寺庙，趁其不备打开弥勒佛像颈部，发现本应被吴虹汀烧毁的绘卷，其实并未被损坏，遗憾的是这绘卷已经被人捷足先登拿走了。

“虽然W和M一开始只打算研究吴家血统的神秘性，但是发现如此大的秘密，又不得不停止时，两人心里难免生出苦闷。不过，失落并不是永恒的，两人很快恢复更胜以往的勇气，去追查绘卷的下落。从收集的证据判断，

W和M很快锁定偷取绘卷的犯人，那就是Y子的妹妹，青春靓丽的T子。一个新人物的出现，让本就扑朔迷离的案件变得更加难以捉摸。大法官，听了这么多，你会得出怎样的结论呢？”

正木博士的语气突然变得不正经，要对付他突如其来的戏谑，最好的方式就是沉默以待。

“有意思的是，虽然锁定了偷走绘卷的犯人，W和M的合作却在此终止。你一定很迷惑，为什么对此课题拥有偏执热情的两人会分道扬镳，那是因为保管绘卷的是T子，一个活生生的人，要神不知鬼不觉地偷走绘卷谈何容易，与其无意义观望，还不如一拍两散，有机会再合体研究。虽然两人就散伙一事达成一致，但他们彼此都清楚，对方一定会拿出比以往更坚定的信念去完成实验，毕竟两人是目标一致的竞争对手。当然，漂亮的T子也是让他们信念更加坚定的因素。

“那个时候，福冈刚刚开始流行角帽，就连艺伎也高声歌唱，要嫁的人不是博士就是院长。当时的人们对大学生十分推崇，学士在姑娘父母眼里是做女婿的不二人选，正是因为有如此推崇学者的社会风气，红叶山人的《金色夜叉》[1]和小杉天外的《魔风恋风》[2]才如此受欢迎。W和M也巧妙地利用这股风潮开始争夺T子小姐，两人各自发挥优势，如同孔雀张屏般，只为求得T子小姐的青睐。

“W凭借俊朗的外貌获得T子的青睐，再加上W伪装得平易近人，风趣幽默，没有哪个男人会是他的对手。M知道自己已经没有希望，开始寄情于山水疗伤。不过W可不是为了爱情而放弃野心的人，成功追到T子后，他开始套取绘卷的下落：‘我听说你们家族饱受绘卷诅咒的折磨，为了我们后

[1] 红叶山人是尾崎红叶，是一位小说家，其代表作《金色夜叉》，讲述穷学生为报银行家夺未婚妻之仇，从而做起高利贷生意。——译者注

[2] 小杉天外，小说家，擅长讽刺政治小说，代表作《魔风恋风》，讲述的是女学生与东大学生、子爵养子、子爵之女的三角恋故事。——译者注

代着想，斩断这个诅咒，我们不如现在就研究这幅绘卷，看看有什么办法破解诅咒。’虽然W的话说得非常漂亮，但T子显然不是什么也不明白的单纯小女孩儿，她用‘不知道’‘没有这个东西’等短句敷衍过去，即使W迫不及待想得到绘卷，也只能换个方式，这个方式就是带T子回福冈。既然绘卷是如此重要的东西，T子一定会随身携带，W坚信到了福冈后，自己就有机会拿到绘卷。

“真是刚打瞌睡就有枕头，福冈之旅使得W先生与T子小姐的感情迅速升温，甚至到了同居的地步。而G就是促使这段感情升温的关键人物。G虽然是T子的姐夫，但依旧对T子动手动脚，这使得T子十分抗拒回家，在W的怂恿下，T子没怎么犹豫就选择搬出来与W同居。然而，W仍未找到绘卷的下落。

“但W很快就振作起来，他留在T子身边搜索线索，甚至不上班监控T子，以免错过任何关于绘卷的线索。为防止T子怀疑，W对自己的行为十分留心，可女人的直觉告诉T子，W接近她的目的是不纯的。她对W心生戒备，但是不显于色，W对软硬不吃的T子无可奈何。屋漏偏逢连夜雨，T子以家族肺病为由向W提出分手时，W只能含泪退场。本以为和T子在一起，不仅抱得美人归，还能得到绘卷，没想到最终竹篮打水一场空不说，内心的伤疤还被这么随意地撕开。

“这也不能责怪T子，当时T子已经隐约察觉出W接近她的目的并不只是源于爱，原本就被欺骗的情况下，又得知W向她隐瞒了家族遗传病史。双重的欺骗让T子下定决心与W分开。或许从她干脆的态度来看，她似乎有些薄情，不过这并不怨T子，在吴家血统背景下长大的孩子，薄情是保护自己的绝佳武器。当时选择和W恋爱，也是受自由恋爱风潮的影响，加之那时候W表现出来的魅力，也的确足以让T子芳心萌动。当初T子随着W离开家乡时，村里的闲言碎语像利剑插入T子心里，在恶劣环境下长大的弱女子，想要一个正常的家庭，生下健康的小孩，这愿望再正常不过了。

“听到这里，你也许猜到了，T子之所以知道W家族遗传史，是因为M在背后写信告诉了T子。纵然寄情于山水，M对T子的思念也从未停歇，对这项研究也还没有死心。与W不同的是，M觉得除了T子，可能还有其他人有偷藏绘卷的嫌疑。辗转探寻下，他知道了村里人对T子的谣传，通过谣传揣摩T子的性格，这才写信将W的秘密告诉T子。事实证明，这封信的效果是显著的，虽然手段为人不齿，但他本来就是为达目的不择手段的人，他并未觉得自己的行为有什么不对，还沉浸在接近T子的喜悦里。如果他知道这次行为会给他之后的人生带来多少灾难，不知道他是否还笑得出来。一个研究因果论的学者，做事却不择手段，完全不把因果论放在眼里，最终自食其果，落得个自杀下场，真是有够讽刺，恐怕他连感叹一句造化弄人的力气都没有了。

“不过这些都是后话了，M并没有预测未来的超能力，对那时候的他而言，他眼里只有两颗星星，一颗是T子，一颗是精神科学。M和T子同居未满半年，T子就已经有明显的怀孕症状，没过多久，就能听到规律的胎动。那时他们还不知道，此刻在T子肚子里的孩子，会成为不伦剧主角，成为将M和W命运搅得天翻地覆的暴风雨。这孩子到底是谁的，无论在当时还是现在，这个问题都没有得到答案。

“明治四十年十一月二十日，T子在与M同居的福冈市外的松园诞下一个可爱的男孩儿，听到婴儿呱呱坠地的啼哭声后，M一改往日的沉默，首次尝试询问T子关于绘卷诅咒的事。也许是初为人母的责任感与对孩子的爱怜，T子不再敷衍，而是认真地自述。”

正木博士清了清嗓子，我知道他要用T子的语调来讲述这件事了。

“‘我从小就十分痴迷绘画，常常一个人溜到如月寺，观赏虹汀大人亲摩的绘卷，偶尔也会自己雕刻一些仙人像。有不少村民来寺庙参拜，他们不知道我也在场，经常聊起关于寺庙的缘起的故事，我虽然年纪小，但依旧觉得这些故事十分有趣。无意间，我从他们的谈话中得知，住持珍藏着一份翔实收录寺庙大大小小缘起的文章，毫无疑问，这勾起了我的兴趣，我假借观赏绘画之名，实则寻找那篇《缘起》，功夫不负有心人，我终于在和尚的房间找到了，他把《缘起》与其他书籍一起，放在抽屉里，这应该就是要藏一棵树，就要把这棵树种在森林里。

“‘阅览那篇《缘起》后，我得知那幅绘卷被烧毁，心里觉可惜，下意识跑到本堂，捧下弥勒佛像，摇晃几下，居然真被我发现了一个秘密。我心跳加速，安静的本堂回荡着我的心跳声，我深刻意识到这个秘密非同小可，双手颤抖地把佛像归至原位。

“‘我把这个秘密告诉和尚，意外的是和尚居然没有感到震惊，非但没有夸奖我做得好，反而勃然大怒地斥责了我一顿。从那之后，过了一周时间，我又借参拜的名义，接近佛像，趁没人注意，摁下位于佛像头部的机关，取出绘卷。

“‘我迫不及待地展开绘卷欣赏，里面的内容却让我感到非常不适，那些恐怖的画仿佛能够撕裂空间，操控人的精神。我仿佛能听见它在我耳边低语，这毛骨悚然的感觉我终生难忘。我卷好绘卷，打算在被发现绘卷丢失之前立刻还回去，但不知道那时的我怎么会突然注意到绘卷的裱装，那是我从未见过的精美刺绣，我犹豫了，最终决定暂时留下绘卷。之后，只要我一个人在家，我就会偷偷展开绘卷，一点点撕下裱装研究，并用家里的红布模仿裱装的针脚。虽然我被绘卷蛊惑了，但我的头脑还是清醒的，每次研究完针脚后，我都会毁掉红布，以免被人发现引来灾难。时间就在这日月更替中流转，也不知道过去多久，我想应该没有太久，我终于探索出裱装刺绣的奥义。与此同时，我的刺绣技术也已经到达炉火纯青的地步。我小心翼翼在绘卷上刺绣，弥补之前撕下来的部分，完全可以以假乱真。等我把残缺的地方补完后，我就将绘卷重新放入佛像里。后来，我就来到福冈，如果不出意外的话，绘卷应该还在佛像里面。

“‘我以前不信邪，对这个诅咒不屑一顾，直到我儿子出生，当我看到他稚嫩的小脸时，我才开始感到害怕。我想，也许一个人有了拼尽全力也想要保护的人后，就会害怕很多东西，同时也会生出很多勇气。我想姐姐也是一样的，如果她也生下男孩儿，也会恐惧那幅绘卷的存在。我甚至开始抱怨，为什么我的祖先会受绘卷的诱惑，不舍得将它投入火中烧了它呢？

“‘言归正传，就目前而言，除了我，没有人知道绘卷的存在。我愿意将绘卷交给你，你知道我们一族的男丁，只要背负吴家血脉，无一例外都背负绘卷的诅咒，只希望你能借助科学的手段，帮助我们破解寄生在他们身上的诅咒。作为一个母亲，我希望这孩子能平平安安长大，拜托了。’”

正木博士深吸两口气，从扮演T子的情绪中脱离，他恢复平铺直叙的语气继续讲述：“M听完T子的话后非常震惊，他怎么也不会想到绘卷竟然被归还到佛像里，他们之前未在佛像中找到绘卷，就再也没有怀疑过佛像是藏放绘卷的地方。M暗自高兴，瞒着T子来到侄之滨，潜入寺庙，找到佛像，扒开一看——”

正木博士卡在了关键点，见我如鲠在喉，他才缓缓说道：“萧风瑟瑟，M如同丧家犬从侄之滨回来，他低估了绘卷的魔力，他曾天真地以为只要自己保持信念就会不受任何外物干扰，后来他知道这是一个多么狂妄的想法，现在他只要闭上眼睛，脑海里就会浮现一幅画，画里的内容正是六具美人尸体。他不知道自己是该畏惧诅咒选择放弃，还是赌上学术信念，继续进行实验，这两个矛盾的观点在他脑海里拔河，仿佛要将他的灵魂撕扯成两半，最终脑海中的画面定格在可爱男孩的脸庞，与此同时他也在思考，如果终有一日这对母子大难临头，那么自己是否能够坦然接受这一切？

“他装作什么也没发生的样子，回到家中对正在喂奶的T子敷衍几句胡话，哄骗T子说，佛像里没有找到绘卷，可能绘卷早就已经被寺庙内的和尚取走，自己也没有什么正当的理由让和尚把绘卷拿出来，于是就只能作罢，铩羽而归。为了不让T子怀疑，他还信誓旦旦承诺，如果有一天自己拿到学士学位，在大学有一份工作后，那时候再以大学的名义要求寺庙提供绘卷作为研究材料也不晚。他害怕T子追问，连忙转移话题，说自己需要在今年年末回乡处理财产，顺便回去把你们母子二人的户籍问题一并解决，如果有什么事需要找我时，就写信到这个地址好了。T子心不甘情不愿地放走M后，M立刻只身前往东京，甚至缺席了第一届毕业典礼，M的时间紧迫，他并没有回到故乡，只能将母子二人的户籍转到东京，然后就以最快的速度前往国外。这其实是M的战前准备，也是只有W才能理解的战前准备。

“与M的慌张不同，W对此的态度显得非常平静，他依旧能够穿上白袍，继续留在母校研究室，他对一切都了如指掌，泰然处之。

"之后的岁月里，W 和 M 就像两条互不干涉的平行线。M 遍访欧洲的各个大学，研究心理学、遗传学，以及刚刚起步的精神分析学。他在欧美游学的同时，也在打听着国内的消息，虽然与 W 相隔大洋，但 M 依旧对 W 的动态了如指掌。即使如此关注 W 的动态，M 也没有想过回国，一来是因为他不想让 T 子的孩子继承自己的姓氏，二来是躲避 T 子。不得不承认，即使和聪明人比较，T 子的头脑也绝不逊色。她拥有十分出色的推理能力，如果她把 M 的失踪和绘卷遗失一事串联起来，将会得出一个耸人听闻的结论，那么她一定会开始思考，为什么 W 和 M 费尽心思接近自己，只为得到那幅绘卷。如果在关键时刻，靠着女人的直觉，猜出 W 和 M 两人的真正目的，那么 M 将首当其冲承受 T 子的怒火，就算 M 逃到天涯海角，T 子也不会放过他。

"相比 M 的提心吊胆，W 却显得游刃有余，他不仅大大咧咧暴露自己的行踪，甚至还陆续发表关于犯罪心理、双重人格等知名研究，甚至大肆宣传，声名远播，导致 M 在海外都能听见 W 的名声。这其实是 W 的策略，只要成为国民度高的专家，那么将来一旦进行那场实验，大众就不会将这丧心病狂惨无人道的实验与这位国民度颇高的天才博士联系起来，如果事情进行得顺利的话，W 还能在得知这一事件发生后，能够作为自己立刻前往现场的借口，可谓是毫无漏洞。总而言之，W 的行事方式十分大胆，甚至在外人看来有些出格，甚至难以理解，但细细想来，他所做的每一件事对他而言都是安全的，是经过深思熟虑而做出的判断。正是因为这样的性格，才能做出将那实验结果报告直接扔在对手面前的举动。

"十年转瞬即逝，转眼就到了大正六年。三年前，W 到英国开启了留学之旅。如今 W 顺利地结束了自己在英国的留学，打道回府，一直关注 W 动态的 M，得知此事后也跟着回来。在 M 看来，W 选择留学和回国的时间，一定是一个重要的线索，因为自己抛弃 T 子后，他们母子二人八成会离开松原，到另外一个地方安定下来。如果 W 没有找到 T 子的藏身之处，并确认他们不会在短时间搬离，那么 W 是不可能放心出国留学的。这样一来，W 选择在这个时间点回国，是否可以认为，W 对 T 子母子的消息无法掌握，中间可能出现了某种变故。当然，也不排除是 W 找到进行实验的契机。

“但是，W 是一个沉默寡言的宅男，回国后除了必要的出差，他基本上没有离开过福冈，每天都窝在大学里工作，就连午饭也是自己从家里带的便当。没多久，W 就从助理教授升职为教授。在他任职期间内，他带头解决了许多棘手案件，名气也像滚雪球一样越滚越大。虽然忙碌到偶尔会犯哮喘，但总体来说，W 还是保持一种平和的心态，游刃有余地享受生活与工作。

“与此同时，M 也在寻找 T 子母子。从 W 回国后的态度上判断，T 子母子应当住在离福冈市不远的地方，距离大概也只是一天以内的路程。如今 T 子的年龄不到三十，如果她美貌依旧，那么无论她在哪里，都会成为万众瞩目的焦点，成为评头论足的对象。如果想平安地抚养孩子长大，孩子大概率会跟随母姓，因为是非婚生子的缘故，可能在上户口的时候年龄会谎报，即便如此，也可以大概锁定孩子的年龄范围，应该是小学三、四年级。列出所有线索后，剩下的就需要根据线索进行地毯式搜索。功夫不负有心人，M 不到半年的时间就找到了这个孩子，他是在直方小学七夕发表会陈列教室里，无意间在优秀作品中瞥见这孩子的名字，我们暂且称这孩子为 I。在此之前 M 从来没有想过，I 会因为成绩出色，年仅十一岁就跳级成五年级的学生。

“其实 M 看见这个名字的时候，还有些恍惚，以为是个重名，只是巧合，他与那个男孩目光撞在了一起，他逃离开视线，夺门而出，逃跑的架势仿佛身后有恶鬼追杀。逃出校门后，他双手掩面，无法抑制难过的情绪。自己背负的科学信念仿佛是悬在半空中的达摩克利斯之剑，摇摇欲坠，随时会贯穿自己。不得不说那个男孩和他母亲简直是一个模子里刻出来的，无论是五官还是气质，仿佛是另一个 T 子，一点都没有 W 的影子，当然也没有 M 的影子。想到这里 M 安心地舒了口气，却立刻谴责起自己的如释重负。无论这个男孩是谁的孩子，一想到他终将会变为实验的牺牲品，M 心里就一阵难过。

“W 此刻正在九州帝国大学法医学教室里，他隔着玻璃窗看向外面，玻璃窗倒映出他苍白的面孔，嘴角僵硬，扬起没有温度的冷笑。当 M 逃到国外时，他就知道 M 迟早有一天会回到日本，并且确定 M 会在 I 青春期之前抵达九州岛。在这个时间里，他已经在进行与这项实验相关的各种研究，为这场盛大的、残酷的实验做准备。

“M 与 W 的本质一样，是个彻头彻尾的学术奴隶。W 有多么想把绘卷研究成果放在自己心血浇灌的《应用精神科学的犯罪及其迹证》中，M 就有多么想把这个实验结果作为实例，证明自己毕生研究的因果报应或轮回转世的科学原理。

“但是 M 在见到 I 之后，心境发生了变化，他的良心终于开始隐隐作痛。一想到自己为了学术研究，要将一位生龙活虎的少年变为行尸走肉，自己还要研究这个行尸走肉，并且将研究成果发布在论文里，心里就阵阵恶心。事到如今他才明白，自己大学毕业后的十几年间疯狂地将心思投入研究中，就是为了让自己忘记愧疚，逃避良心苛责。你知道他研究的论题是什么吗？是脑髓并非思考事物之处。

“M 稀薄的愧疚并没有持续多久，很快他的良心再一次败给了对学术研究的欲望，他又忘掉了一切。

“T 子的命运就像断了线的风筝，在狂风下翻腾。以 T 子的聪慧，想必早已彻底想通当初 W 与 M 围绕自己展开追求到底意味着什么。

“历经磨难的 T 子终于想通，当初 M 和 W 疯狂追求自己，仅仅是为了得到绘卷以及自己的肉体，他们对自己从来没有过尊重和爱意。正因了解这两人可怕之处，T 子非常确信夺走绘卷的人，一定是 W 和 M 这两人中的一个，同时她也明白，这两人疯狂到为达目的不惜拿武器对付弱女子，所以把 I 作为实验品来做实验对他们来说也是正常不过的事。所以如果有一天 I 真的被当作实验品进行那可怕的实验，T 子就知道 M 和 W 中至少有一个是凶手。

“所以，为确保实验顺利进行，必须铲除 T 子这个障碍。”

“啊！不要不要不要！不要说了不要说了！”我忍不住失声尖叫，趴在桌前大口喘气，我感觉我的脑袋在沸腾，掌心布满细密的冷汗，我祈求道，“博士……博士请等一下，请不要说了。”

“你这话说得好像是我强迫你听一样，这明明是你自己追问我才告诉你的，不是吗？”正木博士调侃了我一下，随即又告诫道，“作为扮演法官的人，你可不能这么懦弱，没有勇气怎么能调查这起案件呢？是你一而再再而三地拜托我告诉你真相，我真相还没讲完，你怎么就能用无法接受的理由打断呢？

你要听完这个故事，试着带入我的立场，体会我的痛苦。接下来还有更可怕的事。”

我常常无法反驳正木博士的话，常常只能沉默以对。说实话，突然得知了如此残酷的真相，我也不知道该如何反应才算是正确的，我只觉得很难过，脑袋一片空白，这是我第一次真真切切感受到，真相是如此让人难以接受，无论是寻找真相的过程，还是真相本身，都是对意志力的严峻考验。

“你听好了，”正木博士说，“T 子或多或少察觉到自己的不利处境，她曾对 I 承诺，如果 I 大学毕业的时候自己还活着，就把关于父亲的事情全部告诉 I。T 子之所以能察觉到自己的死亡是推进这项实验的前提条件，是因为太过疼爱儿子，最终几番思索后才留意到这件事情。这段时间一定是难熬的，T 子一边努力工作维持生活，一边又要保护 I 远离诅咒。在 I 能够成为独当一面的大人之前，她不会透露关于诅咒的半个字。所以她默默守护在 I 的身旁，不让他受到绘卷的诱惑。与此同时，T 子也在暗暗寻找 M，调查绘卷的藏身之处。如果可以的话，她多么希望自己拥有足够的智慧与力量，能够与这两人对峙，让这两人对自己所做的恶行供认不讳，往事纠葛一笔勾销……如果能做到的话，她希望能亲手撕毁绘卷，让 I 从诅咒里释放出来。我想，当时 T 子心中，一定涌着沸腾的母爱。

“虽然 W 和 M 同为学术的奴隶，却仍旧是宿敌，他们不仅是情敌，更是学界中的对手。这两人疯狂地在精神上厮杀，试图撕裂对方，他们的人性早就在你来我往的厮杀中消磨殆尽。他们同时把目光转向 I，试图在 I 的身上，测试绘卷的魔力。谁先得出结果，将其发表在学术界中，谁就能享受学术界的拥护，同时，还能将实验所涉及的罪责，全部推给另一人。至于 I 是谁的儿子，这已经无关紧要，被学术所奴役的两个傀儡已经丧心病狂到就算是自己的亲骨肉，也可以成为实验的牺牲品。比起那个孩子是谁的亲骨肉，他们更在意的是那个孩子体内的吴家血脉，只有这样他们才能顺利进行实验。”

我被正木博士口中的 W 和 M 两人吓得直起鸡皮疙瘩，我想捂住耳朵，不再听正木博士口中的残忍真相，但最终还是把手从耳朵移到了头上。我眼睛干涩得流不出一滴眼泪，正木博士凄凉的声音，像一把尖刀使劲往我心脏戳，我无法想象世界上居然有如此冷血的学者。

“终于接近尾声了，事情的走向如同 M 在二十年前所猜测的那样，自己被恶魔的低语诱惑，让 M 被迫回到那个让他惊恐的原点。就像 M 在二十年前写的《胎儿之梦》，让 M 也来到这个原点。这原点是什么？我想应该是人性与欲望的分岔口，是选择人性放弃那惨无人道的实验，还是泯灭人性，坚持进行实验。”

我屏住呼吸，大脑因缺氧阵阵发疼，正木博士的话让我浑身僵硬，就算想捂住耳朵，我的手也因无力抬不起来。我的灵魂仿佛沉溺在漆黑的深海中，窒息、黑暗。虽然已经有心理准备，但正木博士的话让我高估了自己做的心理承受力。

“首先，清除障碍，也就是让 T 子从这个世界消失，这个已经顺利完成。真是个可怜的女人，只是知道 I 的亲生父亲的身份，W 和 M 的疯狂，就让她牺牲在这重重迷障中。接下来是第二步，M 需要成为大学教授。只有身居高位，M 才有能力隐瞒这个秘密，同时还能设下圈套，在秘密暴露之际，把锅都甩给 W，自己只需要煽动民众情绪，退隐幕后看这场好戏，自己还是清清白白的科学家。”

本来一直在房间嗒嗒嗒走来走去的正木教授在斋藤博士的画像旁停了下来，在画像旁边的时间是停留在大正十五年十月十九日。我趴在桌上，正木博士的声音消失，仿佛整个人被蒸发掉，这突如其来的沉寂令人头皮发麻。我静静思考着正木博士话里的信息，突然脑海里闪过一个缥缈的思绪，我颤抖双手无法控制地抱住脑袋，手指不停收紧，抓住自己的头发拉扯，只有这样才能让我在虚无中找到一丝着力感。

正木博士抛出的信息中就像拼图碎片，我拼命收集这些破碎的信息，一个一个去分类，去对应，目前找到这些碎片：十月十九日之谜、斋藤博士离奇死亡事件、正木博士当选精神科教授的内幕、正木博士选择在事件一周年自杀、疯疯癫癫的若林博士……这一层又一层的迷雾下，隐藏着鲜为人知的秘密，究竟这一切是谁策划的？是 M，还是 W ？到底是谁？我焦急地等待着正木博士的解答，只要继续延续之前的内容说下去，一切谜团就会被解开，守得云开见月明，我开始抑制不住颤抖，和即将得知真相的惊恐。我一直以为我必须得知真相，甚至为真相付出所有也在所不惜，但是我从未想过，真相可以如此沉重，就算能够坐在这里轻而易举听到真相，我也会全身发麻。

正木博士缓缓踱步到我面前，并没有直接点明真凶是谁，而是跳过这部分，继续说明："斋藤博士死后，M 接替斋藤博士成为教授，上任的第一件事就是组织进行惨无人道的实验，而这实验结果，就被他大大咧咧扔在我面前。所以啊，在我看来 M 和 W 都是罪人。"

听到这里我有些哑然，正木博士的声音没有随着我的沉默停止，我也打起精神听他继续说。

"因为没有足够的证据可以狡辩我是无罪的，所以我对直方事件只字不提，这时候再牵扯出骷髅头和尸鬼干扰视线，如此一来，我打着为了全人类利益的旗号发表这些实验数据，也不是不能被原谅的吧。我本来是这么想的，也是打算这么做的，可是……"正木博士说到这里哽咽了，他低下头，深呼吸几次，才缓缓说，"感叹我良心未泯也好，骂我伪善也罢，我看到吴一郎癫狂的样子时，心里紧绷的弦断了，我无法忍受，我也不想再继续了……"

正木博士又开始低声哭泣，他坐在我面前，从兜里拿出一张手帕，在眼角按压几下，一副擦眼泪的样子。不知道为什么，看着正木博士浮夸的动作，我的胃不停翻滚，我抬手按住肚子，想把不适的痉挛感消下去。与翻江倒海的胃不同，我的大脑十分冷静，看着正木博士的眼泪，只觉得厌烦，更觉得可笑。既然无法打断他，我就冷眼看他流泪，心想，说这么多全是与我无关的废话，听这人忏悔倒是听了不少，继续哭吧，我看你能哭多久。事后回想起来，我也觉得当时的自己冷静到不可思议，仿佛是一个置身事外的旁观者，听一个老头絮絮叨叨讲毫不关心的故事。不过那时正木博士是趴在桌上哭泣的，所以他并没有察觉到我这个倾听者的冷漠。

正木博士哭够后，又咳了几声。我注意到他似乎很喜欢用咳嗽声作为演讲的信号，也不知道是单纯习惯性清嗓子还是让倾听者集中注意力听他演讲，或者二者都有。他这次压低声音，表情也变得严肃，说："其实，你也在这个故事里。这件事并不是与你毫无关系。”

我很茫然，耳朵里听到的词汇我似乎都认识，但是我的大脑似乎无法处理这些信息。

正木博士说：“多么神奇，我和若林同时看中你，认为你才是那个有资格发表实验结论的人，你是上天送到我和若林身边的神之子，你是独一无二的继承者。我和若林没有资格发表实验结论，我们都背负这罪孽，你不一样，你是干净的，同时也十分聪明，只有实验数据以你的名义公之于众，它才不会被诋毁。”见我锁眉无语，正木博士也没有丝毫减少演讲的意思，“我想你一定很疑惑为什么我们把你牵扯进来。其实呢，我和若林不约而同达成一个想法，就是这实验结果不能是我们两个发表，所以我们选中了你，希望你可以在我们死后发表这篇我和若林耗尽毕生心血的学术报告。你应该能明白你对我们而言是多么重要的存在，所以我和若林都迫切希望能够治好你的脑袋，让你尽快恢复记忆。你现在听我说这些话可能没有感觉，等你记忆恢复后，你就能明白我和若林对你的期待，你也就明白，为什么实验结果的发表人选非你不可。

“哈哈哈哈，等你发表实验结果后，世界一定会开始震荡，由唯物主义支撑的世界开始倾斜，你的报告是开启新时代的标志。你手里的报告已经超出学术报告的范围，它是光，是太阳，是火种，届时，这套理论还能帮助警察防范精神病人犯罪，社会治安将迎来空前的安定。所以吴一郎并不是白白牺牲的，用他的牺牲换来新世界，新世界的人们会吊唁这位为人类捐躯的英雄，这很值得，不是吗？”

我捏紧拳头，正木博士的长篇大论让我愤怒，我也不知道这愤怒因何而来，可能是正木博士轻浮的态度，可能是他高高在上的语气，也有可能，是他替我安排好了我不认可的角色，逼迫我演出我不认同的剧本。

“听完这段话，或许你会愤怒，认为我和若林凭借你和吴一郎相似的外貌，就把你当成吴一郎的替代品，替疯掉的吴一郎完成实验，或许你会嗤之以鼻，嘲笑我和若林的虚伪。但是，我对天发誓，我唯独对学术研究，是不掺杂任何虚伪感情的。虽然我和若林常常虚与委蛇，但我们俩对学术研究都是绝对忠诚的。有关学术的，只有与内容本身毫无关系的发表形式掺杂虚伪，不过这也是迫于无奈下做出的决定，并且我刚才已经向你解说为什么需要由你发布。

“所以，在这一点上你无须怀疑我们。毋庸置疑，你是唯一一位能够发表这项实验经过的负责人。当你恢复记忆时就能明白，为什么只有你才拥有这项殊荣。当你公布这项实验结果时，你的名字将会被载入史册，你的名字如同太阳般照亮黑暗的科研之路。世人提起你的名字，就会想到你的成就，你是发布这项结果的不二人选。当我发现你的头脑有所好转时，我才能安心写下遗嘱，不留遗憾地去往生世界。

“但是，让我真正下定决心自杀的并不是这件事。是昨天中午在这解放治疗场内爆发的重大惨案，引发了我的责任感吗？还是说昨天刚好是斋藤教授的忌日，引发我的悲哀？都不是。说实话，我对于人类这个身份已经感到厌倦，我觉得人类的脑袋根本没有用，这人类世界一如既往肤浅低级，我实在不想忍受。

“如果我研究的是能够炸掉这个世界的新型火药，又或者去研究怎么让青蛙卵中孵化出人类，那都还有点意思。但是现在，我只不过是为了证明连三岁孩子都明白的道理，却要舟车劳顿，费尽心力，得出结果后却又担心被世人苛责。

“直到今天我也无法忍受如此荒唐不堪的结论，我觉得与其做一个人类学者，还不如回到远古时期，回到伊甸园去当亚当。我现在这种心情与若林完全相反，若林和我不一样，他一定还在执着于这项实验，一定要与我分个高低。若林长久受肺结核的折磨，知道自己时日无多，精神状态长期萎靡，但是知道你的记忆有恢复的征兆，他立刻跳下病床，整理好行装，想尽快见到你，就是希望你能承认自己是吴一郎，成为他的帮手，发表对他有利的言论。

“我其实一开始并没有打算把自己卷入这场战争中，一个将要死亡的人还会参加如此麻烦的争斗吗？我已经想好化成流星，消逝在远方的天空中。我甚至已经将身后事安排好了，虽然我并没有什么资产，但为了答谢你发表真相，我打算将我所剩不多的钱财连同资料一起托付给若林，等你记忆恢复后再转交给你。

“本应该这样做的，但是可能是对手天生相冲，当我看见若林用他一贯细腻的手法对你施加催眠术时，我的倔脾气就上来了。我看不惯他运用催眠给你下心理暗示，诱使你说出对他有利的证词，这并不是一次公平的竞争。我看不惯他的手段，不能忍受他成功引诱你，于是我放弃化为天上的一颗星星，来到这里，想对他进行反击。

“但是现在这样和你说话，我的心境又发生了些许变化，放下那些大道理，我开始觉得一切都非常麻烦，反正事到如今，我这遭天谴的工作也不过是破罐子破摔，无论以后怎样我都觉得无所谓，我现在甚至希望干脆这一切全部毁掉好了。

“放弃比坚持容易太多，当我决定这一刻开始，我就让你和真代子离开这病房，同时我会消灭这些数据，一个都不剩。住在六号病房的少女真代子，她本来应该成为你的妻子，而不是嫁给站在解放治疗场角落的那位青年。以我多年对因果的研究，我想多嘴一句，如果你没有积极追求真代子与她共踏婚姻殿堂，那么无论我和若林在一旁如何费尽心思努力拯救你，你还是无法脱离现在的苦海，也就是自我失忆症。根据我之前多次实验得出的数据，判断你与真代子共同生活是拯救你和真代子唯一的办法，你们是彼此的救赎，这听上去十分浪漫不是吗？当然我说这句话并不是让你不自量力去做你做不到的事。你的自我失忆症是由于坚守童真导致的，精神科学疗法是目前针对这病最有效的疗法，也是最后的底牌，关于这种治疗的原理，我与精神分析专家弗洛伊德核心科学专家斯坦纳赫[1]具有相同看法。

“如果你接受我的治疗方案，你就会知道，这方案之所以被称为最后的底牌是有道理的。当你和她开启幸福的婚姻生活时，你就会想起各种各样的

[1] 分泌学家尤金·斯坦纳赫（Eugen Steinach）先于布拉格，后于维也纳研究性激素对动物和人体发育的效应。通过性腺移植的方法，他成功地使雄性老鼠雌性化和雌性老鼠雄性化。——译者注

事。你会发现，你以为目前为止遭遇到的灵异事件，是因为在解放治疗场的角落见到的长相相同的美少年，其实不是，最大的原因就是你本身。当你想通这一点时，其他记忆就会随之浮现。然后你会慢慢记起这些令你迷茫、困惑、痛苦的谜团下所隐藏的真相，到那时，你也可以长叹一口气，感叹道，原来如此。当你的生活十分幸福，精神和物质都十分富足时，不需要别人的拜托，你自己也会凭着自己的理智，用公平的眼光观察向学术界发表的这份记录，让我和若林都收到公正的审判。与此同时，这项发表也能对这邪恶的时代进行矫正。所以为了你，也为了真代子，我希望两位能……”

我跳起来，愤怒地喊道：“不行！”我愤怒到全身发抖，牙齿打战，看着正木博士惊讶的脸孔，我大声拒绝：“不行！”

这一刻，积压在我心里的郁结，仿佛随着这声拒绝抒发出来。从一开始听正木博士的长篇大论，心里积压的不快全在此刻爆发。看着正木博士惊讶的脸，我就知道这个学术疯子一定不能理解为什么我会这么愤怒。

我的声音还有些许颤抖：“在你看来我或许是个疯子，也或许是个呆子，可是我还保留着做人的自尊心，我还有底线。就算你和我说这个女人有多美，就算你告诉我只有和这个女人结婚才能治好我的病，我也不会因为这些原因去和一个可能心有所属的女人在一起。没有爱情的结合是不道德的，这仅仅是利用！如果仅仅为达目的不择手段，那么我不就是披着人皮的牲畜吗？就算在法律上、道德上和学术上都不会谴责我和那个女人的结合，但是我的底线不允许，我的良心不允许。虽然那个女人会把我当成她的丈夫，但是我依然觉得，这样做的自己非常可耻，我没有那段记忆，这样做仿佛是冒领别人的人生。只要我自己没有那种记忆，只要那些记忆没有恢复，我就不可能做出这种事情，更何况居然还要我公布这些卑劣的研究成果，这谁……谁会……这种事情也太奇怪了！难道你们为了所谓学术研究已经没有一个正常人的思维方式了吗？这么奇怪的事！这么恶心的事！为什么你们还能如此坦然地说出来？还如此理直气壮？这太奇怪了，是我疯了不能理解，还是你们疯了？对，是你们疯了，是你们……”

“请等一下，”正木博士脸色不太好看，似乎没想到我会拒绝他，“就当为了学术，为了学术！这项成果一经发布将会改变世界，让这个礼崩乐坏的世界重新恢复秩序。如此伟大的事业就算有一两个人牺牲也不足为奇吧，他们是英雄！这不奇怪，奇怪的是这个世界而不是我，你就当为了学术，好吗？”

听完正木博士的话我简直无语到发笑：“学术？学术又怎么样？学术重得过人心吗？欧洲科学家有什么了不起的，我虽然疯了，但我骨子里也流淌着日本人的血液，我身为大和民族一分子，不屑与那些残忍可耻的欧洲学术研究者混为一谈，更妄论与虎谋皮。如果我必须与这可耻的学术研究扯上关系，我宁愿现在就死，立刻！马上！”

“不！不是这样！你其实是吴一郎、吴一郎的……”

说着说着正木博士就从淡然处之变得张皇失措，我一直以为他这个人就算天塌地陷也会无动于衷，所以看到他的脸慢慢涨红又逐渐铁青，我竟有一丝惊奇。他站起来，向我伸出双手，似乎想强制打断我否定的话语。但是我受够了，我不想再听他的长篇大论，我对这几个学术疯子感到十分恶心，我一点也不想听他解释。

“不要说了，我受够了，随便吧，随便我是谁，随便我和吴一郎有没有关系，你去大街上拉住任何一个人问问看，但凡是正常人都不会接受你的建议。”

正木博士哑口无言，只能静静听我说。

“你们想进行怎样的学术研究都无所谓，是死是活也随便你们，但是被你们当成学术研究工具的吴家人该怎么办？吴家人没有做错过任何事，也没有对不起你们，可是你们做了什么？你们还利用他们对你们的信任、仰慕，恶意欺骗他们，随意玩弄他们，导致他们疯癫，不是吗？就连吴家生下的婴孩，对你们来说也是绝佳试验品。你们亲手造成这么多的悲剧，博士，你们在午夜梦醒时，不会听见吴家人的哀号吗？你们的梦境不会有吴家人的尸体吗？因为你们那些没有意义的研究，吴家有多少生离死别？你们得出的实验结果是浸泡在吴家人鲜血里的，难道你们都没有一点点愧疚吗？哦，我忘了，你说过你徘徊过，但到底还是选择继续研究实验，吴家的生命对你们高高在上自诩神明的学者不重要吧，毕竟对你们来说学术至上，能为科学献身是他们的荣誉。”

正木博士没有反驳，只是沉默听着，我也不清楚他内心的想法，不过这已经不重要了，哪有受害者体谅加害者的道理。

“博士，你是不是觉得只要不是自己亲自下手，自己就不是凶手？就能欺骗自己逃脱良心的制裁？只要找个身份清白的人来公布这项实验成果，难道这成果就不带人血了吗？你真的枉为学者，你就是被利益冲昏头脑的人渣。”

正木博士依旧沉默，可能也不知道说什么，又或许是觉得对我没有解释的必要，狭小的房间里只有我一个人的声音在回荡。

“太过分了博士，你们做的都是什么事……难以置信，真的难以置信，怎么会真的有人做出这样的事？难以置信，难以置信！”我愤怒绝望到只会重复相同的词组，我失声大叫，尖叫之后感觉头晕目眩，身体抑制不住向后倒去，我努力扶住桌板，支撑自己的身体勉强直立。眼泪大颗大颗地从眼眶脱落，砸向桌板，晕染出一朵一朵小花。自我成年以来，我从来没有如此撕心裂肺地哭过，我的眼睛被水雾迷住，鼻子堵塞，耳朵不停传来嗡嗡轰鸣的声音。我张嘴想说一些什么，却只能发出意义不明的呜咽声。缓了一会儿，我才哽咽说道：“正木博士，算我拜托你，真的求求你，你和若林能不能接受制裁？能不能为那些无辜人们的牺牲付出代价？如果你愿意伏法，那么我就答应你，替你发布那些实验报告。既然你说为了学术研究出现一两个牺牲者也很正常，那么为了让这项成果成功发布，你和若林伏法，为学术牺牲也不是什么大问题吧，难道你会拒绝吗？”

正木博士沉默了，他一直是沉默的，但是这次能感觉到他的呼吸有些急促，似乎是想要反驳什么而不知从何说起。

见正木博士没有表示，我继续说：“我会把若林博士带到你的跟前，让他向你赔礼道歉，无论是情敌还是对手时期结下的怨恨，他都不能也不应该做出这么可怕的事。

“然后请你和若林博士两个人一起，向那些无辜的被害者们谢罪，请你们在斋藤教授的肖像前道歉，在直方遇害的千世子坟前谢罪，在已经癫狂的吴一郎以及被波及的真代子、八代子等所有无辜者的面前忏悔，你试着对他们说，你做的所有一切都是为了学术研究，如今发自内心向他们道歉。”

正木博士依然沉默以对，他冷漠的态度让我泪如雨下。我对这种冷漠的学术奴隶感到心寒，对那群无辜者感到悲哀。

即便如此，我也依旧卑微地请求他道歉：“正木博士，我的要求不多，我只求你向他们道歉，拜托，真的求你了，就看在我这么真诚、这么卑微的份上，请答应我……如果你愿意……如果你愿意答应我向他们道歉的话，你让我做什么我都可以……我这个人这辈子也就这样，我只求你向他们道歉……就算需要让我发表这项实验成果，我也愿意……只要你，只要你和若林博士向那群无辜者道歉……我所求不多，我要的不过是想为那群无辜者讨个说法，如果我都不记得他们了，那谁还能记得他们呢？”

我终于忍受不住，双手掩面蹲了下来，泪水从我的指缝中流出，我的抽泣声再也掩盖不住。我一直觉得最可怕的不过是这些鬼神，但是我错了，比鬼神更可怕的是人心，我深刻明白了一个道理：无法直视的，除了太阳还有人心。

或许是悲伤过头，我的头隐隐作痛，我趴在桌上哭得上气不接下气，声音带上哭腔：“非……非常抱歉，我……我想……想要……想要为大家报仇，我真的……真的很努力……想让他们向大家道歉，请……请让这研究成为神圣的研究……”我的话语断断续续，我已经不知道自己在说什么了，只觉得必须说些什么才好受些。

咚咚咚，咚咚咚，入口传来一阵急促的敲门声。

听见这敲门声，我赶紧从兜里掏出一方手帕，一边擦拭着脸上的泪痕，一边望向正木博士。我被正木博士煞白的脸庞惊到说不出话。他的脸庞非常恐怖，如同索命厉鬼般，让我本来亢奋的情绪被吓得瞬间跌入谷底。他的脸色如同烤瓷一样煞白，脸上全是密密麻麻的细汗，额头上青筋毕现，皱纹也越发显眼。他紧闭着双眼，用力咬牙，虽然双手稳稳地抓在椅子的把手上，但是身体的其他部位却颤抖得厉害。我是第一次见到如此失态的正木博士，一时间忘了给敲门的人开门。

咚咚咚咚咚，外面又传来一阵敲门声。我重重跌落在椅子上，屁股上传来一阵钝痛。这道敲门声仿佛是来自地狱的信号，仿佛告诉我要带我到地狱去。我的心跳比敲门声还急促，我直勾勾地望向门外，似乎这样目光就能够透过木门看向外面，看看到底来者何人。我想呼救，我想大喊，我想搬救兵，可是嘴刚一张开却发不出声。我只能呆坐在椅子上，静静地看向门口，什么也不能做，什么都做不了。

咚咚咚，敲门声依旧没有停止，大有不开门不停歇的架势。一直颤抖的正木博士倒是做出了反应，他努力地站起来，想制止住颤抖，结果反而颤抖得更加厉害。他稍稍镇定后稳住身体，有气无力地张开充血的双眼，毫无血色的嘴唇轻微颤动，看上去是想要应答门外的人。但他的声带像是被人用手卡住，喉结滚动两三次后依旧没有声音发出来，然后他又垂头丧气地跌坐在椅子里，像死人一样垂下头。

咚咚咚咚咚咚咚，急促的敲门声并没有停下来，就像冤魂索命。

我觉得我好像出现了幻听，我听见不知道从哪里发出来的声音，这声音既不像鸟叫也不像兽啼，在房中回荡。我头发仿佛竖立起来，这种毛骨悚然的感觉还没有消下去，房门就吱呀一声打开，出现一个光头，那是刚刚给我们送蜂蜜蛋糕的工人。

“哎呀哎呀，真是失礼，你们的茶都凉了吧，抱歉抱歉，来晚了，我这就为你们添上热水。”他一边说着，一边佝偻着腰，向茶壶中注热水。我注意到他伸着脖子，怯怯地望向正木博士，“实在抱歉，我的动作太慢了，哎呀，说起来这是有原因的，昨天晚上其他工友都休假了，从今天早上开始就只剩下我一个人工作，哎呀哎呀，这可真是……”

老工友的话还没说完，正木博士就吃力地站了起来，这费劲的动作，仿佛用尽他最后的力气。他摇摇晃晃起来，勉强站稳，然后转头看向我，面如死灰，他嘴角抽动似乎想要说些什么，但最终什么也没说，只是轻轻摇了摇头，然后眼泪突然从眼眶中流了出来，他垂下眼好像在向我致意，接着又低下头，他抓住没有关上的房门边缘，摇摇晃晃地走出室外，整个人都跌跌撞撞，似乎马上就要倒下，他急忙扶着门外的石柱，就像是溺水的人抓住了浮木。接着木门缓缓关上，就像电影画面一样，镜头定格在正木博士踉跄的背影上，然后木门关上，隔绝了我的视线。房门关上的时候突然发出剧烈声响，这架势犹如天塌地陷一样，就连对面的玻璃也开始震动。

呆呆望着他落魄的背影，目送博士黯然离去的工友转头，怯怯问我："博士这是怎么了？是我上茶慢了吗？还是说哪里不舒服吗？"

我鼓起勇气放声大笑，似要把胸腔内积压的郁结全部发泄出去："啊啊啊咯咯咯嘿嘿嘿嘿嘿嘿嘿，和你没关系，是我和博士发生了点争执，博士气不过走了而已。别担心，我们很快就可以和好的。"

说着说着我的声音开始哽咽，眼泪又开始落下来，我从来没觉得原来说谎也是一件令人如此难受的事情，我每说一个字，我的心仿佛就裂开了一道口子，冷风不停地从我心里刮过，我痛苦到开始麻木。

老工友长舒一口气，自言自语道："啊啦，原来如此，那我就不担心了，毕竟第一次看见博士那么难看的脸色，心里还是有些害怕。您快坐，其实吧，老实说，就我一个人的确忙不过来，所以添茶不及时您别见怪……话说，其实博士人真的很好，虽然脾气有些暴躁，常常大发雷霆，但是人的确非常善良，更何况昨天解放治疗场又出了事，现在剩下的那个工友也因为脚部扭伤而休息，这么一想博士还真的很辛苦啊……哦，茶好了，您请慢用。"

老工友提着茶壶一瘸一拐地走出房门，我目送他的背影，冷眼看着他的离去。等到他离开房门重新关上后，我又回忆起刚刚在这里发生的一切，无力地坐在椅子上，我深深地叹了一口长气，胳膊靠在桌子上，以手掩面。我闭上眼，用手指轻轻按压眼眶，想缓解疲劳，但不知道为什么眼前总是浮现出抹也抹不掉的幻影。我在这无尽的黑暗里蹒跚，看见巨大的信息量向我砸来，我尝试一个一个接住。

我看见了解放治疗场的亮光；看见了那棵挂满枯叶的梧桐树；看见了正站在对面的吴一郎；看见了对面砖墙上巨大的烟囱；看见了从烟囱里吐出的黑烟；看见了躺在白色床上掩面哭泣的少女；看见了若林博士忘记带走的调查资料；看见了雪茄烟雾；看见了若林博士的微笑；看见了正木博

士眼镜镜片的反射。我看见了许多以前从未注意过的画面，但无法将它们联系起来。

我闭眼用力摇晃脑袋，似乎这样就可以把刻在脑袋里的画面清除。谁能想到在这个疯子统治的黑暗时代，有两个人暗中操控我的人生，这两个人还都是国内外盛名的学术界博士，准确来说他们应该是学术界的毒瘤，一个就是精神科学家M，另一个是法医学家W。我掉落到他们精心制好的网中，不断挣扎，却始终无法挣脱，他们就在旁边隔岸观火，如同神明一样高高在上的姿态令人作呕。我努力反击，以为自己的反击可以让他们两人受到应有的制裁，但是我错了，在他们受到制裁之前，我已经精疲力竭。别说辨别善恶与邪恶斗争到底，就连现在起身离开这个地方，我也无法做到。我也不知道这种疲惫感是来自精神还是肉体，或者是二者都有，在这次打击下，我也不知道自己是否能够重新振作起来与邪恶抗争。

现在M已经暴露在我的眼前，我的背后还有一个试图吞噬我的蜘蛛W。他现在一定织了一张精密而又坚韧的网就等着我陷落下去。W比M更有耐心，他更适合当一个猎手。我完全能够想象W捕捉到我后，将会强迫我发表那充满血腥味的实验结论，到那时我将永远沦为学术奴隶，不对，应该是他们选中的牺牲品。一想到我的未来，可能会与那虚伪的W打交道甚至只能生活在那充满恶意的世界，我就仿佛听见了血液倒流的声音，感受到了骨头被抽出的疼痛。

相比被若林控制，我宁愿被正木博士洗脑。也不知道为什么，明明正木博士和若林博士都是穷凶极恶的学术败类，但相对若林，我更喜欢正木博士一些。如果正木博士这时候选择回来，真诚地说一句我错了，我或许还能够原谅他，然后心甘情愿地成为正木博士的奴隶，替他发表实验结论。但是周围都悄然无声，正木博士并没有回来，我只能等待，我无比痛恨自己没有与命运反抗的力量。

我的身体开始颤抖，最终又归于平静。耳朵响起恐怖歌谣，不知道从哪里发出来的，可能是窗外，也可能是我身体里。

一颗两颗三颗眼珠子，
黑色白色红色眼珠子，
咕噜噜咕噜噜……
快点吃下它。
黑色白色可爱的眼珠子，
三颗四颗五颗眼珠子，
咕噜噜咕噜噜……
从我筷子下逃脱从我嘴巴里逃脱。
咕噜噜咕噜噜可爱的眼珠子……

突然，灵感一闪，我似乎懂了什么，围绕在我头脑中许久的迷雾终于散开，我僵硬地把双手从脸上挪开，正坐在椅子上。

“搞什么啊？原来是这样啊，哎呀哎呀，我可真是大笨蛋啊。”我双手叉腰，放声大笑，一边笑一边骂自己是这个世界上最愚笨的人。

谁是杀害千世子的凶手？谁会把绘卷交给吴一郎？谁又是吴一郎真正的父亲？是 W 吗？还是 M 呢？其实，我们忽略了一种可能性，那就是这些事件全部都是独立的，它们并没有联系，是 W 和 M 互相忌惮双方，硬生生地把这些事件串联起来，试图营造一个焦点，等待合适的时机，将锅扔给对方。他们陷入了自己认知的陷阱，无法自拔。没错，这一切都是偶然事件，是独立发生的意外，不然怎么解释这些不可思议的事件呢？因为若林博士和正木博士都是透过有色眼镜去看待彼此，来审视这起案件，所以才会陷入谜团当中，甚至运用自己的逻辑将我也诓入这团迷雾中。

其实，说不定凶手还真的是我，整件事情的前因后果都十分可笑，因为这实在是非常荒谬，荒谬得让人放声大笑。

空旷的室内回荡着我的笑声，我突然收声，目光转到了放在桌子上的绘卷。或许是命运的牵引吧，我的心脏猛然收缩，重新在椅子上坐下，怀抱着神圣的态度拿起绘卷，专心看着。

将所有偶然事件连接起来，导致若林博士和正木博士都深陷其中的关键工具，就是这幅绘卷。这实在是让人难以置信，不过是区区的一幅画，就能让两位学术博士争先恐后想借助绘卷的魔力完成自己的事业。不过从另外一个角度看，绘卷将两位博士耍得团团转，这本身不就非常厉害吗？让人更想目睹绘卷的魅力。

假如这幅绘卷已经有灵魂，必然是把所发生的都看在眼里，也一定会比所有人都清楚自己的经历。只有绘卷才知道自己是如何落到吴一郎手中的，是如何被卷入这些事件的，也是如何眼看着正木博士和若林博士陷入癫狂的。这幅绘卷令无数人发癫发狂，但是依旧冷眼旁观，甚至窃喜，装作什么都没有发生的样子，把人类玩弄于股掌之中。现在这幅传说中的令人发狂的绘卷就在我眼前，就在我的手边，只要我想，我就能够展开它，一睹风采。

吴青秀的这六幅腐烂的美人画像中描绘出一千一百多年前的唐代生活。这个画家在绘卷中注入的念头，深刻到就算漂洋过海到日本，也影响许多人。绘卷的魔力随着时间的加深并没有减小，反而越来越强。甚至到了如今，即使绘卷落在没有一点血缘关系的正木和若林两位博士手上，绘卷的威力反而大增，尽情玩弄、嘲讽着两位博士的一生。不仅如此，它还向我伸出了魔爪，把我推进万丈深渊中难以自救。它制造出黏稠的白雾，笼罩在我的大脑，隔绝了我的记忆，让我在一片虚无中绝望呐喊。不仅如此，还强塞给我一些本不应该属于我的记忆。它让我思考我无法理解的东西，让我回忆不属于我的记忆，让我看见我本不应该看见的东西，让我听见世上没有的声音。我在这疯狂的绝望中越陷越深，不停地探索真相，这期间我迷茫过、绝望过、恐惧过、痛苦过。我大哭大笑，大喊大闹，这样的我还不如就待在疯人院里来得自在。

天哪天哪，这是多么让人惊悚的魔法，即使现在回忆起来，背后仍会忍不住泛起一层一层的鸡皮疙瘩。

我双眼盯着眼前的空间，费心思考到现在，眼前又浮现出死后第五十天的黛夫人，露出冷笑的幻影，我直愣愣地瞪着它，直到幻影消失。

真讨厌，看我怎么对付你。我的直觉告诉我，这幅绘卷里面包含解决这所有神秘事件的关键信息。我咽了一口唾沫，把手抚在了绘卷上，这时我看了一眼手表，刚好是一点五十分，正面的电子钟，显示的时间比手表慢一分钟。我轻轻向卷轴吹了口气，想要吹掉那细小的灰尘，其实我也不知道那些灰尘存不存在，这只是打开卷轴的仪式感罢了。这时我发现卷轴的内侧有许多指纹重叠在一起，我有些疑惑，但很快想通，这应该是我刚才抚摸卷轴时留下的指纹。本以为这些都是世代受绘卷影响的受害者指纹，没想到居然只是由于我不小心印上的指纹，松了一口气的同时，我在心里偷偷骂自己，指责自己如此粗心大意。

绘卷外层包裹的刺绣和内衬的蓝色纸上有许多微小的光点，仔细一看这些都是发光的纤维。这幅绘卷可能之前被棉花或是其他什么东西包裹过，以至于留下这些痕迹。我的鼻尖凑近绘卷，吸了口气，除了表层最明显的樟脑味和霉味，还有一种更奇妙的味道隐藏在深处。这味道非常缥缈，但是我很确定，只有高级香水才有这样的味道。

真有趣，我估计并没有人发现这幅绘卷上的香水味。绘卷上的霉味和樟脑味是非常明显的，只要凑近绘卷稍微一闻，就能闻见这两种味道。这两种比较浓烈的味道，毫无疑问是在弥勒佛上留下的。但是应该没有人注意到隐藏在霉味和樟脑味下的香水味。这是一个十分重要的发现，这是否能够说明绘卷的拥有者是一名女性?

我为自己的发现感到振奋。真有趣，如果按照这样发展下去，我或许还能从绘卷中发现更多有价值的线索。无论是一根头发还是一点烟灰，都能成为找出凶手的线索。

我的热情空前高涨，很快扮演起侦探这个角色。我展开绘卷，从头开始搜索证据。虽然我告诫自己一定不能放过任何角落，但是我仍然无法直视死亡美人图。我只好放空思绪暗示自己，这不过是一幅画，是颜料的排列组合。我突然想到第一次见黛夫人尸体的时候，我就注意到她腐败破烂的嘴唇中暴露出的牙齿，还有几个膨胀发亮的部位，但是怎么看都没有发现名堂。

注意力重新放回到绘卷中，我发现绘卷开头的地方纸的质地还是有几分粗糙，但是越翻到后面，纸张的表面就越光滑。其实这也非常正常，因为对于吴青秀来说，开头的部分一定是最常打开，然后又卷起来的。后来打开绘卷观看的吴家人也一定和我一样，对于越前面越接近完整的身影看得越仔细，这一点无可厚非。绘卷的背面都是淡褐色的液体，不知道用什么颜料涂的，在阳光下看闪闪发亮。绘卷上还有一些白色圆点，乍一看很像是指纹，但是因为纸张不太顺滑，粗糙的布又有分布不均的纹路凸显出来，这使得我很难判断这些到底是什么痕迹。自始至终，我也只有香水这个线索。

我再次靠近绘卷，用鼻尖凑近绘卷，不停地嗅着这味道。不知道为什么，我总觉得这香水令人怀念。明明我的记忆里没有这香水的味道，我也不知道这是什么香水，但是我觉得这香水的味道如此高雅好闻，能轻而易举勾起我隐藏在记忆深处的梦境。为求谨慎，我特意从门口处拿起自己的帽子，细细轻嗅，除了皮革和绒布的味道，并没有绘卷中那种悠远的香水味，这就证明绘卷的香水味不是由我带过来的。

我把帽子随便扔在旁边，叹了口气，正想卷回绘卷，突然内心有一道灵感闪过，我又停下手，忍不住望着天花板发呆。我记得吴家的用人仙五郎曾经说过，他在侄之滨的切石场发现吴一郎的时候，吴一郎正呆呆地看着绘卷的空白处。以前我完全搞不懂这个举动的含义，而现在我似乎已经想通吴一郎这不明意义举动背后的含义。

一般来说，所有绘卷都用汉字书写《由来记》作为结尾，普通人打开一幅绘卷，看到《由来记》时就不会继续展开绘卷，因为在他们看来自己已经看到绘卷的结尾。但总会有一些不正常的人会继续展开绘卷。会不会这幅绘卷的作者吴青秀就是这样不正常的人呢？他在写完《由来记》之后，将绘卷继续往后延展，添了几笔黛夫人的白骨图。之后打开这幅画卷的人，无论是黛夫人的妹妹芬夫人，还是吴家的后人，或者是正木博士，都认为这幅绘卷上只有六幅美人尸体图。会不会只有被这幅绘卷选中的人，才能看穿这幅绘卷的魔力，才会继续展开绘卷，盯住空白地方出神。如果真像我推测的那样，那么绘卷的空白处或许会留下一些痕迹。无论这些痕迹是大是小，都对解开这些谜团具有重大意义。运气好的话，甚至还能通过这些被遗忘在空白处的线索直接找出真凶。

据调查结果，吴一郎当时是坐在侄之滨切石场的大石头上，一动不动地凝视绘卷，看上去十分专注。有没有可能那时候的吴一郎已经不完全是吴一郎了，可能是有一半吴青秀的灵魂寄宿在他的身体里，虽然我不知道他是以谁的身份观览绘卷，毕竟他都一直拉开绘卷观看到最后空白处，所以我推测他一定发现了这个部分的某种线索。为什么我这么肯定，因为吴一郎曾经对仙五郎说过："我知道这个人是谁。"

为什么直到如今我才发现这个事实，这些念头在我脑袋里一闪而过，我有一种感觉，我觉得我自己仿佛被人追逐。我看了一眼手表和电子钟，奇怪的是，二者都刚好是十一点五十六分。我再次打开绘卷，直接展开到空白处，凝神看了大概一分钟，我努力保持冷静，但是我自己知道我现在内心是多么焦虑。无论我怎么盯着看那页空白处，我都无法从中窥探出一丝线索，没多久我就感到一阵疲惫，甚至怀疑我刚才所做的推测是否正确。我就像没有水的旅人，在这片白色的沙漠上艰难前行，试图找到一片绿洲。

当绘卷展开到三尺左右的长度，我就已经逐渐不耐烦，开始厌恶自己代入的侦探角色。我不禁反问自己，吴青秀真的在空白处添了几笔黛夫人的白骨吗？这后面真的藏有不为人知的线索吗？如果这些真的存在，为什么直到现在我都没有在空白处看出有价值的线索呢？到底是我思虑过多产生的误解，还是仅仅是我没有找到这些线索？

有没有这样一种可能，吴青秀是因为听了小姨子芬夫人的解释，知道自己为了毫无意义的忠义导致一直深深爱着自己的妻子死亡，才发疯发狂。芬夫人又是怀着怎样的心情展开这幅绘卷的呢？画这幅绘卷的男人为了愚蠢的忠义，牺牲了自己最爱的姐姐。想到这里我又忍不住垂头丧气，作为与吴青秀和黛夫人最亲密的芬夫人，我一个外人都能注意到的细节，她怎么可能会遗漏呢？

不过既然都调查到这里了，半途而废也不是办法，所以我还是郁郁寡欢，索性一口气直接拉开其余的空白卷，这一下子让我发现了不得了的痕迹，在绘卷空白的最后两三丈长的地方，依稀能看见有些黑色痕迹，我大为震惊，立刻凑到跟前，发现那竟然是一小段字。

我仔细一看，那行文字就写在画有金色波纹的一寸左右的地方。字迹娟秀，依稀能辨别出是小野鹅堂流的字体，这类字体女子练得较多，如果没猜错这应该出自一位女子之手。这段小记是一段小诗，大概意思是：

如果思念孩子的心情是树底浮动的暗影，
那么世界上存在的智慧就像太阳底下的光辉。

正木一郎之母千世子在福冈心有所悟写下此言，写给正木敬之阁下。

我头皮发麻，头发噌地竖了起来，就像奓毛的猫。这个惊天秘密无疑像是一道惊雷炸在我耳边，我哆嗦着想把绘卷卷回去，但不知怎的，一不留神没有抓住绘卷，看着它自己掉在地上展开来。它滚哪滚，仿佛在嘲笑受到惊吓的我。我一刻都不想在这个房间待下去，我忍住一身的鸡皮疙瘩，下意识地冲了出去，完全不记得自己是什么时候开的门，什么时候穿过走廊，等恢复意识时，我已经站在楼下。

突然，校园内传来一声巨响，我整个人被吓得跳了起来，随后反应过来，是午炮。这突如其来的午炮声十分应景，就像是催促着我离开。我觉得这一天就像做梦一样，我整个人就像一具傀儡，被看不见的丝线操控着，轻易地被命运玩弄着。当滑稽的故事变成事实，一切都显得那么虚伪，我觉得自己拿错了人生的剧本，本以为拿的是一个在普通的现代社会扮演普通人的正常剧本，没想到命运塞给自己的是一个在滑稽惊悚故事里的傀儡剧本。

我头也不回地冲出九州大学大门后，浑浑噩噩地走着，完全不记得自己走过什么路，也不记得自己为什么又折返，回往九州大学的精神病科的教授办公室。突然背后传来一阵刺耳的汽车喇叭声，我听见紧急刹车时轮胎与地面刮擦的声音，听见自行车急促的铃声，又听见远处的犬吠与行人的怒斥。我看见天边白色的太阳，看见高楼大厦挂着的广告牌，看见行色匆匆的人群，看见闪着金光跳跃的灰尘。我在炎炎烈日下冒出阵阵冷汗，感受着微风亲吻我的脸颊。我听见这么多声音，看见这么多景色，但是我仍然觉得我是一个旁观者，无法融入这个我已经看腻的画面中。我迷失在堆砌高楼大厦的一块块板砖中，我的灵魂已经逃出我的身体，飘向广阔的平原。我从那成千上万的石板砖中看见有一双双手从板砖缝隙里伸出来，扭曲着伸长，逐渐演变成婴儿模样。我不忍再继续看下去，抬头看天空中飘着朵朵白云，本来应该是一幅美好亲密的画面，不知道从什么时候开始，那些白云逐渐汇聚在一起，延伸拉长变成绘卷里那六具美人裸尸。

这些白云随时变化着形状，一会儿看上去像眼睛，一会儿看上去又像鼻子和嘴巴。望着清澈的蓝天，我的嘴巴开始发苦，我拽着自己的头发撕扯着，头皮的紧绷感让我有一丝我还活着的感觉。我的额头开始发烫，眼睛开始发涩，我不停揉着眼睛，试图缓解这刺眼光芒带来的疼痛。我没有目的地走着，只是走着，我也不知道我要走到哪里，只是我知道不能停下来，一旦停下来我就没有继续前行的勇气。

我走过了河川，经过了桥梁，越过了铁道，来到红色鸟居前。我僵硬地停在那里不敢向前，因为我看见脸色苍白的正木博士和若林博士。

“不能逃，在这里逃掉的话就输了。”我这么想着继续往前走，而不是拔腿就逃。我麻木地抬脚向前走，思绪翻过一浪又一浪，我没想到这一切居然都是真的，并不是虚伪的学术研究，也不是凭空想象的自白，从头到尾都是正木博士一个人演的独角戏。事实上，若林博士与这个事件并无联系，他对这件事一无所知，只是在正木博士的独角戏中被安排了一个身份，为这场戏剧增加一个背景演员。

若林博士从一开始就被正木博士利用，去调查这些数据。正木博士给若林博士抛下诱饵，引诱若林博士主动调查，让若林博士在神不知鬼不觉的情况下，间接替正木博士搜集许多研究需要的材料。若林博士那时候不仅没有反应过来自己被利用，反而还觉得自己是依靠自己的意志去做这件事。

但现在看来，若林博士应该发现了绘卷最后落在空白处的字迹，当他看到千世子留下的笔记时，不知道他是怎样的心情，可能和我一样，除了震惊和愤怒，也同时明白这一切都是正木博士的阴谋。

但是若林博士知道这件事后，没有撕心裂肺地大吼大叫，而是选择给正木博士一个机会，因为他对正木博士依旧有着同情和敬意，他们虽为对手，但也是同乡同学，有着相同学术信仰的博士。他把这未点明重点的正确报告交给正木博士，如此重要的证据就这么轻易地扔在正木博士的桌上，他把处理绘卷的决定权交给正木博士，无论这幅绘卷是被烧被毁他都无所谓。然后他又故意派人进来送些茶点，留下一句“我会退到远处的，你们可以放心交谈”这样一句话就转身出门，还体贴地关上房门。

我想他之所以会说出“正木博士在一个月以前就自杀了”这样一个谎言，可能也是出于好意，让正在一旁偷听的正木博士别急着出来。若林博士这样做，可能是不希望看到正木博士陷入难堪痛苦的局面，也有可能是不忍看到我开始恢复清明的头脑，再一次陷入浑噩。

若林博士的这些所作所为在我看来实在是太有君子风度了，在知道自己被利用的情况下，第一时间居然不是愤怒地找正木博士算账，而是思考着正木博士的处境与我的困苦。与之相反，正木博士就是个彻头彻尾的真小人，他自己对绘卷的传说十分感兴趣，就设局拉许多人下场。无论是千世子、若林博士还是吴一郎，都是他手里的棋子。他哄骗千世子与他在一起，和她生下孩子，利用母亲的天性引诱她交出绘卷，然后不顾一切地实行自己的实验计划。

但机关算尽的正木博士也有马失前蹄的时候，他万万没想到，千世子竟然会在绘卷的空白处写上这个孩子的详细信息。正木博士本以为千世子被母爱冲昏头脑，会乖顺地把绘卷交上来，没想到也正是因为母爱，让千世子留了一个心眼，在绘卷的尽头交代这个孩子的姓名、出生日期与亲生父亲的名讳。正木博士怎么也想不到，自己如生命般创造的学术事业，居然会出这么大的纰漏。正木博士自以为高高在上，打着研究学术的名义，做出许多丧心病狂的事情，不知午夜梦醒时，他会不会看见吴家人的冤魂索命。就算他借着学术研究的名义，高高在上睥睨所有生物，也无法摆脱世人的谴责。正木博士的一生充满吴家人的鲜血，用他们的生命来实践对学术的忠诚，多么悲哀偏执的一生。

这场由正木博士自导自演的戏剧终于进入最后一幕，当他看到若林博士丢过来的调查资料时，还是忍不住吓得说不出话，他发现若林博士用惊人的逻辑判断出真相，然后用极其委婉的方式提醒自己的卑劣。他无法做到像若林博士那样清醒自持，终究承受不了秘密被发现的痛苦，用极度恶劣的手法挑战若林博士，而我就是被正木博士选中的那个反击工具。他从众多患者中选择了与整个事件毫无关系的我，开始实施他的计划。他把真相伪装成半真半假的故事，用懊恼的姿态向我坦白。

我多么愚蠢，居然相信了他的自白，在他的陈述里，他把自己分割成两个角色，分别命名为 W 和 M，他着重描绘了 W 和 M 两个人物的性格和事迹，让我产生这两人是指代正木博士和若林博士的错觉。这是多么大胆而又荒谬的故事，如果正木博士不是学术研究者，那他一定是一位畅销的荒诞故事小说家。不过要讲述好一个谎言，首先需要把自己骗进去，正木博士终究会埋葬在自作聪明的陷阱中。

"小心！"

"啊……天哪……"

我的思绪被这惊叫声拉回现实，抬起头才发现，所有人的目光都聚集在我的背后，我回头一看，我的背后停着一辆蓝色大卡车，地上还有一辆已经被压弯的自行车。地上被撞散的玻璃瓶滚落到我的脚边，里面黑色的酱油淌了一地。这时候卡车上穿着工作服的男子跳下车，跪在轮胎前，把手伸进车底下，拖拽出一个穿着商家背心的小伙子。周围聚集的人们瞬间涌了过来，我遥遥一望，就看见暴露在阳光底下的小伙子，面色苍白，身下还流着大片大片的血液，看上去奄奄一息，仿佛随时都能断气。

我飞快地离开现场，继续思考刚才被打断的思路。这个秘密真的太危言耸听了，可怕到让人无法想象。千年前死亡的吴青秀化为冤魂附在绘卷的可能性和正木博士用现代科学解释的离魂症，此刻在我脑海里激烈地斗争。

会不会是这样一种可能性，自正木博士要立志成为研究绘卷的学者，他就已经被吴青秀的恶灵盯上了。恶灵吴青秀利用正木博士的贪婪，轻而易举地抹杀了正木博士对儿子的爱和妻子的爱，但是正木博士却丝毫没有察觉出这种变化，他以为这是为科学而付出的必要代价，他始终认为这是他自己的选择，自己自始至终都没有被恶灵操控。正木博士以为能在绘卷的魅惑下保持清醒，但不知不觉中他已经被绘卷操控。

我停下脚步，看着热闹的街道，行色匆匆的路人表情冷漠。我抬起头看向湛蓝的天空，看向高耸的大楼。这个世界喧嚣而热闹，但这热闹与我无关，我没有记忆，不知道自己是否还有家人。我如同一粒孤独的尘埃，飘荡在这无垠的宇宙中，包围着我的不是温暖的阳光，而是令人窒息的、漫无止境的孤独。

我是谁？这并不是一个深奥的哲学问题，我只是想单纯地知道我的身份，如果能够记起来，我一定可以从吴青秀的诅咒中清醒，摆脱那绘卷的魔力。但是无论我怎么努力地回想，我就是想不起以前的事情，正木博士说得没错，我的记忆是吹散这团迷雾的关键。

我是谁？我究竟与这桩谜案有没有联系？如果有联系，我在案件中扮演着怎样的角色？又有着怎样的关系？存在着怎样的因果？

我是谁？我是谁？我究竟是谁，我的脑海里不断盘旋着这样的问题，一遍又一遍地重复问我自己，我开始回想今天发生的事，试图从细枝末节间找出线索。耳边是汽车的鸣笛声、孩子的玩闹声、工厂的机器声，这些声音混杂在一起，使我的脑袋更加混乱。突然，我被路边的石头绊住了脚步，也正是这时候，我突然想到一件可怕的事情。我逃离学校的时候，并没有把绘卷卷好放回去。回想到这一情景，我突然感到窒息。不能被其他人看见千世子的笔记，尤其是正木博士，如果被他看见，知道吴一郎的真实身份，我想这次他不是自杀就是发疯。

想到这里我毫不犹豫地往回跑，穿过我并不认识的黑暗小路。奔跑途中，我听见了由三味线和太鼓演奏的音乐。我拼命地跑着，周边的景色像走马灯一样从我身边滑过。我不小心摔了一跤，被经过的路人扶起，我匆忙道谢，然后甩开路人扶我的手，继续往前跑。我的眼睛已经被泪水和汗水浸湿，看不太清眼前奔跑的道路。

我的肺开始疼痛，鼻尖似乎闻见了血腥味，喉头滚动，翻涌出一股铁锈味。即使如此，我还是没有停下来，我不停地跑，似乎这样附在绘卷上的鬼魅才追不上我。

我对时间的流逝已经没有感觉，不知过了多久，等我回过神来，我已经站在九州帝国大学的精神病科教授研究室的那把椅子前，就和之前一样，屋内的陈设没有变化。我缓缓跌坐在椅子上，双手前伸放在桌上，上半身也跟着趴过去。我的姿势和之前在这间办公室的姿势一样，让我有一种错觉感，我觉得我好像没有离开过这间办公室，下午经历的一切不过是一场梦而已。这时候脚底传来的疼痛让我开始审视自己。

我发现鞋子上沾满泥污，裤子和衣服上也满是尘土，膝盖部位和手肘部位的布料都被磨了个洞，洞的边缘还隐隐有血迹渗出，与泥土混在一起，形成肮脏的污渍。我的指甲缝里也全是尘土，应该是在摔跤的时候沾染上的，仔细一看，我的胳膊和膝盖都有乌青，应该是摔倒时留下的痕迹，虽然看起来颇为狰狞，不过我也没觉得有多疼痛。让我觉得刺痛的地方反而是眼睛，可能是在摔倒的时候揉了下眼睛，把手上的污泥揉进了眼睛里。不仅如此，我甚至还能感受到嘴里有沙粒感。

我重新趴回桌子上，思考我为什么要回到这个地方。我呆呆地凝望着放在桌子上的帽子，努力回想着当时的心情。很奇怪，当时如此强烈的心情，怎么在这个时候怎么努力都回忆不起来。我懊恼地用余光扫过办公室，突然发现了一个恐怖的现象。

这个办公室的陈设没有改变，是和我早上第一次来见正木博士时的陈设一模一样，而不是和下午我离开时的摆放一样，这太不可思议了，不是吗？入口的门倒是半打开的，但是桌子上的文件不知道是被谁收拾的，本来被我翻得杂乱无章的文件，现在已经整整齐齐地被摞在一起放在桌上，就和我早上看到的一样。就连旁边毫不起眼的达摩烟灰缸，都与早上时摆放的位置一模一样，甚至连朝向角度都是一样的。

被帆布盖住的《疯人的黑暗时代》和《胎儿之梦》的论文，仔细一看发现是有被触碰的痕迹。虽然如此，封皮上仍然落满了许多灰，一个下午的时间就能积这么多灰吗？我和正木博士在这里喝过茶、吃过点心的，但是桌子上并没有点心落下的碎屑，茶杯里也没有喝剩下的茶。我心脏开始剧烈收缩，为保险起见，我特地看了一眼烟灰缸，发现里面并没有正木博士点下的烟灰。

真是让人难以置信，是我产生幻觉了吗？难道这个上午都是一个并不存在的梦境吗？我记得明明看过这个包裹里的东西，看之前还特地把灰尘抖落干净，但是才一个下午的时间，怎么可能积了这么多的灰尘。

我缓缓站起来，双腿发软，只要被人用手指稍微一杵，整个人都会跌倒在地上，我双手紧紧撑在桌子上，只有这样才能勉强支撑住我的身体，让我站立。我颤抖地抓住覆盖在文件上的绒布，拿起一看发现里面的文件的确不像被打开过的样子。

我缓缓打量着这个空间，早上的记忆清晰地印在我的脑海里，明明我记得我看过正木博士从这包袱中拿出的这些文件，以及听正木博士说起那些可怕的事情。

我咬紧牙根，忍住传遍全身的鸡皮疙瘩继续打开蓝色的包袱，随之出现的是之前看到过的，由若林博士调查出来的文件，这些文件和早上摆放的位置一样，上下整齐叠放，不仅如此，从包袱缝隙掉下的细小尘埃也薄薄地铺在调查资料的硬壳封面上。眼前所见与记忆重叠，我又一次失语。

我不知道用什么样的语言来形容自己的心情，这不可思议的状况让我整个人都处于游离状态，我先缓缓解开包装绘卷的报纸包，想确认自己是否精神失常。我仔细检查报纸的折痕以及绘卷卷起的样子，甚至绳子的系法我都不放过。看得出来保管这幅绘卷的人应该是个非常细致的人，这些都非常整齐，就连一丁点重复折叠或者歪斜的折痕都没有，而且展开绘卷后类似记忆中闻到的樟脑味和霉味也一模一样。接着我打开调查数据的那一页，发现里面的数据也和我早上看到的一样。但是，我翻开的时候鼻腔满是灰尘，这样就能基本确定，这些东西最近的确没有人触碰过。

保险起见，我又打开正木博士装订的遗书，来来回回翻看最后两三页。今天早上看起来还墨水未干的鲜蓝色笔痕，现在已经变得完全漆黑，字里行间还黏附着黄色的霉菌，怎么看都不像是两三天前写的。

这些奇异的世界让我有些失神，我学着之前正木博士那样，把调查资料全部拿出来，意外的是，我发现调查资料最下面垫着一张已经泛黄的报纸，明明我记得今天早上正木博士拿出这叠资料时，下面并没有这样一份报纸。

我紧张地眨了眨眼，开始打量这个房间。我觉得这个房间一定隐藏着一个操控时间的魔法师，如果并不存在这样的魔法师，那就是我的精神又出现了问题，让我陷入某种幻觉中。我看着那张泛黄的报纸出神，最终，我还是有些害怕地拿起那张报纸。我注意到报纸的一角有明显的折痕，我定睛一看，发现那个让我失声尖叫的新闻。我终于害怕得支撑不住自己的身体，向后倒去，撞到背后的椅子，后背传来剧烈的阵痛，但是这已经不重要了，我现在害怕得连疼痛都无法感受。

报纸上的日期是大正十五年十月二十日，而墙壁上的日历显示的日期，是斋藤博士死亡日期的隔日，也就是说，若林博士说正木博士自杀当天，这份报纸上就刊登了正木博士自杀的消息。像是存心打消我疑虑似的，报纸的左上端还刊登着正木博士的五寸照片。照片上的正木博士戴着反光的眼镜，露出微笑，和我今天早上见到的正木博士一模一样。

报纸的正文标题是：九州大学精神病学教授正木博士跳海自杀，揭露解放治疗场内惊世骇俗的残杀事件。

报纸的内容大概是这样的：大正十五年十月二十日下午五点左右，担任九州帝国大学的教授、从六位[1]医学博士正木敬之的尸体，在该大学医学院，靠近水族馆一带的海岸被发现。正木博士的溺亡事件引起学校混乱，也由此

[1] 从六位（日语：従六位/じゅろくい）为日本官阶的一种，位于正六位之下正七位之上。——译者注

爆料出，在十九日中午，由该博士独创的疯人解放治疗场内，发生了疯狂少年残杀疯狂少女事件，导致场面十分混乱，该事件致多名人员当场死亡，也有不少人在此次事件中身负重伤。此事一出引起轩然大波，轰动当地司法局。目前上层正秘密地对该事件进行调查。

我继续往下浏览，报纸换了一个标题：失控少年化身恶魔！圆锹竟成屠刀！五位花季男女当场命丧治疗场！

这毛骨悚然的标题让我感到生理不适，我忍住胃部泛起的恶心，继续往下看：

十九日正午时分，也就是事件爆发的时候，正木博士与其他教授一样在科研室午睡。与此同时，本应平静祥和的治疗场变成鲜血弥漫的修罗地狱。不久前，病人足立仪作还在治疗场的角落农耕，在午炮响起的时候，他听见护士叫吃饭，他应了一声，随即扔下圆锹走向病房。他没注意到的是，有个少年从头到尾都在观察他。

这个安静的美少年就是吴一郎，他来自福冈县早良郡的侄之滨，是侄之滨町一五六八番地农家吴八代子的养子。只见他突然捡起圆锹，猛地向一旁正在种草的少女浅田志乃挥去，顿时鲜血喷射而出，女孩当场死亡。管理治疗场的负责人员立即赶向治疗场，并且大声呼救请求支援。但为时已晚，当他赶到场内时，场内的两个病人为了拯救少女，不惜与吴一郎近身肉搏。这两位一位是政治狂，另一位是迷信者，他们平时并不是很合得来，但是在少女被侵犯时，他们都选择挺身而出。

手无寸铁的二人与挥舞着圆锹的吴一郎肉搏，结果可想而知的惨烈。那位疯狂政治家的脸颊被吴一郎砍中，迷信者的前额被吴一郎击中，他们满身是血地昏倒在地上。就在这时，甘粕趁吴一郎不备，从背后抱住吴一郎，紧紧锁住他，打算一举制服。但是吴一郎的抵抗力出乎他的意料，他利落地丢下圆锹，抓住甘粕的双臂，转动二十贯[1]重的身体，就像水车转动那样。甘粕依靠自己的努力，勉强没有被吴一郎甩开。这时候，吴一郎不小心踩到了一个疯女人挖的沙坑，肩头一闪，身体倒地，甘粕来不及做出反应，被狠狠摔到石板上，当场昏迷。此时医护人员和管理人员也陆续赶到，连忙把甘粕抬到救护担架上。学过武术的管理人员跑到治疗场中央，本想上前制服吴一郎。但此刻的吴一郎已经重新捡起圆锹，重新化身夜叉。他的脸上全是血污，但他也不甚在意，瞪着周围的人吼道："你们谁敢阻止我成就大业？"

这声怒吼仿佛阎王现身索命，周围的工作人员都吓得不敢上前制服吴一郎，这个时候，吴一郎的眼神落到了场内一个角落，脸色突然恢复正常，甚至开始微笑。他捏紧沾满血的圆锹，走到那两个女人面前。他先把舞蹈狂少女逼到田边，然后毫不留情地挥舞圆锹，直接击中她的眉间。接下来他又走到刚才扮演女王，现在仍然泰然自若，还在场内自在走动的女人。没想到吴一郎还没什么动作，这个女人倒是突然怒吼："不知礼数的玩意儿，睁大你的狗眼，看看本宫是谁？"

看着女人怒目圆睁，吴一郎愣在原地，过了一会儿他才反应过来，立即丢下圆锹，跪在地上拜道："小人有眼无珠，小人不识泰山，竟不知阁下是杨贵妃！"

此时的甘粕已经勉强恢复意识。他晃晃悠悠地站起来，打开入口的大门，指引那些不知该怎么办的精神病人离开这里。等病人都疏散出去，甘粕松了口气，下一秒就不省人事了。吴一郎并没有追杀那群逃出去的精神病人，他只是一只手拿着圆锹，另一只手抱起浅田志乃的尸体，远远对"贵妃"行过一礼后，才慢悠悠地离开鲜血淋漓的修罗场，回到自己的病房。而其他人只能浑身战栗地在远处旁观。

[1] 二十贯大约为155斤。——译者注

我是捏紧手心看完这份报道的。报纸上残忍屠杀病人的吴一郎让我心惊胆战。我勉强打起精神，继续往下看。这次报纸的标题是：疯狂少年自杀，正木博士冷眼旁观。

正文：听闻此事的正木博士第一时间赶到现场，用极其平静的态度指挥医务人员，并成功地从狂暴的吴一郎手中抢回浅田志乃的尸体和圆锹，并且强迫吴一郎穿上控制疯子专用的无袖衬衫，戴上脚链，关押在七号房观察。另一方面，医护人员对浅田志乃等四名男女实施紧急抢救。其中，两位男性虽是重伤，但并不致命，而两位少女情况并不乐观，她们头盖骨已经碎裂，根本没有生还的可能性。

为了监控吴一郎，正木博士又重新返回到七号房，正好发现他正用头撞击病房的墙壁，非常用力以至于墙壁哐哐作响，最终吴一郎昏迷不醒。正木博士忙找来医护人员对他进行救助。

等这场惨剧勉强告一段落时，正木博士就离开教室，没有人知道他去了哪里。下午两点半左右，医护人员山田学士本来打算向正木博士报告吴一郎的恢复情况，但在精神病科教室和医院内都找不到正木博士的踪影。

而此时的正木博士正前往该大学本部，会见松原校长，谈论事项。关于两人谈论的话题我们不太清楚，但能听到正木博士反复强调“此次事件的发生恰好说明疯人解放治疗场取得成功的实验结果。这件事引起社会舆论我很抱歉，我已经传达指令，让解放治疗场在今天关闭，很抱歉这段时间给您带来困扰，但多亏了您的帮忙，实验总算顺利完成，我实在万分感激，还有明天，我会提出辞呈，以后的事就委托给若林博士了。”然后笑着推门走出来，不知去向。当时在校长室隔壁房间的老师都能听见这笑声，他们面面相觑，以为正木博士疯了。

标题：惊雷一样的鼾声，醉卧后离奇失踪的教授

正文：正木博士离开校长室后，居然把那些病患扔给医务人员照顾，自

己却毫无负担地直接回家，还在经过的酒馆，喝个酩酊大醉。他回到富冈市的家中，躺下就睡，鼾声没一会儿就响了起来。他睡了两三个小时就醒了，到了晚上九点左右，他感到饥饿，打算出去觅食，于是离开住处，从此就没有任何人见过他。据小道消息传，他曾经悄悄地回到九州大学精神病科办公室，彻夜整理资料。

标题：效仿疯子的尸体

正文：在本日下午五点左右，两名男子刚钓完鱼，正打算结伴回家。他们回家时需要经过大学后面的海岸。和以往平静的海岸不同，他们发现岸边漂着一具奇怪的尸体，受到惊吓的两人立即报警。这件事引起当地警察的重视，当地警署立刻派遣警察前往调查。根据尸体的名片可以确认，这具尸体正是失踪已久的正木博士。此结论一出，又引起了一场骚动。福冈地方法院、当地警署以及大学都有派出相关代表抵达现场，进行勘察。验尸报告结果显示，正木博士把帽子和雪茄随意放在水族馆的石墙上，身穿诊疗服，手脚被铁链紧紧绑住，在海水涨潮时跳入海中。由于发现正木博士时他已经死亡，所以没办法对他进行抢救。

然而当地警署与大学的相关人员都对此次案件不做说明，幸亏在本社的不断努力下，才使得这次案情的灵魂告白于天下。警察还没有找到正木博士自杀的原因，并且也没有发现遗书等相关物品。调查正木博士所住的地方，发现无论是书柜还是桌面也一如既往地整齐，没有丝毫可疑的地方。至于正木博士酗酒后回到福冈，或者要夜出之类的事情，一个月也会发生一两次，所以也并不奇怪。

标题：云里雾里，疯狂少年竟语出惊人

正文：身为那场残忍屠杀事件的亲身经历者，也就是解放治疗场的监视人，甘粕藤太，现在胸口还绑着绷带，目前在市内的鸟巢村家中养伤。他接受记者采访时，自述道：

这件事完全不在我意料中，我感到十分后悔，早知道会发生这样恐怖的事情，我当初就不应该接下这份工作。话虽如此，身为管理人员，我还是需要对此次事件负责的。加之解放治疗场昨天就宣布关闭，所以我打算向正木博士提交辞职报告。

那个人……我是说吴一郎，大概就是所谓的疯子力气大吧。他力气大到出乎我的意料，那是人类该有的力量吗？当我使尽浑身之力想要制服他时，没想到竟然扑了个空，让对方有机可乘，导致我两次失去意识昏迷不醒，说来实在是惭愧。但是我第二次昏迷很快就转醒，因此我陪同三位医务人员跑到七号房制服发狂的吴一郎。但是发狂的吴一郎非常恐怖，他挥舞着圆锹，大喊着“不准过来，你们都给我滚！”事实上，当时非常危险，我们的确无法靠近吴一郎，更别说制服他。

当吴一郎看到缓缓过来的正木博士时，他癫狂的情绪立刻被抚平，他对正木博士行了一礼后，指着浑身是血、半裸着躺在地板上的少女浅田志乃说：“爸爸，您看，这是我费尽心思找到的模特儿，所以您能把上次借我看的绘卷再借我一次吗？”

正木博士听完后面色发青，他瞄了一眼我们的表情，马上转头对吴一郎怒吼道：“你这家伙在说什么奇怪的话！”似乎怕从吴一郎口中听出更危言耸听的话，正木博士立刻扑了上去，强行制住吴一郎。正木博士气喘吁吁地制止住了吴一郎，等他喘匀了气，他的脸色依旧铁青，没有好转，直到他看见吴一郎用头撞墙昏迷后，他的脸色才稍微缓和点。有时候我真的很佩服正木博士，发生了如此惊世骇俗的惨剧，他还能保持镇定，利落地进行指挥，让大家各司其职。换成是我，恐怕会破罐子破摔，去校长面前切腹谢罪。

此时甘粕藤太的自述被记者打断，因为记者插了一句嘴，告诉甘粕，吴一郎已经苏醒。甘粕听了之后挑了下眉头，点点头，说：

吴一郎醒了？居然还能苏醒过来，这可真的令人惊讶。毕竟我看到他的时候，他的整张脸都被血怃满。并且正木博士也说过，吴一郎因为严重脑震荡而停止了呼吸，大概率是没救了。就这样吴一郎居然还能被救过来，真是不可思议……我猜可能是他撞墙的时候手脚被捆住，力气没这么大吧。

此时记者又告诉甘粕正木博士自杀身亡，询问他是否知道原因。

甘粕听完后瞳孔紧缩，满脸都是不可置信的表情，他的脸被眼泪怃住，他颤抖着声音，回答记者的问题：

天哪，怎么会有这种事情发生，这是真的吗？如果这是真的，我将以什么样的理由待在这里？正木博士对我有再生之德，他就是我的救世主！我之前在美国流浪，曾经在芝加哥感染肺炎，严重到在路边倒下去。我冷眼看着周围面无表情的人，心想我可能就要死在这里了。这时候，正木博士出现了，正木博士没有嫌弃我，他不仅把我捡回去，还出钱让我住院。我问他自己能否做些什么偿还恩情，他对我说，如果想报恩的话就回国前往福冈，等他回来。当时他还给了我很多钱，说是回国的交通费。我回国后就在福冈的一所中学找了个柔术老师的工作，等正木博士回来后，我就立刻辞职，来到疗养院工作，力所能及地帮助正木博士分担工作。正木博士一直以来都很乐观，我也非常仰慕他，他如此高尚。

标题：侄之滨大火，火势凶猛波及如月寺，纵火女犯跳火身亡

正文：今天下午六点左右，福冈县早良郡侄之滨町一五六八番地，吴家屋后被火焰所困，众人大惊，纷纷赶往扑救。由于多日未下雨，干燥的天气加上强风助势，火焰越发凶猛。不久，火焰就蔓延到距吴家不远的如月寺。由于市消防队距吴家太远，赶不及支援，只能靠附近的消防人员控制火势。据目击者称，疑似纵火者的八代子，在众目睽睽之下冲进大殿，投身至烈火中，不幸身亡。

据采访分析，八代子在惨遭丧女之痛后，就出现精神异常的症状，再加上今天得知外甥吴一郎的死讯，让本就精神不稳定的八代子彻底崩溃，最终放火烧了自己。

终于读完了这份报纸，我揉揉酸涩的眼睛，内心感慨万千。这时，我发现在我面前的那份报纸底下垫有一张卡片。我很好奇为什么报纸底下还有这种东西，忍不住拿起来细看，发现是一张由邮局发行的明信片，明信片背面

写了五六句话，这个字体似曾相识，但一时想不起来。上面写道：

致 W 阁下：

十分惭愧，当初是我和 S 教授一起喝酒的，我先走一步，下辈子我一定做个好人，我的妻子和儿子就拜托给你了。

二十日下午一点 M 留。

我无力地扔下这份报纸，整个人瘫坐在椅子上，身体无力地往下滑。我觉得我的灵魂不停下坠，坠入到深渊。这种无力感让我想大声呐喊，但是我克制住了，我只是晃晃悠悠地站起来，慢慢地挪到窗边。

不知道为什么，今晚的月亮格外圆、格外亮。在月光映照下，解放治疗场看上去十分明亮，然而却一片死寂，看不到任何一个人，听不见任何说话声。明明我今天早上来到这里时，解放治疗场还有病人活动。而且，早上的治疗场明明是一片白沙的平地，现在却是高低不平、满是杂草的空地。空地中还生着几棵光秃秃的梧桐树，许久没有被修剪过的枝丫看上去有些诡异。这一切的景象都透露着灵异。

“太不可思议了吧，这也太难以让人理解了吧。”我自言自语感叹，直到习惯性地揉了一下脑袋，发现一个更奇怪的事情，早上以来一直伴随着我的头痛，现在居然消失了。我现在完全没有头痛的后遗症，仿佛早上的头痛根本不存在。

这时候我突然意识到了什么。为什么我从今天早上就出现幻觉，也就是正木博士口中的离魂症，因为上个月（十月）二十日，我也有过和今天一样的经历。

十月二十一日的早晨，天色还是雾蒙蒙的，我在七号房的床上醒来。我不记得自己是谁，不知道自己的名字。若林博士为了治愈我的脑袋，让我想起过去的事情，就像今天早上给我做的那样，让我接受各种实验，然后被带到这个房间。在这个房间里，上个月的我也和今天早上的我重复做同样的事情，用一样的顺序看过听过许多东西。然后在我读过遗书后不久，我就见到了写遗书的正木博士，大吃一惊后，在正木博士的暗示下望向南侧的窗外，看到前一天刚被封闭的治疗场内的情景。

正木博士讲述的离魂症是真实存在的，但是当时的我被困在幻觉当中，并不信任他，我激烈地反驳正木博士，甚至最后放狠话狠戳正木博士的心窝子，给正木博士致命的打击，这使得本有自杀念头的正木博士下定决心自杀。

但是迟钝的我并没有发现正木博士的不对劲，我没有追向离开的正木博士，反而继续留在屋里，和今天一样发现了千世子写在绘卷最后的留言，然后大受刺激夺门而出，失魂落魄地游荡在大街上，突然又想起放在这里置之不顾的绘卷，又像今天一样狂奔回来。说不定在我离开之后，正木博士又回到了这个房间，也发现了绘卷最后千世子的留言，更坚定了他自杀的决心。

同样一件事，在一个月后的今天，丝毫不差地上演。所以我今天早上所经历的事情，像什么和正木博士交谈，秃头工友送来蜂蜜蛋糕，调查资料查看绘卷等，这一切都只是一个月的记忆重现罢了，我不过是在重复着我的梦游。

发生记忆重现，说明我的记忆只恢复到这里，然后就不停地在这一个地方徘徊。若林博士一定对我的头脑进行了某种实验，所以我不停地像机器人一样重复着与一个月前一模一样的步骤。我觉得我的大脑只不过是若林博士设置的程序，没有属于自己的记忆，只有若林博士的暗示。所以啊，若林博士才是这个世界上最让人毛骨悚然的学术奴隶，他不满足于只进行法医研究，同时他还要涉及精神研究，而我就是被这个学术恶魔选中的实验品。一想到我之前还称赞过他的君子风度，我的鸡皮疙瘩都被恶心得布满全身。我的牙齿开始打战，思绪无法停止运转，我觉得我的命运被若林博士的大手拿捏着，我想反抗，却不知道如何反抗。

如果这一切都是真的，那么我的身份就呼之欲出，我就是造成那出惨剧的吴一郎。我抱着头蹲了下来，眼泪夺眶而出，喃喃自语：“为什么为什么？我是吴一郎，我居然是吴一郎！如果这样……那……那正木博士就是我的父亲，千世子就是我的母亲，而那位发狂的美少女，那可爱的真代子，真代子就是……”

一想到我就是那位夺走无辜人生命的修罗，生下来就注定带给父母灾难的克星，我就忍不住呜咽起来。我甚至还信誓旦旦地说要去揭发已故父亲的罪恶，天哪，我是多么冷酷无情的人啊！

“爸爸！妈妈！”空荡荡的室内传来我的惨叫，但是并没有人理我，窗外的风吹得窗户微微作响，仿佛在嘲笑我的愚蠢。

哭过之后，我现在感觉自己非常清醒。过了不久我从地上爬起，晃晃悠悠地向门外走去，我回头一看才发现这扇门被贴着“不准进入”的字条。

我要保持冷静，我要保持冷静。我给自己默默加上心理暗示，一个人走在空荡荡的走廊上。玄关的两边是楼梯，我整个人僵硬地杵在那里，良久才抬起脚步下楼梯。就这样一个阶梯一个阶梯地下去，快到平面时，我不小心踩空摔了个跟斗。我也不记得我是怎么爬起来的，也不知道自己现在处在哪个位置。恍恍惚惚中，我发现我自然而然地来到七号房门口，像个石雕一样站在那里一动不动。

这时，我听见一个女人的尖叫声从六号房传过来。我仔细倾听，依稀辨别出说的是：“哥哥！哥哥！我想见你一面，我听见您的声音了！哥哥您回来了吧？能让我见见您吗？我不是疯子，我是您的妹妹，哥哥你回答我一声，是我！我是您的妹妹啊！”之后听见的是女人绝望的哭泣声。

这就是传说中的胎儿之梦吧。我躺在床上，却无法睡着，只能睁开双眼，任由思绪蔓延。

这一切都是胎儿之梦，无论是隔壁少女的叫声、眼前黑暗的天花板、窗外的阳光，甚至就连今天发生的所有事情都是一场胎儿之梦，没错，我还是一个胎儿，我还待在母亲的体内，我还没有出生，我现在做着一场恐怖的噩梦，痛苦地在母亲体内挣扎着，等我出生的时候，我就会利用诅咒杀害无数人，但是目前为止没有人知道这件事，只有我的母亲能感受到我激烈的胎动。

这时，我床边的墙壁传来阵阵敲打声，咚咚咚咚，咚咚咚，一声接着一声。之后便传来了少女的声音：“哥哥，吴一郎哥哥，您还没有想起我吗？是我……我是真代子，您还记得我吗？我是您的妹妹啊……哥哥，您不能这么残忍地忘记我，您不能这么残忍……”

我没有回答，我不知该怎么回答，反正这一切都是梦，也没必要回答。

渐渐地，真代子的声音低沉下去，传来的是一阵阵痛哭声，声音听起来有些沉闷，应该是趴在枕头上或是捂住被子哭的。

“嘤嘤……嘤嘤……”

这时走廊传来时钟的响声，哭泣声断了一会儿，又此起彼伏响起来，甚至比之前更夸张。

“嘤嘤嘤……嘤嘤嘤……”

伴随着真代子的哭声，我眼前浮现出正木博士那张瘦削的脸，他略带歉意地看着我，额头冒出一颗颗冷汗。后来他抿了抿嘴，露出无力的笑容后，缓缓消失。

“嘤嘤……嘤嘤……”

接下来，我眼前又浮现出千世子的脸，她的下唇被咬得一直流血，她的脖子缠绕着一圈又一圈的细绳，她怒目圆睁，眼睛充血，呆呆地望着我，她的表情那么痛苦，可是她的嘴唇还在颤动，仿佛想要对我说些什么。最终她的嘴唇停止颤动，悲伤地闭上眼睛，淌下一串串泪珠。很快她的嘴唇开始变白，充血的眼睛开始上翻，最终无力地往后躺去。

“嘤嘤嘤……嘤嘤嘤……”

接下来我看见了被我杀死的少女浅田志乃，我看见她的后脑破了一个洞，黑红色的液体不停地从这个洞里淌出来，她的脑袋最终还是无力垂下。

“嘤嘤……嘤嘤……”

我看见八代子的脸全是血痕。

“嘤嘤……嘤嘤……”

我看见那个被我砍到脸颊裂开的平头，看见眉骨被我砍裂的少女，看着额头被砍开的大胡子。

“嘤嘤嘤……嘤嘤嘤……”

我把脸埋进掌心，无力地抽搐一会儿后，起身下床，直冲冲地向前跑去。突然我感觉我的额头撞到了非常坚硬的东西，顿时感觉一道白光在我眼前炸亮，紧接着又陷入黑暗。恍惚中，我仿佛看见了一张和我一模一样的脸，不同的是，他蓬头垢面，眼神却闪闪发光。我们一对视，他就马上张开嘴巴放肆大笑，我总觉得在哪里见到过他。

啊，想起来了，我轻唤一声："吴青秀……"

还没来得及念完名字，那张脸又溶解在黑暗里了。

"嘤嘤嘤……嘤嘤嘤……"